Anne Olunca Anlarsın Dedile Geldik!

mükemmel olmayan anneler
ve anne adayları için

EKİN ATALAR

ARTEMİS YAYINLARI, İSTANBUL

ARTEMİS

AB/594
ABG/297
AÇ/913
A/55

ANNE OLUNCA ANLARSIN DEDİLER GELDİK!
Ekin Atalar

Genel Yayın Yönetmeni: Ilgın Sönmez
Editör: Yeliz Üslü
Yaratıcı Yönetim: photoRepublic
Kapak Tasarım: Asmin Ayşe Gündoğdu
Grafik: Mebruke Bayram

1. Basım: Kasım 2017
ISBN: 978 - 605 - 304 - 303 - 4
Sertifika No: 10905

ARTEMİS YAYINLARI
Ticarethane Sokak No: 53 Cağaloğlu / İstanbul
Tel: (212) 513 34 20-21 Faks: (212) 512 33 76
e-posta: editor@artemisyayinlari.com
www.artemisyayinlari.com

Baskı ve Cilt: Melisa Matbaacılık
Çiftehavuzlar Yolu Acar Sitesi No: 4 Bayrampaşa / İstanbul
Tel: (212) 674 97 23 Faks: (212) 674 97 29 Sertifika No: 12088

Genel Dağıtım: Alfa Basım Yayım Dağıtım Ltd. Şti.
Tel: (212) 511 53 03 Faks: (212) 519 33 00

Artemis Yayınları, Alfa Yayın Grubu'nun tescilli markasıdır.

Anne Olunca Anlarsın Dediler Geldik!

mükemmel olmayan anneler
ve anne adayları için

EKİN ATALAR

ARTEMİS YAYINLARI, İSTANBUL

Gökhan ve Roksan için...

1

Hamilelik su çiçeği gibi bulaşıcı bir şey, yemin ederim. Kızlar grubundan birinin hamile kalması, çok kısa bir süre sonra gruptaki başka kızların da hamile kalacağının garantisi. Net! Düğün dernek işleri de böyledir sonuçta, biri evlenme teklifi aldığı anda diğer kızlar sevgililerini darlamaya başlar ya, "Annemler adını koyun artık diyor Muraaaat," diye. Aynen öyle.

Ben hiç öyle yapmadım, annemleri filan hiç işin içine karıştırmadan büyük bir özgüven abidesi olarak adamın karşısına dikildim, "Artık bu işin adını koyalım Murat!" dedim ve terk edildim. O günden sonra da Murat'ı kesinlikle sosyal medyada takip etmedim, fotoğraflarına gizli gizli bakmadım, Instagram'da gönderi bildirimlerini filan açmadım. Kendime yeni bir hesap açıp adını *sunumsevdamiz323456* koymadım, ayrıca *nihancayemekler1987*, *guldenkorkmaz-ist* ve *tarikcanisi* de ben değilim. Dolayısıyla, Murat'ın beş yıl önce evlendiğini, karısının adının Nuray olduğunu filan da bilmiyorum. Hayır bilsem söylerim çünkü. Nuray derim.

Neyse.

Bu ilişki olayları nasip kısmet zaten. Murat'tan ayrılmasam (tamam peki Murat beni terk etmese) Kerem'le nasıl tanışacaktım ve dahi evlenip bir yuva kuracaktım, değil mi ama? Bir kere zaten Murat boş kafalı, uyuz, kendini beğenmiş ve...

Nefes al. Nefeeees aaaaal, içindeki çocukla buluş ve buluştuğun o noktada içinden akan duygusal şelaleye bırak bütün nefret duygularını. Kendini olumla ve geçmişin hayaletlerini arkanda bırakıp bugünü kucakla.

Bir süredir geçmişin bağlarından kurtulmak, kendimi bulmak ve affetmekle ilgili şahane kitaplar okuyorum ve gerçekten işe yarıyor. Artık eskisinden daha yumuşak, affedici ve rahatım.

ÇEKİLSENE LAAAAAAN! KÖR MÜSÜN, ÇEKİL YOLUMDAN! BI' SİNYAL VER, SİNYAL, AYIIIII!

Ne diyordum?

Eskisinden daha yumuşak, affedici ve rahatım.

Yüzde yüz.

Murat'a da kızgın filan değilim ayrıca. Yani tamam sekiz yılımı verdim ona, bütün o üniversite yıllarımız, parasız pulsuz hâllerimiz, birbirimize destek oluşumuz, sonra ilk işe girişimiz filan derken, resmen birlikte büyüdük yani. Birlikte atıldık hayata. Sonra da tam rahat edeceğiz, artık bir söz nişan takacağız derken bu Murat hayvanı beni terk etti. Olabilir. Eskisi kadar da sinirlenmiyorum zaten artık, üstünden yıllar geçti.

Tamam, peki, bazen araba kullanırken sinirleniyorum ama gözlerimi kapatıp bir anlığına geçmişe dönüyorum ve bir iki basit meditasyon tekniğiyle içimdeki huzuru buluyorum.

LAAAAAAN!

Çoğunlukla.

Ayrıca şu an her şeyi yapmaya hakkım var çünkü hamile olduğumdan şüpheleniyorum. Doğal olarak sinirli, gergin, endişeli filan olmaya hakkım var, ayrıca da manyak ötesi bir trafiğin içinde sıkışmış durumdayım. Yeri gelmişken şunu da söylemek istiyorum ki iş çıkış saatlerinden, işe gidiş saatlerinden ve İstanbul trafiğinde geçirilen her türlü saatten nefret ediyorum.

Neyse.

Ne diyordum?

İlişkiler, kız arkadaşlar...

Kız arkadaşlar diyordum, evet.

Kız arkadaşlarınızdan biri *müjdeyi* verdiği anda, daha önce çocuk sahibi olmak gibi bir fikriniz yoksa bile, bir şekilde kenarından köşesinden giriyorsunuz muhabbete. Mecburen demek istiyorum yani. İllaki bir iki şey kapıyorsunuz, misal *yeni doğan sarılığı nedir, hastane çıkışı nedir, nereden bulunur, zıbın nedir ve faydaları nelerdir* gibi bir sürü acayip bilgi kafanızın içinde dönüp durmaya başlıyor.

İşte tam o sırada bütün bunlara kendinizi kapatıp hayatınıza devam edebiliyorsanız, sorun yok. Ama en olmadık yerlerde, "Ay, şekerim yeni doğan sarılığına dikkat etmek lazım valla, ilk hafta çok önemli," veya "Hastane çıkışlarının en güzelleri Bonbon Bebe'de, haberin olsun," gibi cümleler kuruyorsanız, yakında yavruyu kucağınıza alırsınız, benden söylemesi.

Bi' şey biliyorum ki söylüyorum!

Başlarda ben de uzaktım bu olaylara. Oooh, gezeceğim tozacağım, hayatımı yaşayacağım, daha anne olmaya hazır değilim, zaten de artık herkes ilk çocuğunu otuzlarının ortasında doğuruyor filan diyordum. Sonra bi' kendime geldim ki, otuzlarımın ortasındayım ve banyo dolabına hamilelik testi depoluyorum. Depolamakla da kalmıyorum seri şekilde test yapıyorum.

Test demişken, bugüne kadar en olmadık yerlerde hamilelik testi yapmış biri olarak şunu da söylemek istiyorum ki, daha önce hiç test yapmadıysanız ilkinden pek bir şey anlaşılmıyor, haberiniz olsun.

"Nasıl ya, bi dakka?"

"Ohaa, bitti mi?"

"Nee, bu kadar mıydı?"

"Gerçekten bitti mi, emin misin?"

"Biraz çabuk olmadı mı?"

"E, ben hiçbir şey anlamadım ama?"

Zaten o testi aldığımıza göre, bu cümleleri bir vakitler başka bir şey için de kurmuş olmamız lazım.

En azından ilk seferinden sonra!

Ne? Hâlâ aynı mı? Değişen bi şey yok mu?

KAPA, KAPA!

Bir de şu var, bence hiçbir insan evladı Sezen Aksu konserinde böyle bir şeye kalkışmamalı. Hele ki konser stadyumdaysa. Ve korkunç bir tuvalet kuyruğu varsa. Artı sular kesikse. Aynı şekilde Harbiye Açıkhava. Tarkan konseri. MFÖ. Şebnem Ferah. Buena Vista Social Club... Kısacası bütün konserler.

Konserde hamilelik testine hayır.

Sonra adliye... Hiç tavsiye etmiyorum. Hele bir de boşanma davasında şahit filansanız, sakın! Ne? Siz mi boşanıyorsunuz? Sakın sakın! Sonuç pozitif çıksa bir türlü, negatif çıksa başka türlü!

Sonra, anne evi... SAKIN! Kutuyu çöpe atsan dert, tuvalete çantayla gitsen ayrı dert. Bekârsan ayrı, evliysen ayrı dert.

İş yeri? HAYIR! Meraklı iş arkadaşları her şeyi mahvedebilir. Patron hamile olduğunu öğrenip kovabilir.

Bar tuvaleti? HAYIR! Sarhoşken teste işiyorum sanıp üst baş Allah ne verdiyse... Yani yaptığımdan değil de... Öhöm.

AVM tuvaletleri? Starbucks? IKEA? HAYIR! Her gün kaç kişi giriyor o tuvaletlere, haberiniz var mı sizin?

Uçak tuvaleti? HAYIR! Türbülans diye bir şey var, türbülans. SAKIN!

Nikâh dairesi. Hipodrom. Araba. Tren. Gemi. Otel tuvaleti. Mezarlık. Kreş...

HAYIR! ASLA! SAKIN! SAKIN!

Ev iyidir.

Evden şaşmamak lazım.

Ben de öyle yapacağım, o yüzden arabaya binmeden üç saniye önce aldığım Predictor'ü çantamın dibine gömüyorum, eve gidince çaktırmadan yapıyorum, hadi bakalım. Hayırlısı.

İki saat trafikle boğuştuktan sonra Sheyda'ya yaklaşıyorum. Bu saçma isimlere de hastayım. Yahu kardeşim bal gibi Şeyda işte, yazsana adam gibi. Sheyda yazınca ne oluyor? Ne değişiyor anlamıyorum ki? İlla bir özentilik, bir Avrupalı görünme çabası, bir sonradan görmelik...

Nefes aaaal, içinde tut ve nefesin bütün vücudunu dolaşmasına izin ver. Sonra yavaşça boğaz çakrasından yukarı doğru nefesi bırak ve parmak uçlarındaki hafifliği tam tepe çakranda hisset.

Nefes. Doğru nefes almak çok önemli. Doğru nefes insanı tamamen bambaşka bir hayatla tanıştırabilir.

ÇEKİL ÖNÜMDEN, ÇEKİIIIIIIL! LAAAAN!

Direksiyonu son anda kırıp, arabanın üstüne doğru koşan valeyi ezmekten kurtuluyorum ve güç bela Sheyda'nın önüne park ediyorum.

Daha el frenini çekerken kapım şak diye açılıyor, "Hoş geldiniz hanımefendi!" diyor esmer, kara kuru bir çocuk.

"Hoş bulduk," diyorum ve koltuğun altına tıkıştırdığım çantamı kaptığım gibi arabadan iniyorum, restorandan içeri giriyorum. Girişteki aynaya bakıp saçımı başımı şöyle bir düzeltiyorum, artık ne kadar düzeltebilirsem.

İki saattir kliması bozuk olan saçma arabamla Akatlar'dan Kadıköy'e gelmeye çalışıyorum, yani el insaf, biraz yamulmuş olabilirim. Aslında bu kadar yamulmayacaktım da, İnci'yle birlikte çıktık ofisten. İnci, kocasının, doğum gününde ona hediye ettiği son model BMW X6'sına bindi, ben de geçen sene kadın doktordan temiz diye aldığım, elbette ki kazıklandığım ve her geçen gün bir başka arıza çıkaran külüstür Polo'ma. Trafik o kadar sıkışıktı ki bir yarım saat dip dibe gitmek zorunda kaldık. E, tabii ben de camı açamadım o ara.

Ne?

Zaten bin yıllık bir araba kullanıyorum, bir de *klimam bozuk da o yüzden serinlemek için camları sonuna kadar açıyorum,* deyip ağzına laf verecek hâlim yok elin şırfıntı İnci'sine.

Evet, sıcaktan bayılma noktasına gelmiş olabilirim!

Evet, zaten beni yeterince terleten ve üstelik bana iki beden küçük olan korsemin içinde âdeta bir sauna havasına maruz kalmış olabilirim!

Evet, bir ara lise yıllarıma gidip coğrafya hocamın Gulf Stream Sıcak Su Akıntısı'ndan bahsettiğini duyar gibi olmuş olabilirim! (O ara bayılmışım galiba.)

Ama yılmadım!

Köprüye girene kadar camlarımı sıkı sıkı kapattım, İnci'yle yollarımız ayrıldıktan sonra dört camı da sonuna kadar açıp önüme çıkan ilk sucu çocuğa yanaştım. Çocuğun elindeki bütün suları aldım, kafama diktim. Sonra da kalan suyu biraz yüzüme filan dökmüş olabilirim.

Neyse, şimdi yüzüme süper tatlı bir gülümseme yerleştiriyorum, içeri giriyorum ve bizimkileri buluyorum.

Bizimkiler dediğim de, Kerem'in annesiyle babası, yani çoook sevgili kayınvalidem Emel Hanım ve çoook sevgili kayınpederim İsmail Bey. Hakkını yemeyeyim, kayınpederim iyi adamdır. Aynısını kayınvalidem için söyleyemeyeceğim.

Hah! Cam kenarındaki büyük masaya oturmuşlar, süper.

Hızla masaya doğru yürüyorum.

Kerem beni görünce ayağa kalkıyor hemen. Canım ya, kocam diye söylemiyorum, acayip düşüncelidir. Her zaman bana çok kibar davranır, sandalyemi çeker filan...

"Otur hayatım, otur," diyorum tatlı tatlı.

"Annemin hırkası düşmüş, onu alacağım," deyip yerdeki gri, pırıltılı hırkayı yerden alıyor Kerem.

"Haa," diyorum duyulur duyulmaz.

Al tabii. Annenin hırkasını al sen. Neyse şu an sinirlenemem, laf filan da sokamam çünkü bana bakıyorlar. Ayrıca eve gidince test yapacağım, sonuç pozitif filan çıkarsa Kerem'le kavgalı olmak istemiyorum. Sonuçta ikimiz için de çok önemli, telafisi olmayan bir an olacak. İlk çocuğumuza hamile olduğumu söyleyebilirim bu gece, o yüzden kavga gürültü istemiyorum.

"İyi akşamlar," deyip Kerem'in yanına oturuyorum.

Millet gelmiş, oturmuş, yerleşmiş, menüye bakmaya başlamış bile. Yuh.

"Ne zaman geldiniz ki?" diye soruyorum kısık sesle Kerem'e.

"Yarım saat filan oldu hayatım."

"Harika!"

"Trafik vardı herhâlde," diyor bu sırada kayınvalidem.

"Evet, bayağı sıkışıktı, köprüde de çok yoğunluk vardı..." derken bir bakıyorum, başını çevirip garsonla konuşmaya başlamış bile.

Ya, merak etmiyorsan niye soruyorsun? Madem sordun cevabını bekle, değil mi? Yok.

"Zeynep'i bir ara istersen annecim," diyor bir an sonra Emel Hanım, Kerem'e bakarak.

Annecim mi?!

Kazık kadar oğluna *annecim* demiyor mu benim yanımda bu kadın, valla sinirim tepeme çıkıyor. Gerçi bazen *oğluşum* da diyor. O zaman daha fazla sinirleniyorum. İnadına yapıyor ya yemin ederim. Gözümün içine baka baka *oğluşum* diyor Kerem'e, ben de oturduğum yerde gıcık olduğumla kalıyorum. Hayır, ağzımı açıp bir şey söylesem, anında atlayacak üstüme. O yüzden içimden ya sabır çekerek gülümsüyorum.

Ayrıca Zeynep ne alaka şimdi?

"Zeynep ne alaka şimdi?" diye soruyorum anında Kerem'in kulağına eğilip.

"Zeynep'le Nihat da gelecek yemeğe."

"Tamam da ne alaka?"

"Bilmem? Gelmek istemişler. Ömer'le Naz da geliyor."

"Bir şey yok değil mi? Yani hastalık filan kötü bir şey?"

"Hayır."

"Peki bir bağımlılık tedavisi filan?"

"Nasıl?"

"Yani filmlerde oluyor ya hep, ailecek bir araya geliyorlar, illaki bi mektup yazılmış oluyor, biz seni çok seviyoruz o yüzden de bağımlılık terapisine gönderiyoruz Andrew filan?"

"İyi misin sen?"

"Evet, niye ki?"

"Yüzün kıpkırmızı da ondan."

"Ha, yok, yolda terledim biraz, geçer birazdan. Bağımlılık şeysi de yok yani, iyi. Normal bir gece yani? Yemek yiyeceğiz."

"Evet. Niye şaşırdın ki bu kadar?"

"Ne bileyim? Böyle maaile bir araya gelmeyiz de biz pek?"

Gerçekten de gelmeyiz yani. Bir kere Kerem'in bir küçüğü Zeynep her zaman meşguldür. İlla bir toplantısı, dernek bilmemnesi, sergisi, kokteyli, bir şeysi olur katılacak.

Bayramlarda seyranlarda da yarım saatliğine ortaya çıkar, sonra hemen bir Skype görüşmesi filan yapmak için ortadan kayboluverir. Aynı şekilde Nihat da öyle. Karı koca sürekli iş başında bunlar. Zannedersin bir Microsoft, bir Coca Cola, bir Volkswagen CEO'su ikisi de. Alakası yok. İkisi de bankacı. Aslında tam olarak bankacı değiller galiba, portföy mü yönetiyorlar, borsayla mı ilgili işler yapıyorlar, kredi mi veriyorlar, tam bilmiyorum. Tek bildiğim şey, sürekli Hong Kong saatine göre ayakta oldukları ve durmadan telefonla bir şeyleri takip ettikleri.

Bu arada Zeynep'in bir de blog'u var, *cupofzeineb* diye, ne ara vakit buluyor da yazıyor bilmiyorum ama durmadan aldıklarını, giydiklerini, yediklerini filan blog'una koyuyor. Adını niye *zeineb* diye yazıyor, onu hiç bilmiyorum. Havalı olduğunu filan düşünüyor herhâlde.

Ömer de üç numara. Doğal olarak sürekli şımartılan, pışpışlanan, el üstünde tutulan kardeş. Geçen ay otuz beş yaşına girdi ama sanırsın on yedisinden gün alıyor. Öyle bir kendini bilmezlik, öyle bir şımarıklık, öyle bir vurdumduymazlık. Bir gün, şef olacağım deyip yemek kursuna başlıyor, ertesi gün tekne kullanmayı öğreneceğim diyor, sonraki gün lise arkadaşlarıyla Moda'da mekân açmaya kalkıyor filan. Naz da yeni sevgilisi. Yani yeni dediğim altı ay filan oldu herhâlde bunlar çıkmaya başlayalı.

Naz Hanım da aslında üniversitede halkla ilişkiler okumuş ama uzun süredir butik pastane açmanın peşinde. Durmadan birtakım sağlıklı beslenme, vegan pastacılık, el yapımı keçi boynuzu topları eğitimlerine filan gidip geliyor. Ve yanlış bilmiyorsam Ömer'in en uzun süreli sevgilisi filan da olabilir. Tamam daha önce de iki üç yıl süren ilişkileri olmuştu ama geldili gittili, kavgalı barışmalı, küs kalmalı ilişkiler filandı onlar. O yüzden Ömer'in altı aylık ilişkisi, normal insanların altı yıllık ilişkisine denk geliyor yani.

"Ne yiyeceksin?" diye soruyor bu sırada Kerem.

"Bilmem? Somon herhâlde," diyorum menüye bile bakmadan.

Akşam yemeklerini hafif yemeye çalışıyorum artık. Çünkü sabah kahvaltılarını padişah gibi, öğle yemeklerini vezir gibi, akşam yemeklerini de fakir gibi yememiz gerekiyormuş. Ya da sabah kahvaltısını kral, öğle yemeğini kont, akşam yemeğini fakir gibi. Belki de düktü bunlar. Ay, tam bilemiyorum, öyle bir şeyler işte. Geçen gün ofiste kızlar söyledi, ben onların yalancısıyım.

Daha yemeğimizi söyleyemeden, Zeynep'in sesini duyuyorum.

"Selaaaam! Biz geldiiik!"

"Hoş geldiniiiiiz!" diyor hemen Emel Hanım, ağzı kulaklarında.

Zeynep büyük girişlerin insanı. Geldiklerini bizimle birlikte bütün restoran öğrendi şu an çünkü herkes bizim masaya bakıyor. Üstüne tam oturan taba rengi etek ceket takımı ve on iki santim topuklu Jimmy Choo'larının şakırtılarıyla masaya geliyor, hemen arkasından da Nihat giriyor içeri. O da Zeynep'le süper uyumlu görünüyor, şahane bir Armani takım giymiş, ayağında siyah, el yapımı Berluti'ler var. Nihat durmadan el yapımı İtalyan ayakkabılardan bahsettiği için biliyorum bu arada markasını, yoksa ne bileceğim ben Berluti'yi?

Neyse ki bugün indirimden aldığım zümrüt yeşili Vakko elbisem var üstümde, normalde kimsenin bilmediği markalar giyiyorum çünkü. Mesela ZonGAM. Daha keşfedilmemiş olabilir ama harika bir marka. Bizim caddenin sonunda küçücük bir dükkân, sahibini de tanıyorum, Gamze diye bir kız. Kendisi Zonguldaklı. Zaten o yüzden dükkânın adı ZonGAM. Zonguldaklı Gamze'nin ilk hecelerini birleştirmiş akıllım. Ayrıca benim gibi ideal kilosunun beş, tamam, peki sekiz kilo üstünde olanlar için de harika seçenekleri var.

"İyi akşamlar," diyor Nihat da gür ötesi sesiyle.

Öpüşme, selamlaşma, tokalaşma seansından sonra herkes masaya yerleşiyor, Zeynep tabii ki annesinin yanına oturup anında bir şeyler fısıldamaya başlıyor kulağına. Nihat da Kerem'le kayınpederin arasına yerleşiyor. Ben yine en sonda tek başıma oturuyorum. Yani solumda Kerem oturuyor ama sağ tarafım boş. Umarım yanıma Naz oturmaz, valla kendimi keserim. Durmadan konuşuyor kız. Durmadan bir şeyler anlatıyor. Ay, n'olur Naz olmasın.

Kerem menüyü uzatıyor, ben de şöyle bir tarıyorum hızla. Oh, neyse ki somon varmış menüde. Daha doğrusu, *limonlu adaçayı yatağında ballı susamlı somon topları* varmış. Yanında da beyaz şarap mı içsem ne yapsam? Aman yok. En iyisi soda filan içeyim de ben, laf olmasın. Şimdi bir kadeh şarap içsem, durmadan içiyor filan derler benim arkamdan. Hayır, daha önce olmuştu çünkü, biliyorum. Bir keresinde moralim çok bozuktu, bir şişe şarabı tek başıma içmiştim, sonra adım alkoliğe çıkmıştı. Ne demişler, kayınvalidenle görümcenin ve de eltinin diline düşeceğine mezarını kaz da içine düş. Aynı o hesap.

Soda candır. Soda içeyim ben.

Sonunda siparişimizi veriyoruz. Emel Hanım'la İsmail Bey deniz mahsullü risotto yemeye karar veriyor, Kerem domates çorbası istiyor, ben de somon topları denen acayip şeyden söylüyorum.

Bir an önce şu yemek bitse de gitsek.

Gitsek de ben testi yapsam.

Valla heyecan bastı. Sonunda ben de güzel bir haber verebileceğim yani herkese. Hem kendi annemle babama hem de Kerem'inkilere. Bir kez de ben coşkulu bir açıklama yapayım değil mi ama? Hem de iki tarafın da ilk torunu yani. Kim bilir nasıl mutlu olacak herkes! Tabii hamileysem demek istiyorum. Gereksiz de yükselmek istemiyorum gerçi. Neyse, sonucu göreyim de ondan sonra heyecanlanayım.

"Çok bekletmedik, değil miiiii?"

Hah! Ömer'le Naz da geldi sonunda.

"Hoş geldiniiiiz!" diyor Emel Hanım büyük bir coşkuyla.

Ayol bu neyin coşkusu acaba? Kızına coşku, küçük oğluna coşku, bize hiçbir şey yok. Zaten hep böyle olur. Bunların her şeyi abartılı kutlanır, en küçük başarılarına bile pastalar kesilir, maytaplar patlatılır, bize gelince kuru kuru tebrik edilir, geçiştirilir. Ama bu sefer geçiştiremeyeceksiniz! Aha da buraya yazıyorum.

"Ortaklarla toplantıdaydım kusura bakmayın," diyor Ömer masaya otururken.

Ortaklar mı dedi bu?

"Ortaklar derken?" diyor hemen Nihat araya girip.

"Harika bir fırsat geçti elimize Nihat abi."

"Anlat Ömercim, anlat!" diyor Emel Hanım.

"Yahu benim neden en son haberim oluyor her şeyden?" diyor İsmail Bey.

"Baba bizim de haberimiz yok, merak etme," diyor Kerem de.

"Ben de çok destekliyorum Ömer'i," diyor bu sırada Naz.

Hay götüm! Çok destekliyormuş! Kızım sen kimsin? Daha altı aydır sevgili kontenjanından katılıyorsun yarışmaya! Sen kimsin?!

Bu sırada herkes bana bakıyor.

Benim de bir şey söylemem gerekiyor galiba.

"Eee, nedir peki? Yani nasıl bir oluşum? Ortaklar filan? Benim bildiğim tek Ortaklar, Tekirdağ'daki. Ama şahane yaparlar çöp şişi!" diyorum ben de mecburen.

Kimsenin gülmediğini görünce, "Seninki çöp şiş değil galiba," deyip durumu kurtarmaya çalışıyorum.

Kerem bu sırada tuhaf tuhaf bana bakıyor.

"Valla düşündük taşındık, bir süredir kreptir, pancake'dir filan acayip iyi gidiyor Cihangir, Cadde, Moda civarlarında. O yüzden biz de, scone yapmaya karar verdik."

Af buyur???

"Çok iyi fikir! İşte bu!" diyor Kerem anında.

"Bence de!" diyor Nihat.

"Aaa, süper fikir ya, scone gibi güzel bi şey var mı yaa?" diyor hemen Zeynep de pürneşe.

"Ben de çok severim. Valla olsa şimdi, en az iki tane yerim," diyor Emel Hanım.

"Yıllardır güzelini yemedik ama şimdi doğruya doğru!" diyor İsmail Bey de hemen ardından.

N'oluyo yaaa?

Bir tek ben mi bilmiyorum bu meretin ne olduğunu? Scone denen zımbırtı milli yiyeceğimiz filan oldu da benim mi haberim yok? Tatlı mı tuzlu mu? Nasıl bir şey ki bu?

Çaktırmadan telefonumu çıkarıyorum çantamdan, *scone* yazıp arama tuşuna basıyorum.

"Clotted cream'le efsane olur ama!" diyor bu sırada Nihat.

Ne? Ne kremiyle?

"Çilek reçeliyle de muhteşem gider ama!" diye araya giriyor hemen Naz.

Demek ki tatlı bir şeyden bahsediyoruz.

Umarım.

"Sen ne diyorsun?" diye soruyor bu sırada Ömer bana bakarak.

"Ben ne diyorum! Güzel soru! Ben şöyle diyorum, yani scone çok sevdiğim bir şey benim de. Yiyecek yani. Tatlı bir yiyecek. Biz de evde sık sık yapıp yiyoruz."

"Öyle mi?" diyor Kerem şaşkın şaşkın.

"Tabii ki. Yemiyor muyuz hayatım?" deyip gözlerimi kocaman kocaman açıyorum.

"Hayır, yemiyoruz."

"Yiyoruzdur da sen farkında değilsindir. İyi yani, süper. Bence kesin tutar. Sonuçta scone sevmeyen mi var? Gir sen bu işe Ömercim," deyip gülümsüyorum.

Kerem garip garip bana bakıyor ama görmezden geliyorum. Scone'un ne demek olduğunu bilmiyorum deyip kendimi rezil edecek hâlim yok herhâlde.

Bu sırada nihayet Google araması sonucuna bakabiliyorum, kurabiye gibi bir şeymiş bu scone. Bir tek kurabiyeyle dükkân mı döner anlamadım ama neyse canım, bana ne. Para Ömer'in parası sonuçta.

Bu sırada Ömer'le Naz birbirlerine bakıp göz süzüp duruyor.

"Hadi sen söyle aşkım," diyor Ömer, Naz'a bakarak.

"Yaaa, hayır, sen söyle aşkımmmm," diyor Naz da hemen Ömer'e bakarak.

"Olmaz, sen söyle aşkım."

"Ya ben söyleyemem ki, sen söyle aşkımmm."

Allahım, daha ne kadar devam edecek bu böyle ya? Daha ne kadar sürecek bu işkence? Birbirlerine aşkım demeleri yetmiyor, her yerde de kucak kucağa oturuyor bunlar. Bizim eve de üç beş kez geldiler ama daha bir koltukta yan yana oturabildiklerini görmedik. Nedense Naz durmadan Ömer'in üstüne yatıyor, yatamazsa kaykılıyor, başını kucağına koyuyor, olmadı sarılıyor, sarılamazsa öpüyor filan. Başta bir tek ben rahatsız oluyorum sanıyordum, neyse ki Kerem de sinir oluyormuş da bunların bu yatış olaylarına. Bir süredir müsait değiliz diyoruz, ev dışında başka yerlerde görüşüyoruz. O da çok gerekli olduğunda.

"Ama aşkım!"

"Efendim aşkım?"

"Sen söyle aşkım."

"Yaaa ama aşkım!"

Ay, yeter be!

An itibariyle aşkım sözcüğünü çıkarmak istiyorum Türkçeden. Bu ne ya? Aşkım aşağı aşkım yukarı! Yeter!

"Tamam o zaman ben söylüyorum aşkım," diyor Naz, önce hepimize tek tek bakıyor, sonra tekrar Ömer'e bakıyor, Ömer'in elini tutuyor ve elindeki tektaşı gözümüze sokarak "Biz evleniyoruuuuuuuz!" diyor.

Nasıl ya?

Nasıl evleniyorsunuz anlamadım.

Ayrıca ne zaman evleniyorsunuz?

"Ay, inanamıyorum, çok sevindiiim!" diyor Emel Hanım ve yerinden kalkıp hemen Ömer'e sarılıyor.

İsmail Bey gözlüklerini burnunun ucuna indirmiş, cebinden mendil çıkarıyor gözlerini kurulamak için.

Nihat'la Kerem gülüyor, Emel Hanım'dan sonra Zeynep, Ömer'e sıkı sıkı sarılıyor.

Naz hemen Emel Hanım'ın yanına gidiyor.

Herkes çok mutlu.

Herkes birbirine sarılıyor, tebrik ediyor filan.

Ben de mecburen ayağa kalkıyorum, o sırada Naz'ın parmağındaki tektaşa kayıyor gözüm.

Ben bu yüzüğü bir yerden hatırlayacağım ama? Nereden?

Of ya!

Kıza bak!

Benim en özel anımı çaldı ya! Valla çaldı.

Ben eve gidince test yapacaktım, pozitif çıkarsa aileyi toplayıp hamile olduğumu söyleyecektim. Herkes çok mutlu olacaktı. Emel Hanım bile torunu oluyor diye sevinçten havalara uçacaktı. Sonunda gözlerine girecektim, en harika, şahane gelin olacaktım. Yani zaten hâlihazırda bir tane gelin olduğu için ailede, çok da kolay olacaktı. En mutlu, en özel, en güzel anımı nikâh haberiyle çaldı kız ya! Şu hâle bak! Herkesin ağzı kulaklarında!

Bi' dakka!

Ben bu evlilik haberini bastırırım şimdi! Tabii ya!

"Şimdi geliyorum sevgilim," deyip çantamı kapıyorum hemen.

"N'oldu?"

"Hiiiç, lavaboya gidip geliyorum hemen."

Koşmamaya çalışarak ama hızlı adımlarla tuvaletin yolunu tutuyorum. Olay basit, testi yapıyorum, hamile miyim değil miyim öğreniyorum. Hamileysem içeri gidip haberi veriyorum.

Ondan sonra ver coşkuyu, ver coşkuyu!

Tuvalete giriyorum, kapıyı kapatıp kabinlerden birine atıyorum kendimi. Kapıyı arkadan sürgülüyorum, çantamı kancalardan birine asıyorum, sonra testi içinde unuttuğumu hatırlayınca tekrar indiriyorum, testi alıp tekrar asıyorum ve sonunda kutuyu açıyorum.

Of ya! Panikledim şu an.

Allaam, ya hamileysem?

Yok yok, kesin değilim. Eminim ya. Mümkün değil.

Daha reglim bile gecikmedi, neredeyse bir hafta var. Hayatta çıkmaz pozitif filan. Yani pozitif olsa bile çıkamaz, o derece erken. Ayrıca tahminlerime göre, hamile kalma olasılığımın en yüksek olduğu günü pas geçtik. Son olarak da, içimde hiç öyle bir his yok. İnsan hamile kaldığı anı hissediyormuş, öyle diyorlar. Yani hep öyle duyuyoruz, çok büyülü bir an oluyormuş, o an şak diye anlıyormuşuz hamile kaldığımızı filan. Valla ben söyleyenlerin yalancısıyım.

İşte bunların hiçbiri bende yok ama içimde bir huzursuzluk var.

Bir kere her şeyden önce, *ya çocuğumuz olmuyorsa*'ya takmış durumdayım. Bunun da nedeni, yıllarca *valla çocuk düşünmüyoruz biz,* diye ortalarda dolanmış olmam. Yani gerçekten de düşünmüyorduk ama aklımın bir tarafında hep *ya olmazsa, ya olmazsa, ya olmuyorsa,* diye beni dürten bir his vardı. Hâlâ da var yani. Bugüne kadar hiç hamile kalmamış olmam da bu hissi gayet destekliyor. Sen yıllarca korunmak için bir taraflarını yırt, doktor kapılarını filan aşındır, sonra da ya olmazsa diye panikle.

Neyse, sonuçta en pahalı testi aldığıma göre sonucu net olarak öğreneceğim birazdan. En pahalısını da şu yüzden aldım çünkü yıllar önce bir arkadaşım (!!!) uyduruk görünümlü sudan ucuz bir test almıştı da, hamile olmamasına rağmen sonuç pozitif çıkınca aklını kaçırmıştı, ondan. O yüzden parayı bayılıyorum, pahalısını alıyorum ve sinir krizi geçirmiyorum.

Yani arkadaşım geçirmiyor. Muş. Öyle diyorlar.

Kabinden çıkıyorum, tuvalette dolanıp duruyorum ama bir türlü elim gitmiyor testi yapmaya.

Yok, bu böyle olmayacak. Önce bir dışarı çıkıp hava almam lazım.

Kimseye görünmeden dışarı çıkıyorum, kapının önünde bir sigara yakıyorum.

Ne?!

Daha hamile değilim, hamileysem bile bunu bilmiyorum daha, dolayısıyla sigara içebilirim diye düşünüyorum, ne var!

Sigaram bitince hızla lavaboya dönüyorum.

Ohhh! Nefes al, nefes ver. Derin derin nefes al, derin derin nefes ver.

Yapabilirim.

Başarabilirim.

Bugüne kadar neleri başardım ben yaaa! (Şu an ilk şeyde aklıma gelmiyor ama, mutlaka başarmışımdır bir şeyler.)

Neleri atlattım ya! (Taksit atlatma sayılıyor mu?)

Tek başıma nerelere geldim! (Nerelere geldim?)

Yürü be kızım, kim tutar seni beee! (Bakıyoruz, kimse yok.)

Kendimi yeterince gaza getirdikten sonra çantamı duvardaki askıya asıyorum, içinden Predictor'ü çıkarıp özenle lavabonun üstüne yerleştiriyorum. İşe, ellerimi yıkayarak başlıyorum. Daha doğrusu beş dakika kadar oyalanıyorum. Sıcak suyu açıp ellerimi yumuşatıyorum. Sanırım. Yanmaya başlayınca soğuk suyu açıyorum. Biraz da soğuk suyun altına tutuyorum, önce sabunla, ardından el yıkama jeliyle ellerimi yıkayıp açık kalp ameliyatına girebilecek bir sterilizasyon seviyesi yakalıyorum. Testi, kutunun içinden çıkarıyorum, bir yandan da prospektüsü okumaya başlıyorum. Tamam, daha önce onlarca, yüzlerce kez bu testi yapmış olabilirim ama ya değişiklik yaptılarsa bana haber vermeden? Eskiden tek çizgi negatif iki çizgi pozitifti, ya değiştirdilerse? Her şeye hazırlıklı olmak lazım, öyle değil mi?

Hiçbir şey değişmemiş. Tutarlılık böyle bir şey işte, aferin! Hâlâ iki çizgi hamile olduğunuzu gösteriyor, tek çizgi çıkarsa hamile değilsiniz. Ayrıca hiç çizgi çıkmazsa zombisiniz. Ya da test bozuk, ikisinden biri.

Testi poşetinden çıkarıyorum, kapağını açıp ucundaki pembe kısma bakıyorum. Şimdi şöyle ki, bu pembe kısma işemem gerekiyor. Ardından kapağı kapatacağım, testi düz bir zeminin üzerine bırakacağım ve tamı tamına beş dakika sonra sonucu öğreneceğim.

Hadi bakalım hayırlısı.

Testi yapıp kapağını kapatıyorum, altına bir kâğıt havlu serip lavabonun kenarına koyuyorum. Lavaboyu çişlemeye gerek yok. Sifonu çekiyorum, ellerimi yıkıyorum, ellerimi tekrar yıkıyorum. Tekrar tekrar yıkıyorum bir dakika bile geçmemiş daha. Şimdi alıp bir baksam hızlıca, tekrar yerine koysam? Alıp bakıyorum, tek çizgi. Bu sırada eczane poşetinin içine karton kutuyu, jelatinleri, prospektüsü tıkıştırıp poşeti çöpe atıyorum.

Ne geçmez beş dakikaymış!

Etrafıma bakınıyorum, kâğıt havluları elliyorum, sabunları kokluyorum, temizlik malzemelerini kontrol ediyorum, kapının arkasındaki temizlik saatleri çizelgesini okuyorum, beş dakika önce imza atması gereken Gülcan'ın yerine imza atıyorum, sonra saatime bakıyorum, daha bir dakika bile olmamış.

Hayatımın en zor beş dakikası ya! Yemin ederim.

Kafam zın zın zın zın çalışıyor.

Artılar eksiler, negatifler pozitifler, durmadan bir kıyaslama hâlindeyim.

Bir yandan istiyorum aslında bir çocuğumun olmasını, bir yandan da "Allaaam, hayatım bitti! Bundan sonra hep başkası için mi yaşayacağım ben yaaa!" hâlindeyim. Bir yandan bana ait bir varlığın dünyaya gelme fikrine acayip yükseliyorum, bir yandan da dünya kötü, hayat boktan, her şey kötüye gidiyor, zaten bu dünyaya bir de çocuk getirmek ne kadar gereksiz vıdı vıdılarıyla boğuşuyorum.

Tekrar saatime bakıyorum, iki dakika olmuş.

Düşünmeye devam.

Annemin, arkadaşlarımın, komşu teyzelerin filan hayatım boyunca kafama kaktığı, "Herkes çocuk doğurmak zorunda değil"iyle "Çocuk dediğin şey dünyanın en büyük sorumluluğu" cümlesi serçe parmaktan birbirlerine girip halay çekmeye başlıyor.

İyi de gerçekten öyle olsa, kaç yüz yıldır niye çocuk yapıyor bu insanlar. Sonuçta eskiden beri bir kötüye gidiş yok mu? Bunu bütün Yunan filozofları bile söylemiş, yani milattan önce bilmem kaçlarda. Sokrates miydi şimdi tam hatırlamıyorum ama bugünün gençleri çok saygısız, büyüklerine hiç saygıları yok valla, konulu bir tirad attırmıştı yani. Sen gel bir de bugünleri gör canım.

Neyse, sonuçta bu dünyanın sonunu benim bebeğim getirmeyecek herhâlde.

Tabii ya!

O kadar da karamsar olmaya gerek yok yani.

Bütün bebekler birleşecek, büyüyüp koca koca insanlar olacak, el ele tutuşup hep birlikte getirecekler dünyanın sonunu.

Tekrar saate bakıyorum, üç dakika olmuş.

Acaba kız mı erkek mi?

Yani hamileysem demek istiyorum. Eğer bu hamilelik sürerse, yani varsa ve sürerse demek istiyorum, acaba kızım mı olur, oğlum mu?

Düşünmeye gerek yok ya, kesin oğlum olur, aha da şuraya yazıyorum el kurutma şeysinin üstüne. Net oğlum olur benim. Kız annesi olacak tip yok bir kere bende. Kız annesi tipi nasıl oluyor onu da tam bilmiyorum ama olsun.

Ay, erkek olsun, n'olur, kız çocuğunun süsü püsü bilmem nesi hiç bitmez. Yok pembe manyaklığı, yok tütüsü, bale ayakkabısı, saç bandı, kıyafeti, çantası, sonra ergenliğinde bitmek tükenmek bilmeyen aşk acıları filan, anne kız inatlaşması, çekişmesi... Yok ya, almayayım. Erkek iyidir. Erkek çocuk rocks!

Bir yandan da bu erkeklere güven olmaz ya! Valla olmaz. Karısına filan söz geçiremezse, anacığım yaşlandı filan demeden koyuverir beni kapının önüne. Niye oğlumun evinde yaşıyorum yaşlanınca hiç fikrim yok ama olsun.

Allahım huzurevinde mi öleceğim ben yaaa?! Hayıır!

Tekrar saate bakıyorum, dört dakika olmuş.

Aslında her şeyin hayırlısı diye bir laf var ya, gerçekten de öyle. Çok da düşünmemek lazım üstüne. Kız erkek fark etmez. Sağlıklı olsun yeter.

Felak Nas. Felak Nas. Felak Nas.

Yani benim için hayırlıysa, hakkımda hayırlıysa, yani ne çıkarsa bahtıma...

Ne diyorum ben ya, niyetçiye niyet çektirir gibi! Bir tavşanım eksik.

Neyse. Önce bir sonuca bakayım da kendimi sonra yiyip bitireyim.

Saatime bakıyorum, beş dakika olmak üzere. Derin bir nefes alıyorum, testi elime alıp bakıyorum, tek çizgi.

Ben demiştim. Hamile filan değilim işte.

Tekrar bakıyorum, sonra tekrar bakıyorum, tek çizgi ama sanki bir de süper silik bir çizgi mi var yanında, anlayamıyorum. Işıktan sanırım. Yakından bakınca ikinci çizgi yok çünkü. Işığın altında görünüyor sadece. Biraz daha bekliyorum ama bir değişiklik olmuyor, hâlâ tek çizgi var. Ben de test çubuğunu çantama sokup tuvaletten çıkıyorum.

Birazdan tekrar bakarım. Gerçi gerek var mı bilmiyorum çünkü tek çizgi var.

Negatif yani. Kesin negatif.

Bir daha baksam mı acaba?

Tekrar tuvalete dönüyorum, testi çantadan çıkarıp elime alıyorum.

NASIL YA?

Bir çizgi daha mı var testte? İkinci çizgi mi o? Silik milik ama ikinci çizgi?

NASIL YAAA?!

Daha biraz önce tek çizgiydi bu? Nasıl iki çizgi olabilir? Ne demek şimdi bu? Sonradan beliren çizgi mi olur? Bu konuda prospektüste yazan hiçbir şey yoktu ama? Yıllardır Predictor bağımlısıyım ben tamam mı! Predictor hakkındaki her şeyi bilirim ben. Böyle bir şey yok. Olamaz. Olmamalı. Sonradan beliren çizgi diye bir şey olur mu ya? Olmaz.

Ama olmuş.

Nasıl yaaa?!

Daha sigarayı filan bırakacaktım, kilo verecektim ben, offf.

Daha dünyayı gezecektim.

Daha iki seans lazerim vardı parasını peşin verdiydim.

Ay, hamile miyim ben şimdi?

İNANMIYORUUUUUUMM!

Hiç heyecanlanmıyorum, telaş yapmıyorum ve hemen masaya gidip güzel haberi veriyorum. Bu arada da nefes egzersizlerime başlıyorum hemen, burundan alıp ağzımı hiç açmadan göğüs kafesinden aşağıya doğru gönderdiğim nefesimi...

ALLAAAAAAAAAH!

Hızlı adımlarla masaya dönüyorum, Kerem'in yanına geçip elini tutuyorum sıkı sıkı.

"Tam vaktinde geldin sevgilim," diyor Kerem.

"Bir şey söyleyeceğim sana," diyorum kalbim küt küt atıyor.

Ayrıca neye tam vaktinde geldim pardon?

"Söylersin sonra."

"Sonra olmaz. Şimdi söylemem lazım. Acayip güzel bir haber. Çok mutlu olacaksın. Ay, heyecandan ellerim titriyor resmen."

"Bir saniye beni dinler misiniz?" diyor bu sırada Zeynep.

"Söylüyorum bak!" diyorum elimi kalbimin üstüne koyarak.

"Hah!" diyor Kerem bana bakarak. "Seni bekliyordu kız konuşmak için." Sonra Zeynep'e dönüyor, "Dinliyoruz Zeynepcim!"

"Biz Nihat'la, yani aslında söylesek mi söylemesek mi diye bayağı düşündük, tartıştık ama..."

"Sevgilim," diyorum Kerem'in elini sıkarak.

"Bir saniye hayatım. Zeynep bi bitirsin."

Zeynep bi' bitirsin mi!

"Aslında önceden de kararlaştırmadık ama madem çok güzel bir haber verdi biraz önce Ömer'le Naz..."

Yaaa, sorma.

"Biz de bir haber verelim dedik! Hamileyiiiiiiiz!"

AAAAAAAAAAAA!!!

HAMİLE MİYİZ?

HAMİLE MİYİİİİİİZ?!

HAMİLEYİZ NE DEMEK YA?

Masada yine alkışlar, tebrikler, çığlıklar. Yine restorandaki herkes bizim masaya bakıyor.

"Canım benim, ben de ne zaman bir torun haberi gelecek artık diyordum! Çok şükür! Çok şükür!" diyor Emel Hanım.

"Yavrum, çok mutlu ettiniz bizi," diyor İsmail Bey.

"İlk torun İsmail, ilk torun!" diyor bu sefer Emel Hanım, heyecandan sesi titriyor resmen.

Nasıl heyecanlılar, nasıl mutlular anlatamam. Herkesin yüzü gülüyor, herkes yine kucaklaşıyor filan. Ben de içimden talihime küfrederek Zeynep'e sarılıyorum, herkesi tebrik ediyorum, sonra da kös kös yerime oturuyorum.

"Söyle bir tanem," diyor bu sırada Kerem.

"Ne söyleyeyim?"

"Güzel bir haberim var dedin ya biraz önce? Çok mutlu olacaksın dedin."

HAAA, DEDİM.

"Sonra konuşuruz."

"Merak ettirme beni sevgilim, söyle hadi."

"Tamam, söylerim sonra."

Biraz önceydi o.

Ailenin ilk torununa hamileykendi o.

Şimdi ikinci toruna hamileyim.

Ayrıca bir evlilik bir de bebek haberinden sonra ikinci bebek haberini veremeyeceğim, kimse kusura bakmasın. Zaten bugüne kadar yeterince görmezden gelindim, çocuğumun başına aynı şeyin gelmesine asla izin vermeyeceğim. Acayip şaşaalı süper bir ortam hazırlayıp öyle haber vereceğim hamile olduğumu!

ALLAAAAM, GERÇEKTEN HAMİLE MİYİM BEN YA?

Hâlâ inanamıyorum. Kalbim küt küt atıyor.

Tamam, biraz hayal kırıklığına uğramış olabilirim, açıklayamamış olabilirim herkese ama olsun.

Her zamanki gibi ikinci plana atılmış olabilirim ama olsun.

HAMİLEYİM!

"Ne olmuş annecim?" diyor bu sırada masanın ucundan Emel Hanım, Kerem'e bakarak.

"Güzel bir haber varmış da anne!"

"Öyle mi?"

"Nedir?" diyor hemen Nihat meraklı meraklı.

"Ne nedir?" diyorum.

"Bir şey söyleyeceğim çok mutlu olacaksın dedin ya biraz önce?" diyor Kerem.

Hah! Süper oldu! Şimdi herkes bana bakıyor. Hemen bir şey uydurmam lazım hemen!

"Bu akşam da haber haber üstüne. Hadi bakalım, bekliyoruz kızım!" diyor hemen İsmail Bey.

DÜŞÜN DÜŞÜN DÜŞÜN!

"Eee... Tabii biz çok mutlu olduk Kerem'le. Önce evlilik şeysi ilanı, sonra bebek filan, çok çok sevindik..."

Ay, aklıma hiçbir şey gelmiyor!

"İş hayatı da çok önemli tabii. Bugün bir scone olsun bir çilek reçeli olsun..."

Topluyorum şimdi.

"Scone çok mühim. Yani kimler kimler para kazandılar bu işlerden öyle değil mi? Pasta börek işlerinden yani. O yüzden şunu söylemek istiyorum ki, iş hayatının üzerimizde yarattığı baskı, malum. Omuzlarımız göçüyor, boyun damarlarımız kasılıyor, böyle ensemiz filan çok sert, stresten tabii ki hepsi."

Şu an ne anlatıyorum, hiç fikrim yok.

"Eee... Strese karşı da bir şeyler yapmak lazım. Biraz fizik tedavi, biraz yoga, biraz enerji terapisi, sonra quantum filan, o yüzden ben de şey yaptım, düşündüm taşındım... Ve..."

VE?

Herkes merakla bana bakıyor.

"İstifa ettim, Instagramcılığa başlıyorum."

İSTİFA MI ETTİM?

INSTAGRAMCILIĞA MI BAŞLIYORUM?

INSTAGRAMCILIK NE BE? ÖYLE BİR ŞEY VAR MI Kİ?

"Çok sevindim sevgilim!" diyor hemen Kerem ve bana sarılıyor.

Niye mutlu oldu ki şimdi bu kadar?

"Valla çok sevindim senin için," diyor Zeynep hemen. "Sonuçta çok da iyi bir işin yoktu."

EFENDİM?

"Bir sürü angarya iş yaptırıyorlardı zaten sana," diyor bu sırada Nihat.

ANGARYA!

"Valla ben de ne zamandır söylemek istiyordum orada harcandığını ama sen önce davranmışsın, iyi olmuş!" diyor Ömer de.

HARCANMAK? BEN?

"İyi olmuş, iyi bir karar bence de!" diyor Emel Hanım.

"Biz her zaman senin arkandayız," diyor İsmail Bey de tatlı tatlı.

Naz hiçbir şey söylemeden gülümsüyor ve parmağındaki tektaşla oynuyor.

LAAAAAAAAN!

Bu tektaş, İsmail Bey'in Emel Hanım'a aldığı tektaş değil mi? Evlenme teklif ederken taktığı tektaş? Hani Emel Hanım'ın *ölürüm de vermem*, dediği, gözü gibi baktığı, Kerem'e bile vermediği tektaş.

"E, o zaman kadehimi, bu güzel haberlere kaldırıyorum," diyor İsmail Bey.

Herkes kadehini kaldırıyor, ben de mecburen soda bardağımı kaldırıyorum.

Naz bana bakıp gülümsüyor, ben de ona aynı şekilde gülümsüyorum.

Sonuçta çok da iyi bir işim yok, öyle mi?

Angarya, öyle mi?

Harcanıyorum, öyle mi?

Bittiniz siz, bittiniz!

Ben de bu lafların hepsini yedirtmezsem size!

2

Eve döndükten sonra Kerem bin kere benim için çok mutlu olduğunu söyledi, ben de tatlı tatlı gülümsedim ve kendimi banyoya kapattım. O ara sinirimden biraz ağlamış olabilirim. Ama biraz. Çok değil.

Tamam, peki. Su geçirmez diye bana kakaladıkları rimelin aslında hiç de su geçirmez olmadığını ve yüzümde yol yol siyah izler bıraktığını görecek kadar ağladım. Yüzümü temizlemek için de yarım paket makyaj temizleme mendili harcadım.

Hayır, Kerem'e de çok sinir oldum yani. Madem sen de işim hakkında bunları düşünüyorsun, niye söylemiyorsun öyle değil mi? Dört yıldır aynı şirkette yönetici asistanı olarak çalışıyorum, aynı zamanda proje koordinatörlerinin yaptığı işi de yapıyorum. İşletme mezunuyum, ayrıca İngilizcem var, yüksek lisansa bile başlamışlığım var yani hayatımın bir döneminde. Beni sinir eden İnci de olmasa, iş hayatımdan memnunum aslında. Yani memnun gibiyim. Sanki. Sonuçta para kazanmamız gerekiyor, öyle değil mi? Kim gerçekten sevdiği bir işte çalışıyor ki artık, lütfen!

Neyse. Şimdi bunları düşünerek Kerem'e bilenmek istemiyorum. Ayrıca duygularım karmakarışık. Ne hissettiğimi ne düşündüğümü bile bilmiyorum, o yüzden onunla uğraşmayacağım.

Bir yandan deli deli bağırmak istiyorum, bir yandan annemleri aramak istiyorum, bir yandan da hiçbir şey yapmak istemiyorum. Öyle bir acayip ruh hâli içindeyim.

Allahım, hamileyim.

Gerçekten hamile miyim?

Ya değilsem? Ya test bozuksa? Bir test daha mı alsam?

Acaba çocuk sahibi olmaya hazır mıyım?

Hayatımı yaşadım mı?

Yeterince paramız var mı?

Çocuğuma bakabilecek miyim?

Bu adamdan çocuk yapmak istediğime emin miyim?

Kendimden çocuk yapmak istediğime emin miyim?

Benden anne olur mu?

Ya olmazsa?

Ya kötü bir anne olursam?

Yeterince gezdim mi? Yiyip içtim mi?

Ay, Instagram'a yeterince fotoğraf yükledim mi ben yaaaa?

Bu soruların hepsi bir araya gelip beni içten içe kemiriyor.

Ay, daha şimdiden dengemi bozdu bu çocuk!

Yok ya, hazır değilim ben. Tamam, böyle bir planımız vardı, neticede denemeye başlamıştık ama acaba hazır mıyım ben anne olmaya? Ya değilsem?

Ya çocuğumun hayatını mahvedersem?

Ya her şeyi berbat edersem?

Ya o kaknem Zeynep benden daha iyi bir anne olursa?

Belki de anne olmaya uygun biri değilim? Olamaz mı? Gayet olabilir. Biyolojik saatim bile yok benim ya! Dalga geçmiyorum, gerçekten yok. Bütün arkadaşlarımın biyolojik saati tiktakladı geçtiğimiz yıllarda, benimkinden hiç ses çıkmadı. İçimde ne bir bebek patiği alma isteği ne elalemin pusetine atlama isteği! Zaten çocuk bile sevmem ki ben! Yani severim ama uzaktan. Çok uzaktan. Kendi çocuğumu severim deyip giriştim bu işlere ama ya olmazsa, ya sevemezsem, ya ben anne olmaya uygun bir tip değilsem?!

Allahım, ne yapacağım ben yaaa?

Belki de bir yanlışlık oldu, test bozuktu.

Ay, yeterince gezemedim daha.

Niyeyse durup durup buna takılıyorum. Sanki çocuk yapmasam uzaya çıkacağım, yani öyle bir ruh hâli içindeyim. Öyle bir aşmış gezme tozma isteği. Neyse ya, tamam dünya turu yapmadım, Galapagos Adaları'na filan gitmedim ama iyi kötü üç beş yeri gördüm yani. Timbuktu'yla Doğu Timor'u da görmeyivereyim artık. (Yalan be yalan, daha Berlin'e gidip Kreuzberg'i bile görmedim.)

Deli danalar gibi dolanıp duruyorum, bir türlü oturamıyorum. Aklıma durmadan kötü kötü şeyler geliyor.

Ay, bugüne kadar çekiştirdiğim anneler! Ay, saatlerce dedikodusunu yaptığım, acımasızca duvardan duvara vurduğum anneler!

"Bunu bana verin, üç günde mum ederim ben bunu, mum!" dediğim veletler! Ayyy, ayyy, hiç düşünmeden salladığım cümleler!

Allah beni bildiği gibi yapsın inşallaah!

Yok be.

Allah beni kahretsin inşallah!

Direkt kahretsin de başlamadan bitsin bu çile.

Neler dedim ki acaba bugüne kadar o eli öpülesice analarımıza?

Neler çıktı ki bu ıslak Ceyo terlikle vurulasıca ağzımdan?

"Ay, bi çocuğunu susturamadı kadın ya! Biz mecbur muyuz senin çocuğunun zırıltısını çekmeye?"

"N'olur oraya oturmayalım, çocuklar var, hiç çekemem şimdi."

"Anası babası şımartıyor canım bunları, istediği kadar ağlasın, yüz verme bak nasıl adam oluyor!"

"Ben kendi çocuğumun eline asla cep telefonu vermem."

"Yemiyorsa yemesin ya bırak. Acıkınca yer."

"Ben asla elimde tabakla çocuğumun peşinden koşturmam, aha da buraya yazıyorum."

Dedim!

Valla dedim!

Bunların hepsini dedim.

Annem sus dedikçe daha fazla dedim hem de.

"Kınama çocuğum başına gelir sonra," dedikçe, "Saçmalama anne, kaçıncı yüzyılda yaşıyoruz, bu işler kınamayla olsaydı ben şu an çok farklı yerlerdeydim," filan bile dedim itiraf ediyorum.

Acaba ne geçiyordu o sıralar aklımdan? Neyin peşindeydim de anne sözü dinlemedim acaba ben?

Allahıım!

Annemin bugüne kadar bana söylediği bütün cümleler arka arkaya dizilip kulaklarımda yankılanıyor şu an ya! Yemin ederim!

Anne olunca anlarsınnn...sın...sın...sın...

Anne olunca seni de görücez...cez...cez...cez...

Benden daha iyi bir anne bul, giderken beni de yanında götür...tür...tür...tür...

Kimsenin çocuğunu da kınamadım ama sen niye böyle oldun bilmiyorum...rum...rum...rum...

Evlensen kocan iki gün sonra geri gönderir seni...ni...ni...niii...

Nerede bıraktıysan oradadır...dır...dır...dır...

Arkadaşın kendisini camdan atsa sen de mi atacaksın...sın...sın...sın...

Ben bilmem, git babana sor...sor...sor...sor...

O tabağı mutfağa götür...tür...tür...tür...

Doğru otur...tur...tur...tur...

Belki de hamile değilimdir. Tabii ya, o ikinci çizgi silik çıktı zaten. Belki de önce annemin laflarını içselleştiririm, birkaç yıl tek tek bu cümleleri çalışırım, kimsenin çocuğunu kınamam, hatta doğumlarda bebek kırklarında filan kendimi ortalara atarım yardım etmek için. O arada da kınama listesinden filan çıkarım ufak ufak. Böylece tatlı tatlı takıldığım için başıma hep tatlı tatlı şeyler gelir. Dünyalar tatlısı, uslusu, harikası bir çocuğum olur.

Amin.

Ya şimdi düşünüyorum da, gidip kan testi filan mı yaptırsam ben acaba? Daha önce birkaç kez yaptırmışlığım da var, aşinayım yani olaya, hemen öğrenirim hamile miyim değil miyim. Allahtan olay basit, gidip kan veriyorsunuz, bir saat içinde de hamile olup olmadığınızı öğrenebiliyorsunuz. Sonuç sıfırla on arasında çıkarsa hamile değilsiniz, ondan yüksek çıkarsa hamilesiniz. Bu kadar net. Yok efendim çizgi silikmiş, net değilmiş derdi yok. Bekleme kısmı sıkıntılı, o kadar. Onu da atlatırım bir şekilde herhâlde. Yani umarım. Gidip çay kahve içerim hastane kafeteryasında, olmadı kendimi viskiye vururum.

Ses çıkarmamaya çalışarak içeri gidiyorum, Kerem üstüyle başıyla yatağa uzanmış, uzanmakla da kalmamış, uyumuş iyi mi! Acaba uyandırsam mı? Birlikte mi gitsek? Yok artık! Şimdi uyandırsam, panikler filan. Gerek yok.

Yavaşça çantamı alıyorum, parmaklarımın ucuna basarak evden çıkıyorum.

Yarım saat sonra, en yakın kız arkadaşım Leyla'yla birlikte, Acıbadem Kadıköy Hastanesi'nin acil koridorunda bekliyoruz.

Sakinim.

Gerçekten çok sakinim.

Telaşlanmaya gerek yok. Sonuçta insan kendini asla hazır hissedemez ki böyle bir şeye? Tabii canım. Neticede daha dokuz ay var, o ara alışırım herhâlde olaya.

ALLAHIMMM, KOVA!

"Kova!" diyorum can havliyle.

"Ne?" diyor Leyla bana tip tip bakarken.

"Kova, kova! Kova burcu olacak. Yani hamileysem ve her şey yolunda giderse demek istiyorum."

"Aaa, süper!"

"Öyle mi? Nasıl bir burç ki kova?"

Gerçekten en ufak bir fikrim yok bu arada. Bir tek kendi burcumu bilirim, İkizler burcunu, onu da bilmesem daha iyi zaten. Dünyadaki en oynak, en alakasız, en dakikası dakikasına uymayan burç.

"Kova, dâhilerin burcu kızım."

Bir bu eksikti.

"Ayrıca süper özgüvenli filan olurlar genelde. İstemedikleri bir şeyi hayatta yaptıramazsın kovalara."

Bir bu eksikti çarpı iki.

"Böyle vur kafasına al lokmasını bir burç var mı bildiğin bebeklere uygun?"

"Ne?"

"Yok bi şey. Kovadan sonra ne var?" diyorum.

"Balık. Balık duygusaldır, çok tatlıdır ama sulugözlüdür. Belki de balık olur yani."

Ay, inşallah.

Durmadan telefonuma bakıyorum, neyse ki Kerem'den mesaj filan yok. Zaten uykusu ağırdır, uyanacağını pek sanmıyorum.

"Kerem'e niye haber vermedin ki? Keşke birlikte gelseydiniz," diyor bu sırada Leyla.

"Kızım anlattım ya, bu gece zaten ailenin en bi tanecik kızının hamilelik haberini aldık dedim ya!"

"Ya ne var? İkinciyi de alsalardı işte."

"Olmaz öyle! Bundan sonra bir daha asla ikinci, üçüncü, beşinci plana atılmayacağım ben!"

"Hey Allahım ya! E, iş meselesi ne olacak? Gerçekten ayrılacak mısın?"

"Hiç bilmiyorum."

"Bence ayrıl. Yani zaten olaylar buraya geldiyse, bu akışın içinde bulduysan kendini şu an deneyimlemen gereken şey budur."

Leyla spiritüel olaylarla çok ilgilidir, ben de onun sayesinde bu enerji ve nefes olaylarına filan bulaştım zaten. Anda olmak, anda kalmakla ilgili müthiş bir birikimi var kendisinin, zaten ruhsal danışmanlık yapıyor. Aslında iç mimar ama bir süredir kendi işini yapmıyor, ruhsal danışmanlıktan başka felsefi ve ruhani bütünlük üzerine seminerler veriyor. Ve bunun ne demek olduğu hakkında hiçbir fikrim yok. Ben onun yaktığı tütsüleri içime çekip, orama burama adaçayı buhuru sürüp, *inşallah arınıyorumdur Allahım, sen konuyu biliyorsun amin,* filan diyorum, ardından da üç Kulhuvallah bir Elham okuyorum, o kadar.

"Ya bilmiyorum. Ne yapacağımı da bilmiyorum," diyorum kıvranarak. "Bir de insanlara Instagramcı olacağım filan dedim."

"E olursun hayatım. Kendine bir *niche* bulman yeter."

"Ne bulmam?"

Ne dedi bu şimdi?

"Niche. Yani tema gibi düşün. Kendine bir tema bulacaksın. Ondan sonra da o temadan asla sapmayacaksın."

"Hiçbir şey anlamadım."

"Yani şöyle. İnsanlar senin Instagram hesabına girince ne bulacak? Önemli olan o. Ne vadediyorsun yani?"

"Fotoğraf."

"Ya herhâlde ama nasıl fotoğraf? Herkes fotoğraf çekiyor. Mesela, köyde yaşıyorum acayip doğalcıyım, kendi salçamı kendim yapıyorum, evimin kirecini kendim çektim, aynı zamanda da anayım ben diyebilirsin. Niche böyle bi şey. Anladın mı?"

Anlamadım. Hatta o kadar anlamadım ki, Leyla'nın yüzüne bön bön bakıyorum şu an.

Bu sırada, laboratuvarın önündeki bankoda bir hemşire beliriyor, elindeki zarfı gösterip gülümseyerek "Sonuçlarınız geldi," diyor.

"Hadi gel, Instagram'ı sonra hallederiz," diyor Leyla. "Önce bir sonucu öğrenelim de!"

Sonunda zurnanın zırt dediği yere gelmiş bulunuyoruz.

Veya dananın kuyruğunun koptuğu yere.

Veya ak götle kara götün belli olduğu yere.

Titreyen ellerimle zarfı alıyorum, içini açıyorum ve değerlere bakmaya başlıyorum.

Ondan küçükse hamile değilim, ondan büyükse hamileyim.

Ne yazıyor ilk satırda?

Beta HCG yetmiş üç mü?

73.

AAAAAA!

"Ne? Söylesene ne yazıyor! Kaç çıkmış?" diyor Leyla heyecanla.

"Yetmiş üç!"

"Atıyorsun! Gerçekten mi?"

"Ay, gerçekten! Valla yetmiş üç!"

"Ay, inanmıyoruuuuum! Bir tanem beniiiiim! Ay, bebeğimiz mi olacak şimdi bizim, inanmıyoruuuuum!" deyip sıkı sıkı sarılıyor bana Leyla.

Valla ben de inanmıyorum.

Kütük gibi duruyorum. Leyla bana sarılıyor ama kollarım bacaklarım tutmuyor sanki. Öylece duruyorum.

"İyi misin? Bembeyaz oldu yüzün!"

"İyiyim," diyorum koridordaki koltuklardan birine otururken.

Diyorum da, iyi miyim bilmiyorum aslında.

Çok tuhaf hissediyorum kendimi. Yani garip bir boşluk, tuhaf bir iç ürpertisi, hafif bir kalp esintisi filan diyebilirim belki şu an hissettiklerime. Pek kelimelerle anlatılabilecek bir şey değil yani. Karmakarışık bir hâldeyim.

On dakika sonra, Leyla beni zorla arabaya oturtuyor. Emniyet kemerimi bağlarken camı açıyorum, kafamı dışarı çıkarıp derin derin nefes almaya başlıyorum.

"N'apıyorsun?"

"Hiç fikrim yok. Nefes alıyorum galiba," diyorum elimdeki sonuç zarfını katlayıp cebime koyarken.

"İyi misin sen ya? Korkutma bak beni," diyor Leyla endişeli gözlerle bana bakarken.

"İyiyim iyiyim, yok bir şeyim. Şok oldum da. Yani ilk anın şeyi bu. Şoku. Geçer birazdan."

Umarım.

Bir an sonra hızla kafamı içeri sokuyorum, cep telefonumu çıkarıp kendimi arama motorlarına veriyorum. Durmadan

Google'da hamilelikle ilgili bir şeyler arıyorum ve ne ararsam arayayım karşıma Kadınlar Kulübü çıkıyor.

Yaz hamileleri, kış hamileleri, aylara göre hamileler, ovülasyon, doğum korkusu, erken yumurtlama, geç yumurtlama, folik asit kullananlar, ikili test, üçlü test, karşıma ne çıkarsa okuyorum.

"Hamilelik, gebelik, kan testi, değerler, sonuç."

"Beta HCG sonucu."

"Kaç haftalık hamileyim?"

"Sonuç 73, kaç haftalık hamile olabilirim?"

"Kese kaçıncı gün oluşur?"

Ben hamilelik haberini alınca her şey tamam sanıyordum meğer kazın ayağı öyle değilmiş sayın seyirciler. Mesela kese diye bir şey varmış. Öyle her pembe çizgiyi gören, Beta HCG'si ondan büyük çıkan hamile olmayabiliyormuş. Yani oluyormuş da bu hamileliğin ilerlemesi için bir sürü şey lazımmış. SAT ve BAT çok önemliymiş. SAT, son âdet tarihi BAT ise beklenen âdet tarihi demekmiş. Ayrıca Beta HCG değerim yetmiş üç olduğu için de yaklaşık üç haftalık hamileymişim. Bundan sonrasında bu değer artacakmış, yani artması gerekiyormuş, iki günde bir ikiye katlanırsa gidişat iyi demekmiş. Artmazsa, iyi değilmiş.

Aramaya devam ediyorum.

"Kalp atışı kaçıncı haftada duyulur?"

"Hamile olduğunuzu kocanıza nasıl söylediniz?"

BİR DAKİKA!

Hakikaten ben bunu nasıl söyleyeceğim ki Kerem'e? Eve gidince dürtüp uyandırsam, "Sürpriiiiz! Hamileyim beeen!" desem, bayılır mı ki korkudan? Yok be, niye bayılsın?

Yarını beklesem?

Yemeğe çıksak? Manzaralı bir yere yemek yemeye gitsek birlikte, orada söylesem? Yok ya, insan içinde rahat hareket edemeyebiliriz, yani ağlarız belki filan. Niye ağlıyorsak?

Hayatta bekleyemem, hayatta. Çatlarım ortamdan.

Eve gidince uyandırsam, tutuştur
sam test sonuçlarını eline, arasına da test çubuğunu koysam çişli çişli? Bir de kuduz kedi getireyim en iyisi, kolerayla kuduzu aynı anda aradan çıkarayım.

Aklıma da hiç değişik bir şey gelmiyor ki! Zaten oldum bittim bu sunum konularında kötüyümdür ben. Hiç öyle pembeli mavili tatlişko bir evim filan da olmadı ki bugüne kadar. Sunum dedin mi havalara bakan bir insanım yani.

Bi' dakka ya! Kafamı öyle çalıştırsam...

Özel bir şeyler düşünsem...

Buldum!

Test çubuğuna dantel kılıf örebilirim mesela. (Dantel öğrenmeye şimdi başlarsam önümüzdeki üç beş yıl içinde örerim herhâlde.)

Sonucu pozitif çıkmış hamilelik testi şeklinde şeker hamuru kaplı pasta yapabilirim. (İğrenç ötesi, artı şeker hamuruyla bunlar nasıl yapılır bilmiyorum.)

İkisini birleştirsem peki? Şeker hamuru kaplı pastanın içine testi koysam, pastayı kesince içinden test çıksa? (Ne diyorum ben be?)

Aslında arkadaşlarımdan da bir sürü şey duymuştum, biri bebekler için satılan plastik tabak takımlarından alıp üç kişilik bir masa hazırlamıştı akşam yemeğinde. Biri pasta alıp üstüne *babacım ben geliyorum* yazdırmıştı. Biri bir çift patik alıp kocasının eline tutuşturmuştu. Biri söylemek yerine Instagram'a *bir artı bir eşittir üç* yazan bir fotoğraf koymuştu.

Ah, işte! O arkadaşlarımı hayatımdan çıkarmayaydım bugün çok başka bir yerdeydim zaten. Çıkardım ama niye çıkardım bir sorun yani bana?

Çünkü kimse kusura bakmasın ama insan anne olduktan sonra içinden canavar çıkıyor kardeşim. O çok sevdiğiniz tatlişko arkadaşınız hooop diye ortadan kayboluyor, onun yerine acayip sevimsiz bir yaratık geliyor. Hiçbir şey konuşamaz hâle geliyorsunuz, zaten o dakikadan sonra sizin bütün problemleriniz anlamsız oluyor karşı taraf için. Varsa yoksa bebek, süt, emzirme, çiş, kaka. Yok bugün iki kez kaka yaptı, yok hiç yapmadı. Emdi, emmedi. Emseydi iyiydi ama emmediğine göre emmeyecek mi ki? Sonrası mavi ekran. Yani çocuğunuz yoksa. O yüzden ilk haftadan sonra yavaş yavaş olay mahallinden uzaklaşıyorsunuz, "Bu hafta çok çalışmam lazım, hafta sonu Ayder Yaylası'na gidiyoruz, yazın buralarda yokuz ama sen mutlaka çağır, tamam mı beni? Ben senden haber bekliyorum," deyip izinizi kaybettiriyorsunuz. "Sorun sende değil şekerim, sorun bebekte!" deyip bütün nefret oklarını kendinize çevirmek istemediğiniz için de, telefonla konuşmaya, mesajlaşmaya, WhatsApp grubunun kurucusu olmaya, Instagram'da fotoğraf beğenmeye devam ediyorsunuz ki yanlış anlaşılmasın.

ALLAHIIIM!

Niye ya, niye? Niye yaptım ben bunu?

Niye bebekli arkadaşlarımdan uzaklaştım?

Niyeeee?

Niye kimse beni uyarmadıııı?

Ne yapacağım ben şimdi?

Önce sakin olacağım herhâlde. Ondan sonra da hamile olduğumu nasıl söylerim diye düşünmeye devam edeceğim. İnşallah!

Bütün yol arpacı kumrusu gibi düşünüp durduktan sonra, Leyla'nın sesiyle kendime geliyorum. Eve gelmişiz, iyi mi?

"İyi olduğuna emin misin?"

"Evet, tabii ki. Biraz şaşkınım o kadar. Yoksa çok iyiyim. Süper ötesi filanım yani!" diyorum ama dediklerime hiç inanmıyorum.

"İstersen ben de geleyim seninle."

"Yok canım, daha neler."

"Emin misin?"

"Tabii ki de eminim."

"Ama beni ara Kerem'e söyleyince."

"Tabii ki de arayacağım, merak etme."

Apartmana doğru yürürken derin derin nefes alıyorum. Şimdi içeri gidiyorum, yatak odasına gidiyorum, Kerem'i yavaşça dürtüp uyandırıyorum ve hamile olduğumu...

Söyleyemiyorum!

Geri zekâlı olduğum için anahtarlarımı evde bırakmışım!

Of ya! Ne yapacağım ben şimdi?

Kaldım mı kapının önünde!

Görevliyi arasam, ancak apartman kapısını açtırabilirim. Bu saatte çilingir çağırsam, nereden bulacağım çilingiri! Hadi buldum diyelim, o kadar gürültüye Kerem kesin uyanır, uyanmakla da kalmaz adamı hırsız sanıp üstüne atlar, ondan sonra al başına belayı. En iyisi telefon açayım ben. Telefonun sesine kesin uyanır.

Elli kez filan çaldırıyorum telefonu, tık yok. Ay, sessizde mi kaldı yoksa bunun telefonu ya?

Tekrar arıyorum, sonunda açılıyor.

"Alo?"

"Canım kapıyı açar mısın?"

"Ne?"

"Kapı diyorum, kapıyı açar mısın hayatım? Kapıda kaldım da."

"Neredesin ki sen?"

"Ay, kapıdayım diyorum, nerede olacağım! Hadi, bekliyorum."

Bir an sonra Kerem'in ayak seslerini duyuyorum.

Hazırım.

Şimdi kapı açılacak, Kerem şaşkın şaşkın bana bakacak, nereye gittiğimi filan soracak, ben de onun elinden tutup içeri gidelim diyeceğim. Sonra heyecanlanmamasını söyleyeceğim, elini karnıma koyup ona bir haberim olduğunu ve çok yakında bebeğimiz olacağını söyleyeceğim.

Kerem kapıyı açıp uykulu gözlerle bana bakıyor.

Ben de biraz önce planladığım gibi....

"HAMİLEYİİİİİİİİİİM!" diye bağırarak Kerem'in boynuna atlıyorum.

Bir an sonra geri çekilip Kerem'in yüzüne bakıyorum, hiçbir şey söylemeden bana bakıyor.

Böyle uzun bir süre bakışıyoruz.

Sonrası biraz kucaklaşma, biraz ağlama, biraz gülme, biraz daha şaşkın şaşkın birbirimize bakma, öylece oturup kalma olarak özetlenebilir bence.

İkimiz de ne olduğunu tam olarak anlamış değiliz henüz.

Nasıl yani? Şimdi çocuğumuz mu oluyor bizim?

Gerçekten mi?

Anne baba mı oluyoruz?

Biz? İkimiz?

Öylece oturuyoruz.

"Kimseye söylemeyelim ama!" diyorum ben hemen. "En azından ilk üç ay kimse bilmesin."

En yakınlarımız hariç kimseye söylememeye karar veriyoruz.

Ne düşünüyoruz, ne hissediyoruz hiç bilmiyoruz o an.

İkimizin de yüzünde şapşal bir gülümseme.

Uzun süre el ele oturuyoruz.

3

Aslında Kerem'le konuşup ilk üç ay kimseye söylememeye karar vermiştik ama tabii ki de yalan oldu. Kerem'in böyle bir haberi annesine vermemesi mümkün olabilir miydi yani, lütfen! Yok efendim işten eve dönerken öylesine ayak üstü annesine uğramışmış da, uğramışken annesi ondaki değişikliği fark etmişmiş de, başta Kerem geçiştirmeye çalışmışmış da ama yine de annesi anlamışmış da, zaten de ne gerek varmış da saklamaya falan filan.

Tabii ki hiçbirini yemedim ama olay da çıkarmadım. Çok sevinmişler efendim, çok çok mutlu olmuşlar söylediğine göre. Sağ olsunlar hemen arayıp tebrik ettiler beni. İsmail Bey gerçekten de çok mutluydu, sesi çok heyecanlı geliyordu ama Emel Hanım için aynısını söyleyemeyeceğim, sesinden pek bir şey anlaşılmıyordu, bir de telefonda *oğlumun yavrusu* filan gibi bir şey söyledi, iyi mi?

Oğlun tek başına yaptı çünkü çocuğu. Benim hiçbir katkım olmadı. Öyle bir anda kendi kendine oluverdi *yavru*.

Bir tek bunu söylese, yine iyi.

Kadın yememiş içmemiş herkesi aramış, Zeynepler de Ömerler de öğrenmiş, hatta bununla da yetinmemiş, annemleri de arayıp haber vermiş.

Ya insan bir düşünür, belki ben daha söylemedim. Belki kendim söylemek istiyorum. Belki özel bir şeyler planlıyorum!

Yok. Haberi aldı ya, yetiştirecek hemen.

Tabii ki annemle aram bozuldu bu yüzden.

Vay efendim, hamile olduğumu da mı başkalarından duyacakmış, sanki benden başka sekiz tane daha çocuğu mu varmış, torun haberini de mi başkalarından alacakmış, neden böyle yapıyormuşum ben, neden önce ona haber vermemişim, ben neden böyleymişim, neden hiçbir şeyim normal değilmiş falan filan. Ne anormalliğimi gördü acaba bugüne kadar hiç fikrim yok.

On saat dil döktüm, Kerem benden habersiz söylemiş annesine dedim, Çiçek Sepeti'nden en acayip üçlü orkide saksısını gönderdim ama nafile.

Neyse, şimdi annemlerin kapısına dayanıyorum, her şeyi olduğu gibi anlatıyorum ve olayı çözüyorum.

Uzun uzun zile basıyorum, içeriden gelen ayak seslerini duyuyorum ama kapı bir türlü açılmıyor. Cepten çaldırıyorum, telefonun içeride çaldığını duyuyorum ama annem açmıyor.

"Anneee! Evde olduğunu biliyorum, açar mısın kapıyııı?" diye bağırıyorum sonunda.

Bir süre sonra, ayak sesleri yaklaşıyor, kapı açılıyor, annem bana şöyle bir bakıp "Zahmet etmeseydin, doğumda görüşürdük," diyor beş karış suratla ve balkona doğru yürüyor.

Ben de peşinden gidiyorum.

"Anne, bekler misin bi saniye?" diyorum koridoru geçerken.

"Ne var çocuğum? Söyle!" diyor durup ellerini beline koyarken.

"Ya tebrik etmeyecek misin beni ya? Sarılmayacak mısın?!"

"Yavrum git *annen* sarılsın sana. O tebrik etsin. Madem ilk ona söylemeyi uygun gördün..."

"Ya, ben söylemedim! Ben haber vermedim. Ayrıca Kerem'in annesine anne filan demediğimi de gayet iyi biliyorsun!"

Gerçekten de demiyorum bu arada. Anne demediğim gibi başka bir şey de demiyorum. Hiçbir şekilde seslenmiyorum kendisine. Uzakta olduğu zamanlarda da, seslenmemek için mecburen yanına gidiyorum. Anne, hanım, teyze filan hiçbirini söylemiyorum. Ayrıca kendi annemden başka kimseye anne diyemem ben. Hele ki beni sevmeyen, hiçbir zaman oğluna layık görmeyen birine asla anne filan diyemem, kimse kusura bakmasın. Ya kadın biz nişanlıyken, üst kat komşusunun yanında çalışan Özbek bir kadının kızıyla evlendirmeye kalktı Kerem'i, lütfen yani. Kızın vizesi yokmuş da, Türkiye'de kalması için evlenmesi gerekiyormuş da, kâğıt üstünde evlenseler ne güzel olurmuş da! Nişanlıydık diyorum!

Neyse, şimdi hiç girmeyelim o konulara, sinirleniyorum.

Anneme uzun uzun dil döküyorum, "Sen söylemedin yani eminsin?" diyor sonunda kaşlarını kaldırarak.

"Annecim, bin kere söyledim ya. Kerem benden habersiz söylemiş annesine. Zaten biz herkesi bir araya getirip öyle verecektik haberi."

"Bilmem artık."

"Ya bilmem artık diye bir şey yok. Yemin ederim ya. Valla. Zaten niye böyle bir şey yapayım ki? Niye ilk ona söyleyeyim? Amacım ne yani? Olayım ne?"

"İşinden de ayrılıyormuşsun?"

"Onu nereden duydun?"

"Sence? Neyse hadi kapat konuyu, tamam," diyor annem sonunda ve ekliyor, "Teyzenler balkonda, yürü hadi."

"Teyzemler mi? Nasıl ya? Gerçekten mi?"

"Evet. Seni tebrik etmeye geldiler."

"Efendim?"

"Hamile olduğunu öğrendiler de."

"Öğrendiler mi? Söyledim demiyorsun da!"

"Söyledim. Oldu mu?"

"İyi de benim geleceğimi nereden biliyorlardı ki? Ben sana geleceğim filan demedim?"

"Ben tahmin etmiştim geleceğini. Yürü hadi, yürü."

Yani annem diye söylemiyorum, beni çıldırtmasıyla ünlüdür kendisi. Madem biliyorsun geleceğimi, madem sonunda yelkenleri indireceksin suya, niye bunu yapıyorsun öyle değil mi? Niye üzüyorsun beni? Ama yok. İlla inim inim inletecek, beş bin kere anlattıracak her şeyi, ondan sonra affedecek. Ortada affedilecek bir konunun olmaması da ayrı mesele bu arada.

Balkona çıkıyoruz, Gülşen teyzemle Nurşen teyzem beni gördüğü anda ayağa kalkıp sarılıyor.

"Ay, bir tanem benim, güzel kızıııım, tebrik ederiiiim!" diyor Gülşen teyzem.

"Allah tamamına erdirsin inşallah!" diyor Nurşen teyzem.

Ben daha bir şey diyemeden, annemle Gülşen teyzem, "Amiiiin!" diyor ve hemen arkasından, "Allah kimsenin kucağını boş bırakmasın inşallah!" diyorlar aynı anda ve bir "Amiiiiiin!" sesi duyuluyor.

Ben de kafamı sallıyorum evet der gibi.

Zaten hamile olduğumu öğrenen herkes aynı şeyleri söylüyor.

"Allah tamamına erdirsin inşallah."

"Allah kucağını boş bırakmasın inşallah."

"Allah bir avazda kucağına almayı nasip etsin inşallah!"

"Hayırlı evlat olsun inşallah!"

"Allah analı babalı büyütsün inşallah!"

Amin.

Elime ikinci çizgisi silik çıkan test çubuğuyla, Beta HCG'si 73 olan kâğıdı aldığımdan beri neredeyse her cümleme, "Her şey yolunda giderse," diye başlıyorum, "Allah nasip kısmet ederse," diye devam ediyorum, "Nazar değmesin inşallah!" diyerek bitiriyorum ve içimden, bildiğim bütün duaları okuyorum çünkü insan hamile olduğunu öğrenince bir acayipleşiyor. Anında anlamsız korkular, paranoyalar, çekinmeler ortaya çıkıveriyor. Her şeye alınmalar, her şeyden nem kapmalar. Tak tak tak masaya üç kez vurup kulak çekmeler. Kulak çekmenin yetmediği yerlerde dişe vurmalar. Dişe vurmanın yetmediği yerde dil ısırmalar. Onun da yetmediği yerde popo kaşımalar. Aynı cümlede üç kez inşallah beş kez maşallah demeler.

Açıkçası bazen düşünüyorum da, bu çocuk niye beni seçti hiç anlayamıyorum. Seçti derken, ben ailelerimizi bizim seçtiğimize inanıyorum. Mutlaka bir nedenimiz var anne babamızı seçerken. Hayatın akışı içinde ya biz onlardan bir şey öğreniyoruz ya da onlar bizden bir şeyler öğreniyor. Bu narin ruh neden beni seçti acaba annesi olarak, merak ediyorum mesela. Daha tatlı, anaç, anne olmak için yanıp tutuşan birini seçebilirdi. Ben daha tam olarak anne olmaya hazır bile değilim. Yani bile isteye hamile kalmış olsam da, bence insan buna asla tam olarak karar veremiyor. Asla ne istediğinden emin olamıyor. Çünkü daha önce hiç tecrübe etmediğimiz bir şey bu. Yani kardeşlerimize baktık, kuzenlerimizi büyüttük, yeğenlerimizi mıncırdık filan, olabilir.

Ama bu farklı.

Bu bizim.

Bizim bebeğimiz.

Canımız kanımız.

Bundan sonraki hayatımızda, öncelikler listemizin başındaki yegâne varlık.

Kardeş çocuğu, kuzen çocuğu filan sevmek kolay, nasıl olsa bütün sorumluluk başkasında. Çok canımız sıkılırsa, bir noktada, "Aaaaa, yeter artık canım, al çocuğunu!" deyip anasına teslim ediveririz ama mevzu bahis olan kişi kendi çocuğumuz olduğunda aynı şeyi yapamıyoruz.

Zaten ne demişler? En iyi çocuk, arkadaşının çocuğu demişler. Yani dememişlerse de ben dedim oldu.

"Anlat bakalım nasıl oldu bu iş?" diyor sonunda Nurşen teyzem elini dizime koyarken.

PARDON?

"Nasıl oldu derken..." diyorum teyzeme garip garip bakarak.

"Olmuyordu ya sizin?"

Allah Allah ya! Allah Allaaaah!

"Oluyordu bizim. Yok öyle bi şey. Yani olmuyordu gibi bir şey yok. İnsanlar evlendikten sonra hemen çocuk yapacak diye bir şey var mı? Yok. Her şeyin bir vakti zamanı var. Gördüğünüz gibi de oldu ayrıca. Yani olmuş. Olacak inşallah. Her şey yolunda giderse!" deyip masaya vuruyorum üç kez.

"O zaman niye beklediniz bu kadar yavrum?" diyor Gülşen teyzem.

Duymadı galiba biraz önce söylediklerimi.

Teyzeme hiç cevap vermeden, "Kek var mı kek?" diye soruyorum anneme bakıp gözlerimi kocaman kocaman açarken.

Bari konuyu değiştireyim de, hesap vermekten kurtulayım.

"Var ama sen yiyemezsin!" diyor annem iyi mi?

"Aaa, niye o?"

"Çikolata var içinde."

"Yani?"

"Yanisi, çikolata olmaz. Uyaran sonuçta çikolata, içinde kafein var. Kahve, çay, kola filan onları da unut. Zaten içkiyi zinhar içmiyorsun bundan sonra."

"E oldu, siz bana rendelenmiş çiğ kabak verin o zaman, dokuz ay onu yiyeyim ben," diyorum sinir sinir.

"Keşke biraz kilo da verseydin ama artık çok geç tabii," diyor Nurşen teyzem.

"Hıhı, evet, çok geç tabii!" diyorum sinir içinde dudaklarımı yerken.

"Folik aside başladın mı sen bakayım?" diyor bu sefer Gülşen teyzem.

"Hayır."

"Hey Allahım! Bizimki, daha hamile kalmadan önce başlamıştı kullanmaya," diyor Nurşen teyzem.

Bizimki dediği, kızı Merve. Kuzenim yani. Merve de aynı Nurşen teyzem gibidir, acayip domestiktir. Daha ilkokula mı ne gidiyorduk, Merve çocuklarının adını koymuştu bile. Kız olursa Nur, oğlan olursa Tunç olacak demişti. Hakikaten de dediğini yaptı. Nur şu an beş yaşında, Tunç da üç yaşına girmek üzere.

"Yani bence de en doğrusunu Merve yaptı hamile kalmadan önce folik aside başlamakla," diyor annem.

Keşke ilkokuldayken başlasaydı ya. Valla. Çocukların ismini koyar koymaz başlasaydı folik aside. O zaman başlasaydı, çocuklar şimdi atomu parçalıyordu çünkü! O derece süper zekâlar yani!

Çok pardon ama bundan otuz yıl önce folik asit mi vardı? Yani vardıysa da bütün kadınlar folik asit mi kullanıyordu? Yooo. Alakası yok. Biz de çok şükür zekâsız filan olmadık. Ayrıca herkese aynı vitaminlerin verilmesi bana çok saçma geliyor, kimse kusura bakmasın.

"Peki neler düşünüyorsun? Neler planladın?" diye soruyor Gülşen teyzem.

Gülşen teyzemin kızı Ayşegül'ün de üç yaşında bir oğlu var ve tabii ki o da süper zekâ. Aksi düşünülebilir mi zaten, lütfen?

"Ne için?"

"Önümüzdeki dokuz ay için."

"Valla doğurmayı düşünüyorum. Başka da bir şey düşünmüyorum."

"Öyle değil. Doktorun kim? Kaç yıllık profesör? Amerika'da kaç yıl kalmış, kaç tane makalesi yayınlanmış? En son hangi okullardan davet almış? Bunlar çok önemli," diyor Nurşen teyzem.

Efendim?

Makale mi?

"Kesinlikle!" diyor annem de anında.

"Zaten prof değilse, hayatta olmaz o iş!" diye destek veriyor Gülşen teyzem.

Prof!!! Prof değilse hayatta olmuyormuş! Profesör olmayan jinekologlar doğum yaptıramıyor herhâlde.

"Sadece prof olması da yetmez ki hayatım. Perinatolog olması da şart."

Ne?

Perine ne?

N'oluyo ya? Ben kimim? Bunlar kim? Burası neresi?

"En iyisi lazım tatlım. En iyisi, en başarılısı ve en harikası tabii ki!" diyor annem bu sırada.

En iyisi lazımmış. En başarılısı. En harikası.

En bi' Amerika'larda okumuşu. En profesörü. Yurt dışında okumuş olursa artı puanmış. Yok efendim eğer Türkiye'de okuduysa hangi okulda okumuşmuş! Nerelerde çalışmış? Kaç yıl çalışmış? Ne zaman profesör olmuş? Bunların hepsi çok önemliymiş! Çünkü annelerimiz, anneannelerimiz filan da hep en bi' profesörlerle, en şahane özel hastanelerde doğurdu bizi!

Ayol daha bundan elli altmış yıl önce insanlar tarlalarda filan doğum yapıyordu. Hâlâ da yapıyor. Onu da geçtim, ebe diye bir şey vardı yani. Herkes hastaneye mi gidiyordu doğurmak için? Yooo. İsveç'te Norveç'te filan hâlâ eve ebeler geliyormuş kontrole. Hem doğumdan önce hem sonra. Öyle istediğim gibi doktorun kapılarını aşındırayım, üç günde bir ultrason çektireyim filan yokmuş. İki kere mi ne çekiyorlarmış ultrasonu da, o kadar.

"Bana bak! Daha doktorum yok filan deme valla şak diye düşüp bayılırım şimdi!" diyor hemen Nurşen teyzem.

Doktorum yok desem şimdiii, bir türlü. Demeseeem, başka türlü.

"Aaa! Aaa, olmaz olur mu benim doktorum, tabii ki de var. Çok da önemli bir işim vardı benim aslında, şimdi hatırladım, hemen kalkmam lazım benim!" deyip ayaklanıyorum hemen.

Daha fazla dayanamayacağım!

"Ne işi?" diyor annem hemen inanmayan gözlerle bana bakarken.

NE İŞİ? NE İŞİ? NE İŞİM OLABİLİİİİİR??? DÜŞÜÜÜÜÜN!!!

"Doktor!!!" diyorum can havliyle.

Ohhh! İyi denk geldi neyse ki.

"Bizim şey var ya, Zeynep. O da hamile ya şimdi, çok iyi bir doktor bulmuş, aynı böyle demin söylediğiniz gibi profesör filan Amerika'larda İsviçre'lerde şey yapmış, Mayo Clinic'lerde filan çalışmış yıllarca, onunla randevumuz var bugün. Ona gideceğiz birlikte, ben de şey yapayım daha da geç kalmayayım artık, öpüyorum hepiniziii," diyerek çantamı kapıyorum ve koştur koştur kapıya gidiyorum.

Kendime hemen bir doktor bulmam lazım.

Aslında daha önce gittiğim bir jinekoloğum vardı benim, ona mı gitsem ne yapsam? Acaba ne mezunuydu ki o? Yani hangi okuldan mezundu? Amerika'ya filan gitmiş miydi acaba? Offf, offf.

Arabaya biniyorum, daha yola çıkar çıkmaz telefonum çalmaya başlıyor, Kerem arıyor.

"Efendim sevgilim?"

"Hayatım bana niye haber vermedin?"

"Neyi canım?"

"Doktora gidiyormuşsunuz Zeynep'le."

Yemin ederim kendimi keseceğim!

Daha on dakika anca oldu evden çıkalı. Ne ara aradı annem Kerem'i, ne ara söyledi doktor meselesini hayret bir şey ya!

"Yok öyle bi şey hayatım. Teyzemler acayip üstüme geldi, annem de katıldı onlara, ben de evden kaçayım diye öyle can havliyle salladım."

"E, Zeynep çok mutlu oldu ama, seni bekliyor."

NEEE?!

"Nasıl?"

"Annen Zeynep'le doktora gidiyorlar deyince, ben de aradım Zeynep'i, konuşmadık daha önce ama süper olur, benim doktorum süper dedi. Zaten bugün randevusu varmış, seni bekliyor şimdi. Ben de yoldayım geliyorum."

Bir bu eksikti!

"Haaa. Peki o zaman oldu, görüşürüz orada," deyip telefonu kapatıyorum ve bir an sonra Kerem'i geri arıyorum çünkü nereye gideceğim hakkında en ufak bir fikrim bile yok.

Zeynep'in süper ötesi jinekoloğu elbette ki Levent'teki plazalardan birindeymiş ve elbette ki kendisinden randevu alabilmek mümkün değilmiş. Tam da benim annemle teyzemlere salladığım gibi Amerika'larda eğitim almış, on iki yıl Mount Sinai'de filan çalışmış, sonra da yurda kesin dönüş yapmış. Randevu hiç ama hiç bulunmuyormuş ama Zeynep çok *hatırlı* tanıdıkları sayesinde yalnızca kendisine randevu almakla kalmamış, son dakikada beni bile ekletmeyi başarmış listeye.

Ah, canım ya. Kıyamam.

Köprü trafiğiyle boğuşurken üst üste sekiz kez *Despacito*'yu, altı kez Serkan Kaya'dan *Mesele*'yi, üç kez de *Dirty Dancing* Soundtrack'inden *I've Had The Time of My Life*'ı dinliyorum ve ağlamaya başlıyorum.

Şaka yapmıyorum.

Öyle bir anda yani.

Durup dururken.

Tamam, peki, durup dururken değil aslında.

Önce *Despacito*'yu dinlerken ben neden Latin danslarını bilmiyorum diye ağlamaya başladım. Sonra Latin dansları bir yana, hayatımda daha önce hiç dans etmediğim ve kütükten hâllice olduğum aklıma geldi, ona ağlamaya başladım. Sağa sola bile sallanamam yani ben, o derece. Yani ben kim dans etmek kim? O ara biraz daha ağlamışım işte *Latin danslarını öğrenmeden mi öleceğim Allahım ben yaaaa* şeklinde. Ondan sonra *Mesele*'ye geldi sıra. Zaten bu ayrılmalı şarkılar beni hep hüzünlendirir. Adamın sesi de pek bi' içliydi, kaptırıp gitmişim. Üstüne de *I've Had The Time of My Life* çalmaya başlayınca, olay bitti. Biraz tuhaf bir playlist anlayışım var kabul ediyorum ama bu aralar kendimi çok acayip hissediyorum ve ne dinlersem dinleyeyim gözlerim anında doluyor, ne yapacağım hiç bilmiyorum.

Şu an gözlerim acayip şiş ve kırmızı, hatta göz altlarım daha da fena. Dünyanın bütün fondötenleri bir araya gelse kapatamaz yani bu şişliği ve kırmızılığı, o derece.

Güç bela arabayı plazanın otoparkına sokuyorum, çantamı yan koltuğa boca edip makyaj malzemelerimi bulup çıkarıyorum ve yüzümü hızla fondötene buluyorum. Üstüne biraz pudra, biraz allık filan sürüyorum, kirpiklerime de iki kat siyah rimel sürüp makyajımı tamamlıyorum. Neyse, insana benzedim çok şükür. Arabadan inip asansöre doğru ilerliyorum, asansörlerin karşısına devasa boy aynaları koymuşlar, onlardan birine bakıp üstümü başımı düzeltiyorum ve ilk gelen asansöre binip on birinci katın düğmesine basıyorum.

Hâlâ burada ne işim var bilmiyorum ama en azından ilk doktor kontrolüme girmek üzereyim, o da bir şey.

Umarım her şey yolundadır.

On birinci katta asansör duruyor, kapılar açılıyor ve karşımda Zeynep'i buluyorum.

"Selam," diyorum gülümsemeye çalışarak.

Zeynep tam o anda yüzüme bakarak küçük bir çığlık atıyor.

"Aaaaa!!!"

N'oluyor ya? Niye çığlık atıyor bu şimdi?

"O ne ya? Yüzünde makyaj mı var?"

"Evet. N'olmuş? Rimelim mi akmış?"

"Hayır ama aksa iyi olur."

"Nasıl yani?"

"Olmaz! Olmaz, mümkün değil. Hamileyken makyaj yapman söz konusu bile olamaz. Bak benim yüzümde bir gram bile makyaj yok."

NE?!

"Sonuçta bu malzemelerin ciltle teması çok hassas bir konu. Gözeneklerimizden içeri girdikten sonra vücudumuzun derinliklerinde nelere sebep oluyorlar bilemiyoruz ki!"

"Yani?"

"Yani mi? Yani miii? Bebeğine zarar verebilir bu makyaj malzemeleri!"

"Oldu, silerim sonra," diyorum Zeynep'i geçiştirmek için.

DELİ Mİ NE!

"Sonrası filan yok. Şimdi sil," diyor Zeynep ve çantasından koca bir paket ıslak mendil çıkarıp elime tutuşturuyor. "Bunları Amerika'dan getirttim. Brooklyn'de yaşayan çiğ vegan bir aile yapıyor bu mendilleri, hem doğayla dost, hem içinde aloe vera var hem de yüzde yüz vegan."

"Islak mendili Amerika'dan mı getirttin?"

"Evet tabii. Niye ki?"

"Hiiç. Merak ettim."

Salak ben. Soruya bak yani. Tabii ki de Amerika'dan getirtecek ıslak mendillerini! Gidip bir milyoncudan mı alacak lütfen yani! Sonuçta onun bebeğiyle bizim bebeğimiz aynı değil ki! Tabii! Ben insan evladı doğuracak olabilirim. Bizimki normal bebek. İnsan. Zeynep'in bebeği öyle değil. Onunki müthiş bir varlık. Bebekler üstü bir şey onun yavrusu.

Mendilleri kolumun altına sıkıştırıp ilerliyorum, Zeynep de önüme geçip bana yolu gösteriyor. Simsiyah bir kapının önüne geliyoruz, doktorun adı sanı hiçbir şey yazmıyor, Zeynep kapıyı açıp giriyor, ben de peşinden giriyorum.

"Hadi sen git makyajını çıkar, ben bekliyorum," diyor.

"Sonra çıkarırım," diyorum ama nafile.

"Bu malzemelerin yüzünde olduğu her saniye, bebeğin için çok ama çok zararlı. Bunların hepsi genetik kodlara işleniyor bildiğin gibi."

EFENDİM?

"Leyla sana hiçbir şey söylemedi mi bu konularda pardon?"

"Yooo."

"Ben de onu gerçekten spiritüel konularla ilgili sanıyordum."

"Öyle zaten."

"Demek ki değilmiş canım. Öyle olsa, benden önce o uyarırdı seni. Demek ki işine geldiği zaman ilgili yani."

Sinirlenmiyorum. Sinirlenmeyeceğim. Sinirli değilim. Çok sakinim.

Tam ağzımı açıp bir şey söylemek üzereyken, Kerem'le Nihat içeri giriyor ve aynı anda doktorun asistanı yanımızda beliriveriyor.

"Ali Bey sizi bekliyorlar Zeynep Hanım."

Çok şükür.

Zeynep'le Nihat içeri doğru ilerlerken, ıslak mendilleri çantama tıkıyorum, Kerem'le koltuklara oturup beklemeye başlıyoruz. Bizi, Zeynep'ten sonra alacaklarmış. Zaten bekleme odası tıklım tıklım. Bizden sonra en azından on iki kişi daha var sırada.

Otururken, iki sayfalık anketimsi bir şey dolduruyoruz. Yaşımız başımız, kaçıncı çocuğumuz, SAT, BAT, doğal mı tüp bebek mi filan gibi bir sürü soruyu cevapladıktan sonra, asistan gelip kâğıtları alıyor.

"Sizi ödeme hakkında bilgilendirdiler mi?" diye soruyor kâğıtları bir dosyaya koyarken.

"Hayır."

"Ali Bey'in ödemelerini yalnızca nakit alabiliyoruz."

"Öyle mi? Bilmiyordum," diyorum.

Gerçekten de bilmiyordum yani. Zeynep hiçbir şey söylemedi. Gerçi Zeynep muayenenin kaç lira olduğunu da söylemedi. Ayrıca adamın adını bile şimdi öğrendim, adı sanı hiçbir şeyi yazmıyor ki kapıda. Sanki doktor muayenehanesi değil Illuminati toplantısı.

"Muayene ücreti üç yüz Euro."

NE?

"Üç yüz Euro karşılığı Türk lirası da alabiliyoruz tabii ki."

"Aaa, öyle mi? Ne güzel! Alın tabii," diyorum.

ÜÇ YÜZ EURO MU?!

Manyak mısınız kardeşim siz!

"Ben ödemeyi yapıp geleyim," diyor Kerem ayağa kalkarken.

"Tamam canım."

ÜÇ YÜZ EURO MU? YOK ARTIK!

Kerem ödemeyi yapıp yanıma döner dönmez, "Ben buraya bir daha gelmem ona göre," diyorum hemen.

"Neden hayatım?"

"Bir kere çok pahalı!"

"Sen orasını düşünme."

"Ya olmaz öyle şey."

"Beğenirsen doktoru, gelmek istersen geliriz. Senden kıymetli mi?"

Canım ya. Gerçekten de o kadar düşünceli bir adam oluyor ki bazen, anlatamam.

"İyi de çok uzak zaten, hem de kendim bulurum bir doktor, Zeynep'inkine ihtiyacım yok."

"Belki de seversin adamı. Çok iyi bir doktormuş çünkü. Ben de araştırdım biraz."

"Kaç makalesi varmış?" diye soruyorum imalı imalı.

Kesin Zeynep de makale peşinde filan koşuyordur.

"Efendim?"

"Şaka yapıyorum."

"Bir içeri girelim de bakalım, ondan sonra karar verelim."

"İyi, peki."

Kırk beş dakika kadar bekliyoruz, Zeynep'le Nihat sonunda içeriden çıkıyor, asistan kız bu sefer bizi içeri alıyor.

Upuzun bir koridoru geçiyoruz, uzay çağı muayenehanesinin dibindeki odayı bulup içeri giriyoruz.

Ali Bey, iki yemek masası büyüklüğündeki cam masasında oturmuş, bilgisayarını açmış, bir şeyler yazıyor, Kerem'le beni görünce, "Hoş geldiniz," diyor.

Gayet normal bir hoş geldin yani. Öyle üç yüz Euro'luk bir hoş geldin filan değil.

Zaten asistanı, içeride doldurduğumuz kâğıtları filan getirmiş. Bana son âdet tarihimi, kan testi yapıp yaptırmadığımı, bir sıkıntım olup olmadığını soruyor, sonra içeride doldurduğumuz kâğıtlara şöyle bir göz gezdiriyor ve telefon açıp hemşiresini çağırıyor Ali Bey. Hemşireyle birlikte içeriye geçiyoruz.

"Buyurun lütfen," diyor hemşire.

Buyuruyorum.

Yatak gibi bir şeyin üzerine uzanıyorum, hemşire de bana ultrason hakkında bilgiler veriyor. Hiç canım yanmayacakmış, jel biraz soğukmuş, biraz gıdıklanabilirmişim ve tabii ki biraz sonra eşim de yanımda olacakmış.

Yatak olsun, ultrason olsun, altın kaplama filan değil bu arada. Üç yüz Euro'yu neye veriyoruz hâlâ anlamış değilim. Herhâlde plazadaki ofisin kirasına ortak oluyoruz.

Gerçekten de bir süre sonra hemşirenin söyledikleri bir bir çıkıyor. Beş dakika sonra Kerem, doktorla birlikte içeri giriyor ve gelip yanımda duruyor.

Hemşire, odanın ışığını karartıyor, Ali Bey de karnıma bir kutu jeli boca ettikten sonra, "Başlıyoruz," diyor.

Kalbim küt küt atıyor.

Karnımın üzerinde ultrasonu gezdirirken, "Güzel, güzel, güzel," diyor, "Her şey gayet güzel. Şu an beşinci haftanın içindesiniz."

Beş hafta mı? Beş haftalık hamile miyim ben şimdi yani?

Sonra ekranda minicik bir nokta gösteriyor bize.

"Bu gebelik kesesi. Kesenin şekli düzgün. Bebeğin boyu da yaklaşık üç dört milim kadar şu an."

YAAAAA! İnanamıyorum! Bebeğimizin boyu üç dört milim kadarmış! Ya, bizim bebeğimiz var! İnanılır gibi değil!

"Bakalım, kalp atışlarını duyabilecek miyiz?"

Kalp atışı mı? Gerçekten mi?

Kerem'le birbirimize bakıyoruz, uzanıp elini tutuyorum.

"Duyamazsak da korkacak bir şey yok. Bir sonraki haftayı bekleriz. Bazen beşinci haftada duyulamayabiliyor," diyor Ali Bey.

"Tamam," diyorum incecik bir ses tonuyla.

Şimdi gerçekten bebeğimizin kalp atışlarını mı duyacağız?

Gerçekten de bir süre sonra, odanın içinde çok tuhaf bir ses duyuluyor.

Sanki bir grup atlı, tozu dumana katarak odanın içinde ilerliyormuş gibi bir ses. Nasıl hızlı anlatamam.

Bu gerçekten de bebeğimizin kalp atışı mı?

Gerçekten mi?

Böyle mi atıyor kalbi?

O an, çok ama çok acayip bir his gelip içime yerleşiveriyor.

Kerem'le birbirimize bakıyoruz, ikimizin de gözleri dolu dolu ama benim gözlerimden yaşlar süzülmeye başlıyor.

"İyi misin sevgilim?" diyor Kerem elimi hafifçe sıkarken.

Sanırım ilk kez o an, henüz hiç hissetmesem de, varlığını henüz gözümle göremesem de, içimde bir yerlerde bir kalbin çarptığını anlıyorum.

Sonrası malum.

İçimden bildiğim bütün duaları okuyorum, tak tak tak üç kez yatağın altındaki tahtaya vuruyorum, ardından üç kez de dişlerime vurup, dilimi ısırıp, bir de üstüne popomu kaşıyorum çaktırmadan.

Allahım, sen konuyu biliyorsun.

AMİN!

4

Hâlâ iyi bir doktor bulabilmiş değilim, aramaya devam ediyorum, şu an yedinci haftanın içindeyim ve aklımı kaçırmak üzereyim. Zeynep'le konuşup, onun doktoruna gitmeyeceğimi söylediğim andan beri, herkes bana doktor bulmak için seferber oldu. Herkes dediğim, annem, babam, teyzelerim, kuzenlerim filan. Ve tabii ki kuzenlerimin arkadaşları da konuya dâhil oldu. Ve tanımadığım bir sürü kişi daha. Naz bile aradı. Onun da arkadaşlarının çok iyi doktorları varmış, istersem isimlerini bana verebilirmiş, bu arada da yüzüğünü daralttıracakmış, yakınlardaymış da onunla bir kahve içmek ister miymişim de bilmem ne. Pis yüzük hırsızı! Neyse ki çok işim olduğunu söyleyip başımdan defettim kendisini. Zaten bu aralar kendimi çok acayip hissediyorum, bir de onunla uğraşamayacağım.

Acayip hissediyorum derken, her şeye ağlıyorum. Geçenlerde arabada başlayan şarkı dinlerken ağlama durumum devam ediyor. Eğlenceli bir şarkı dinliyorum, ağlıyorum. Melankolik bir şarkı dinliyorum, ağlıyorum. Geçen gün

Güldür Güldür izlerken ağladım ben ya! Eşofmanlı Şevket Hoca, "Benüm Behüce'den neyüm eksük!" dedi, höykür höykür ağlamaya başladım. Olacak iş değil yani.

Bir de koku olayı çıktı başıma. Burnum o kadar hassas ki, av köpeklerinden hâlliceyim. Her şeyin kokusunu alıyorum, geçen gün anneme gitmiştim, balkondaki portakalların kokusunu salondan aldım. Almakla da kalmayıp tek başıma dört tanesini mideye indiriverdim. Daha midem bulanmıyor, inşallah da bulanmaz. Annemin hiç midesi bulanmamış mesela bana hamileyken. Teyzelerimde de hiç olmamış öyle bir bulantı, kuzenlerde de. İnşallah bende de olmaz.

Onun dışında şimdilik her şey yolunda gibi. Kerem'le aramız çok iyi. Normalde de günde bir iki kez konuşurduk ama şimdilerde en az üç dört kez arıyor. İşten çıkarken mutlaka haber veriyor, bir şey isteyip istemediğimi elli kez soruyor filan. Canım benim. Geçen gün Emel Hanım bile arayıp hâlimi hatırımı sordu da inanamadım. Zeynep hâlâ çalışıyor, bu aralar mecburiyetten çok sık görüşür olduk. Sonuçta ikimiz de hamileyiz, üstelik aynı haftanın içinde olduğumuz için çok ortak noktamız var. Neyse ya, en azından kendimi çok yalnız hissetmiyorum, Leyla'yla da sürekli görüşüyoruz ama Zeynep'le hamilelik hakkında da konuşabiliyoruz o yüzden şimdilik çok şikâyetçi değilim. Ömer de nihayet kafasına koyduğu mekânın hava parasını bulup buluşturmuş, dükkânı kiralamış, Naz'la birlikte durmadan Moda'ya gidip geliyorlarmış. Kerem'in söylediğine göre dükkânın yeri çok güzelmiş, herkes de iş yapacağından eminmiş. Valla bilemiyorum.

Moda'da krep satmak, pancake satmak başka bir şey, scone denen kimsenin bilmediği bir zıkkım satmak başka bir şey. Tabii ki çay, kahve, sıcak içecekler de olacakmış dükkânda, sadece scone olmayacakmış, ayrıca Naz'ın yaptığı abidik gubidik organik taş boku kıvamındaki kurabiyeler de satılacakmış. Hadi hayırlısı. İş meselesini de hallediyorum yavaş yavaş. Yani apar topar işten ayrıldım, az biraz tazminat bile aldım. Şimdi geriye bir tek Instagramcılık kaldı.

OFFF! AĞLAMAK İSTİYORUM!

Niye girdim bu işlere hiçbir fikrim yok.

Ya, benim Instagram hesabım bile yok!

Onu geçiyorum, hayatımda üç satır yazı yazmışlığım yok.

"Kimsenin yok güzelim, merak etme," diyor Leyla ıhlamurundan bir yudum alırken.

Bizim evin salonunda oturduk, bir yandan Leyla'nın uzun zamandır geliştirmeye uğraştığı vegan kek üzerinde çalışıyoruz bir yandan da karbonatlı yüz maskesi yapıyoruz.

"Nasıl yok? Zeynep'in gayet var mesela. Blog'u var yani. Demek ki onun yazmışlığı var!" diyorum sinir sinir.

"E, tamam. Senin de olacak işte. Ama sen direkt Instagram'dan yürüyeceksin. Blog mlog olmaz."

"Niye ki?"

"Çünkü blog'ların modası geçti hayatım. Artık Instagram ve Youtube iş yapıyor."

"Ama Zeynep'in blog'u var?"

"Eski bloggerlardandır o. Kesin Instagram'ı da vardır, haftada bir iki tane yazı filan koyuyordur blog'una, direkt Instagram'dan yürüyordur."

"Yani, olabilir."

"Bütün eski bloggerların Instagram hesapları da var. Ya kendine Instagram açacaksın ya da Youtube kanalı. İkisinden biri."

"Youtube kanalı dediğin ne?"

"Video koyacaksın. Çekeceksin yani."

"O iş yaş. Benim zaten kamera fobim var. Instagram daha iyi."

"İyi. Kendine bir hesap al o zaman."

"Kendi adımla mı?"

"Yani ister kendi adınla, ister takma bir isimle. Sen bilirsin."

"Vazgeçtim desem peki herkese? Yani öyle denemeyi düşündüm ama vazgeçtim, bir süre dinleneceğim evde, sonra tekrar işe gireceğim desem, doğumdan sonra?"

"Ya bir dene de önce, olmazsa o zaman vazgeçersin."

"İyi, peki."

Uzun uzun düşündükten sonra, *anneoluncaanlarsindedilergeldik* adıyla bir hesap açıyorum Instagram'da.

"Fotoğraf da koy bir tane. Profil fotoğrafı."

"Ya hiç güzel fotoğrafım yok ki benim!"

"Nasıl ya? Aç bir fotoğrafını ya da çek şimdi, sonra da VSCO kullan. Ya da Snapseed. Parlaklığı artı on beş filan yap, koyu renkleri biraz kıs, iyileştirmeyi kullan, fotoğraftaki çapakları temizle, oldu bitti."

EFENDİM? NE DEDİ BU ŞİMDİ?

"Onlar ne?"

Leyla bana bakıyor, sonra derin derin nefes alıp veriyor. Gözlerini kapatıyor, ellerini bir araya getirip çenesinin altında birleştiriyor ve birkaç saniye sonra gözlerini açıp bana bakıyor.

"Senden başka hiç kimse için yapmam bunu haberin olsun! Ver şu telefonu bana!"

"Al," diyorum şaşkın şaşkın telefonumu uzatırken.

Leyla organik teff ununu tarttığı mutfak tartısını bir kenara bırakıyor ve telefonumu alıp kendini yerdeki puflardan birine atıyor, başparmaklarını durmadan kıpırdatarak bir şeyler yapmaya başlıyor. Mesaj mı yazıyor, program mı indiriyor, fotoğraf mı çekiyor hiç bilmiyorum. Sonunda bana telefonumu geri veriyor.

"Bir sürü app yükledim, sonra tek tek bakarsın. Hepsi de fotoğrafla ilgili. Bir tane de günün sözü app'i var. Çok sıkışırsan özlü sözlere dayanırsın. İster hazırını kullan istersen kendin yaz. Repost yükledim, onu da dikkatli kullan, öyle her şeyi repost etme. Perşembeleri TBT günü, sakın pas geçme. Hashtag'leri kullan ama çok da fazla kullanma. Filtreleri dikkatli seç. Kadraja dikkat et. Zaten zamanla iyi fotoğraf çekmeyi öğrenirsin. Çok koyu renklerden gitme. Açık renk iyidir. Bütün fotoğrafların rengini aç. Instagram'ın kendi filtrelerinden kullanacaksan, en çok Myfair filtresi sevilir Instagram'da. Renk ayarlarından da maviye yüklen. Kırmızı en sevilmeyen renk. Anladın mı?"

"Anlar gibi oldum da, nereden biliyorsun sen bunları?" diyorum şaşkın şaşkın.

Leyla derin bir nefes alıyor, bir süre içinde tutup bırakıyor.

"Söyleyeceğim ama kimseye söylemeyeceksin," diyor sonunda.

"Tamam."

"Instagram ayığıyım ben."

"Instagram ayısı mısın?"

"Ayık ayık. Bir yıldır ayığım. Bir yıldır Instagram kullanmıyorum yani."

NE DEDİ BU ŞİMDİ?

"İyi de, senin hiç olmadı ki zaten Instagram hesabın? Olsa bilirdim ben."

"Oldu işte ama herkesten sakladım."

"Nasıl sakladın anlamadım."

"Kendi fotoğraflarımı koymadım pek. Yani koydum ama yüzümü net olarak koymadım."

"Niye ki?"

"İstediğim gibi yazabilmek, insanlarla istediğim gibi konuşabilmek ve istediğim fotoğrafları koyabilmek için."

"E, koysaydın yine. Kime ne yani? Annenler filan laf eder diye mi koymadın?"

"Yok. Biraz takipçim vardı da."

"Biraz derken? Ne kadar biraz?"

"Eee... Bir milyon altı yüz yirmi sekiz bin kişi kadar."

NEEEEEE?

BİR MİLYON MUUU?! BİR MİLYON ALTI YÜZ YİRMİ SEKİZ BİN Mİ?!

"Atıyorsun!"

"Atmıyorum. Gerçekten vardı."

"Ee? N'oldu peki? Birden bire uçtu mu hesabın?"

"Hayır, kapattım."

"Süper! Hemen tekrar açıyorsun, sonra da kullanıcı adını değiştiriyoruz, ben kendi hesabımmış gibi kullanmaya devam ediyorum. Nasıl fikir?"

"Kötü fikir çünkü kapattım hesabı. Kısa süreli değil. Komple kapattım. Sildim yani."

"Niye ya? Niye yaptın ki böyle bi şey? Onu da geçiyorum, neden bana hiç söylemedin?"

"Sen Instagram kullanmıyorsun ki tatlım."

Yaniii! Aslında kullanıyorum da abuk sabuk isimlerle stalk hesabı olarak kullanıyorum.

"Olsun. Hiç haberim olmadı yani. Olsaydı belki de bakardım hesabına."

"Keşke hiç bulaşmasan bu işlere," diyor Leyla içini çekerken.

"Niye ya? Hani yardım edecektin sen bana? Hani söz vermiştin? N'oldu?"

"Yardım edeceğim de..."

"De si ne o zaman? Hani fiş bulacaktık bana?"

"Fiş mi?"

"Ya söylemiştin ya tema mıydı neydi bir şeyler demiştin..."

"Niche."

"Hah."

Leyla derin derin nefes alıp veriyor, başını iki yana sallıyor, yüzünü buruşturuyor ve salonda volta atmaya başlıyor.

"Ya seni bu kadar düşündüren şey nedir pardon?! Ayrıca deminki soruma cevap vermedin. Niye kapattın hesabını?"

"Çünkü çok vaktimi alıyordu."

"Yok canım. Ne kadar vaktini alabilir ki?"

"Çok. Tahmin edemeyeceğin kadar çok. Neyse. Sana yardım edeceğim ama bana söz ver. Bir sabah uyandığında tuvalete gitmek yerine eline önce cep telefonunu alırsan ve takipçilerinin yorumlarına bakarken altına işersen, hesabını kapatacaksın."

HAHAHAHAHHHAAH!

"Delirdin mi sen ya? Hayatta olmaz öyle bi şey," diyorum kahkahalarla gülerken.

"Söz ver."

"Hiç gerek yok öyle bir şey yapmam ama söz. Tamam mı? Söz veriyorum. Öyle bir şey olursa kapatırım hesabımı. Şimdi yardım edecek misin bana?"

"Tamam. Edeceğim."

"Harika! Hemen tuvalete gidip geliyorum o zaman!" deyip koşturarak tuvalete gidiyorum.

Bu tuvalet işi büyük sıkıntı yalnız. Bir damla su bile içsem anında tuvalete taşınıyorum, iyi mi! Son aylarda böyle olur diye düşünmüştüm, yanılmışım. Hamilelik demek durmadan tuvalete taşınmak demekmiş de haberim yokmuş. Ayrıca Instagram'a bakarken altıma filan da işemem yani, lütfen! Kim yapar ki böyle bir şey?

Tuvaletten çıktığım anda telefonum çalmaya başlıyor, "Zeynep arıyoooor!" diye sesleniyor Leyla salondan.

Bir bu eksikti!

Kim bilir ne isteyecek yine?

Yüzüme gayet sahte bir gülümseme yerleştirip süper neşeli bir şekilde telefonu açıyorum çünkü sesim birazcık bile normal çıksa, neyin var deyip darlamaya başlıyor beni. Neymiş efendim, hamileyken moralimizi asla ama asla bozmayacakmışız çünkü bebeğimiz her şeyi hissettiği gibi bunu da hissediyormuş.

"Efendim Zeynepcim?" diyorum kahkaha atmakla sinirden saçlarımı yolmak arasında gidip gelen garip bir enerjiyle. Hormonlarım altüst yemin ederim.

"Tatlım neredesin?"

"Evdeyim? N'oldu ki?"

"Harika! Şimdi biz kızlarla bir yemek yiyelim dedik. Daha doğrusu akşamüstü bir şeyler atıştıralım dedik. Seni de bekliyoruz mutlaka. Lokasyonu atıyorum Whatsapp'tan. Akşam Nihat'la Kerem de gelecek zaten, onların da haberi var. İki saat sonra görüşürüz. Baaaaay!"

Yüzüme kapattı, iyi mi!

"N'olmuş? Ne diyor Zeynep?"

"Arkadaşlarıyla yemek yiyeceklermiş, beni de çağırıyor. Akşam Kerem'le Nihat da gelecekmiş falan filan."

"Süper. Birlikte çıkalım o zaman, benim de yoga dersim var zaten. Sen de bir ara gel artık stüdyoya tamam mı? Hamile yogası iyi gelir, gevşersin. Hem bebeğinle bağ kurarsın hem de bedenindeki ağrıları serbest bırakıp özgürleşirsin, tamam mı?"

"Hıhı, tamam."

Hamile yogası mı?

İşim olmaz!

Hayatım boyunca spor yapmamış insanım ben! Şimdi acayip acayip hareketler yapıp kendimi sakatlamaya hiç niyetim yok. En fazla yürüyüş yapabilirim yani, onu da tek başına yapamam çünkü acayip sıkılıyorum. Bugüne kadar neler denedim! Kendime gidip en havalı iPod'u aldım, içine bir sürü şahane şarkı yükledim, telefonuma bütün yürüyüş ve koşu uygulamalarını indirdim, harika yürüyüş ayakkabıları aldım, taytından sporcu sütyenine, tişörtünden ter çeken çorabına kadar her şeyi aldım ama yok. İnsanın içinde olmayınca olmuyor. Sporun s'sini duyunca fenalaşıyorum.

Kırk beş dakika boyunca ne giyeceğimi düşündükten sonra cinnetin sınırlarına geliyorum. Zeynep yine süper şık filandır, onun yanında abuk sabuk bir şeylerle dolaşmak istemiyorum açıkçası. O yüzden milyon tane şey giyip çıkarıyorum, sonunda indirimde İpekyol'dan aldığım, krem rengi üstüne siyah çizgili elbisemi giymeye karar veriyorum. Altına siyah rugan babetlerimi giyip, siyah püsküllü çantamı da kapıp şöyle bir kendime bakıyorum. Hiç fena görünmüyorum. Yüzüme de biraz pudra süreyim bari. Zeynep sorarsa, organik makyaj malzemesi filan deyip geçiştiririm.

Leyla'yı Caddebostan'daki yoga stüdyosuna bıraktıktan sonra yine çılgın bir köprü trafiğine giriyorum. Leyla'yla arkadaşları elbette ki Bebek'teler. Aksi düşünülebilir miydi yani, lütfen! Kerem'i de çağırmamış olsa şuradan şuraya gitmezdim ama şimdi gitmezsem arkamdan bir ton laf ederler. Vay efendim onlar beni her yere çağırıyormuş da ben gitmiyormuşum da bilmem ne.

Nakkaştepe'ye kadar içimden ya sabır çekerek ilerliyorum. Yeşil ışık yanmadan önce korna çalan oldu demin bana ya, oha yani! Tamam, uzun süredir yeşil ışık yandığı saniyede kornaya yaslananlara alıştık artık da, daha yanmadan niye basıyorsun arkadaşım? Kırmızıda mı geçeyim sen mutlu ol diye, ne yapayım?

Bu köprüye giriş de beni delirtiyor bu arada. Hani Nakkaştepe'yi geçtikten sonra köprüye bağlanan yeri diyorum. Sağ taraf Beylerbeyi'ne gidiyor sol taraf da köprüye bağlanıyor ya, hah, işte tam oradayım ve araya kaynayan öküzlerle boğuşuyorum. Yahu kardeşim, biz salak mıyız? Biz niye bekliyoruz acaba? Yok, bunlar Beylerbeyi'ne gidiyormuş gibi yapıp, illaki araya kaynayacak. Neler yaptılar, dubalar koydular, koydukları dubaları iyice sıklaştırdılar, neredeyse köprü girişine kadar uzattılar filan ama nafile. Beton dökseler, betonu deler bunlar.

Of, ya! Şimdi bir sigara olsaydı!

Hayır. Sigara yok. Yok sigara.

Gözlerimi kapatıp bedenimin derinliklerine iniyorum. Nefes alıp veriyorum ve vücudumdaki bütün gerginliklerin azaldığını hissediyorum. Sigara içmek istemiyorum. Zihnim de bedenim de sigara istemiyor.

EVET, YÜZDE YÜZ!

SİGARA İSTEMİYORUM!

KESİNLİKLE!

Bir sigara yakıyorum, daha ilk nefesi çeker çekmez vicdan azaplarıyla oradan oraya savrulmaya başlıyorum. Hani hamile kalınca nefret ediliyordu sigaradan? Hani? Hani canım hiç sigara içmek istemeyecekti, n'oldu? Hani tiksinecektim, kokusunu bile duymak istemeyecektim, n'oldu?

İkinci nefesi de çekip sigarayı söndürüyorum.

Allahım, sen beni affet. Bir daha içmeyeceğim. Valla içmeyeceğim.

Sigara yok. Sigarayı unut. Sigara içmeden dokuz ay geçirebilirsin.

NEEEEE, DOKUZ AY MIIIII?

Sigara yok. İçmeyeceğim. Kararlıyım.

İnşallah.

Bir buçuk saat sonra, Zeynep'in gönderdiği adrese varıyorum. Yine şıkıdık bir kafe bulmuş tabii ki buluşmak için, adı da La Charmeuse gibi bir bir şey. Öyle bir şey diyorum çünkü nasıl okunduğundan pek emin değilim. Hayır birine sormam gerekse, kafenin adını söyleyemiyorum, olacak iş değil! La Şarmeus? La Çarmüz? La Şarmös????? Nasıl okunuyor kim bilir?

Zeynep'le arkadaşlarını, arka bahçede gülüşürken buluyorum. Uzaktan gördüğüm kadarıyla ikisi hamile. Yani karınları filan belli oluyor, Zeynep'le benim gibi değiller.

"Hoş geldin canım," diyor Zeynep beni görür görmez.

"Merhaba."

"Aaa! Ama yine makyaj yapmışsın sen?" diyor hemen gözlerini açarak.

"Bunlar organik tabii ki Zeynepcim," diyorum diğerlerine gülümserken.

"Öyle mi? Markası ne?"

MARKASI NE? MARKA! DÜŞÜN! HIZLI DÜŞÜN!

"La şey."

"Anlamadım?"

SALAĞIM BEN YA! NET!

"La şey. Bir arkadaşım Endonezya'dan gönderdi. Bali'de şimdi o, orada da biliyorsun çok organik her şey. İlaçlama filan hiç yok, topraklar şeyler harika, her yer çimen, yeşillik, bu da full organik bir makyaj seti yani. Çok memnunum."

"Ama bulamadım ben Instagram'da," diyor saçını tam tepesinde top gibi topuz yapmış sarışın bir kadın.

OHA!

Ne ara telefonunu eline aldın da ne ara Instagram'a girdin de, ne ara bulamadın ya?

"Ben de bulamadım."

"Ben de."

"Ben de."

Şöyle bir durup bakıyorum, yan yana oturmuş dört kadın, dördünün de elinde cep telefonları, dördü de bana bakıyor garip garip.

"Nasıl yazılıyor tam olarak?" diye soruyor topuzlu olan.

"Eee, tam bilmiyorum, eve gidince bakarım, bakınca da Zeynep'e yollarım adını," diyorum.

OHHH! Neyse ki yırttım.

"Biz da daha yeni geldik, sipariş bile vermedik," diyor bu sırada Zeynep, bir yandan da garsonlardan birini çağırıyor.

Garsonu beklerken, sarışın topuzlunun adının Deniz, onun yanında oturan kahverengi kemik gözlüklünün adının Nil olduğunu öğreniyorum. Deniz yirmi sekiz haftalık, Nil de yirmi haftalık hamileymiş. Zeynep'in yanında oturanlardan kızıl, kısa saçlı olanın adı Tuğçe, Tuğçe'nin yanında oturan mavi gözlü, bembeyaz tenli kızın adı da Selda'ymış. Tuğçe'nin iki buçuk yaşında bir kızı, Selda'nın da beş buçuk yaşında bir oğlu varmış. İkisi de ikinciyi düşünüyormuş. Hem de en kısa zamanda.

"Ben çok aç değilim o yüzden içeceklere bakacağım," diyor Deniz, topuzunu düzeltirken.

Bir gün bile şunu söyleyemedim ya ben! Hamile değilken de aç olurdum da, şimdi yedi yirmi dört açım.

Bu sırada garsonlardan biri, elinde birkaç tane menüyle masaya yaklaşıyor.

"Ben menü almayayım, bir tane Americano istiyorum teşekkürler," diyorum garsona gülümseyerek.

"Americano mu?" diyor Zeynep anında.

"Evet. Kötü mü buranın Americano'su? Kötüyse başka kahve içeyim."

"Gerçekten kahve içiyor musun? İnanamıyorum!" diyor Nil.

Hepsi aynı anda dehşete kapılmış gibi bana bakıyor.

"Niye ki?"

"Hamile değil misin? Zeynep bize hamile olduğunu söylemişti?"

"Öyleyim."

"O zaman kahve içemezsin!" diyor Deniz.

Diğerleri de onu onaylıyor.

"O zaman çay içeyim ben," diyorum salak salak.

Hiç uğraşamayacağım şimdi bunlarla.

"Çay da içemezsin. Sonuçta birinde kafein birinde tein var. Asla içemezsin çay kahve! Kafein de tein de bebeğe geçiyor direkt olarak. İçmeye devam edersen gelişme geriliğine kadar yolu var yani bu işin!" diyor Zeynep.

GELİŞME GERİLİĞİ Mİ? ALLAH KORUSUN!

"O zaman yeşil çay alayım ben."

"Yeşil çay da olmaz, onda da kafein var! Ben daha hamile değilim ama şimdiden bıraktım çayı, kahveyi ve tabii ki yeşil çayı da!" diyor Tuğçe.

Selda *ben de* der gibi bir işaret yapıyor.

Şimdi avazım çıktığı kadar bağıracağım, o olacak!

"Su alayım ben," diyorum garsona.

Bunlarla daha fazla uğraşamayacağım.

"Ben agaveli ebegümeci çayı rica edeceğim," diyor Zeynep.

HA? NE ÇAYI?

"Ben de bir rezene çayı alayım," diyor Deniz.

"Ben de," diyor Nil.

Tuğçe'yle Selda da ıhlamur istiyor, garson hepimize şöyle bir bakıp başını iki yana salladıktan sonra uzaklaşıyor.

"Hayırlı olsun, yedinci haftanın içindeymişsin galiba?" diyor Deniz bana dönüp.

"Hıhı, evet."

"Arabayı seçtin o zaman."

"Araba derken?"

"Bebek arabası hayatım."

"Yooo, hayır. Daha çok vakit var araba için," diyorum.

Gerçekten de var yani. Doğuma yakın alırım bir tane.

"Olur mu? Oluuur mu?!" diye uluyor hemen Zeynep.

"Olmaz mı?" diyorum Zeynep'e bakarak.

"Olmaz tabii ki hayatım. Çok vakit filan yok. Hepsini tek tek deneyeceksin sonuçta."

TEK TEK DENEYECEK MİYİM?

"Ben Stokke diyorum!" diyor hemen Selda.

"Ben de!" diyor Tuğçe.

"Stokke kullanan bütün arkadaşlarım çok memnun," diyor Deniz.

"Ben de öyle duyuyorum ama Bugaboo da çok iyiymiş," diyor Nil.

"Maclaren nasıl peki?" diye soruyor Zeynep.

"Bugaboo donanımsal olarak daha iyi diyorlar canım," diyor Nil.

NE OLUYOR YA? BEN KİMİM, BURASI NERESİ? BU KADINLAR KİM? NECE KONUŞULUYOR BURADA?

Sonra yine hepsi aynı anda bana dönüyor ve soran gözlerle bakmaya başlıyor.

"Eee, bence de Stokke şahane! Zaten harika bir marka, İskandinav olduğu için çok da sade," diye sallıyorum.

ALLAHIM, İNŞALLAH İSKANDİNAV MARKASIDIR!

"Kesinlikle!" diyor Selda.

OHHH!

"Norveç zaten bu konularda çok iyi. Bebek ürünlerinde bir numaralar!" diyor Zeynep.

ALLAHIM, SANA ŞÜKÜRLER OLSUN!

"Ne soracağım sana, doktor işini ne yaptın sen?" diyor bu sırada Zeynep.

"Ali Bey'e gitmiyor musun?" diye soruyor hemen Deniz de.

"Eee, gittim ama çok memnun kalmadım."

Yine bütün kafalar bana dönüyor.

"Neden?"

DÜŞÜN DÜŞÜN DÜŞÜN!

NEDEN MEMNUN KALMADIM???

"Ay, benim eski doktoruma gidebilirsin istersen, normal doğumcu bak. Sezaryen filan asla tavsiye ettiği bir şey değil, yani zorunlu durumlar hariç," diyor bu sırada Tuğçe.

En son normal doğumunu 1996 yılında yaptırmış, net!!!!

"Benim eski doktorum da süperdi, hem de çok komikti," diyor Selda.

Ikınırken fıkra mı anlatacak bana anlamadım.

"Sadece doktor yetmez, mutlaka bir doula ile anlaşman lazım," diyor Nil.

DOU NE? O NE YA?

"Ya ben çok takıldım Ali Bey'i bırakmana. Bir şey mi oldu ki? Yani hepimiz ona gidiyoruz. Bir şey olduysa söyle lütfen," diye ısrarla soruyor bu sırada Zeynep.

Oldu canım. Bir şey oldu. Öncelikle üç yüz Euro oldu. Kusura bakmayın ama benim öyle bir param yok yani, her ay üç yüz Euro veremem jinekoloğuma.

"Bilmiyorum. Öyle net bir şey söyleyemem. Yani adam bana hiçbir şey yapmadı, her şey de gayet iyiydi. İyi bir doktor kesin ama bilemiyorum ki işte, hormonlar bence, hormonlardan oldu, o yüzden başka bir doktor buldum," diyorum çünkü hâlâ bulmadım dersem mahvederler beni.

"Aaa, hormonlardan olabilir, bana da olmuştu çünkü Turkuaz Miran'a hamileyken," diyor Tuğçe.

EFENDİM?

TURKUAZ MİRAN MI?!

Yani gerçekten yanlış anlaşılmak istemiyorum ama Turkuaz Miran diye isim mi olur kardeşim ya? Öyle geri kafalı bir insan filan da değilim yanlış anlaşılmasın ama, gerçekten Turkuaz Miran diye isim mi olur? Çocuğun okul hayatı daha şu andan bitmiş durumda, herkesin dalga geçeceği kesin. Zaten söylemesi ayrı dert yazması ayrı dert. Turkuaz mı Turkuvaz mı? Hangisi? Gerçi daha enteresanlarını da duydum son zamanlarda. Mesela Roberta Çakıl Çakıloğlu. Annesi de babası da yabancı değil bu çocuğun. Ailede hiç yabancı yok. Niye Roberta peki? Bilmiyoruz. Öyle. Neyse, modernizmle yoğrulmuş ama köklerine de yüz çevirmemiş bir ailenin çocuğu olduğunu tahmin ettiğim Roberta Çakıl'a hayatında başarılar diliyorum.

Ayrıca geleneksel isimlerimize n'oldu, onu da çok merak ediyorum. Bugün bir Derin olsun, Ada olsun, Doruk olsun, Ayaz olsun, nerede bugün bu isimler?

Ne diyorum ben be?

Valla bir çocuğa isim koymak, gerçekten büyük sorumluluk. Ben isimlerin anlamlarının çok önemli olduğuna inanıyorum, hatta bu anlamların bizim hayatımızı şekillendirdiğine de inanıyorum. O yüzden çocuğuma ilk kez isim seçtiğimde ilkokula gidiyordum. Yıllardır bu konu üzerine çalışıyorum yani. Öyle yan gelip yatmıyorum.

Yani tamam, teyzemin kızını gömmüş olabilirim çocuğunun ismini ilkokula giderken koydu diye ama ben onun gibi domestik olmadığım için...

Yani aslında çocuk sahibi olmak gibi bir fikrim olmamasına rağmen isim koymuştum ben...

Hani çok ama çok ileride olursa diye...

Zaten de çocukça bir şeydi...

Neyse ne!

İlkokulda, David ve Joshua arasında gidip geliyordum. Chad ismini de seviyordum ama en çok Joshua'ya yükseliyordum. (İşte gençlik dizilerinin ilk kez beynimi yakmaya başladığı yıllar. Ve erkek oluyor yüzde yüz. Niyeyse?)

Ortaokulda Natali olsun dedim. Niyeyse hayatımda ilk defa kız çocuğum olursa adını ne koyarım diye düşündüğüm zaman ortaokul yıllarım. Bunu çok net hatırlıyorum gerçi, rüyamda görmüştüm. Rüyamda mavi gözlü bir kız çocuğu görmüştüm ve adı Natali'ydi. (Kitap fuarından *En Mavi Göz* romanını alıp okumuştum, büyük ihtimal onun etkisi altında kalmışım.)

Lisede ve üniversitede Eflatun dedim. Kız da olsa erkek de olsa. (Aaah, ahhh, Platon'un yavaş yavaş beni zehirlemeye başladığı dönem.)

Sonrasında da bir türlü netleşemedim bu konuda. Tamam değişik olsun, kimsede olmasın, bir tek benim çocuğumda olsun diyorum bir yandan. Bir yandan da geleneksel isimler de hoşuma gidiyor sanki.

Ayşe mesela. Bence çok güzel bir isim. Suna mesela. Suna da çok güzel bir isim. Ali. Ali ismine de bayılırım. Ama bir yandan da farklı olsun da istiyorum galiba. Ay, bilmiyorum, kafam çok karışık.

Bu sırada Deniz'in sesiyle kendime geliyorum.

"Kızsa Almera koy, Almera. Günahsız kişi demek!" diyor Zeynep'e.

Zeynep telefonuna not alıyor hemen.

"Larena, süper isim. Sabah güneşinin ilk ışığı," diyor Zeynep de karşılık olarak.

Deniz de Zeynep'in söylediği ismi not alıyor hemen.

"Sahrazer'i tek geçerim. El değmemiş kum taneciği demek," diyor Selda.

"Elizan Karlina nasıl?" diye soruyor Nil.

"Sorey Doran da güzel aslında," diyor Tuğçe.

Annesinin adı Gülten, anneannesinin adı Emine olan kadınlar, çocuklarının adını Elizan Karlina koyuyor, iyi mi? İnanılır gibi değil! Biz de tektik annelerimiz için, biz de bir taneydik ama gayet de normal isimler koydular bize. Hâlâ da öyleyiz, tekiz ve biriciğiz yani. İsimle ne alakası var ki bunun anlamıyorum. Ayrıca çocukların isimleri farklı olsun, iyi güzel de, ne yapacak bu çocuklar sonra? Hayatları boyunca oraya buraya isimlerini kodlayarak mı yaşayacaklar? Türkiye'nin bütün illerini ezberleyip öyle mi dolaşacaklar? İsminiz ne? Sivas, Ordu, Rize, Edirne, Yozgat, ikinci adım da Denizli, Ordu, Rize, Adana, Niğde. Sorey Doran.

"Senin var mı peki düşündüğün bir isim?" diyerek bana dönüyor Deniz.

"Aaa! Var tabii! Olmaz mııı! Anastasia!" diyorum acayip bir coşkuyla.

Adana, Niğde, Adana, Sivas, Trabzon...

"Aaa, çok güzel isim," diyor hemen Zeynep.

"Erkek ismi daha bulamadım ama düşünüyoruz yavaş yavaş," diye de ekliyorum hemen.

Gerçi kız ismi de düşünmemiştik, Ayşe filan dersem tepelenirim diye aklıma gelen ilk ismi söyledim ama neyse. Güzel isim bir yandan da. Bakayım bir sesleneyim, "Anastasiaaaa gel kızım!" Valla güzel. Dursun cepte.

Çaylarımızı içerken, Zeynep'le arkadaşları durmadan fotoğraf çekiyor, çektikleri fotoğrafları Instagram'a yüklüyorlar ama ben hiç oralı olmuyorum. Tamam profili açmış olabilirim ama daha hazır hissetmiyorum kendimi. Ayrıca daha hiç takipçim de yok. Takip ettiğim kimse de yok. Ay yazık bana ya!

"Senin Instagram'ın..." diyecek oluyor bana Zeynep, anında sözünü kesip konuyu değiştiriyorum. Hiç giremeyeceğim şimdi oralara.

"Peki nasıl bir şey çocuk sahibi olmak? Yani o ilk günler filan, çok acayip oluyor herhâlde öyle değil mi?" diyorum Tuğçe'yle Selda'ya bakarak.

Sonuçta tecrübeliler yani. İkinciyi düşündüklerine göre de hayatlarından çok memnunlar.

"E, tabii bütün hayatın bitiyor. Hatta bitti bile," diyor Selda.

"Hahaaaha, güzeldi bu," diyorum gülerek.

"Gülme, gerçekten bitiyor, artık eğlence, tatil, gece hayatı filan, rüyanda görürsün!" diyor Tuğçe.

NE?

"İki yıl hiç plan yapma, kimseye randevu verme çünkü bi hayatın olmayacak!" diye devam ediyor Selda.

İKİ YIL MI?

"Bunlar daha en güzel günleriiiin! Bi doğsun, sen ondan sonra göreceksin asıl gününü!" diyor Tuğçe.

GÜNÜMÜ MÜ GÖRECEĞİM?

Hani dünyanın en güzel şeyiydi, hani mutlaka çocuğumuz olmalıydı, hani anca çocuğumuz olunca anlıyorduk bi sürü şeyi? Hani anne olmadan anlayamıyorduk?

Valla hamile kalmadan önce herkes bana aynı şeyi söyledi. Yani çocuklu olanlar. *Dünyanın en güzel şeyi,* dediler, *onu kucağına aldığın an her şeyin anlamsız olduğunu anlıyorsun*, dediler, *hayatta en güzel şey annelik*, dediler, *hiçbir şey değişmiyor hayatında hiç merak etme*, dediler...

E, n'oldu şimdi? Olay ne?

Olay ne, ben size söyleyeyim. Olay, çocuk sahibi olmayan insanları sinsice yanlarına çekme.

Aynen öyle valla billa.

"Bizim başımız yandı, sizin başınız da yanacak!" deseler hangi aklı başında insan evladı çocuk yapmaya kalkışır yani, lütfen!

O yüzden başta süper tatlı, cici, uyumlu filan görünüyor bu tipler.

Çocuğum oldu ama hayatım aynı kaldılar, valla hayatımızda hiçbir şey değişmedi, biz ona uyumlanmadık o bize uyumlandılar, daha neler neler yani.

Sonra da hamile olduğunuzu söylediğiniz dakikada, "AAA-AAA! HAYIRLI OLSUN ARTIK HAYATIN BİTTİİİİİİ!!!"

Ulan arkadaş, manyak mısınız lan siz? İnsan insana bunu niye yapar?

Bi' hayırlı olsun deyin. Bi Allah tamamına erdirsin deyin. Çok rica edeceğim yani.

Ama yok! Sanki bugünü bekliyorlarmış gibi karşıma dikiliyorlar, başlıyorlar akıl vermeye.

"Ayrıca canım," diyor Selda, "şimdiden git saçını kısa kestir. Nasıl olsa doğumdan sonra kestireceksin!"

NİYE YA?

Niye kestireyim saçlarımı arkadaşım? Yıllardır binbir emekle uğraşıp uzatmışım, ucundan kırıkları aldıra aldıra, en pahalı kremleri saçıma süre süre delirmenin sınırına gelmişim, Hindistan cevizi yağından badem yağına, Argan yağından Hint yağına denemediğim şey kalmamış, niye kestireyim ben saçımı?

"Fön mön, vedalaş, yalan onlar. Banyo yapmaya bile vaktin olmayacak, banyo!" diyor Tuğçe de.

Bunu söyleyen kadınlar, on dakika önce kuaförden çıkmış gibi görünüyor, o da ayrı.

Ben şaşkınlıklardan şaşkınlıklara düşerek Tuğçe'yle Selda'yı dinlerken, Zeynep, Nil ve Deniz gayet rahat pozlarda telefonlarını açmış, durmadan bir şeyler yazıyorlar. Not alıyorlar herhâlde.

"Benim bir arkadaşım tamı tamına kırk altı saat sancı çekti, mahvoldu kız ya, kesmişler bir de, epizyotomi mi ne öyle bir şey yapmışlar, bin tane de dikiş atmışlar. Çok fena, çok!" diyor Deniz de bu arada.

Ayyy!

"Aynen öyle. Korkunç ötesi bir sancı çekiyorsun. Saatlerce sürüyor. Böyle ikiye ayrılıyormuşsun gibi, kemiklerimin sesini duydum ben resmen ya. İçim parçalandı. Ay çok fena ya. Çok zor," diyor Selda.

Allah allah yaaa!

"Öyle kendini de salma sakın! Bol tişörtler, taytlar filan yok," diyor Tuğçe.

Tayt yok mu?

"Öyle bin tane bebek tulumu alma, çocuklar çok çabuk büyüyor, bir kere bile giymeyecek aldığın şeyleri."

Giymeyecek mi? Niye ki?

"Çocuk bırakana kadar emzirmek en iyisi. Bak sakın sütten erken kesmeye filan çalışma, en az üç sene emmeli bebek."

ÜÇ SENE Mİ? YOK ARTIK!

Bi' gidin ya!

Bi' kendi hayatlarınıza bakın ya!

Ben bunların hepsini kendim deneyimlemek istiyorum. Belki sen üşendin, bakamadın, gittin kestirdin saçlarını. Olabilir. Belki ben de üşeneceğim ben de kestirmek isteyeceğim saçlarımı bir süre sonra ama bırak da bir zahmet buna ben karar vereyim!

Belki yirmi sekiz saat sancı çekerim, belki gidip epidural yaptırırım! Sana ne?

Belki normal doğumdan korkuyorum, belki psikolojim bozuk! Sana ne?

Belki normal doğum yapamayacağımı düşünüyorum! Sana ne?

Belki sezaryenle doğurmak istiyorum. Sana ne?

Belki tayt giymek istiyorum. Sana ne?

SANA NE?

Saçımı da kestirmeyeceğim tamam mı!

Hadi bakalım.

PS: KENDİME NOTLAR

1. Ne olursa olsun saçlarını kestirme.

2. Kötü doğum hikâyelerinden uzak dur.

3. Çocuğu beş yaşına kadar emzirmek iyi bir fikir olmayabilir.

4. Saçını kestirme! Asla!

5. Saçını kestirmeyi düşünecek olursan bir numarayla dört numarayı tekrar oku.

5

İtiraf ediyorum, uzun süredir fotoğraflarda *kafa* olarak yer alıyorum. Geçen hafta kuzenimin düğünü vardı mesela, şahane bir aile fotoğrafı çektirdik, ben Kerem'in arkasında durup kafamı öne doğru uzatmakla yetindim. Ve bunun şu an on dört haftalık hamile olmamla filan hiç alakası yok. Hamile kalmadan önce de aynısını yapıyordum. Mesela bayram fotoğraflarının çoğunda ya sandalyenin, ya masanın ya da yeğen kuzen çocuklarının arkasındaydım. Şöyle üç beş tane çocuğum olsa, onları siper edeceğim önüme canım yavrularım diye. Hem sevecen annenin dibi olurum hem de zayıf görünürüm.

Geçenlerde kuzenlerden birinin oğlunun dört yaş doğum gününde, "Aaa, ben çekerim fotoğrafı, zaten de harika fotoğraf çekiyorum!" deyip kendimi can havliyle öne attım sırf fotoğrafta olmayayım diye. Bunu o kadar uzun süredir yapıyorum ki gerçekten çok iyi fotoğraf çekmeye başladım, Instagramcılık kariyerimde başarılı olursam, ilk teşekkürü fazla kilolarıma edeceğim.

Tamam kendime haksızlık etmeyeyim şimdi, sadece kafa olarak filan varım fotoğraflarda dedim ama bazılarında omuzlarım da görünüyor.

Ama o kadar. Omuz altı zinhar yok.

Zaten fotoğrafı başkası çekiyorsa, bin kere tembihliyorum.

"Aşağıyı çekme."

"Bak buradan aşağısı çıkmasın ona göre."

"Yakın çek, yakın, etrafın görünmesine gerek yok. Sonra ben nerede olduğumuzu tag'lerim zaten."

"Portreye al istersen, arkası da flu olur hem. Portre iyi, portrede çek."

Sonra kol! Asla! Asla kol fotoğrafı yok.

Ben ki kollarım bıngıl bıngıl sallanmasın diye yıllardır toplum içinde yemeklere tuz biber serpmeyen insanım, internetten sonsuza kadar silinmeyecek o meşum fotoğraflara sünnet annesi kollarımı koyar mıyım ya?

Lütfen!

Ayrıca şunu da itiraf etmek istiyorum ki, çok ama çok uzun zamandır ilkokul, ortaokul, lise, üniversite arkadaşlarımı ve milattan önce gittiğim satranç kursu, İtalyan yemekleri workshop'u, yoga, Latin dansları, badanacılığa giriş dersi arkadaşlarımı filan, internette stalklıyorum. Stalklamakla da kalmayıp Kerem'e hepsini tek tek gösteriyorum.

"Bil bakalım bunlar nereden arkadaşlarım?"

"Ben daha genç görünmüyor muyum? Görünüyorum değil mi? Görünüyorum bence. Kesin daha gencim. Öyleyim."

"Ya nasıl kilo almışlar inanılır gibi değil!"

"Ben bu kadar yaşlı görünmüyorum, değil mi?"

"Yok ya, bu kadar şişman değilim ben. Değilim, di mi? Doğru söyle değilim, di miiiiii?!"

Kerem de tabii ki beni onaylıyor, fotoğraftakilerden çok zayıf, çok ince, çok genç göründüğümü söylüyor.

Canım ya.

Söylemezse onu oyarım zaten.

Zihnimin derinliklerinde, herkesten genç, güzel ve zayıf görünmek asıl hedefim. Ama bunları doğumdan sonra yapmayı planlıyorum. On altıncı haftadan sonra kendimi yemeye veririm diye düşünüyorum. O kadar da olsun artık. Hamileyken de kiloma dikkat edemeyeceğim, kimse kusura bakmasın. Zeynep gibi diyetisyen kapılarında sabahlamak gibi bir niyetim de yok.

Onun yerine tuvalet kapılarında sabahlıyorum.

Midem bulanmıyor diye pek mutlu, pek havalıydım başlarda ama dokuzuncu haftanın başında midemde tuhaf bir ekşime olmaya başladı. Ekşime, yerini sevimsiz bir hisse bıraktı, sonrasında da bulantı başladı. Zaten her türlü kokuyu bin kilometreden alıyordum, bir bulantı eksikti.

Şu an hiçbir şey yiyemiyorum. Kırmızı eti görmeye bile dayanamıyorum. Soğan kokusu duyunca kendimden geçiyorum. Birkaç haftadır evde yemek pişmiyor yani, o derece fenalaşıyorum yemek kokusu duyunca. Kerem de dışarıda yiyip geliyor genelde, ya da çoook sevgili annesinin evine uğruyor eve gelmeden önce. Emel Hanım pek mutlu tabii ki. Çok sevgili oğluşu, işten çıkar çıkmaz annesine gidiyor, bütün yemeklerini orada yiyor diye havalarda. Arada yalandan beni de arayıp hâl hatır soruyor tabii, hakkını yemeyeyim.

Geçen akşam bana pirinç pilavı göndermiş. Hatta Kerem midemin bulandığını söylediği için, tereyağıyla değil zeytinyağıyla yapmış ama yine de yiyemedim. Daha kaşığı ağzıma yaklaştırır yaklaştırmaz fenalaştım. Neler denedim neler ama olmadı.

Keçi boynuzu pekmezini suyun içine koydum, olmadı.

Beyaz leblebi yemeye çalıştım, olmadı.

Sade fırın galetası denedim, olmadı.

Şekersiz naneli sakız çiğnedim, olmadı.

Ekşi ekşi yeşil elma yedim, olmadı.

Yoğurdun içine toz zencefil koydum, olmadı.

Yoğurdun içine taze zencefil dilimledim, hiç olmadı.

Olmadı, olmadı.

Haftalardır tek yiyebildiğim şey çubuk kraker.

Akşam yatıyorum çubuk kraker, sabah kalkıyorum çubuk kraker. Hatta yatağımın baş ucuna bile iki paket koydum, midem kötüleşir gibi olursa hemen ağzıma iki tane atıyorum, katır kutur çiğniyorum. Başka bir şey yiyemediğim için iki kilo vermişim, iyi mi?

Hay ben bu sabah bulantılarının...

Neden sabah bulantısı denmiş bunun adına onu da anlamış değilim. Bütün gün bulantısı bu ya! Yemin ederim gözümü açtığım andan itibaren, gece yatana kadar sürekli midem bulanıyor benim.

Şu ana kadar hamilelikle ilgili tek sevdiğim şey, göğüslerim oldu.

Hayatım boyunca istediğim boyuta geldiler, inanılır gibi değil. Resmen C cup oldular. Sen hayatın boyunca B cup ol, push up'lara dayan, azıcık dolgun görünsünler diye, her türlü dekoltenin içine büyük görünsünler diye bir şeyler sıkıştır, sonra hamile kalınca anında C cup ol. Bu gidişle D'ye kadar yolu var yani bunun. Resmen seksi filan oldum yani. Gelip gidip göğüslerime bakıyorum aynada. Karşıdan bakıyorum, yandan bakıyorum, tişörtümü çıkarıp sütyenle bakıyorum, sütyensiz bakıyorum, durmadan bakıyorum. İnşallah doğumdan sonra da böyle kalırlar ya.

N'olur küçülmesinler. N'olur, n'olur.

AMİN.

Sonra gözüm karnıma kayıyor. Orta boy bir tümsek var karnımda. Daha da hamilelik karnı dedikleri değil bu. Bildiğin göbek. Göbek mi bebek mi sorusunun, göbeği yani. Bir de, mide bulantıları yüzünden iki kilo vermiş hâlim yani bu. Beş kilo almıştım, bulantılar yüzünden ikisini verdim, kaldı üç hâli benimki. Yeni doktorum bile, son kontrolde, "Üç buçuk ayda üç kilo fazla!" dedi, ben de başımı evet der gibi hızlı hızlı salladım, *bu aslında iki kilo vermiş hâlim* filan demedim.

Doktor demişken, arkadaş tavsiyesi üzerine bulmadım bu sefer doktorumu. Dokuzuncu haftamdaydım, girdim Acıbadem Hastanesi'nin internet sitesine, taradım jinekologları baştan sona, en aklıma yatanını seçip randevumu aldım. Hatta bugün ikili test yaptıracağım. Kanı vermiştim zaten, bugün de Kerem'le birlikte kontrole gideceğiz, sonucu öğreneceğiz.

Tamam, peki, kabul ediyorum. Annemin ve etrafımdaki herkesin *profesör olsuuuuun* diye diretmesi işe yaradı.

Benim doktorum Alican Bey de profesör ama tatlı, güler yüzlü ve öyle gıcık gıcık rejim reçeteleri filan tutuşturmuyor elime. Hatta folik asidi de ister kullan ister kullanma, sen bilirsin dedi. Vitamin bile yazmadı zorla. Hepsini bana bıraktı. Zaten ben de herkes kullanıyor diye folik asit kullanacak değilim. Vitamini de aynı şekilde.

Sırf kullanmak istiyorum diye kullanıyorum şu an ikisini de.

Zorlama filan yok. İstemesem kullanmam.

KULLANMAM DİYORUM!

Neyse.

Spora da aynı şekilde başladım.

Tamam, peki, Zeynep durmadan telefon açıp beni de aletli pilatese çağırmış olabilir, Leyla sürekli beni yoga yapmam için dürtmüş olabilir, doktorum da yürüyüşü tavsiye etmiş olabilir ama zorlama yok.

Kesinlikle yok.

Spordan nefret eden bir insan olarak aletli pilatese nasıl gideceğim hiç bilmiyorum ama neyse. Allahtan yoga spor değil. Şimdilik sadece her gün kırk beş dakika kadar yürüyoruz Kerem'le, ben de kendimi spora başlamış sayıyorum.

Hatta şu an, Caddebostan sahilinde yürüyüş yapıyoruz, yürüyüşümüz bitince de doktorumuza gideceğiz. Evden çıktığımızdan beri Kerem bir şeyler anlatıyor, ben de patronu Süha Bey'le ilgili saçma sapan bir sürü şey dinlemek zorunda kalıyorum. Yok efendim, Tahir yeterince çalışmıyormuş da, müşterilerle kontağı iyi değilmiş de, yok efendim, Yasemin geçen gün müşteriye karşı çıkıp kavga etmiş de. Kerem anlatıp duruyor, ben de dinliyormuş gibi görünüyorum. Ay kimse kusura bakmasın ama kocamın iş arkadaşlarının sorunlarını da dinleyip kendime dert edinemeyeceğim artık. O kadar da değil.

"Bakalım Ömer'in işi ne olacak. Neyse canım, ben çok anlattım biraz da sen anlat," diyor Kerem.

AAAAAA! OLUR MU BİR TANEM?

TAM DA ÖMER'LE NAZ'A GELMİŞKEN KONU?

LÜTFEN!

"Aaa, ne güzel dinliyordum ben seni sevgilim. Hakikaten ne oldu onların dükkân işi?" diye soruyorum gayet masum pozlarda.

Naz geçen hafta beni aradı gerçi ama çok işim vardı valla, geri arayamadım, unuttum.

Hafızam çok zayıf bu aralar. Hamilelikte olabiliyormuş işte.

Nedense hep de Naz'ı geri aramayı unutuyorum, ne yapalım.

"Boyası filan yapılıyor bu hafta, masalarla sandalyelerin siparişini vermişler, uğraşıyorlar Naz'la."

"Harika."

Bu sırada Kerem'in telefonu çalmaya başlıyor, "İyi insan lafı üstüne!" diyor Kerem telefonu açarken. Arayan Ömer'miş, iyi mi?

Kerem bir süre sessizce dinliyor, aralarda, "Hımmm," diyor, başını kaşıyor, burnunu çekiyor, sonunda telefonu kapatıyor.

"Ne olmuş, ne diyor Ömer?" diye soruyorum çok da üstünde durmamaya çalışarak.

"İlişki terapisine başlamışlar da onu anlatıyor."

Oooooo! Gıybet zamanı!

"Niye ki? Ne alaka?"

"Bilmiyorum. Naz istemiş. Galiba sorunları varmış biraz. Gidelim demiş. Ömer de sıkılmış biraz. Başka şeyler de var galiba. Tam bilmiyorum."

Bilsen şaşardım zaten!

Ay, bu erkekler neden böyle? Niye hiçbir şeyi tam olarak bilmiyorlar! Niye hiçbir şeyle ilgilenmiyorlar? Aslında ben istesem öğrenirim ne olduğunu Zeynep'ten ama neyse. Nasıl olsa kokusu çıkar yakında.

Hastaneye girer girmez, bir sürü kan testini yine dayıyorlar bana. Zaten özel sağlık sigortanız varsa, ne var ne yok her şeyi dayıyorlar. Önce kan testi, sonra ikili test, üçlü test, şeker yüklemesi, Harmony testi, ne var ne yoksa devamında da dayayacaklar kesin. Hepsinin zamanı varmış, zamanı gelince tek tek yapılacaklarmış.

İşin garip tarafı, ben kendimi hiç hamileymiş gibi hissetmiyorum.

Gerçekten.

Test sonuçları olmasa, doktor da hamilesiniz demese, hamile gibi değilim hiç. Eskisinden bir farkım yok. Öyle bir anda kutsal bir annelik hissi filan da çökmedi yani. Gayet normal hissediyorum kendimi. Bir değişiklik yok.

Ne zaman çökecek bana bu annelik hissi acaba?

Ya çökmezse?

Ya hep böyle kalırsam?

Ya iyi bir anne olamazsam?

OFFFFF!

"Ya anne olamazsam ben?" diyorum Kerem'e sıramızı beklerken, bir yandan da tırnaklarımı kemiriyorum.

"O ne demek canım şimdi?"

"Yani ne bileyim. Hiçbir şey hissetmiyorum ki! Hamile gibi değilim hâlâ. Öyle bi annelik hissi filan da yok bende. Herkeste var ama bende yok hâlâ."

"Olmasın. Zamanla olur hayatım."

"Ama hani ilk andan itibaren olacaktı? Hani hamile olduğumu öğrenir öğrenmez o kutsal annelik hissi dolacaktı içime, n'oldu?"

"Zamanla olacağından eminim ben."

Ben de senin zamanla bardak altlığı kullanacağından emindim ama hâlâ fincanları sehpanın üstüne koyuyorsun, o ne olacak?

"Emin misin?"

"Eminim hayatım."

Eminim filan diyor ama yok. Benim içimdeki bu huzursuzluk nasıl geçer hiç bilmiyorum. Sanki erkekler ne biliyor ki çocuk doğmadan önce? Hiçbir şey! Dokuz ay boyunca her şeyi biz yaşıyoruz, canımızı dişimize takıyoruz ama erkekler ancak bebek doğunca *baba* oluyor. O zamana kadar da uzaktan bakıyorlar her şeye.

Beklemeye devam ediyoruz, bu sırada Kerem'in telefonu tekrar çalıyor, işten arıyorlarmış.

"Hemen geliyorum sevgilim," deyip yanımdan kalkıyor Kerem.

Ben de bir grup hamile kadınla birlikte beklemeye devam ediyorum. Bu aralar en büyük eğlencem, kimin kaç aylık, daha doğrusu kaç haftalık hamile olduğunu tahmin etmeye çalışmak.

Tam karşımda oturan mavi elbiseli kadın, tahminlerime göre otuz iki haftalık filan hamile. Onun yanında oturan, *annecim ben geliyooooorum* yazılı acayip tişörtlü ve siyah taytlı kadın, yirmi dört haftalık hamile olabilir.

Bu tişörtlere de ayrı gıcığım bu arada. Bir kadını bu kadar sevimsiz, bu kadar çirkin gösteren başka bir şey daha olamaz. Yok efendim *annecim ben geliyorum*, yok efendim *loading %80*, gerçekten çok kötü. Gerçi bir yandan da rahat görünüyor ama?

HAYIR! RAHATLIĞI UNUT!

ÖNEMLİ OLAN RAHATLIK DEĞİL GÜZELLİK!

Aslında tayt da fena görünmedi gözüme ama?

HAYIR! TAYT YOK! TAYTI UNUT! NO TAYT!

"Kaç haftalık?" diyorum otomatik olarak kadınlara.

Normalde öyle süper sosyal biri değilimdir ama hamilelik beni sosyal yaptı enteresan bir şekilde. En azından diğer hamilelerle anında sosyalleşiyorum.

"Yirmi beşinci haftamdayım ben," diyor mavili.

Neyse ki tahmin filan etmeye kalkışmadım.

"Siz?" diyorum diğerine bakıp bu sefer.

"Ben de otuz haftalık gebeyim," diyor taytlı olan.

GEBE Mİ? GEBE NE YA?!

Ayrıca, tahmin işinde pek iyi değilim kabul ediyorum.

"Ben de on dördüncü haftanın içindeyim," diyorum gülümseyerek.

"İlk mi?"

"Evet ilk bizim."

"Benim ikinci," diyor mavili.

"Benim de," diyor taytlı.

"Çok çok kötü günler seni bekliyor biliyor musun? Durmadan ağlayacak, durmadan!" diyor mavi elbiseli, gözlerini bana dikerek.

AAA, MANYAK MI NE?

"Başlarda mı?" diye soruyorum şaşkın şaşkın.

"Hayır, hep ağlayacak."

NASIL YA?

"Bundan sonra uyku filan, rüyanda görürsün. Aralıksız beş saat filan da, anca iki yıl sonra uyursun," diye destek veriyor taytlı da hemen.

İKİ YIL SONRA MI??? NASIL YAAA? NİYE HERKES AYNI ŞEYİ SÖYLÜYOR?!

"Emzireceksin tabii ki? Emzireceksin, değil mi?" diye soruyor mavili.

"Yani evet, herhâlde," diyorum salak salak çünkü daha önce hiç düşünmedim bu konuyu.

"Emzirmek çok çok önemli. Sakın öyle sütünü sağıp filan vermeye kalkma. Öyle buzdolaplarında süt filan saklanmaz. Mutlaka emzirmen lazım. Rahat etmeyi filan unut."

RAHAT ETMEYİ UNUTAYIM.

"Her ağladığında emzireceksin."

HER AĞLADIĞINDA MI?

HİÇ SUSMAYACAK DEDİNİZ ŞİMDİ?

SÜREKLİ AĞLAYACAK DEDİNİZ?

Sürekli mi emzireceğim anlamadım?

"Reflü yastığı diye bir şey var, baştan onu al, yan yatır çocuğu. Bütün doktorlar sırtüstü yatır diyor ama dinleme sen onları."

Doktorları dinlemeyeyim mi? Niye ya?

"Bunlar daha iyi günlerin, tuvalete bile gidecek vaktin olmayacak. On beş günde bir banyo yapabilirsen otur şükret."

On beş günde bir banyo mu? Yok artık!

"Göğüslerin yara olacak. Ne sürersen sür, illaki olacak."

Yara mı olacak?

"Göğüs kalkanı diye bi şey var tamam mı, ondan al mutlaka. Onu kullan, işe yarar. Bir de Lansinoh'un göğüs ucu kreminden mutlaka al, o çok iyi."

Hani ne kullanırsam kullanayım kesin yara olacaktı?

"Sakın göğüs ucu kremi alma. Lahana en iyisi. Lahana haşla, yapraklarını göğüslerine kapat."

Lahana mı!??? Asla yapmam öyle bi şey! Asla!

"Git şimdiden üç beş tane bol gömlek al kendine çünkü başka bir şey giyemezsin emzirirken. Aylarca önden düğmeli gömlek filan giyeceksin."

Yetişin, fenalaşıyorum!

"Sevgilim hadi bizim sıramızmış," diyor bu sırada Kerem.

Başımı çeviriyorum sesin geldiği yöne doğru, Kerem gelmiş hemen yanımda ayakta dikiliyor, bir yandan da elini uzatıyor.

Kerem ne zaman geldi, ne zaman koluma girip beni oturduğum yerden kaldırdı hiç bilmiyorum.

"İyi misin? Bembeyaz olmuşsun?"

"Hıhı," diyorum başımı hızlı hızlı evet anlamında sallarken.

Alican Bey'in hemşiresi, bizi odanın kapısında karşılıyor. Bayılıyorum bu kadına, inanılmaz güler yüzlü. Bizi odaya alıyor, Alican Bey hemen geliyormuş, birazdan yanımızda olacakmış.

Ben paralize olmuş bir şekilde oturmaya devam ederken, kadınların söylediği cümleler kulaklarımda yankılanıyor.

UYKU MU? HAHAHAHHAH! UYKUYU UNUT!

BÜTÜN GÜN AĞLAYACAK! BÜTÜN GÜN! BÜTÜÜÜÜN GÜÜÜÜN!

HER AĞLADIĞINDAAAAA EMZİRECEKSİİİİİİİİN!

"Kusura bakmayın, geciktim," diyor Alican Bey odaya girer girmez, Kerem'in de benim de elimi sıkıp masasına geçiyor.

Öyle baygın baygın oturuyorum koltukta.

"Nasılız bu hafta?" diye soruyor koltuğuna oturup bilgisayarını açarken.

"Çok iyiyiz," diyor Kerem ben daha ağzımı açmadan.

"İyiyiz herhâlde," diyorum ben de.

"Bulantılar nasıl?"

"Kötü. Doğru düzgün bir şey yiyemiyorum, bir tek çubuk kraker yiyebiliyorum."

"Daha da kötüleşirse bana haber verin olur mu? Bulantılar için ilaç da yazacağım size ama bulantıları geçirmezse, hiçbir şey yiyemezseniz, o zaman serum takmamız gerekebilir."

"Tamam," diyorum.

ON BEŞ GÜNDE BİR BANYOOOOOOOO!

"İkili testin sonuçları laboratuvardan gelmiş, bir de ense kalınlığına bakalım durumumuz nasıl görelim," diyor Alican Bey.

Ben yine başımı tamam der gibi sallıyorum.

Kerem bana endişeli gözlerle bakarken, hemşirenin peşine takılıp içeriye gidiyorum. Muayene odası, küçük bir koridorun sonunda. İçeride bir sürü acayip alet, muayene yatağı, bilgisayarlar, ekranlar, ultrason cihazları, tartı filan var.

"Tartıya çıkalım lütfen," diyor hemşire.

Her muayenede tartılıyorum, kilomu not ediyorlar. Bu ay kilo almadım neyse ki.

"Sizin SAT'ınız neydi?"

"20 Mayıs."

"Yirmi mayıs. Tamam. On dördüncü haftanın içindesiniz."

"Evet."

Muayene yatağına uzanıp karnımı açıyorum, bir yandan da her zamanki dualarımı etmeye başlıyorum içimden.

İnşallah her şey yolundadır. İnşallah bir sorun yoktur. İnşallah bebeğim sağlıklıdır.

NE YAPARSAN YAP GÖĞÜSLERİN YARA OLACAK!

GÖĞÜSLERİNE LAHANA YAPRAĞI KOYACAKSIIIIINNNNN!

Hazırlıklar bitince, Alican Bey'le Kerem içeri giriyor, Alican Bey hemen sağımdaki ultrasonun başına otururken, Kerem de sol yanıma gelip küçük bir tabureye oturuyor.

Bana bir ömür kadar uzun gelen bekleme süresinden sonra, Alican Bey, "Her şey yolunda. Ense kalınlığı da çok güzel, 2.5 milimin altında," diyor.

Allahım sana şükürler olsun.

Kerem'le birbirimize bakıp gülümsüyoruz, benim gözlerim her zamanki gibi dolu dolu olmuş durumda.

"Bebeğimizin boyu yaklaşık on santim. Ağzı açılıp kapanabiliyor bu hafta. Yutkunma hareketlerini yapabiliyor. Çenesi tamamlanmak üzere, gözler yerlerinde. Aslında büyüklüğü yaklaşık olarak küçük bir şeftali kadar," diyor Alican Bey gülümseyerek.

Şeftali mi?

Susamdır, nohuttur gidiyorduk ne ara şeftali oldu bu çocuk?

Onun bir takvimi de vardı hatta. Dördüncü haftada haşhaş mıydı öyle bir şeydi, altıncı haftada mercimekti galiba. Komodinimin üstünde hastaneden verdikleri bir kitap var, hafta hafta hamilelik günlüğü diye, onun içinde tek tek yazıyor hepsi. Daha kitabı verdikleri gün hepsini tek tek okumuştum, şimdi de uyanır uyanmaz illaki elime alıp şöyle bir karıştırıyorum.

"Eveeeet! Cinsiyetini öğrenmek istiyor musunuz?"

Ne?

"Gerçekten mi?" diyorum şaşkın şaşkın.

Bir anda bütün baygınlığım geçiyor. Kulağımda yankılanan sesler susuyor.

Acayip şaşkınım şu an. Kerem de aynı şekilde.

"Evet, söyleyebilirim isterseniz," diyor Alican Bey.

Kerem'le birbirimize bakıyoruz, sıkı sıkı elimi tutuyor.

"Öğrenelim mi?" diye soruyor Kerem.

"Tamam," diyorum.

Bence erkek olacak çünkü Çin Takvimi'ne göre de, Rus Takvimi'ne göre de alyans testine göre de oğlum oluyor. Ayrıca kalp atışı da yüz kırkın altında. Genellikle kızların kalp atışı yüz kırkın üstünde oluyormuş. Bizimki de yüz otuz sekizdi. Gerçi mide bulantısı çok olanların genelde kızı oluyormuş, bilenler öyle söylüyor. Bilenler dediğim de Nurşen teyzemle Gülşen teyzem. Niyeyse bana da baştan beri hep erkek olacakmış gibi geliyor. O yüzden de gayet eminim yani erkek olacağından.

"Kız!"

Neee?

Kız mı?!!!! Gerçekten miiiiii?!

İnanmıyoruuuuuum!

Kızımız mı olacak bizim?

Yaşasınnnnn!

6

Kızımızın olacağını duyan herkes çok mutlu oldu. Kız çocuk bereketmiş, mutlulukmuş, ilk bebek kızsa arkası oğlan olurmuş, bir annenin mutlaka kızının olması gerekirmiş, bana arkadaş olurmuş kız, daha neler neler duydum saymakla bitmez. Ha bir de artık Muharrem ayında aşure pişirmem gerekiyormuş çünkü kızı olanların mutlaka aşure pişirmesi gerekiyormuş. Artık onu da zamanı gelince düşünürüz.

Annemle babam, minicik, pembe bir çift ayakkabı almışlar hemen bizim kıza. Teyzemler hemen yelek örmeye başlamış. Emel Hanım'la İsmail Bey de altın almışlar, iki arada bir derede getirip verdiler. Nihat arayıp tebrik etti, Ömer'le Naz da tebrik maili attılar, kendileri çok meşgul olduğu için mail atıyorlar, telefon bile açamıyorlar, o derece meşguller!

Bir tek Zeynep çok acayip bir tepki verdi, kızımız olacağını duyduğunda.

"Nasıl ya? Öyle hemen öğrenip söylediniz mi herkese? İnanmıyorum sizeeeee!" diye şarladı bana telefonda.

"Söylemese miydik anlamadım?"

"Tatlım bir kere siz öğrenmeyecektiniz. Doktorundan kapalı zarf alacaktın. Şimdi nasıl yapacaksın ki gender party'yi?"

"Neyi?"

"Gender party bebeğim. Cinsiyet partisi yaniiii! Ben haftaya yapıyorum."

Bitmiyor arkadaş! Benim çilem bitmiyor.

Şimdi de gender party diye bir şey çıkmış, iyi mi?

Efendim şöyle oluyormuş, doktorumuzdan bebeğin cinsiyetini bir kâğıda yazmasını istiyormuşuz, sonra o kâğıdı bir zarfa koymasını istiyormuşuz ve zarfın ağzını kapatıyormuşuz. Elimizdeki kapalı zarfla ne yapabiliyormuşuz? Mesela bir pastanenin yolunu tutabiliyormuşuz. Zarfı pastaneye teslim ediyormuşuz, sonra da bir pasta sipariş ediyormuşuz, bebek kızsa pastanın kreması pembe, erkekse mavi yapılıyormuş. Sonra da bir grup davetliyle birlikte pastayı kesiyormuşuz, krema pembeyse kız, maviyse oğlumuz olacağını anlıyormuşuz. Veya zarfı bir yakınımıza veriyormuşuz, o da gidip beş on tane balon alıyormuş. Kızsa pembe erkekse mavi balonlar. Sonra da bu balonları bir karton kutuya koyuyormuş. Karton kutuyu açıyormuşuz, tabii mutlaka bir grup davetlinin önünde açıyormuşuz, bebeğimizin cinsiyetini öğreniyormuşuz. Ya da bir tane büyük siyah balon alıyormuşuz kocaman, onun içine mavi ya da pembe konfeti dolduruyormuşuz, sonra da bir iğneyle pattadanak patlatıyormuşuz balonu, kafamıza artık ne renk konfeti düşerse...

AYYY! VALLA DARALDIM!

İyi ki de gidip öğrenmişiz bebeğimizin cinsiyetini. Hayır nedir yani? Her şey bitti bir tek cinsiyet partisi mi kaldı anlamıyorum ki? Sonuçta bunların hepsi insanlara para harcatmak için yapılmıyor mu? Kapitalist düzenin başımıza açtığı saçmalıklar değil mi bunlar?

Bir yandan da, biz de mi yapsaydık ya? Şimdi herkes yapınca içim bir kötü oldu benim. Ay, benim yavrumun nesi eksik? Hiçbir şeyi eksik değil çok şükür!

Neyse canım, ben de baby shower yapacağım sonuçta.

NE? BEBEĞİMİN BİR BABY SHOWER'I DA MI OLMASIN ALLAH ALLAH!

Yani her şey yolunda giderse, öyle bir fikrim var.

Bakalım, kısmet.

Kendimi hiç üzemeyeceğim valla böyle küçük şeyler için çünkü daha büyük şeyler için üzülüyorum bu aralar.

Geçen gün Zeynep bana şöyle bir bakıp, daha doğrusu beni baştan aşağı süzüp "Çok kilo aldın, haberin olsun!" dedi, ben de bütün geceyi ağlayarak geçirdim.

Tabii ki Zeynep'e belli etmeden yaptım bunu! Kerem'e bile çaktırmadım, açtım *Kırgın Çiçekler*'i, doya doya, hüngür şakırt ağladım.

Ben tam mide bulantım geçti, oh, çok şükür bir şeyler yiyebileceğim diye düşüneyim, hatta çubuk krakerden başka bir şeyler yiyebildiğim için sevineyim, Zeynep Hanım kilomu eleştirsin! Olacak iş değil ya!

Hamile bir kadına *çok kilo aldın* diyenleri öldürmek istiyorum, hiç kimse kusura bakmasın. Hele bunu söyleyen bir kadınsa, iki kat öldürmek istiyorum. Bunu söyleyen hamile olmasına rağmen neredeyse hiç kilo almamış olan bir kadınsa, yüz bin kat daha fazla öldürmek istiyorum çünkü etrafım, hamileliğinde yedi sekiz kilo alıp bebeğini dört buçuk kilo doğuran kadınlarla dolu. Ben daha şimdiden beş kilo aldığım için (verdiğim iki kiloyu geri aldım) hiiiç takmıyorum tabii onları. Sonuçta hamileyken de yiyemeyeceksem ne zaman yiyeceğim, değil mi ama? Yani çok da abartmıyorum zaten, tatlı filan istiyor canım, geceleri bazen iki tane sütlaç yiyorum. Ya da iki üç dilim çilekli pasta. O kadar da çok değil yani. Peki tamam, geçen gece bir kutu kestane şekerini tek başıma yemiş olabilirim ama sonuçta her gün yapmıyorum ki ben bunu. Çok ara sıra yapıyorum. Haftada iki filan. Ayrıca kilo almadan çocuk doğuran biri olmuş mu bugüne kadar, bir gösterin bana.

Üstüme gelmeyin!

Bir hafta sonra, söylene söylene, Zeynep'in gender party'sinin yolunu tutuyorum tabii ki! Gitmezsem laf olurmuş. Zaten ne yaparsam yapayım laf oluyor. Bir şey yapmazsam da laf oluyor. Her şekilde laf oluyor işte. Bu kayınvalide görümce ikilileri aportta bekliyor her zaman bir şey olsa da gelinimizi gömsek diye.

Aslında yalnız başıma gitmek istemedim partiye ama Leyla'yı bir türlü ikna edemedim. "Benim ne işim var orada?" deyip çıktı işin içinden. Gerçi benim de işim yok, mecburiyetten gidiyorum ama neyse.

Her zamanki gibi yine süper şık, süper *IN*, süper kazık, villamsı ve bahçeli bir yerde yapıyor Zeynep bu partiyi. Ben de kredi kartımdaki son parayla aldığım beyaz Dior bebek tulumumla kapıdan içeri giriyorum. Eksiye düşme pahasına aldım bu tulumu ki daha kendi kızıma bile Dior'dan bir şey almış değilim! Tulumu logolu krapon kâğıtlarına sarıp, üzerine etiket yapıştırıp karton torbaya filan koydular, hatta parfüm bile sıktılar içine. Efendim sıktıkları tamamen doğayla kardeşmiş, tamamen doğalmış, yeni kesilmiş çimenlerden elde edilmişmiş. Ödemeyi yapmak için kredi kartımı uzattığımda, "İsterseniz ikiye bölebiliriz!" dediler, ben de, "Bence yirmi dörde bölelim!" deyip bir kahkaha attım ama kimse gülmedi.

Neyse şimdi partiye katılıyorum, bir köşede duruyorum, hiç kimseyle muhatap olmuyorum, hediyemi bir kenara bırakıyorum, bir saat kadar oyalandıktan sonra evime geri dönüyorum.

OHHH!

Gözlerimi kapatıyorum ve içimdeki huzuru buluyorum.

Ruhumun derinliklerinde bana uygun olan planı biliyorum ve bu doğrultuda ilerliyorum. Bütün blokajların kalktığını hissediyorum ve her şeyi sevgiyle kucaklarken şükrediyorum.

OHAAAAA!

O NE YAAAA?

FÜZE Mİ? YOK ARTIK!

Valla füze. Nasıl yapmışlar, kime yaptırmışlar hiç fikrim yok ama basbayağı füze koymuşlar mekânın bahçesine. Üzerine de BOY OR GIRL yazmışlar.

Niye?

Çünkü Türkçe yazarsak, partimize davetli olan yabancı arkadaşlarımız anlayamıyor olayı. Peki partiye kaç tane yabancı arkadaşımızı çağırdık?

Cevap veriyorum, SIFIR!

"Beğendin mi? Çok acayip bir tasarım oldu değil mi?" diye soruyor hemen Zeynep beni görünce.

"Hıhı, harika. Füze zaten çok süper fikir."

"Kimsede yok daha."

"Şaşırmadım."

"Efendim?"

"Ay, diyorum ne kadar orijinal bir fikir füze fikri."

"Bence de. Zamanı gelince, füzenin altındaki fitili yakacaklar, füze yükselecek, yerden on beş metre yükseldikten sonra da patlayacak!"

PATLAYACAK DERKEN?

"Nasıl yani? Nasıl patlayacak?"

"İçinde konfetiler var, pırıltılı ve renkli, on beş metreye çıkınca onların hepsi aşağıya dökülecek, pembe konfeti dökülürse kız, mavi dökülürse erkek olduğunu anlayacağız tatlım!"

HARİKA TATLIM!

"Süpeeeeeer!" diye höykürüyorum bir anda, coşkuma kendim bile inanamıyorum yani o derece.

Füzeyle konfeti patlatmaca. Bakalım daha neler göreceğiz?

Zeynep arkadaşlarıyla konuşmak için yanımdan ayrılıyor, ben de L şeklindeki masanın ucuna oturuveriyorum. Etrafıma bakıyorum, etraf süper şık kadınlar, süper şık çocuklar ve Filipinli bakıcılarla dolu.

Bu arada hakkını yemeyeyim, organizasyon şirketi bayağı bir emek vermiş bahçeyi süslemek için. Her yer uçuk mavi, pembe ve mint tonlarında bir kere. Masaya krem rengi keten bir örtü örtülmüş, benim çok sevdiğim ama çok pahalı olduğu için asla alamadığım Mackenzie-Childs tabaklarla donatılmış ve inanılmaz güzel, mor renkli gerçek çiçekler konmuş masanın her bir yanına. Statis'miş efendim bunların ismi. Onların dışında her yerde tabii ki lilyumlar ve orkideler filan da var söylememe gerek yok herhâlde.

"Aaa, merhabaaaa," diye bir ses duyuyorum bu sırada hemen arkamda.

"Aaa, selam, nasılsın Selda?" diyorum sanki onu görmekten çok memnun olmuşum gibi.

"Çok iyiyim canım," diyor Selda.

Sonra yanında dikilen beş yaşlarındaki oğluna bakıyor, "Merhaba der misin lütfen canım?" diyor.

Selda bir sandalye çekip yanıma otururken, çocuk suratsız suratsız dikilmeye devam ediyor.

"Mümtaz Aleks, lütfen!

Mümtaz Aleks mi?!

Yok artık ya!

"Mümtaz... Aleks... Hımmm..." diye mırıldanıyorum kendimi tutamayıp.

"Mümtaz eşimin babasının adı, Aleks de eski Fenerbahçeli Alex'den geliyor tabii, Alex de Souza'dan, eşim hasta Fenerbahçeli olduğu için... Siz karar verebildiniz mi? Hangi isimleri düşünüyorsunuz?"

"Eee, daha net bir kararımız yok bizim, bakalım," diyorum geçiştirmek için, sonra da gözlerimi çocuğa dikerek, "Kaç yaşında?" diyorum ben de laf olsun diye. İlk buluştuğumuzda söylemişlerdi ama unuttum.

"Altmış yedi aylık."

Ney?

ALTMIŞ YEDİ AYLIK MI?

Çok pardon ama en fazla on sekiz aylık filan olabilir bir çocuk. Ne bileyim yirmi aylık olabilir. Altmış yedi aylık nedir Allah aşkına! Kaç yapıyor ki altmış yedi ay? Şimdi bir yılda on iki ay olduğuna göre, iki yaşında olsa yirmi dört ay, üç yaş olsa... Sonunda telefonumu çıkarıp hesaplıyorum, beş buçuk yaşındaymış Mümtaz Aleks. Allah uzun ömürler versin.

"Instagram'ında kendi isminle mi varsın?" diye soruyor bu sırada bana Selda.

"Şey olarak varım, *anneoluncaanlarsındedilergeldik* benim hesabım. Daha çok bir şey koymadım ama."

Şu ana kadar üç tane fotoğraf koydum, biri kendi değerimizi bilmekle ilgili bir özlü söz, biri kahve fincanı fotoğrafı, biri de geçen hafta okuduğum bir kitabın fotoğrafı, *Kuruyemiş Tarihi*. Tabii aldığım like'lar acınası. Kuruyemiş tarihi dört, kahve fincanı altı, özlü söz de yedi like aldı.

"Dur takip edeyim seni," diyor Selda, bir hareketle çantasından telefonunu çıkarıyor, upuzun tırnaklarına hiç aldırış etmeden şakır şukur bir şeyler tuşluyor, "Tamamdır," diyor.

Mecburen ben de onu takip etmeye başlıyorum ve başlar başlamaz üç milyon takipçisi olduğunu görüyorum.

ÜÇ MİLYOOON!

Kesin parayla satın almış takipçileri, kesin! Yoksa bu kadının neden üç milyon takipçisi olsun? Olacak iş değil!

"Eee, gerçek mi bu takipçiler?" diye soruyorum kendimi tutamayıp.

"Tabii ki gerçek, şekerim," diyor Selda, "Parayla takipçi alacak hâlim yok herhâlde!" diyor sinir olmuş bir ses tonuyla.

"Ay, tabii ki yok! Bendeki de soru yani! Bu aralar çok duyuyorum, herkes alıyormuş da ondan sordum. Ama senin ihtiyacın yok tabii!"

"Aynen!"

Neyse, yırttım.

Instagramcılık kariyerim hiç iyi gitmiyor yalnız. Acaba parayla takipçi mi tutsam, parayla like mı satın alsam ne yapsam? Bir saniye! Neden bu Selda'nın bu kadar çok takipçisi var acaba? Bakayım neler koymuş sayfasına.

Bir gölün kenarında üç dört kadın, trençkotlarına sarılmış yürüyor, biri Selda tabii ki.

Arkadaşlarla yürüyüş, Como Gölü.

Peki.

Selda pembe, şifon bir elbisenin altına yerden epey yüksek spor ayakkabılar giymiş, arkada Fouquet mi ne, öyle bir yer var, bir elini beline koymuş, diğer elinde tuttuğu zarfı gözümüze sokuyor.

Yine Paris'teyiz, canım Marc'ın defilesine katılmaya geldim.

Canım Marc dediği Marc Jacobs mu, anlamadım???

Plaza Athénée otelinin balkonunda yine Selda. Üzerinde lacivert çizgili bir elbise, fonda Eiffel Kulesi.

En güzel sabahlar, Moët'le başlar.

Sabahın köründe şampanya mı içilir arkadaş?

Ayrıca en güzel sabahlar Çokokrem'le başlamıyor muydu ya?

Benim de böyle hayatım olsa, benim de üç milyon takipçim olurdu yani. *Kuruyemiş Tarihi*'yle kahve fincanını kim ne yapsın!

Şu an çökmüş durumdayım. Marc Jacobs'u tanımadığım gibi evde bir tane Marc Jacobs kıyafetim, çantam veya ayakkabım filan yok. Como Gölü'ne gitmek için herhâlde bir yıl filan para biriktirmem gerekir ki zaten hâlihazırda işsizim. Plaza Athénée Oteli'ndeki en ucuz odanın fiyatı 1260 Euro. Diyelim ki parayı filan bulduk, hepsini geçiyorum hamile olduğum için şampanya içemem ki!

Leylacığımın durmadan kafama kaktığı niche olayını da bulamadım zaten.

Nasıl Instagramcı olacağım ben ya? Nasıl takipçilerimin sayısını artıracağım? Offffff!

Ben bunları düşünürken Selda oğluyla birlikte yanımdan ayrılıyor, ben de partiden sonra alışverişe çıkmaya karar veriyorum. Madem kafama koydum, madem işimden istifa ettim, benim de bu işe biraz yatırım yapmam lazım.

Masa yavaş yavaş dolmaya başlıyor. Selda'yla Deniz yanıma oturuyor, tanımadığım bir sürü kadın yavaş yavaş mekânın bahçesine girmeye başlıyor. Ben de bu sırada birkaç tane fotoğraf çekiyorum. Önce masadaki çiçekleri, sonra tabakları ve sofra düzenini, en son olarak da büfeyi çekiyorum, bir yandan da galetaya benzeyen parmesanlı çubuklardan atıştırıyorum.

O kadar güzel süslemişler ki büfeyi, her şey o kadar harika ki anlatamam. Süslemeler ve yiyecekler Five O'Clock'tanmış, demin birileri konuşurken duydum. Büfeye ve masaya bir sürü melek heykeli konmuş. Pembeli, beyazlı minik eklerler, mini çilekli kuplar ve çikolatalı mini tartöletler büfenin soluna yerleştirilmiş. Ortada, yarısı pembe yarısı mavi makaronlarla yapılmış şahane bir makaron kulesi yükseliyor. Makaron kulesinin önünde de üzerinde *BOY or GIRL* yazan, yarısı pembe, yarısı uçuk mavi şeker hamuruyla kaplanmış kocaman bir pasta var. Nil'in söylediğine göre, pastanın içi çikolatalı ve Oreo'luymuş. Tatlıların hemen yanında da tuzlular var ki ben daha çok tuzlulara gömmeyi düşünüyorum kendimi. Yanlış görmediysem tuzlu bölümünde bir sürü sebzeli mini kiş, beyaz peynirli, fesleğenli, domatesli mini simit ve mini hamburger de var. Ayrıca da siyah pirinç salatasıyla parmesanlı tartöletler de gözüme çarpmıştı, onları da servis elemanları masaya taşımaya başladı demin. Her şey mükemmel görünüyor.

Ben tabağımı doldurup bir güzel tıkınırken, herkes abidik gubidik çaylar içmekle meşgul yine. Hindistan cevizi şekerli fındık yaprağı çayı diye bir şey tutturmuşlar, valla tadı kösele ayakkabı gibi bir şey. Bir yudum aldım, onu da nasıl yuttum bir ben biliyorum.

Tam karşımda oturan, açık kahve saçlarının dibinden bir karış beyaz çıkmış bir kadın bana bakıyor ara ara. Gözünde kemik gözlükler var, bembeyaz keten gömleğinin üzerine taktığı devasa mercan kolyesini ara ara çekiştiriyor, diğer elini de kocaman karnını üstüne koymuş. Buradan direkt doğuma filan gidecek herhâlde, o kadar şiş görünüyor.

"Çok pardon, bir şey soracağım. Saçınızı boyatıyor musunuz siz?" diye soruyor merakla.

ALLAHIM SEN BANA SABIR VER!

"Boyatıyorum, evet."

Bembeyaz diplerle ortalarda dolaşacak hâlim yok. Saçım açık renk olsaydı belki aralarda kaynardı beyazlar ama koyu renk olunca olmuyor işte. Doksanların rock starları gibi bandanayla gezecek hâlim de yok. Hadi spor giysilerle bandana olabilir de etek ceket takım ve topuklu ayakkabıyla ne alaka yani! Giydiğimden değil ama giyecek olsam çok acayip görünmez mi? Görünür.

"Organik boyayla mı? Organik olmayan boyalar çok sakıncalı bebek için, biliyorsunuz herhâlde. Saç diplerinden geçiyor çünkü her şey, kana karışıyor filan. Ben hiç boyatmadım hamile olduğumu öğrendiğimden beri, çok çok dikkatli olmak lazım."

"Aaaaa! Tabii kii! Organik boya dediğim öyle boya değil zaten. Soğan kabuğunu haşlıyorum ben evde, içine de fındık kabuğu filan atıyorum, öyle onunla yıkıyorum saçlarımı, boyalı gibi oluyor."

Bunu şu an uydurdum.

"Ama fındıklar organik tabii?"

Hay seni organik gibi...

"Aaaaa tabii ki organik."

Aksi düşünülebilir mi lütfen?

"Artık her organik de organik değil ama biliyorsunuz. Gidip iyice incelemek lazım aslında."

Neyi pardon?

"Anlamadım?"

"Yani en az elli yıl o toprak ilaçlanmamış olacak. O da yetmez aslında, yanındaki toprakların da ilaçlanmamış olması, hiç kimyasal değmemesi gerekiyor. Pestisidler filan çok zararlı, çok."

"Niye canım? Ben çok severim pestil, dut pestiline de bayılırım."

"Pestil değil pestisid. İlaç yani. Tarım ilaçları, böcek ilaçları var ya..."

HAAA! PARDON.

"Yani tam organik mi, onu soruyorum. Belgeli mi? Raporları var mı?"

Bilmiyorum ama senin raporun var galiba canım.

"Aaaaa! Var tabii, olmaz olur mu? Zaten benim saçımı yıkadığım soğanlar da tam organik bir topraktan geliyor. Yüz bin beş yıldır hiç kimse ekim dikim yapmamış o topraklarda. Unutulmuş gitmiş filan. Sonra işte Allahın işi, bir teyzem bulmuş, böyle atasından dedesinden kalan tohumlar geçmiş eline, onları ekmiş, soğanlar da oradan yani. Ultra süper acayip organik."

YERSEN.

Kadın şaşkın şaşkın bana bakıyor, inandı mı acaba?

"Hoş geldiniiiiiiiz!" diye bir ses duyuyorum bu sırada.

Zeynep eline mikrofonu almış, masanın başında durmuş gülümsüyor, Nihat da hemen yanında duruyor.

"Öncelikle bizi bu güzel günde yalnız bırakmadığınız için çok teşekkür ediyorum."

Bir alkış kopuyor.

"Herkes geldiyse, birazdan füzeyi uçuruyoruz!"

HEY ALLAHIM YA!

"En iyisini sen yaptın bence, gender party filan bunlar boş işler," diye bir ses duyuyorum bu sırada sağ yanımda.

Naz gelmiş, hemen yanımdaki boş yere oturmuş bile.

"Yooo, bence kötü bir fikir değil, gender party de gayet yapılası bir şey," diyorum.

Şimdi durduk yerde Naz'ın ağzına laf verecek hâlim yok.

"Baby shower filan tamam da, bu da biraz fazla. Resmen özentilik," diyor Naz, mini hamburgerlerden birini ısırırken.

"Kim ne isterse yapabilir," diyorum Naz'ı susturmak için. *Herkesin hayatına kimse karışamaz* filan da diyeyim bari.

"Acaba mutsuzlar da ondan mı?" diye soruyor Naz.

"Niye mutsuz olsunlar canım? Gayet de mutlular."

YOKSA DEĞİLLER Mİ? AAA!

"Yani her şeyden böyle bir eğlence çıkarma isteği filan, bilmiyorum ki. Dün yemekte biraz yüzleri asıktı. Herkes merak etti."

"Herkes derken..."

"Herkes işte. Emel Hanım'lardaydık."

Niyeyse biz davetli değildik. Enteresan.

Hiçbir şey söylemiyorum, öylece Zeynep'e bakmaya başlıyorum çünkü biraz daha konuşmaya devam edersek, kendimi tutamayabilirim.

Zeynep'le Nihat el ele duruyor. Bir an sonra garsonlardan biri, ellerine küçük bir meşale tutuşturuyor, Zeynep'le Nihat da meşaleyi füzenin altındaki fitile yaklaştırıyor, fitil alev alıyor. Alev almakla da kalmıyor, gerçekten de Zeynep'in söylediği gibi yerden yükselmeye başlıyor.

Hadi hayırlısı.

Hepimiz gözüne ışık tutulmuş tavşan gibi füzeye bakıyoruz. Herkes nefesini tutmuş, Zeynep'le Nihat birbirine sarılmış, Emel Hanım bile heyecandan ağzını eliyle kapatmış durumda. Füze yükseliyor, yükseliyor, sonra bir anda yön değiştirip sola doğru gitmeye başlıyor ve daha ne oluyor demeye kalmadan müthiş bir hızla yandaki villanın açık balkon kapısından içeri dalıyor.

Korkunç bir gümbürtü kopuyor, galiba füze patladı.

Bir an sonra üstü başı pembe simlerle kaplanmış bir kadın balkona çıkıyor, "Manyak mısınız siz? Bu hafta bu kaçıncııııı, yeter artıııııık!" diye bağırmaya başlıyor.

Aynı anda, kadının baştan aşağı pembelere bulandığını görenler, büyük bir sevinçle "Kızzzzzzz!" diye bağırmaya başlıyor.

Herkes birbirine sarılıyor, ben de derin bir nefes alıyorum.

Ne yalan söyleyeyim, Zeynep'in oğlu olursa diye endişelenmiştim yani. Kıskanmak filan değil de erkek torun ve kız torun arasında ayırım yaparlar diye endişelenmiştim. Şimdi ikimizin de kızı olacağına göre sorun yok.

"Ay, anneciğim ne kadar güzel olduuu. Kızımız oluyormuş, harikaaa!" diyor bu sırada Naz.

Naz'ın annesi niye geldi ki şimdi buraya diye düşünürken bir de ne göreyim? Meğerse Emel Hanım'a *anneciğim* diyormuş pis yılan!

Demin Emel Hanım demedi mi bu? Evet dedi, arkasından Emel Hanım, yüzüne anneciğim. Gerçekten harika.

Ay, bir de sıkı sıkı sarılıyor gözümün önünde. Zaten birbirlerini eklemişler Instagram'da Facebook'ta, sabahtan akşama kadar karşılıklı yorumlar yapıyorlar. Naz'la Ömer fotoğraf koyuyor, Emel Hanım hemen altına yorum yazıyor. Naz da daha saniyesinde o yorumları beğenip, altına *o sizin güzel düşünceniz* filan yazıyor.

"Ben de mutlaka yapmak istiyorum bu partiden. Çok şahane bir fikirmiş, çok da heyecanlı," diyor bir de üstüne.

Sanki biraz önce partiyi gömen bu değildi! Sanki bendim!

AY, TUTMAYIN BENİ!

AY, SAÇINI BAŞINI YOLACAĞIM BEN BUNUN!

"O günler bir gelsin de düşünürüz," diyor Emel Hanım.

GARSOOOOON, MOJİTOO GETİİİİİİR!

Naz morardı mı, bana mı öyle geldi? Gülüyor filan ama, yok. Morardı. Net.

Masadaki agaveli zencefilli limonatalardan birini kafama dikiyorum, şu an benden mutlusu yok valla. Zeynep'le Nihat garsonların aynalı tepside getirdiği pastayı kesiyor, fotoğrafçılar durmadan fotoğraf çekiyor, bu sırada ben de birkaç tane fotoğraf çekip Instagram'a koyuyorum.

"Mümtaz Aleks! Hadi buraya up yapabilirsin oğlum!" diye bir ses duyuyorum bu arada.

Up yapmak mı? O ne ya?

"Seni bekliyorum please!"

Bir bu eksikti. Çocuklarımızla yarı Türkçe yarı İngilizce mi konuşuyoruz artık ne yapıyoruz, anlamadım.

"Şimdiden bazı şeyleri öğrenmesi çok önemli," diyor Selda bana bakarken, bir yandan da çocuğun ağzına kaşık kaşık siyah pirinç salatası tıkıştırıyor.

Yahu çocuk beş buçuk yaşına gelmiş, hâlâ sen yediriyorsun, sen önce onu çözsene! Hâlâ bir elinde tabak, bir elinde kaşık, peşinden koşturuyorsun oğlunun. Onu bir çözsene!

Ben asla...

Neyse. Bu cümleyi tamamlamasam daha iyi olacak galiba. Sonuçta hamileyim, yarım bir gün benim de başıma gelir filan, Allah korusun!

Acaba bu parti ne zaman bitecek? Füzeyi patlattık, kız olacağını öğrendik, herkes hediyesini zaten ta başta götürüp bir yerlere koydu, yedik içtik, artık bitsin ya. Valla bitsin bu çile. Bitsin de gidip uyuyayım. Kendimi o kadar yorgun hissediyorum ki anlatamam. Zaten evde, başımı koyduğum yerde uyuyakalıyorum. Geçen gün çay koymak için mutfağa gittim, sebilden suyu doldururken bir an içim geçmiş, com com suyun içinde kendime geldim. İnşallah direksiyon başında filan uyuyakalmam, bazen öyle bir içim geçiyor ki anlatamam.

Zeynep tek tek hediyeleri açıyor, herkese tek tek teşekkür ediyor. Sonra benim hediyemi açıyor, tulumu görünce çok ama çok seviniyor, gelip sarılıyor sıkı sıkı bana. Bütün mal varlığımı gömdüğüm bu şahane Dior tulumla Zeynep'in gönlünü fethediyorum neyse ki.

"İnşallah kızların ilk doğum gününü de birlikte kutlarız. Çok güzel bir parti yaparız onlar için," diyor Zeynep.

"Yaparız inşallah," diyorum geçiştirmek için.

Deli mi ne? Şimdiden doğum günü planlıyor, olacak iş değil.

"Konuşma da yaparız hatta. Bir yılımız nasıl geçti, neler yaptık, bebeğimiz bizim hayatımızı nasıl değiştirdi filan, hepsini anlatırız davetlilere. Her yer tül olur böyle baştan aşağıya. Ortaya bir atlıkarınca koyarız. Ay, çok güzel olacak ya, çok güzel olacak!"

Önce bi' müsaade et de doğsunlar istersen!

"Önce hayırlısıyla bir kucağımıza alalım da kızları," diyorum.

Ayrıca niye aynı gün kutluyoruz kızların doğum gününü hiç anlamadım. Tamam ikimiz de şubatta doğum yapacağız her şey yolunda giderse ama aynı gün doğuracak hâlimiz yok sonuçta.

"Tabii ki, tabii ki!" diyor Zeynep ve beni öpüp, hemen yanımda kazulet gibi dikilen Naz'a sarılıyor.

Naz da Tayland'ın kuzeyindeki Lampang'dan kehribar emzikle diş kaşıma kolyesi getirtmiş hediye olarak. Tabii ki her şey süper organikmiş, milyonlarca yıl boyunca biriken ağaç reçineleri yüzlerce metre kalınlığa ulaşıyormuş ve sonunda basınçla ve sıcaklıkla sertleşip fosilleşiyormuş, yani kehribara dönüşüyormuş. Kimse bilmese de aslında buradaki kehribarlar dünyanın en nadide kehribarlarındanmış. Herkes en iyi kehribarların Polonya'da olduğunu filan sanıyormuş ama işin aslı öyle değilmiş.

Zeynep'in bir arkadaşı da altın emzik getirmiş hediye olarak, iyi mi? Hayatımda ilk defa böyle bir şey gördüm yemin ederim. Bildiğimiz emziğin tutma yerini altından yapmışlar, başka da bir numarası yok ama kim bilir kaç liradır bu emzik. Bir de ortasına isim yazılabiliyormuş daha sonra, isteğe bağlıymış. Valla kim ne derse desin, bence bu altın emzik olayı dünyanın en çirkin şeyi.

Bütün hediyeler açılıyor, yemekler yeniyor, balonlar uçuruluyor, fotoğraflar çekiliyor, herkes çektiği fotoğrafları Instagram hesabından paylaşıyor. Gülücükler, kahkahalar, hiç durmadan bağıran ve "Anneeaaaaa!" diye çığıran çocuklar etrafta koşuşturuyor. Annelerin hiçbiri dönüp de, "Ne var yavrum?" filan demiyor elbette ki. Hepsi de bir işaretle Filipinli dadıyı çocuğun yanına gönderiyor veya çantasından çıkardığı bir cep telefonunu, zaman zaman da iPad'i çocuğun eline tutuşturuyor. Çocukların hepsi cin çarpmış gibi iPad'lere bakıyor, anneler de rahat rahat konuşup gülüşüyor. E, hani organik yiyorduk ama biz? Hani her şeyimiz süper sağlıklıydı? Bu telefonlardan, iPad'lerden geçen elektromanyetik dalgalar, sinyaller filan ne oluyor? Kimsenin umurunda değil galiba ne olduğu.

Akşam saat sekize doğru, yorgunluktan perişan olmuş bir şekilde kendimi Akasya'ya atıyorum ve önce Starbucks'a gidip kendime bir tane küçük boy Americano bir tane de brownie alıyorum çünkü partide doğru düzgün hiçbir şey yiyemedim laf olmasın diye. Yok onun içinde çikolata var, yok bunun içinde kafein var diyecekler diye oturdum köşemde. Neyse ki burada karışanım görüşenim yok.

Americano'mun kapağını açıp kokusunu içime çekiyorum, sonra bir yudum alıyorum.

KAFEİN VAR ONUN İÇİNDE, KAFEİN! İÇEMEZSİİİİİN!

Of, ya! Durmadan aklıma geliyor annemle teyzemlerin söyledikleri. Ayrıca Zeynep'le arkadaşlarının söyledikleri de geliyor, geldikçe de acayip canım sıkılıyor.

Brownie'den bir çatal alıyorum.

ÇİKOLATA MI? GERÇEKTEN Mİ?!!!!!

Lanet olsun içimdeki Americano sevgisine ya! Ve aynı şekilde lanet olsun çikolata sevgisine!

Offf! Şimdi bir sigara olsaydı...

YOK! SİGARA YOK! SİGARAYI UNUT!

Kahvemle brownie'mi öylece masada bırakıp Starbucks'tan çıkıyorum. Kadınlara bak ya! Vıdı vıdı konuşa konuşa sonunda her şeyden suçluluk duymamı sağladılar. Valla bravo. En iyisi gidip biraz alışveriş yapayım da kendime geleyim. Kredi kartımda hiç limit yok ama ATM kartımda vardır diye tahmin ediyorum. Zaten öyle çok bir şey alacak değilim.

Hızlı adımlarla içeri doğru yürüyorum, kapıdan geçip asansörlere doğru ilerliyorum, asansörün önünde bekleyenleri görünce aynı hızla yürüyen merdivenlere yönelip aşağıya, eksi birinci kata iniyorum. Vitrinlere bakınarak yürüyorum. Hiçbir şeyi beğenmeyip kendimi Macro'ya atıyorum.

Sağlıklı şeyler alacağım. Cips yok. Kola yok. Tatlı yok. Sağlıklı şeyler var. Mesela... Avokado. Evet, avokado alabilirim, sonra da eve gidince şahane bir salata yaparım. Demek ki marul da almam lazım. Sağlıklı deyince başka aklımıza ne geliyor? Aaa! Keten tohumu. Bir süredir herkes keten tohumu kullanmıyor muydu? Evet. Bir paket keten tohumu. Sonra chia. Ondan da alalım. Sonra kinoa. Ondan da alalım. Ve amarant. Amarantın ne olduğu hakkında hiç fikrim yok ama sağlıklı yiyecekler reyonuna koyduklarına göre vardır bir bildikleri. Teff unu görüyorum, ondan da bir kutu alıyorum, sonra yaban mersini, frenk üzümü, ananas, gözüme sağlıklı görünen ne varsa alışveriş arabasına doldurmaya başlıyorum. Bir kutu organik yumurta alıyorum, Orvital'in organik tavuklarına bakıp bir paket but seçiyorum, çok tahıllı ekmek, organik yoğurt ve tabii ki organik keçi peyniriyle alışverişimi tamamlıyorum.

Oldu bu iş.

Kendimi gerçekten çok iyi hissediyorum şu an.

Bu sırada telefonum çalıyor, Zeynep arıyor.

"Efendim Zeynepcim?" diyorum, sesim süper neşeli çıkıyor.

"Tatlım, teşekkür etmek için aradım. Hediyene bayıldım!"

"Ay, çok sevindim."

"Tombirik tospilitoma da çok yakışacak kesin."

NEY? KİME?

"Anlamadım?"

"Ay, bizim kıza Nihat'la kendi aramızda kısaca tombirik tospilito diyoruz da."

KISACA MI?

"Çok güzelmiş, harika. Çok sevimli," diyorum. Ne diyebilirim ki yani başka?

Biz Kerem'le, *bizim kız* diyoruz ama Zeynep'in çocuğunun tabii ki çok farklı ve çok özel bir ismi var. Hiç şaşırmadım.

"Sen dışarıda mısın? Eve gitmedin mi?" diye soruyor bu sırada Zeynep.

"Gidiyordum da Macro'ya uğradım, bir şeyler aldım."

"Kahve filan almadın değil mi?"

"Yok yok, tavuk aldım, yoğurt aldım, peynir filan, avokado..."

"Tavuk mu aldın? Marketten? Marketten tavuk aldın?" diyor Zeynep, sesi de bayağı gergin geliyor.

"Evet ama organik, merak etme," diyorum hemen tatlı tatlı.

"Tatlım! Hemen bırak o tavuğu yerine. Yumurtaları da yerine bırak hemen. Köy tavuğu alman lazım senin."

AMA ORGANİK ALIYORDUK HANİ?

"Ama bu organik, olur bence."

"Olmaz. Köy tavuğu başka bir şey."

"Köy tavuğunu nereden bulacağım pardon?"

"Ben nereden buluyorsam oradan. Kuzguncuk'tan tabii ki! Çatalca'da da var güzel köy tavuğu ama Kuzguncuk'taki daha iyi."

Ben de organik yumurtayla tavuk aldım diye kendimi harika hissediyordum, iyi mi! Organik tavuk da yeterli değilmiş meğerse.

"Kuzguncuk'ta acayip güzel bir yer var, oraya haftada bir süper ürünler geliyor, her türlü organik sebze filan, köy tavuğu, köy tavuğu yumurtası..."

"Anladım."

"Ben senin için de alırım gidince merak etme."

"Tamam, peki," diyorum şaşkın şaşkın.

"Fermente ürün filan kullanıyor musun bu arada?" diye soruyor Zeynep.

Şimdi ne desem, olmayacak. Evet desem, ne kullanıyorsun diye soracak. Hayır desem, yine saatlerce bana çemkirecek.

"Eve... Hayı... Evhay... Eee, ben şimdi kasaya geldim de, sonra konuşalım mı?" diyorum can havliyle.

"Tamam ama fermente ürünler çok önemli. Mutlaka kimchi yemelisin, haberin olsun."

NEÇİ? KİMÇİ NE BE?

"Neden, biliyor musun? Çünkü bebeğin her şeyin en iyisini hak ediyor tatlım. Sen de hak ediyorsun. Her şey bebeklerimiz için. Sonra konuşuruz, hadi bay."

Elimde telefonla, iki numaralı kasanın kuyruğuna giriyorum.

Telefonum tekrar çalmaya başlıyor, arayan yine Zeynep.

"Tatlım, süt yoğurt filan aldıysan onları da bırak, ben hepsini Tekirdağ'dan alıyorum, sen de onlardan alırsın bundan sonra. Yani yoğurdu da kendin yapacaksın tabii ki, onun için git bir yoğurt makinesi al hemen. Biz maya alıyoruz, sana da alırım ben. Maya çok önemli! Niye? Çünkü eski olacak, ekşi olacak ve bir hafta filan kalacak dolapta en az. Birazdan numaralarını atarım sana WhatsApp'tan," diyor Zeynep ve telefonu kapatıyor.

Peki.

Aldıklarımı bırakırım.

Sonuçta her şey bebeğim için. Benim bebeğim her şeyin en iyisini hak ediyor.

Kuyrukta beklemeye devam ediyorum.

Bu sırada telefonuma arka arkaya iki mesaj geliyor:

Mösyö Selahattin Le Laitier 028283729934
Charlotte Hanım Köy Pazarı 021645458721

Mösyö Selahattin mi? Le Laitier mi? Charlotte Hanım mı?

Allahım sen benim aklımı koru!

Ama her şey senin için yavrum!

Her şey senin için!

7

Birkaç haftadır ben ben değilim yemin ederim. Sabah kalkıyorum, glütensiz süper organik yulaf ezmesiyle çiğ sütü karıştırıyorum, içine de sekiz adet yaban mersini on iki adet kabak çekirdeği içi, bir çay kaşığı çörek otu ve dilimlenmiş bir tam muz atıyorum. Yanında limonlu ıhlamur, bazen de çok çok açık zeytinyağı renginde bir çay içiyorum. Ayrıca aldığım yoğurt makinesiyle durmadan yoğurt yapıyorum. Makinenin üzerinde iki tane tuş olduğu için ya yumuşak kıvamlı yoğurt ya da daha yumuşak kıvamlı yoğurt yapabiliyorum ama olsun. Ve tabii ki bunların hepsini önce fotoğraflıyorum, sonra Instagram'a koyuyorum. Sabah kahvaltılarım acayip beğeniliyor, hatta şaka maka seksen beş tane takipçim bile var artık, inanılır gibi değil. Yulaf ezmemi yedikten sonra dolaptan üç yumurta, biraz Cheddar peyniri, biraz vişne reçeli, biraz bal kaymak, biraz da tereyağı çıkarıyorum, bir güzel hepsini yiyorum ve bunları elbette ki Instagram'a koymuyorum.

NE?

Doymuyorsam ne yapabilirim yani, Allah Allah!

Aralarda kavrulmamış badem atıştırıyorum, çok acıkırsam birkaç kaşık laktozsuz yoğurt yiyorum. Öğle yemeğinde tuzsuz ve yağsız haşlanmış sebze, derisi çıkarılmış ve haşlanmış köy tavuğu ve yine tuzsuz yağsız pirinç pilavı yiyorum. Arada yine bir muz veya elma yiyorum, bazen süt içiyorum. Akşam yemeğinde de mutlaka iki yüz gram balık, tavada çevrilmiş kuşkonmaz ve ıspanak sote yiyorum.

Organik sebzeleri Charlotte Hanım'dan, süt ve süt ürünlerini de Mösyö Selahattin'den alıyorum. Le Laitier de sütçü demekmiş, çok şükür onu da öğrendik. Tabii sütleri filan direkt olarak kendisinden almıyorum, Mösyö Selahattin'in sabit bir mekânı yok, o yüzden bazı noktalara haftanın belirli günlerinde süt getiriyor. Kendisi getirmiyor elbette, çalışanları getiriyor. Efendim Mösyö Selahattin yıllarca Fransa'nın kırsalında bu işlerle uğraşmış, tam organik tarımla filan haşır neşir olmuş, bir sürü inek yetiştirmiş ve süt konusunda uzmanlaşmış. Sonra artık emekli mi olmuş Fransa'dan ne olmuş bilmiyorum, tası tarağı toplayıp Türkiye'ye dönmüş, burada Tekirdağ'a yerleşmiş, kendine bir mandıra kurmuş filan.

Allah akıl fikir versin, ne diyeyim.

Ne diyordum?

Hah! Mösyö Selahattin'in çalışanları belli noktalara süt getiriyor diyordum. Tabii önceden telefonla ya da maille sipariş verirseniz. Ben de tabii ki siparişlerimi veriyorum ve genellikle de sütleri alması için Kerem'i gönderiyorum. Sağ olsun hiç beni kırmıyor, siparişlerimi alıp getiriyor. Artık hayatımızda her şey süper organik, müthiş temiz ve sağlıklı. O kadar sağlıklı ki, sağlıktan ölmek üzereyiz. Tabii benim arada atıştırdıklarımı saymazsak. Yani bal kaymağı, tahin pekmezi ve bir de çok ara sıra yediğim dondurmalar var, onları saymazsak. Tamam geçen hafta baklava da yedim ama ne yapayım, çok canım çekmişti. Kimseye söylemeden arada bir iki küçük kaçamak yapıyorum, sonra biraz vicdan azabı da çekiyorum ama ne yapalım. Benim elimden bu kadarı geliyor.

Koku hassasiyetim geçtikten sonra tekrar yemek yapmaya başladım neyse ki. Ama uzun süre ayakta durunca bileklerim kütük gibi şişiyor. Daha yirminci haftanın sonundayım ama bacaklarım filan acayip şişti. Tabii bunun sebebi bu hafta itibariyle sekiz kilo almış olmam da olabilir ama olmaya da bilir. O yüzden net bir şey söyleyemiyorum. Çok uzun süre ayakta durmamaya çalışıyorum, zaten de kendimi o kadar yorgun hissediyorum ki hemen uykum geliyor. Akşam sekiz dedin mi bayılıveriyorum salondaki üçlü koltukta. Bazen içeriye gitmeye bile üşeniyorum, Kerem eve gelince beni zorla kaldırıp yatağa götürüyor.

Canım ya.

Benim için o kadar çok şey yapıyor ki anlatamam. Gözümün içine bakıyor. Ne istersem alıp getiriyor, canım bir şey çekerse diye günde en az üç beş kez arıyor, ayaklarımın altına yastık koyuyor, akşamları süt ısıtıyor, mutfağı topluyor, geçen gün salonu bile süpürdü canım, kıyamam.

Ben de artık yirminci haftasının sonunda olan bir hamile olarak, benden istenenleri harfiyen yerine getiriyorum. Mesela vitaminler! Bütün vitaminlerimi şakır şukur içiyorum. Aradaki küçük kaçamakları saymazsak gayet sağlıklı besleniyorum, çiğ sütten başka hiçbir şey içmiyorum. Bebeğe Mozart dinletirsen çok zeki olur dediler, gidip bir sürü Mozart CD'si aldım, sabahtan akşama evde onları dinliyorum. Mozart'tan sıkılında Bach, Bach'tan sıkılınca Vivaldi, bu aralar sadece klasik müzik dinliyorum. Bu hafta gebelik şekerimi ölçtüreceğim, ayrıca her gün kırk beş dakika yürümeye çalışıyorum, aletli pilatese bile gittim üç seans, hatta her akşam kendimi baştan aşağı süper organik badem yağıyla bile yağlıyorum oram buram çatlamasın diye, ben daha ne yapayım?

Biraz önce de Leyla'yla yogaya geldik. Artık hiçbir şeye itiraz etmiyorum çünkü her şey bebeğim için. Bugün yapacağım yoga asanalarının ileride çok ama çok faydasını göreceğim. Doğumda nasıl nefes alacağım, bebeğimi nasıl hissedeceğim, doğum kanalında ilerleyen bebeğime nefes alıp vererek nasıl yön göstereceğim, bunların hepsini yoga yaparak deneyimleyebiliyormuşuz. Ve böylece normal doğum son derece kolay, doğal ve anestezisiz yapılabiliyormuş. Gerçekten harika bir şey bu. Yalnız çok küçük bir bir sorun var.

Minik. Miniminnacık. Küçücük.

NORMAL DOĞUMDAN ÇOK KORKUYORUM!!!!!

Tabii ki normal doğumun çok sağlıklı olduğunu biliyorum. En güzeli, ağrı kesici veya ilaç almadan, tamamen doğal yollarla doğum yapmak aslında. Biliyorum ama daha normal doğumun *no*'su bile aklıma gelince titremeye başlıyorum. Gerçi ameliyattan da çok korkuyorum. Yatıracaklar öyle ameliyat masasına, damar yolu açması bir dert, katır kutur kesip bebeğimi çıkarmaları bir dert, sonra dikişi var bunun, dikiş aldırması var, ağrısı sızısı var.

OFFFF, OFFF.

Ben daha farklı bir şey hayal ediyorum aslında.

Mesela bir sabah uyansam, bebeğim doğmuş olsa.

Valla ya. Süper olmaz mı? Doğum kısmını kes at, sonuca odaklan. Bence şahane olur.

Nefesine odaklan şimdi. Bir nefes al ve aldığın nefesi yavaş yavaş bırak. Yarı belinden aşağı doğru sarkarken, bedeninin esnediğini hisset. Esniyorsun ve bedenin uzuyor, uzuyor, uzuyor.

Bedenim uzuyor da, günler hiç uzamıyor. Durmadan kısalıyor, kısalıyor, kısalıyor. Sayılı gün çabuk geçermiş misali, o kadar hızlı geçiyorlar ki anlatamam. Zaten uykularım da çok düzensiz bu aralar. Gecede en az bir kere tuvalete kalktığım yetmiyormuş gibi, şimdi de tam üçte uyanır oldum. Nedensiz bir şekilde yani. Saat üçte illaki uyanıyorum. Sağıma dönüyorum olmuyor, soluma dönüyorum olmuyor. Yarım saat yatakta debelendikten sonra uyuyabiliyorum ancak. Uyuyabiliyorum dedim ama kâbuslarla boğuşuyorum desem daha doğru aslında.

Geçen gece gördüğüm rüyada mesela, liseye geri dönmem gerekiyordu. Ya ben üniversiteyi bitirdim, liseden mezun olmasam nasıl üniversiteye gidebilirdim, diyorum ama nafile. Meğerse bir tane dersim varmış, o dersin de ne olduğu belli değil ama, öyle muğlak bir ders, mutlaka onu vermem gerekiyormuş. Sınavı da hemen o an yapılıyor bu arada. Yoksa üniversite diplomam çöp olacakmış. Hamile hamile tekrar lise üniforması giyip sınıfa giriyorum. Sıralardan birine oturuyorum, başlıyorum soruları çözmeye ama sancılarım başlıyor. Sınıftan çıkarsam da sınavım yanıyor, üniversite diplomamı geri alıyorlar. Bağırıyorum, ağlıyorum ama kimse sesimi duymuyor.

Yine bu rüya o kadar kötü değil. Birinde, doğum yapıyorum ama bebeğimi bulamıyorum. Doğumhaneden çıkıyorum, odalara bakıyorum, koridorlara bakıyorum, yok. Bebeğim ortadan kaybolmuş. Yine kan ter içinde uyandım, sonra yarım saat Kerem'in omzunda ağladım. Bir gece, yine doğum yapıyorum rüyamda. Hemşire bana bakıyor, doğuramadınız diyor. Nasıl yani diyorum, bebek yokmuş meğerse, dokuz ay boyunca hamile değilmişim. Herkes yalan söylemiş bana hamilesin diye.

Aldığımız nefes bütün bedenimizi dolaşıyor, nefesimizi boşaltıyoruz ve ayak bileklerimizden kalça eklemimize kadar bacaklarımızın her noktasını esnetiyoruz. Kendi zamanımızda matın önüne geliyoruz, Tadasana.

Gözlerimi kapatıyorum, açıyorum. Leyla'ya bakıyorum, bir kenara oturmuş, kitap okuyor. Beni yalnız bırakmamak için derslere giriyor ama bir köşede oturuyor. Yoga hocaları da arkadaşları olduğu için hiçbir şey demiyor. Canım benim. Ben de kendimi onun sayesinde hiç ama hiç yalnız hissetmiyorum. Son günlerde elinden düşürmediği kitap da *Kurtlarla Koşan Kadınlar*. Sabahtan akşama kadar bu kitabı okuyup duruyor. Bir ara ben de bir bakayım bari. Leyla bunu okuyorsa vardır bir sebebi. Ya düşünüyorum da acaba doğuma da benimle girer mi Leyla? Ay ben tek başına doğuramam ya. Valla doğuramam.

Sağ bacağımızı geriye alıyoruz ve Virabhadrasana bir, birinci Savaşçı. Bacağımızın uzunluğu, diz mesafemiz, iç dengemiz hepsi bir bütün. Biz de bütünüz.

Etrafıma bakıyorum, herkes odaklanmış, huşu içinde yoga yapıyor. Ben de yavaş yavaş geriye kaykılıyorum. Sonra yavaşça Leyla'nın yanına gidiyorum.

"N'oldu? İyi misin?" diye soruyor Leyla panikle.

"Benimle doğuma girer misin Leyla?"

"Aaa! Nereden çıktı şimdi bu?"

"Ya, söyle. Girer misin? Elimi tutar mısın?"

"Tutarım da, Kerem'le birlikte girmeyecek misin sen doğuma?"

NEEE?!

TABİİ Kİ DE HAYIR!

"Tabii ki girmeyeceğim!"

"Neden?"

"Yani nedeni mi var? Olmaz yani. Sonuçta her şeyin bir şeyi var."

"Şeyin şeyi mi var? Neyi var?"

"Yani olmaz. Ondan sonra bir daha nasıl birlikte olabiliriz ki yani, lütfen? Seks hayatımız biter!"

Sanki şu an bir seks hayatımız varmış gibi heyecanlı heyecanlı konuşuyorum ama neyse. Bir zamanlar vardı. Çok çok eskiden. Yani ben hamile olduğumu söyledikten sonra iki kez filan birlikte olduk, ondan da hiçbir şey anlamadık. Sonra da yok mide bulantısıydı, yok kan testiydi, yok ultrasondu derken, bize ayrılan seks hayatının sonuna geldik. Geldik ama nasıl geldik bir de bana sorun! Durmadan paranoya hâlindeyim. Sonuçta erkekler karılarını en çok ne zaman aldatıyorlar? Hamilelik döneminde tabii ki. O yüzden de durmadan Kerem'in telefonunu kontrol ediyorum, WhatsApp mesajlarına şöyle bir göz ucuyla bakıyorum, gece geç saatte telefonu çalarsa mutlaka bir şekilde kiminle konuştuğunu öğreniyorum. Gerçi benim kocam yapmaz ama...

Ne demişler?

ASLA ASLA DEME, demişler.

O yüzden de uyanık olmakta fayda var. Ayrıca da bu dünyada kadınların en büyük düşmanı, yine kadınlar. Yalnızca evli erkeklerle birlikte olan, yalnızca evli erkekleri çekici bulan kadınlar biliyorum ben. Bu adam tercih edildiğine göre, mutlaka vardır bir sebebi deyip, Instagram'dan, Twitter'dan, Facebook'tan evli adamlara yürüyen kadınlar biliyorum. Ayyyy, tahtalara. Allahım sen bizi bu kadınlardan koru yarabbiiiiim!

AMİN!

"Kerem doğuma girdi diye seks hayatınız filan bitmez. Gerçekten seni seven bir adam varsa yanında, çok da güzel birlikte olursunuz hayatım. Kerem de seni gerçekten çok seviyor, ikimiz de biliyoruz. Sonuçta ikiniz birlikte yapmadınız mı bu çocuğu? Niye sen yalnız giresin ki doğuma?" diyor Leyla.

"Haklısın da, sezaryen olsa girsin. Ama normal doğuma... Yok ya. Olmaz. Mümkün değil. Ayrıca ben seni istiyorum yanımda."

"Peki doula ne olacak? Sen, ben, doula, doktor, hemşireler, biraz çok olmaz mı?"

Doula'nın ne olduğunu da öğrendim sonunda. Ebe değillermiş aslında, yani teknik olarak doğum yaptıramıyorlarmış ama duygusal destek veriyorlarmış. Yani annenin doğum anında hissettiklerini hissedip, ona doğru enerji veriyorlarmış. Yani sanırım. Leyla uzun uzun anlattı ama ben yalnızca bunları aklımda tutabildim.

"Senden iyi doula mı olur? Sonuçta beni çok iyi tanıyorsun. Her şeyimi biliyorsun."

Bu sırada sınıftaki diğer hamileler, bize doğru kötü kötü bakmaya başlıyor. Biraz fazla çıktı galiba sesimiz.

"Pardon! Çok pardon!" diyorum sessizce.

Tekrar yerime geçiyorum, matımın önüne gelip oturuyorum. Herkesin bağdaş kurduğunu görünce ben de aynısını yapıyorum.

Birazdan Pranayama'ya bakacağız.

HA?

Bakın canım siz, ben mani olmayayım.

Yani nefesimizi özgürleştireceğiz, çeşitli tekniklere odaklanacağız.

Nasıl yani? Ne gibi teknikler?

Nedir bu teknikler? Kahraman nefesi mesela, sonra arındıran nefes ve serinletici nefes. Nefesi burnumuzdan alalım şimdi ve ağızdan verirken sssss sesi çıkaralım.

SISISISISISIISISSISISISISSISISI.

Bu sese odaklanıyoruz. İçimizden çıkan bu sesle birlikte dingin bir zihin bizi bekliyor. Bedenimiz ve zihnimiz son derece berrak ve dingin.

İyi de bu sese odaklanmışken nasıl berrak olabilir benim zihnim!

Durmadan *sı sı sı* deyip duruyoruz. Mümkün değil.

Ayrıca demin Leyla'nın dediği şeye de çok takılmış durumdayım. Doğuma Kerem'le girme meselesine yani. Acaba istiyor mudur ki benimle doğuma girmeyi? Ya ben kendim, kendi doğumuma girmek istemiyorum, o niye istesin???

Bu sesi sancılar ve kasılmalar arasında, yani doğum esnasında kendimizi rahatlatmak ve acıyı yok etmek için kullanabiliyoruz.

Çok güzel ama ben daha çok epidural kullanmak istiyorum acıyı yok etmek için. Galiba epidurali bir tek ben istiyorum bunu çünkü herkes kendini kaptırmış durumda, *sısısıssısıssısısısı* deyip duruyor.

Gerçi zihin çok komplike bir şey. Geçenlerde o kadar enteresan şeyler okudum ki bu konuda. Acı olmayacağına inandırırsak kendimizi, yani trans hâline ulaşırsak, gerçekten de acı hissetmeyebiliyormuşuz. Her şeyin anahtarı bizdeymiş. Yani kendimizi neye şartlarsak, onu gerçekleştiriyormuşuz.

Bu durumda, kendimi sezaryene şartlasam ben? Süper fikir! Yani istediğimden değil. Öyle aklımdan geçirir gibi yapsam? Ama geçirirken de geçmese bu fikir mesela? Öyle takılıp kalsa zihnimin derinliklerinde? Nasıl olur?

Yine matımdan ayrılıp sessizce Leyla'nın yanına gidiyorum ve aklıma gelen her şeyi ona sessizce anlatıyorum.

"Yani sonuç olarak sezaryene şartlasam ben kendimi?"

"Saçmalama!" diyor Leyla ve ekliyor, "Düşünme böyle şeyler, her şeyin doğalını, güzelini iste."

"Ya istiyorum da, korkuyorum yani sonuçta. Normal değil mi korkmam?"

"Tabii ki çok normal. Ama sen kendine güvenirsen, yapamayacağın hiçbir şey yok. Ayrıca da daha beşinci ayındasın. Daha çooook uzun zaman var bunu düşünmek için."

"Sısısısıssısısısısısı!" diyorum Leyla'ya bakarak.

"İyisin, değil mi canım?"

"Hıhı, çok. Şimdiden başlayayım da bari, belki önümüzdeki dört ay içinde alışırım bu fikre. Yani inşallah."

Ders bittikten sonra yoga stüdyosunda birkaç tane fotoğraf çekip story'ye koyuyorum, ayrıca Leyla'nın eline telefonumu tutuşturup, aşağı bakan köpek pozisyonunda bir süre duruyorum. Leyla arka arkaya bir sürü fotoğrafımı çekiyor, aralarından en güzelini seçiyoruz, sonra da altına *Yirmi birinci haftaya aşağı bakan köpekle giriyorum* yazıp yogayla ilgili birkaç tane hashtag ekliyoruz. Birkaç saniye sonra, beğeniler gelmeye başlıyor, sadece beğeni de değil üç yeni takipçim oluyor. Bu kız gerçekten biliyor bu işi ya! Yemin ederim biliyor.

"İstersen hafta hafta seni çekelim, arkaya bir tahta yapalım ne dersin?" diye soruyor Leyla soyunma odasına doğru yürürken.

"Boy pos kilo filan yazmak için mi?"

"Evet. Haftalık çizelge gibi düşün, sen de yan durursun hep aynı giysiyle çekeriz seni, bence güzel olur."

"Tamam, süper fikir!" diyorum.

Bir süre önce bu fotoğraflardan nefret ediyordum ama son zamanlarda biraz şey oldum. Yani pozitif bakar gibi oldum. Sonuçta kime zararı olabilir ki bu fotoğrafların, öyle değil mi? Ve bunda Zeynep'le arkadaşlarının hiç etkisi de yok. Yani onlar her hafta kendilerini çekip Instagram'a koymasaydı da ben pozitif bakardım yani.

Bu arada Zeynep'in Instagram hesabını da sürekli takip ediyorum tabii ki. Dün, aletli pilates'te bir sürü şey paylaşmıştı, yetmemiş Reformer denen aletin tepesine çıkmış, hiçbir yere tutunmadan bacağını açıp kapatıyor. Ya ben hamile olmasam bile o hareketi yapmaya cesaret edemem, Allah muhafaza ayağın kaydı mıydı bittin! Ama Zeynep'in umurunda değil işte, fotoğraf yetmemiş bir de video çekip yüklemiş story'sine. Zaten Amasya elması kadar göbeği var, sinir oluyorum, bir de profesyonel sporcu gibi o aletten bu alete zıplamıyor mu!

Sısısısısısısısısısısısısı!

Rahatım, huzurluyum, kendi deneyimime odaklanıyorum, andayım ve anda kalıyorum.

Hayır bir de şunu anlamıyorum, sabahın köründe kalkıp işe de gidiyor bu Zeynep. Altı buçukta uyanıyor, giyinip hazırlanıyor, sonra Nihat'la birlikte yola çıkıyorlar, bütün gün deli gibi çalışıyorlar ve o kadar çalışmadan sonra hâlâ spor yapacak, alışverişe çıkacak, hafta sonlarında parti organize edecek enerjisi olabiliyor Zeynep'in. İnanılır gibi değil. Ben de saat ona doğru kalkıp biraz hareket ettikten sonra kendimi koltuklardan koltuklara atmak istiyorum. Durmadan uyumak istemem bir yana, enerjim de o kadar azaldı ki anlatamam. Bazen kolumu kıpırdatacak hâlim olmuyor, o derece.

Sısısısısısısısısısısısısı!

Nefes alıyorum, nefes veriyorum, bedenim son derece berrak ve dingin.

Zeynep'i kıskandığım filan da yok bu arada. Ben onun neyini kıskanacağım! Hah! Olay normal değil, benim irdelediğim şey bu. Nasıl bu kadar enerjik olabilir ki yani hamile bir kadın! Ben de hamileyim, kimse bana dokunmasa bütün gün yataktan çıkmam. Kimseye söylemeden kuzu embriyosu filan mı yiyor geceleri bu kadın bilmiyorum ki? Ya da maymun beyni. Veya keçi toynağı. Öyle antin kuntin enerji veren bir şeyler işte. Kesin gizli gizli bir şeyler yapıyor, kesin.

Sısısısısısısısısısısısısısısısısı!

Kendi hayatımda, kendi bedenimde, kendi zamanımdayım. Ben her hâlimle, güzelim. Bütünüm. Tamım.

Hayır, hiç mi ayakları şişmiyor yani! Bütün hamile kadınların ayağı şişer! Şişmeyeni görmedim daha!

Sahip olduklarımla, yaşadıklarımla, her şeyimle kendimi sevgiyle kucaklıyorum. Kendi hayatımda her şey yolunda, sevgi dolu ve mükemmel.

Haaaa, tabii tabii, çok mükkemmel!

Yarılıyoruz mükemmellikten!

Bari eve gideyim de ayaklarımı tuzlu suya koyayım.

Eve girer girmez kendimi televizyonun karşısındaki üçlü koltuğa atıyorum, biraz oturduktan sonra güç bela kalkıp içeri gidiyorum, ayaklarımı içine koymak için leğenimsi bir şey buluyorum, sonra onu içeri taşıyorum. Sonra sürüne sürüne mutfağa gidip su ısıtıcısını çalıştırıyorum. Kaya tuzlarını bulmak için mutfağın altını üstüne getiriyorum. Her şeyi hazır edip içeri dönüyorum, ayaklarımı tuzlu, sıcak suyun içine sokuyorum.

Ben bu hâllere düşecek insan mıydım ya? Şu hâlime bak. Yüzüm gözüm şiş, acayip kilo aldım, ayaklarım fil ayağı gibi, saçım başım birbirine girmiş, manikür pediküre gitmem şart, kısacası berbat görünüyorum. Kimseye belli etmemeye çalışıyorum ama hâlim içler acısı. Bir yere giderken elbette ki kendime çekidüzen veriyorum laf olmasın diye ama bunu yapmak o kadar zor geliyor ki. Başımı çevirip aynadaki yansımama bakıyorum, o kadar şiş görünüyorum ki anlatamam. Ayaklarını suya koymuş bir deniz ayısı, aynadan bana bakıyor.

Çok şişiiiiiiim!

Çok çirkiniiiiiim!

Çok iğrenç görünüyoruuuuuum!

Kendimi tutamayıp ağlamaya başlıyorum sonunda. Ayağım tuzlu suyun içinde, koltuğa gömülmüş bir vaziyette ağlamaya başlıyorum. Bu sırada anahtar kilitte dönüyor, kapı açılıyor, Kerem'in sesini duyuyorum içeriden.

"Sevgilim, ben geldim."

Yüzümü gözümü silmeye çalışıyorum ağladığımı anlamasın diye ama daha salona girer girmez bir şey olduğunu anlıyor Kerem.

"N'oldu canım sana? Niye ağlıyorsun? Bir şey mi oldu?" deyip yanıma geliyor hemen.

"Yooo. Biraz öyle duygusallaştım da televizyona bakarken."

"Ağaç ev ustaları var şu an televizyonda."

"Biliyorum, çok hüzünlü ama. Ayrıca da hormonlardan," diyorum ama nafile.

"N'oldu, hadi söyle," diyor Kerem yumuşak bir ses tonuyla, bir yandan da bana sarılıyor.

Sarılır sarılmaz, tekrar ağlamaya başlıyorum.

"Çok çirkiniiiiiiiim!"

"Alakası yok. Çok güzelsin."

"Hayır, değilim."

"Ben güzelsin dedim mi? Dedim."

"Şu hâlime bak. İğrenç görünüyorum. Kendimi iyi hissedeyim diye öyle söylüyorsun. Daha bunun sekizinci ayı var ayrıca, dokuzuncu ayı var! O zaman ne yapacağım? Bin kilo olacağım ya, bin kilo!"

"Bunları hiç düşünme sen şimdi. Kilo aldıysan aldın, ne olacak? Verirsin sonra."

"Nasıl vereceğiiiiiim?" diye böğürerek ağlamaya devam ediyorum, gözyaşlarım yanaklarımdan aşağı süzülüyor.

Kerem gözyaşlarımı elleriyle siliyor, "Ben seni her hâlinle çok seviyorum. Sen benim bir tanemsin. Çok da güzel bir sevgili, çok da güzel bir annesin, tamam mı?" diyor.

"Daha anne değilim beeen! Ayrıca güzel de değiliiiim!"

"Müstakbel annesin o zaman. Çok da güzelsin."

"O zaman niye benimle birlikte içeride yatmıyorsun? Niye salonda yatıyorsun?"

"Rahat uyu diye."

"Yalaaan. Artık beni hiç çekici bulmuyorsun. Bana dokunmak bile istemiyorsun."

"Haydaaa! O nereden çıktı?"

"Nereden çıktıysa çıktı. Yalan mı?"

"Yalan tabii."

"Benimle sevişmek de istemiyorsun ayrıca."

"İstiyorum."

"İsteyen insan böyle mi yapar?"

"Ben de sen istemiyorsun diye bir şey yapmıyorum hiç."

PARDON???

Şu an vücudumdaki hormon miktarıyla on yedi yaşımı kıyaslasam, on yedi yaşındayken bile daha az hormon salınıyordu vücudumda, öyle söyleyeyim. Sabah gözümü açıyorum seks istiyorum, akşam yatıyorum seks istiyorum, öyle bir durumdayım. Vücudumdan hormon fışkırıyor. Geçen gece bu adam niye benimle yatmıyor diye oturup hüngür hüngür ağladım yani. Zaten ağlamaya yer arıyorum evet ama bu da önemli bir sebepti bence.

"Yok öyle bir şey, ben gayet de istiyorum," diyorum son derece kararlı bir şekilde.

"Tamam, peki."

"Tamam, peki."

"Hadi gel o zaman," diyor Kerem gülerek.

"Nasıl yani? Şimdi mi?"

"Evet, niye ki?"

"Ya böyle hoppadanak olmaz ki! Ayrıca da bu kadar planlı programlı seks mi olur?"

"İstemiyorsun işte aslında, gördün mü hayatım?" diyor Kerem gülümseyerek.

"Ya, istiyorum! Tamam ya, peki. Kalk hadi! Kalk içeri gidelim, kim istemiyormuş gör!"

Son derece kararlı bir şekilde yatak odasına gidiyoruz. İkimiz de acayip kararlı bir şekilde ayakta dikilip birbirimize bakıyoruz.

"Buyurun, sizi önden alalım!" diyorum Kerem'e.

Kerem gülüyor, "Tamam, peki," diyor.

Sonra soyunmaya başlıyoruz, daha doğrusu ben başlayamıyorum çünkü odanın ışığı yanıyor. Önce uzanıp ışığı kapatıyorum.

Ne?

Kocaman karnımla bir de cayır cayır ışık altında sevişemeyeceğim yani, kimse kusura bakmasın! Sadece ışık olsa, yine iyi. Yatağın sağındaki ve solundaki sürgülü dolapların da kapakları tamamen ayna, hayatta olmaz. Zaten normal zamanda bile oram buram güzel görünsün diye ekstra çaba harcayan, loş ışıktan başka ışıkta soyunmayan bir insanım, şimdi bu kadar şişmanken bir de göbeğimde boydan boya kopkoyu bir çizgi varken, zifiri karanlık istiyorum bi zahmet. Kapı altlarından filan ışık bile sızmasın, o derece. Ay, acaba kalkıp kapının altına havlu mu sıkıştırsam? Yok artık daha neler.

On beş dakika boyunca saçma sapan pozisyonlarda debelendikten sonra, yatağın içinde oturuyoruz Kerem'le. Yok yani, olmayınca olmuyor. Kolumu bacağımı bile istediğim gibi hareket ettiremiyorum, sarılsam karnıma baskı olacak diye sarılamıyorum. Yan döneyim desem, dönemiyorum, belim ağrıyor. Sonuçta ben de porno yıldızı filan değilim yani, yetmiş sekiz ayrı pozisyon deneyecek hâlim yok yatakta. Zaten o kadar pozisyon da bilmiyorum. Hakikaten ya, kaç tane pozisyon biliyorum ki ben acaba? Dört filan herhâlde. Ay ne kadar sıkıcı bir seks hayatım varmış benim yaaa!

Ve yine ağlıyorum.

"Hayatım, ağlayacak bir şey yok, lütfen ama!" diyor Kerem beni öperken.

"Ama olmadı işte, yapamadık. Demek ki sen beni istemiyorsun artık," diyorum Kerem'e.

"Yok öyle bir şey. Bebeğe zarar verecekmişim gibi hissediyorum, bir şey olur diye tedirgin oluyorum. Yoksa seni güzel bulmadığım için değil, seni çekici bulmadığım için de değil."

"Yemin et."

"Gerçekten."

"Yemin et, yemin."

"Yemin ederim. Gel hadi buraya," diyor Kerem, ben de kolunun altına sokuluyorum.

Bu sırada çok tuhaf bir şey hissediyorum. Daha önce hiç yaşamadığım, çok tuhaf bir his içimi kaplıyor.

Sanki karnımın içinde bir kelebek kanat çırpıyor.

Minicik, küçücük bir kelebek.

"Hareket etti! İnanamıyorum, hareket ettiii!" diyorum Kerem'e.

İkimiz de şaşkın şaşkın birbirimize bakıyoruz.

Kerem, elini karnımın üstüne koyuyor, ben de elimi onun elinin üstüne koyuyorum, "Bu geceden ona hiç bahsetmeyeceğiz ama tamam mı?" diyorum.

"Nasıl yani?"

"Yani, ilk kez ne zaman hissettik hareket ettiğini, ne yapıyorduk, neredeydik filan, bu soruların hiçbirine cevap vermeyeceğiz."

"Tamam peki, nasıl istersen," diyor Kerem gülerek.

Ve...

Yine ağlıyorum!

7

Herkes bilir ki hamilelerin neredeyse hepsi taşınır. Ev yeterince büyük değildir. Yeterince ışık almıyordur. Çocuk odası yoktur. Çocuk odası küçüktür. Ev merkezi değildir. Hastaneye uzaktır. Kentsel dönüşüme girecektir. Yakın zamanda apartmana meteor düşecektir.

O yüzden bir süredir şu an oturduğumuz evden taşınmayı düşünüyoruz, düşünmekle de kalmıyoruz ev arıyoruz.

Ve yine herkes bilir ki, hamile bir kadının en yakını, annesidir. Çünkü kız annesi dediğimiz kişi daha kızının hamile olduğunu öğrendiği andan itibaren onu darlamaya başlar.

Sıkı giyindin mi? İçine fanila giydin mi? Belini içine soktun mu? Vitaminlerini aldın mı? Ara meyveni yedin mi? Sporuna gittin mi? Yürüyüşlerini yaptın mı?

Kız annesi, bütün sorularına cevap aldıktan sonra bu sefer de kızının hayatına müdahale etmeye başlar. Bacak bacak üstüne atma, bebeğin kafası sıkışır. Öyle hoplayıp zıplama, maazallah bebeğine bir şey olur. Saçını kestirme, hamileyken saç kestirilmez, gibi ardı arkası gelmeyen onlarca uyarıyla kızını uyarıp durur. Kızıyla bütün doktor randevularına gider, muayenelerin hepsinde torununu görünce hüngür şakırt ağlar, doktora akla hayale gelmeyecek bir sürü soru sorar ve soruların cevabını almadan da rahatlamaz.

Benim anneme gelince, sağ olsun ortada yok kendisi. Babam da aynı şekilde. Sanki şu ana kadar yirmi sekiz tane kızları olmuş, bu yirmi sekiz kızdan da sekiz bin beş yüz tane torunları olmuş gibi gamsızlar, olacak iş değil. O yüzden de Afyon'dalar.

Yaaa, evet. Kaplıcaya gittiler, iyi mi?

Zaten ben çok iyiymişim, maşallahmış bana, her şey yolundaymış, yalnız değilmişim, Kerem yanımdaymış, birkaç gün kaplıcaya gidip döneceklermiş falan filan. Emel Hanım resmen Zeynep'in evine kamp kurdu, benim annem gezmelerde tozmalarda. Ben de doğal olarak her şeyimi kendim yapıyorum. Yemek, çamaşır, bulaşık, ütü, temizlik, hepsini kendim yapıyorum. Yani tamam, haftada bir büyük temizliğe gelen biri var ama her gün evde milyon tane şey oluyor. Ütülenecek bir sürü şey birikiyor, kendi giysilerimi ütülemesem Kerem'in gömlekleri var, onların mutlaka ütülenmesi lazım filan.

Ben bunların hepsini kendim yaparken, Emel Hanım da maşallah her sabah ezanla çıkıyor evinden, Zeynep'in evine gidiyor. Zeynep hâlâ çalıştığı için ev boş oluyor. Emel Hanım giriyor mutfağa, üç çeşit yemek pişiriyor, sonra evi topluyor, yıkanacak bir şeyler varsa yıkıyor, etrafı derleyip topluyor.

Neyse ya. Güçlüyüm ben. Çok güçlüyüm, o yüzden de bunların hepsini tek başıma yapabilirim. Tek başına şeker testine gitmiş insanım ben be! Hastane koridorlarında üç saat tek başıma kolumda kataterle oturmuş insanım lütfen! Kendimden geçmiş olabilirim, başım dönmüş, midem bulanmış olabilir, telefonumun şarjı bittiği için hastanedeki dergileri satır satır okumuş olabilirim. Ama yılmadım! O iğrenç, şekerli zımbırtıyı içip bekledim. Saat başlarında gidip kanımı verdim ve başım yukarıda, gururla çıktım hastaneden! Hah! Öyle Zeynep gibi bir kolumda kocam, bir kolumda annem, arkamda babamla filan gitmedim yani kan vermeye.

Hakikaten niye gitmedim ya? Keşke gitseydim. İnsan kendini o kadar yalnız hissediyor ki hastane koridorlarında beklerken, anlatamam. Keşke Kerem'e izin almasını söyleseydim. Ya da Leyla'dan isteseydim. Teyzemlere de söyleyebilirdim aslında ama neyse. Kimseye muhtaç değilim çok şükür.

Aslına bakacak olursak her şey yolunda gidiyor, yirmi beşinci haftamdayım artık, kontrolde bizim kızın yedi yüz elli gram olduğunu öğrendik, süpermiş kilosu. Boyu da yirmi iki santim gibiymiş ki o da harikaymış. Bir de süper net ultrason fotoğrafımız oldu bu hafta, Kerem'le baka baka bir hâl olduk. Kerem bebeğimizi bana benzetti, ben de Kerem'e benzettim. Sonunda ikimize de benziyor deyip çıktık işin içinden. Sağlıklı olsun da, kime benzerse benzesin.

TÜTÜTÜTTÜTÜTÜ!

Maşallaaah benim çocuğuma!

Hamile olduğumu hissetmeye başladığımdan beri, yani bebeğimin hareketlerini hissetmeye başladığımdan beri her şey bir tuhaf. Resmen hamileyim ben ya! Anne adayıyım yani. Hatta ne öğrendim, bu hafta doğum yapsam bile bebeğimin yaşama şansı varmış. Tahtalara tabii ki! Allah korusun. Doğmasın yirmi beş haftalık ama yaşayabiliyormuş artık. İnanılır gibi değil.

O yüzden de artık yavaş yavaş alışverişlere başlamayı düşünüyorum. Şimdi doğruya doğru, şu ana kadar doğru düzgün hiçbir şey almadım bizim kız için. Başlarda o kadar çok laf ettiler ki, korkumdan alamadım açıkçası. Sonra da birkaç tane tulum aldım, o kadar. Hâlâ da bir poşetin içinde, bizim yatak odasındaki dolapta duruyorlar. Sonra kendime yeni bir şeyler almam lazım giyecek. Her şeyim dar gelmeye başladı, üstelik emzirme sütyeni filan almam gerekiyormuş, doğumdan sonra giymek için geniş külot almam gerekiyormuş, kısacası bugün alışverişe çıkıyorum.

Daha kapının önüne çıkıp arabama bindiğim anda annem arıyor. Zaten annem hep böyle zamanlarda arar. Evde boş boş otururken hiç aramaz. Ama ne zaman banyoya girsem, kuaförde olsam, ağda yaptırıyor olsam illaki arar beni, o yüzden hiç şaşırmıyorum.

"Efendim anne?"

"Neredesin? Ne yapıyorsun?"

"Şimdi çıktım evden, alışverişe gidiyorum."

"Ne alışverişiymiş bu?"

"Üstüme başıma bir şeyler alacağım, bir de tulum filan bebek için, öyle yani."

"Keşke birlikte gitseydik."

"Yaaa, evet, değil mi? Keşke sen Afyon'a gitmeseydin de birlikte gitseydik, evet!" diyorum kendimi tutamayıp.

"Yahu yıllanmaya gelmedik herhâlde buraya, hafta sonu dönüyoruz!"

"İyi, harika! Dönün hafta sonu."

"Neyin var senin? Bir şey mi oldu? Biri canını mı sıktı?"

HEY ALLAHIM YARABBİM YA! BİR DE SORUYOR!

"Yok bir şeyim, neyse ya trafikteyim şimdi. Sonra konuşuruz," deyip telefonu kapatıyorum.

Valla kimse kusura bakmasın ama son zamanlarda çok hassasım. Her şeye üzülüyorum, her şeye bozuluyorum. Mantıklı düşününce, annemin hafta sonu burada olacağını biliyorum ama bir yandan da gitmeseydi diyorum. Yani gidip tatil yapacağına bana yardım etseydi diyorum. Benim Zeynep'ten neyim eksik diyorum.

Diyorum da diyorum.

AYRICA DA HAKLIYIM, TAMAM MI!

Trafikte bir sürü manyakla boğuştuktan, bir kere çıkmaz sokağa girip bir kere de tek yöne saptıktan sonra nihayet Akasya'ya giden yolu buluyorum. Aslında Bağdat Caddesi'ne gidecektim ama hafriyat kamyonundan, çimento karma makinelerinden, her köşe başındaki girilmez levhalarından ve inşaat sesinden içime fenalık geldi. O yüzden Akasya'ya gideyim dedim. Hem de orada bir sürü çocuk mağazası varmış, öyle duydum. Daha bir tanesine bile girmişliğim yok ama her şeyin bir ilki vardır demişler.

Daha güvenlik kontrolünden geçip içeri adımımı attığım anda, yine telefonum çalmaya başlıyor.

Telefonumu çantamdan çıkarıp bakıyorum, Emel Hanım arıyor.

YOK ARTIK! GERÇEKTEN Mİ!

Ay, resmen girişte kalakaldım, şaşkın şaşkın etrafıma bakınıyorum. Niye arıyor acaba beni? Bir şey mi isteyecek? Ne isteyecek? Belki de yardım ister. Yok, yardım isteyemez, hamileyim. Ağır filan kaldıramam. Bir şey mi soracak? Ne soracak? Ya sorduğu sorunun cevabı bende yoksa? O zaman ne olacak? Yok yok, kesin bir şey var çünkü Emel Hanım beni durduk yerde aramaz. Yani evlendiğimizden beri beni üç kere bile aramamış olabilir. O yüzden de sanırım şu an şok geçiriyorum.

Tabii ben şokumu geçirirken telefon kapanıyor. Geri arasam mı? Aramasam mı? Belki de yanlışlıkla aradı? Tabii, olabilir. Belki de eli değdi, belki arkadaş toplantısında filan şu an ve telefon çantanın içinde, kendi kendine arıyor beni. Çok oluyor böyle şeyler. Aaa, şu da olabilir, belki de pantolonun arka cebine koydu telefonu, kilidi de açılıverdi bir anda. Belki de Kerem'e ulaşamadı, belki de Kerem'e bir şey oldu!

ALLAHIIIM! KEREM'E BİR ŞEY Mİ OLDUUUUU?!

Telefonum yine çalmaya başlıyor, yine Emel Hanım arıyor. Bu sefer açmam lazım artık.

"Kerem iyi mi? Bir şey olmadı değil mi? Her şey yolunda mı?" diyerek panikle açıyorum telefonu.

"İyi tabii, neden?"

"Hiiç, bir an öyle şey oldu da bana, hamilelere malum oluyor ya bazen, içim kötü oldu ama geçti şimdi. Nasılsınız?"

"İyiyim, sen nasılsın kızım?"

KIZIM MI?! KIZIM MIIIIII?!

Ay, bugünleri de görecek miydik ya? Emel Hanım'ın bana kızım dediği günleri görecek miydik?!

İNANAMIYORUM!

"İyiyim, sağ olun."

"Müsaitsen seninle konuşmak istiyorum biraz."

"Tabii, konuşalım, buyurun," diyorum şapşal şapşal.

"Telefonda olmaz, yüz yüze konuşmamız lazım. Neredesin sen? Evde misin?"

"Yok, alışverişe çıkmıştım da, Akasya'dayım şu an."

"Yarım saate orada olurum. Sen otur bir yere, zemin katta dışarıda Plus Kitchen var. Oraya otur, orası güzel."

"Peki, tamam," diyorum ve telefonu kapatıyoruz.

Kesin bir şey var. Kesin ama ne? Yarım saatte alışveriş de yapılmaz şimdi. En iyisi Emel Hanım'ın söylediği yeri bulup oturayım da bir şeyler yiyeyim, karnım acayip acıktı.

Plus Kitchen inanılmaz güzel bir yermiş. Daha önce de arkadaşlarımdan duymuştum aslında, çok methetmişlerdi ama bu kadar güzel bir yer olacağını düşünmemiştim. Bir kere her şey sağlıklı burada. Büyük ihtimalle de organik. Hem de yemeklerin neredeyse hepsi cam kavanozlarda satılıyor. En güzel kısmı da, yemeklerimizi bitirdikten sonra kavanozları alabiliyormuşuz istersek. Kendime bir küçük kavanoz jülyen doğranmış ızgara bonfile dilimi, bir küçük kavanoz kısır, bir de agaveli limonata alıp dışarıdaki masalardan birine yerleşiyorum. Kısırla limonata enteresan bir seçim oldu ama ne yapalım! İdare edeceğiz artık.

Yemekler gerçekten de çok güzel, hele kısır gerçekten harika ama benim canım bir süredir fast food çekiyor. Hem de anlatamayacağım kadar. Sabah kalkıyorum fast food, akşam yatıyorum fast food. Şimdi buradan kalkıp Arby's'e gitsem, bir tane Beef 'n Cheddar menü alsam büyük seçim, yanında da kıvırcık patates istesem, sonra gömsem kendimi mayonezin içine...

Gömemem.

Çünkü mayonez yiyemem. Ben ki mayonez için cinayet işlerim, hamile olduğumu öğrendiğim andan beri ağzıma mayonez sürmedim.

Ya da yine Arby's'e gitsem, Philly Brioche Biftek menü alsam...

Yok! Mc Donald's'a gitsem, kendimi Big Mac menüye gömsem...

Sonra hepsinin üstüne bir güzel mayonezleri boca etsem...

Hayır! Mayonez yok! Unut mayonezi!

No mayonez!

Niye? Çünkü içinde çiğ yumurta var. Aslında katı yumurta yiyebiliyorum ama işte çiğ yumurtayla az pişmiş yumurta zinhar yasak! Az pişmiş kümes hayvanları da yasak, Allah korusun Salmonella'ya kadar yolu var yani bunun. Kendimi asla böyle bir tehlikeye atamam. Ne kendimi ne de bebeğimi! Ha tabii tiramisu da yasak, içinde Mascarpone peyniri olduğu için. Çiğ yumurtadan yapılıyor diye beze yemek de yasak. Bu ikisi de en sevdiğim tatlılar yani. Sonra başka ne yasak? Füme somon yasak, ki ben füme somon için ölürüm. Carpaccio'ların hepsi yasak, ki dana carpaccio'ya da bayılırım. İçinde et olan çiğ köfte yasak, hatta yasaklılar listesinin en başında! En bi' yasak! Başka başka, şarküteri ürünlerinden salam yasak mesela, jambon yasak, sucuk, pastırma ve türevleri yasak. Et, tavuk veya balığa dokunduktan sonra ellerimi çok iyi yıkamalıymışım, et kestiğim tahtada kesinlikle sebze meyve kesmemem gerekiyormuş. Çünkü böyle bir şey yaparsam, çapraz bulaşma diye bir şey varmış ve adamı direkt olarak çarpıyormuş.

Bitti mi? Tabii ki bitmedi.

Suşi de yasak hamileyken. Bazı balıklarda da cıva oluyormuş, cıvanın da anne karnındaki bebekte acayip olumsuz etkileri olabiliyormuş. Ayrıca istiridye, midye, deniz kabuklularını da yasak. Midye dolma da yasak tabii ki! Pastörize olmayan süt ve süt ürünleri yasak, onlardan da listeria bulaşıyormuş ve aşısı filan da yokmuş! Listeria'ya yakalananlar plasenta yoluyla bebeklerine bu enfeksiyonu aktarıyormuş ve bu aktarımın çok ciddi sonuçları varmış, erken doğum ve düşük tehlikesi filan söz konusu olabiliyormuş ve tedavi için acayip yüksek miktarda antibiyotik içmek gerekiyormuş.

Bitti mi? Tabii ki bitmedi.

Konservelerin hepsi yasak çünkü botulizm denen bi şey varmış ve sadece konserveden geçiyormuş ve insanı şak diye zehirliyormuş. Ay, felç bile yapabiliyormuş Allah korusun.

Bitti mi? Tabii ki bitmedi.

Bütün yumuşak peynirler yasak. Çok canım istedi, ekmeğime krem peynirimi süreyim de afiyetle yiyeyim yok! Labne? Yok. Mozzarella? Yok. Rokfor? Yok. Yumuşak peynirlerin hiçbiri yok. Dolayısıyla pizza da yok!

NE? YOK TABİİ Kİ! PİZZA DA YASAK!

Hem de her türlüsü yasak çünkü bütün pizza tabanlarında mozzarella peyniri var. Ha, ben özel yaptırırım pizzamı, tabanına da en sertinden beyaz peynirimi döşetirim diyorsanız, bilemiyorum.

Bir de kedi yasakmış.

Allahtan kedimiz yok çünkü kedilerden de uzak durmam gerekiyormuş. Daha doğrusu kedi dışkısından uzak duracakmışım çünkü toksoplazma diye bir şey varmış ve çok korkunç bir şeymiş, ben doktorumun yalancısıyım.

Son on dakikadır sakin sakin ızgara bonfile dilimlerini çiğniyorum ama gözümün önünde durmadan hamburgerler, patatesler, kolalar uçuşuyor. Aylardır hiçbirini yemedim, kola da içmedim ama böyle giderse kolasızlıktan öleceğim yemin ederim. Öyle büyük kola bağımlısı da değilimdir yani. Ama yasak olunca işte, insanın canı öyle bir istiyor ki o mereti içmeyi, anlatamam. Her gece rüyalarımda kana kana kola içtiğimi görüyorum, kola şişelerini bir bir kafama dikiyorum, sonra da kendimi ağzına kadar diyet kolayla doldurulmuş küvetlere atıyorum.

AMA HER ŞEY YAVRUM İÇİN! HER ŞEY YAVRUM İÇİN!

Şurada dört ay kaldı, dört ay daha sabredebilirim. Kısırı bitirip kavanozun dibini yalayacak duruma geldiğim anda, Emel Hanım'ın etrafına bakarak Plus Kitchen'a yaklaştığını görüyorum.

Hızlı adımlarla benim masama doğru geliyor, hemen karşıma oturuveriyor.

"Geç kalmadım değil mi?"

"Yooo, hayır, hoş geldiniz."

"Hoş bulduk."

"Kötü bir şey yok değil mi? Endişelendim de ben biraz?"

"Yok yok. Yani bizim endişeleneceğimiz bir şey yok."

"Nasıl yani?"

"Sana bir şey soracağım."

"Tabii, sorun."

"Naz hakkında ne düşünüyorsun?"

HOPPALAAAAAAA!

Ya ben şimdi nasıl bir cevap verebilirim ki bu soruya? *Hiç sevmiyorum kendisini. Gerçi ilk tanıştığımızda fena değildi ama sonra içinden canavar fırladı. Ağzından evlilikten başka hiçbir şey çıkmıyor, ayrıca da süper takıntılı bir insan,* diyecek hâlim yok herhâlde.

"İyi düşünüyorum, yani bence iyi bir kız. Güler yüzlü filan, Ömer'le de araları gayet iyi. Siz de düşünüyorsunuz?"

"En kısa zamanda kurtulmamız lazım bu kızdan!"

HAYDİ ÇİFTE TELLİİİYEEEEE! AYŞE, FATMA, HAYRİYEEEEE!

"Bence de! Mutlaka kurtulmamız lazım!" diyorum anında beş bin beş yüz kırk beş derece dönerek.

Normalde yüz seksen mi dönüyorduk acaba? Yoksa üç yüz altmış mı dönüyorduk? Doksan da olabilir. Amaaan, ne önemi var?

AYŞE, FATMA, HAYRİYEEEEE! HAYDİ ÇİFTE TELLİYEEEEEE!

"Ama biraz önce öyle demiyordun? İyi kız diyordun?" diyor kaşlarını çatarak Emel Hanım.

"O demindi. Ne demiş eskiler, dün dündür bugün bugündür demişler."

"Ömer daha evlenmeye hazır değil!" diyor Emel Hanım gözlüklerini çıkarırken.

HAYDAAAA!

Kazık kadar adam ayol! Otuz küsur yaşında. Şimdi hazır değilse ne zaman hazır olacak evlenmeye çok pardon?

"Öyle mi?" diye soruyorum şaşkın şaşkın.

"Öyle. Çocuk sahibi olmaya da hazır değil. Yani bir gün olabilir tabii ki ama ileride. Şimdi değil. Bu kızın aklındaki tek şey de evlenmek. Ne olursa olsun evlenmek. Takmış kafaya yaşım geçiyor diye, kiminle olursa olsun evlenecek. Ömer'i sevdiği filan yok. Evlenip çocuk yapacak. Olayı bu. Ömer'i sevdiğine de ben hiç inanmıyorum."

"İyi de, biz ne yapabiliriz ki? Sonuçta Ömer seviyorsa..."

"Sevmiyor!"

"Öyle mi dedi size?"

"Bir şey demesine gerek yok! Ben annesiyim onun! Bakışından anlarım, bakışından! Ayrıca o kadar harika bir ilişkileri olsa terapiye filan gitmezlerdi."

Doğruya doğru.

"Kız da zaten yapıştı kaldı. Beni de arıyor, hâl hatır soruyor. Bir şey de diyemiyorum Ömer üzülmesin diye. Doğum günümde de hediye almış geçen, sahte sahte doğum günümü tebrik ediyor. Bizim akrabaların, yeğenlerin, kuzenlerin her düğününe geliyor, görüyorsunuz siz de. Sizin gelmediğiniz düğünlere bile geliyor. Getirme de diyemiyoruz İsmail'le. Yani sen beni anladın, değil mi?"

"Anladım tabii ki ama sevmeseydi ayrılırdı herhâlde Ömer."

"Basireti bağlandı çocuğumun. O yüzden de mutlaka bir şey yapmamız lazım. Oğlumun bu kızla mutsuz olup bir de çocuğu olmasını istemiyorum. Evlenseler bile en fazla üç yıl evli kalırlar, o üç yılda da Naz kesin çocuk doğurur, sonra da zavallı Ömer'im çocuğunu ancak yaz tatillerinde görür."

"Ay, çok yazık."

"Yazık tabii. Ama bak, çok rica ediyorum, aramızda kalacak bu konuşma."

"Tabii ki! Mutlaka."

"Bir şey yapmamız lazım. Bir şekilde Ömer'e bu kızın gerçek yüzünü göstermemiz şart."

"İyi de nasıl?"

"Bilmiyorum. Artık eski sevgililerini mi bulup ortaya çıkarırız, arkadaşlarını mı konuştururuz, Ömer'e birini mi ayarlarız..."

NEEEE???

"Şaka yapıyorsunuz, değil mi?"

"Çok ciddiyim. Neyse, bunu bir düşünelim. Ben zaten Kerem'le de konuştum. Onun da haberi var, o da düşünüyor, bir araya gelip tekrar konuşuruz, tartışırız yakında."

"Peki. Nasıl isterseniz," diyorum gayet afallamış bir şekilde.

"Sen niye geldin Akasya'ya? İşin mi vardı?" diye soruyor bu sırada Emel Hanım.

"Yok. Bizim kız için alışveriş yapacaktım da biraz. Tulum filan bakacaktım."

"E, hadi gel birlikte bakalım, benim de işim yok, isabet."

ALLAHÜMMEEE SALLİ ALAAAAAA...

N'oluyor ya? Ölüyor muyum?

"Aaa! Bir şey daha var!"

HAH!

Kesin kamera şakası.

Şimdi bir yerlerden kameraman çıkacak, sonra da benden el sallamamı filan isteyecekler kesin.

"Yüzük meselesi var bir de. Tektaş. Emrivaki oldu o yüzük. Ömer bana sormadan almış, yoksa ben kendi isteğimle vermedim. Dolaplardan birinde öyle duruyordu, unutmuştum bile ben, öyle düşün. Öyle büyük bir değeri filan da yok. Sakın aklına başka bir şey gelmesin."

"Ama o yüzükle evlenme teklif etmemiş miydi size İsmail Bey?"

"Yooo. Hayır."

"Ama hani ölürüm de vermem demiştiniz bir keresinde?"

"Öyle mi demişim? Şaka yapmışımdır. Eskiden tektaş mı vardı? Uydur uydur söyle. Evlenme teklif etmişmiş! Alakası yok. Yıllar önce bir iş gezisinden dönerken alıp getirdi İsmail o yüzüğü. Eski püskü, uyduruk bir şey, iki kere taktıysam ancak takmışımdır. Benim için de hiç kıymeti yok kızım."

BİR GÜNDE İKİ KIZIM!

ALLAAAAAAAAAAH!

"O zaman biz Kerem'le de konuşuruz, sonra bir araya geliriz efendim."

"Harika. Hadi kalk bakalım, bir şeyler alalım torunuma!"

TORUNUMAAAA!

HOBAAAAAA!

KAŞIK KAŞIK MAYONEZ YESEM ANCA BU KADAR MUTLU OLABİLİRDİM BEN YAAAAA!

İNANAMIYORUM!

Emel Hanım'la birlikte eksi birinci kata iniyoruz, dümdüz yürüyoruz, Macro'yu geçiyoruz, hemen ileride sol köşedeki ebebek'ten içeri giriyoruz. Daha önce hayatımda hiç bebek eşyaları satan bir dükkâna girmediğim için şaşkın şaşkın etrafıma bakıyorum. Kocaman bir dükkân, içi de ağzına kadar bebek eşyasıyla dolu. Kıyafetlerden atıştırmalıklara, biberonlardan hazır mamalara, bebek bezinden oyuncaklara, insanın aklına gelebilecek her şey var burada, inanılır gibi değil.

"Zeynep ana kucağını aldı bile," diyor Emel Hanım.

Ana kucağı hangisi ki acaba? Kucağa asılan mı?

"Tam olarak hangisi o?"

"Arabaya konan. Bazıları bebek arabasının üstüne oturuyor hani."

"Anladım."

Biz daha hiç öyle şeyler bakmadık. Ne ana kucağı ne bebek arabası. Ama tek başıma karar vermek istemiyorum, Kerem'le birlikte bakmak istiyorum onlara. O yüzden şimdi ana kucağını filan bir kenara bırakıyorum ve tulumlara odaklanıyorum.

Yeni doğan tulumları o kadar küçük ki, bunların içine nasıl bebek sığacak, hiç bilmiyorum. Yani oyuncak bebek için filan yapılmış gibi görünüyorlar. Bir de daha küçükleri var, onlar herhâlde daha da küçük olan prematüre bebekler için, el kadar hepsi. Ay, canım ya, kıyamam.

Birkaç tane beyaz, uzun kollu tulum alıyorum, sonra aynısının kısa kollusuyla kolsuzlarını da alıyorum. Emel Hanım bebek şapkalarıyla eldivenlerini gösteriyor bana bu sırada. Hepsini pembe almış niyeyse. Kızlara pembe, erkeklere mavi giydirilmesine de uyuz oluyorum bu arada. Sanki başka renk kalmadı ya! Bunun sarısı var, yeşili var, turuncusu var, daha bir sürü rengi var yani. Tulumları aldıktan sonra gözüme bu sefer de muslin battaniyeler çarpıyor. Ay, hepsi çok şahane ama bunların. Tek tek bakıyorum, elliyorum, sonunda üzerinde yanardağ motifleri olan birini alıyorum.

"Buradan sonra da Zara Home'a bakalım istersen, çok güzel çarşaf takımları var, Zeynep geçen hafta birkaç tane aldı."

"Olur, bakalım," diyorum şaşkın şaşkın.

Kadın beni bırakmıyor, iyi mi?

Bırakmamakla da kalmıyor, ebebek'ten aldığımız her şeyi ödüyor filan.

Ebebek'ten sonra Soobe'ye, oradan Gap'e, oradan da Zara Home'a gidiyoruz. Zara Home'da, bebekler için ayrı bir bölüm yapmışlar, daha gördüğüm an bayıldım. Bir tarafı kızlara bir tarafı erkeklere ayırmışlar. Beyaz, krem, uçuk pembe, mavi, yeşil ve sarı tonlarında her şey.

"Bebek yatağının boyutlarını biliyor musun?" diye soruyor bu sırada Emel Hanım.

"Hayır çünkü daha almadık."

"Aaaaa! Zeynep aldı bile çoktan. Fatih Kıral Kids'e gittiler onlar hafta sonu Nihat'la. Çok da güzel bir bebek odası takımı almışlar bembeyaz."

"Ne güzel. Hayırlı olsun," diyorum.

"Yatak, şifonyer, gardırop, bir de tek kişilik yatak var, o aslında kanepe gibi de kullanılıyor, tek kişilik yatağı bakıcı için aldılar tabii. Bir de emzirme koltuğu almışlar, o da çok şahane."

BAKICI MI?

"Bakıcı da mı buldu, anlamadım?"

"Yok. Ama başladı görüşmelere."

GÖRÜŞMELERE Mİ BAŞLADI?!

Gerçekten anlamıyorum. Anlamak istiyorum, kendimi zorluyorum ama bir türlü anlayamıyorum. İkimiz de yirmi beş haftalık hamileyiz, ben daha yeni yeni tulum filan alıyorum, Zeynep bebek odası takımını almakla kalmıyor bir de bakıcı görüşmelerine mi başlıyor? Yuh artık! Biz bir ev bulalım taşınalım, ona razıyım ben.

Razıyım dediysem, öyle ışık almayan, küçük bir evden filan bahsetmiyorum. Zemin, giriş ve birinci kat olmayan ama dördüncü kattan da yüksek olmayan, mümkünse çift balkonlu, büyük kare salonlu, mutfağı kahverengi ya da koyu renk olmayan, banyosu yeni yapılmış, öyle upuzuuun koridorları da olmayan, üç odalı bir ev istiyorum. Sonuçta ne demişler, isteyenin bir yüzü demişler.

"Bakıcıyı ben çok yorulmayayım diye istiyor aslında," diyor bu sırada Emel Hanım.

"Nasıl yani?"

"Ben bakacağım torunuma, bakıcı da yardım edecek."

NEEEE?

GERÇEKTEN Mİİİİİ?

"Ne güzeeel," diyorum sanki çok sevinmişim gibi.

Oha yani. Annenin çocuğuna bakması yetmiyor, bir de bakıcı mı tutuyorsun? İkiz filan olsa anlarım da tek bir bebek için iki kişi biraz fazla değil mi? Ayrıca Zeynep de doğum iznine ayrılacak, kaç ay evde. Bir bebeğe üç kişi mi bakacaklar? Yuh!

"Senin annen de doğumdan sonra çok yardımcı olur eminim," diyor Emel Hanım.

Benim annem doğuma gelsin, ben ona bile razıyım şu an. Kadın Afyon'da ya! Kaplıcada, lütfen!

"Tabii ki, mutlaka!" diyorum.

Alışverişimizi bitirdikten sonra, Emel Hanım'la, en kısa zamanda tekrar bir araya gelip Naz ve Ömer meselesini konuşmak için sözleşiyoruz ve otoparkta ayrılıyoruz. Elimdeki paketleri bagaja tıkıştırıp güç bela arabaya biniyorum, daha emniyet kemerini takıp anahtarı çevirdiğim anda telefonum çalmaya başlıyor.

Arayan tabii ki annem!

Kadında radar var yemin ederim. Arabaya bindiğim an arıyor.

"Efendim anne?"

"Neredesin çocuğum?"

"Akasya'dayım, şimdi çıkıyorum."

"Hayırlı olsun, anneciğinle alışveriş yapıyormuşsun?"

NE?

"Ya lütfen *anneciğin* demeyi bırakır mısın?"

"Bırakamam. Yalansa yalan de."

"Yalan tabii."

"Alışveriş yapmadınız?"

"Yani bir iki şey baktık da, senin nasıl..." diyecek oluyorum, sözümü kesiyor.

"Nasıl haberim oldu!? Gülşen teyzen görmüş sizi."

"E, gördüyse niye gelmiyor yanımıza?"

"Fısır fısır bir şeyler konuşuyorlardı dedi, rahatsız etmek istemedim dedi. Ne konuşuyordunuz, söyle bakiim."

"Hiiiç. Önemli bir şey değil. Zeynep bebek odası takımı almış, onu anlatıyordu."

"Başka?"

"Eee... Bakıcı arıyormuş bir de, onu söyledi."

"Başka?"

"Bir de Zeynep'in kızına kendisi bakacakmış, onu söyledi!"

"Yok canım! Bakıcıyı niye arıyorlar o zaman?"

"Bakıcı da yanında duracakmış. Bazı insanlar şanslı oluyor gördüğün gibi!"

"Sen bana laf mı çarptın şimdi?"

"Yooo, direkt söyledim."

"Ben sana ne dedim çocuğum? Taaa en başta ne dedim? Bana güvenip de çocuk yapmayın dedim mi? Dedim."

"İyi anne, peki. Bakma. Ben bakarım kendi çocuğuma!"

"Tabii ki sen bakacaksın! Seni kim büyüttü acaba?"

"Anneannem."

"Çalışıyordum o zaman ben. Sen çalışmıyorsun!"

OF YA!

Sanki hâlâ çalışıyor olsam bakacaktı da torununa!

"Neyse anne ya, boş ver. Sonra konuşuruz tamam mı! Zaten trafikte telefonla konuşmayın diyorlar. Kulaklıklarımı da evde unutmuşum, o yüzden kapatıyorum."

"Araba mı kullanıyorsun sen?"

"Evet."

"Araba kullanırken telefonla konuşulur mu, çocuk musun sen? Bir de hamilesin! Kapat kapat!"

Annem diye söylemiyorum, biraz acayip bir insan. Gerçekten. Bütün arkadaşları torun sahibi olduğunda sevinçten delirdi, bizimki haberini alınca bile o kadar çok sevinmedi. Yani sevindi ama, ne bileyim öyle bir balonlar, kutlamalar, tebrikler filan olmadı. Ayrıca da ilk torun yani. Daha şimdiden büyük konuşmak istemiyorum ama ilk ve tek torun bile olabilir çünkü bir çocuk daha düşünmüyoruz Kerem'le. İnsan bir coşkulu olur, değil mi? Her gün başka dükkâna koşup torunu için süslü püslü şeyler alır, değil mi? Yok. Bir ayakkabı aldılar babamla, bitti gitti. Neyse ya, kendimi boşu boşuna doldurmayayım.

Eve girer girmez ayakkabılarımla çoraplarımı çıkarıyorum. Çantamı bir kenara, poşetleri bir kenara atıp sağıma soluma bakmadan yatak odasına gidiyorum ve kendimi sırtüstü yatağa bırakıveriyorum. Yorgunluktan gözlerim kapanıyor.

Kapandığı gibi de aynen geri açılıyor.

OF YAAA!

Emzirme sütyeni alacaktım ben! Külot alacaktım! Kafa kalmadı ki! Neyse. Onları da sonra alırım artık.

Tekrar gözlerimi kapatıyorum, rahatlamaya çalışıyorum ama olmuyor olmuyor.

BEBEK ODASI MI?! BAKICI MI?

Yuh ya!

Benim aklıma bile gelmedi ki daha bunlar. Her şeyi geçtim, daha kızıma isim bile koymadım ben.

YAAAAAAAA...

Daha benim kızımın adı bile yooooook.

Ve...

Yine ağlıyorum.

Ağlaya ağlaya Kerem'i arıyorum, "Bizim kızımızın niye adı yooook!" diye böğürerek ağlıyorum telefonda.

"Başka bir şey bulamadın mı ağlayacak?" diyor Kerem, sesi de bayağı yakından geliyor.

Kafamı kaldırıp bakıyorum, elinde telefonla yatak odasının kapısında dikilmiş bana bakıyor.

"Aaa! Ne zaman geldin sen?"

"Yarım saat oldu."

"Mümkün değil, on dakika önce girdim ben eve."

"Biliyorum. Şuraya poşetleri bıraktın, ayakkabılarınla çoraplarını çıkardın, sonra da yatak odasına geldin."

"Şaka mı yapıyorsun?"

"Yooo, çok ciddiyim!"

"Ama ben hiç görmedim ki seni! Ya sen olmasaydın, ya eve hırsız girmiş olsaydı? Ya sapık hırsızlar olsaydı da ben görmeseydim onları, o zaman ne olacaktıııııı?" deyip yine hüngür hüngür ağlıyorum.

Kerem yanıma oturup bana sarılıyor, "Kızın da senin gibi nazlı olacak böyle biliyorsun, değil mi?" diye soruyor.

"Ben nazlı değilim bir kere, hamileyim."

"Hem nazlısın hem hamilesin."

"Deme öyleeeeeee..."

"Bence güzel oldu. Yakıştı."

"Ne yakıştıııııı?"

"Nazlı yakıştı. Nazlı olsun."

"Ne?"

"Diyorum ki kızımızın adı Nazlı olsun. Ne dersin?"

"Tamaaaam olsuuuuun," deyip ağlamaya devam ediyorum.

"Demin kızımın adı yok diye ağlıyordun, şimdi niye ağlıyorsun acaba?" diye soruyor Kerem.

"Şimdi de adını koyduk diye ağlıyoruuuum."

"Gel buraya, gel," diyor Kerem ve bana sıkı sıkı sarılıyor.

Nazlı.

Bence çok güzel isim. Bana da çok uydu.

Yani kızımıza demek istedim.

Çok uydu.

Yoksa ben Nazlı filan değilim.

Değilim dedim, üstüme GELMEYİN!

8

Bebek odası takımı seçmek büyük olay. Bir kere asla tek başına yapılacak bir iş değil. Hem çok fazla gezip görmek gerekiyor hem de başkalarının fikrini almak da istiyor insan. Biz de Kerem'le oturup konuştuk, artık otuzuncu haftanın içinde olduğum için bebek odasını almanın iyi bir fikir olduğuna karar verdik. Aslında başta Kerem bebek odası takımına hiç ihtiyacımızın olmadığını söyleyip IKEA'dan bir bebek karyolası almayı önerdi, ben de ona evi terk edip Kaz Dağları'nda yaşamasını önerdim.

Ne yani? Zeynep Hanım'ın bir tanecik yavrusu on altı bin liralık yatak odası takımlarında uyuyacak, ben IKEA'dan kuru kuru bir yatak mı alacağım?! Hayatta olmaz öyle şey! Gerekirse borca girerim, bankadan kredi çekerim, çekemezsem gider soyarım o bankayı ama yine alırım o takımı yavruma!

Tüm bir hafta sonunu bebek mobilyası satan dükkânlara bakarak geçiriyoruz Kerem'le. Bütün yatakları elli kez elleyip altına üstüne bakıyoruz. Dolapları açıp kapatıyoruz, kapakları sağlam mı diye kontrol ediyoruz. Şifonyerin çekmecelerini denetliyoruz, alt değiştirme ünitelerini inceliyoruz, emzirme koltuklarına oturuyoruz, sallanan emzirme koltuklarında sallanıyoruz, toz tutmayan süper organik bebek odası halılarını inceliyoruz, organik kumaş kartelalarına bakıp oda için perde bakıyoruz, odayı hangi boyayla boyayacağımızı tartışıyoruz ve sonunda yorgunluktan baygın düşüyoruz. Ben mobilyaları alınca olay tamam sanıyordum, meğer öyle değilmiş.

Düşük VOC boyalar varmış, mutlaka bebek odasını onlarla boyamalıymışız. Uçucu organik bileşenlerden mi ne oluşuyormuş bu boyalar. Sonra mobilyaları seçerken çok ama çok dikkatli olmalıymışız çünkü formaldehit diye bir şey varmış ve bu zıkkım, mobilyalardan sızıyor olabilirmiş. Ve hatta bebek odalarında, E0 standartlarıyla uyumlu formaldehit oranı konusunda ısrar etmeliymişiz.

Ayrıca parkeler de çok önemliymiş. Eski bir evde oturuyorsak, parkelerin altında zehirli maddeler olabilirmiş. Hatta duvarlarda da kurşunlu boya olabilirmiş. O zaman evi tadilata sokmak ya da taşınmak gerekirmiş. Hâlihazırda ev aradığımız için biz de hep yeni evlere bakar olduk bu yüzden. Tabii ki taşınmadan önce boyatacağız ama yeni yapılmış olması şart artık.

Annemle babam da bizim için seferber oldular sonunda. Gördükleri her kiralık evin ilanını mail atıyorlar. Hem de uzak yakın demeden yani. Hayatım boyunca Anadolu yakasında oturmuş bir insanım ben, Sarıyer'in tepelerinde ne işim olabilir ki yani? Ya da Zekeriyaköy'de mesela! Hayır, gidip görmüştüm yıllar önce, çok da güzel evler var oralarda ama uzak. Çok uzak. Daha yakınlara bakıyorum ben. Kadıköy civarı. Moda olabilir mesela, sonra şey olabilir Moda. Moda olabilir demiş miydim?

Tabii Moda yeni yükselen değerimiz olduğu için fiyatlar kol gibi. Bir zamanların Cihangir'i resmen. Eskiden Cihangir'de bodrum katındaki kokuşmuş evlere bin dolar fiyat çekerlerdi ya, aynen o hesap, şimdi de Moda'da oturulabilir evler üç bin liradan başlıyor. Neyse ya, belki de Moda'da oturmayız, belki de başka bir yere taşınırız bilemiyorum. Zaten ev işini Kerem halledecekmiş, ben sadece kişisel eşyalarımı paketleyip yeni eve geçecekmişim, kesinlikle kendimi yormayacakmışım.

Moda demişken aklıma geldi. Ömer'in Moda'daki dükkânının açılışı nihayet yapıldı. Ailecek toplanıp açılışa gittik, boy boy fotoğraflar çektirip sosyal medya hesaplarımızda paylaştık filan. Mekânın adını da *Scone* koymuşlar, iyi mi? Hiç kafa yok bunlarda, hiç. Açılış günü acayip kalabalıktı mekân ama sonrasında bir daha hiç dolmamış, gidenler öyle diyor. Naz her gün, her saniye oradaymış tabii ki. Bir saniye bile gözünü Ömer'den ayırmıyormuş, içeriye kim girdi kim çıktı, hepsini bir bir takip ediyormuş. Hatta sabahın köründe kalkıp dükkâna gidiyormuş, bütün gün kasada oturuyormuş. Allah bu işin sonunu hayretsin, ne diyeyim.

Kerem'le mobilya bakarken, bir yandan da tek tek fotoğraflıyorum hepsini. Bir kısmını story'ye koyuyorum, bir kısmını da Leyla'ya gönderiyorum. Aslında Leyla da bizimle birlikte gelecekti ama yoga eğitmeni arkadaşlarından biri rahatsızlanmış, onun yerine ders vermesi gerekince gelemedi. Aslında annemle babam da gelmek istedi ama onların da son anda işi çıktı. Hatta Emel Hanım bile gelmeyi istedi ama o da Zeynep'le nefes terapisine gidecekmiş, özür dilemiş filan gelemeyeceği için.

Sonunda, beyaz bir karyolayı beğeniyoruz Kerem'le. Süssüz püssüz, son derece sade bir bebek karyolası. Kapaklarında incecik gül motifleri olan gardırobunu ve komodinini de beğeniyoruz.

"Hem sade hem güzel," diyorum Kerem'e.

"Ben iki isim sevmiyorum. Ayrıca biz kızımızın adını koyduk."

"Ya, takımı diyorum. Sade diye isim mi olur ayrıca?"

"Valla bilmem? Bu aralar her şey oluyor. Güzel nasıl peki?"

"Ya güzel olmazsa?"

"Tabii ki olacak! Bizim kızımız daha şimdiden dünya güzeli!" diyor Kerem.

Canım ya. Bir tanem benim.

"Güzel mi diyorsun yani?"

"Hayır, Nazlı diyorum. Ama bu onun dünya güzeli olduğu gerçeğini değiştirmiyor tabii ki!"

Ya, tam böyle çok sinirleniyorum Kerem'e, bir şey söyleyip beni zıvanadan çıkarıyor. Zaten hormonlarım da tavan, boğazını sıkacak oluyorum, öyle güzel bir şey söyleyip gönlümü alıyor ki anlatamam. Hakkını da yiyemem tabii, otuz haftadır bir kere bile kalbimi kırmadı, beni üzmedi, üstüme titredi yani. Hâlâ da titriyor. Bazen Kerem gibi şahane bir adamı hak etmiş olmak için ne yapmış olabilirim diye uzun uzun düşünüyorum ve bunu asla ona söylemiyorum. Kız arkadaşlarıma da söylemiyorum. Kerem'le çıkarken bile kız arkadaşlarıma pek bir şey anlatmıyordum ben. Anlatmam gerektiğinde de, *idare eder, fena değil, ehhh,* filan diyordum ki kimsenin gözü kalmasın. Sevgilisini acayip öven, her gün bir başka meziyetini ortalara saçan arkadaşlarımın çoğu sevgilisinden oldu sonunda. O yüzden erkekleri çok fazla uluorta övmeye gerek yok bence.

En sonunda yatak odası takımını alıyoruz ve tabii ki eve götüremiyoruz. Taşınacağımız için şu an alamayacağımızı söylüyoruz, neyse ki depoda tutabiliyorlarmış. Biz de evimizi tutunca arayacağız, eve teslim edecekler.

Kerem'in koluna giriyorum, yavaş yavaş arabaya doğru yürümeye başlıyoruz. Bu aralar belim o kadar ağrıyor ki anlatamam. Biraz hızlı yürüsem, anında sırtıma bir ağrı saplanıyor. İlaç da alamıyorum, ne yapsam olmuyor. Zaten haftalardır yüzüstü yatamıyorum, durmadan yan yatıyorum. Sırtüstü yatınca da rahatsız oluyorum bir süre sonra. Geceleri yatakta bir tarafımdan bir tarafıma dönmek o kadar zor geliyor ki, daha bunun dokuzuncu ayı filan var yani. Herhâlde o zaman ters dönmüş kaplumbağa gibi kalakalacağım yatakta.

Arabanın yanına geldiğimizde, "İstersen ben bırakayım seni," diyor Kerem.

"Nereye?"

"Hayatım, Cemre'yle buluşmayacak mıydın sen?"

AAAAAAAA!

"Ay, evet ya, doğru. Unutmuşum ben onu! Tamam, bırak canım," diyorum.

Ben bu aklımı nereye koydum da bulamıyorum acaba? Her şeyi unutuyorum ama her şeyi! Bir kendimi unutmuyorum artık. Eskiden de hafızam süper değildi ama en azından mutfağa su içmeye girip patates soymuyordum. Şimdilerde tamamen kopmuş durumdayım, Allah sonumu hayretsin.

Kerem beni Fenerbahçe Parkı'nın önünde indiriyor, "Beni ara işin bitince, gelip seni alırım. Tamam mı hayatım?" diyor.

"Tamam sevgilim."

"Bakalım ne olacak!"

"Bakalım. Allah büyük!"

Parkın içine doğru yürümeye başlıyorum. Bana kalsa, Romantika Cafe'de buluşalım derdim ama Cemre deniz kenarındaki Baraka Cafe'yi önerdi. Romantika'da çok fazla tanıdığı oluyormuş, kimseye de görünmek istemiyormuş. Valla ben de Cemre'yle konuşurken görülmek istemem tanıdıklara çünkü Naz hakkında konuşacağız.

Cemre, Naz'ın eski iş arkadaşlarından biri, benim de arkadaşım sayılır. Yani çok yakınım, canım ciğerim diyemem ama aynı sokakta büyüdük biz. Anneannelerimizin evi aynı sokaktaydı, ailelerimiz de tanışıyordu. Hatta aynı ilkokula bile gittik Cemre'yle. İlkokuldan sonra yollarımız ayrıldı tabii ama sonra Naz sayesinde tekrar bulduk birbirimizi. Daha doğrusu Facebook sayesinde bulduk. Tanıyor olabileceğim kişiler arasında gördüm Cemre'yi, Naz'ın da ortak arkadaşımız olduğunu görünce bayağı bir şaşırdım. Sonra biraz Instagram, biraz LinkedIn, biraz Twitter derken, bağlantıyı kurdum. Kurar kurmaz da Emel Hanım'la Kerem'e söyledim, onlar da buluşup konuşmamızı destekleyince haberleştik. Birazdan Cemre'yle buluşacağız, ben onun anlattıklarını telefonuma kaydedeceğim, sonra da eve dönünce bizimkilere dinleteceğim.

Deniz kenarındaki masalardan birine oturuyorum, ısıtıcıyı açtırıp menüye bakmaya başlıyorum. Tam o sırada, Cemre'nin sağına soluna bakınarak yürüdüğünü görüyorum. Üzerine siyah bir trençkot giymiş, yakalarını kaldırmış, gözüne de kocaman güneş gözlükleri takmış.

Yahu alt tarafı Naz hakkında konuşacağız, Wikileaks belgelerini filan yaymayacağız.

"Geç kalmadım, değil mi?" diyor Cemre bana sarılırken.

"Yok, ben de beş dakika önce geldim," diyorum, "Daha sipariş bile vermedim."

Bu sırada bir garson masaya yaklaşıyor, ben çok açık bir çay söylüyorum, Cemre de Türk kahvesi söylüyor.

OFFF! Canım nasıl kahve istiyor şu an, anlatamam.

İçsem mi acaba bir tane?

Ne olur ki bir tanecik sade Türk kahvesi içsem?

KAHVE YOK! KAFEİN YOK! UNUT KAFEİNİ!

"Tam olarak ne öğrenmek istiyorsun?" diye soruyor bu sırada Cemre.

Direkt konuya girdi valla bravo! Ben daha bir yarım saat debeleniriz diye düşünüyordum oraya gelene kadar. Ben de telefonumu açıp masaya koyuyorum, konuşmaları kaydetmeye başlıyorum.

"Yani ben sana anlattım durumu telefonda. İşe yarayacak herhangi bir şey," diyorum.

"Ya, bak ben böyle bir şey yapmak asla istemem. Kimseyi de ayırmak istemem ama..."

Cemre bir an durup nefes alıyor, sonra bana bakıp devam ediyor.

"Ben Naz'ın eski sevgilisi Murat'ı çok iyi tanıyorum, tamam mı? Arkadaşım benim."

"Gerçekten mi?"

"Evet."

"Çok da iyi bir çocuktur," deyip bir nefes daha alıyor ve ekliyor, "Bildiklerimi anlatacağım ama benden bir şey duymadın."

"Kesinlikle!"

"Zaten yüzleştirmeye filan kalkarsanız inkâr ederim, ona göre."

"O ne ya? Televizyon programı mıyız biz? Tabii ki olmayacak öyle bir şey!"

Cemreeee neyi saklıyordu? Naz'la Cemre'yi bir araya getiren olay neydi? Az sonra!

"İyi. Şimdi bunlar birkaç yıl birliktelerdi, tamam mı? Dört beş yıl filan. Ayrılmalı barışmalı düşün sen bu ilişkiyi. Başlarda her şey çok iyiydi. Murat çok mutluydu, her şey çok güzel gidiyor diyordu filan, sonra sonra Naz, kafayı yemeye başladı."

"Nasıl yani?"

"Ya ipe sapa gelmez şeyler. Çalıştığı şirket Murat'ı şehir dışına filan gönderiyordu tamam mı? Murat da doğal olarak gidiyordu. Gidemem diyecek hâli yok. Neyse, bir seferinde de Çeşme'ye yolladılar bunu, ben de rastlantı o hafta Çeşme'deyim, buluştuk bununla akşam. Yemek yedik filan. Arkadaşlar da var yanımızda, bir masa dolusu insan var. Murat'ın durmadan telefonu çalıyor, Naz arıyor."

"Eeee?"

"Nerdesin? Ne yapıyorsun? Yanında kimler var? Ne zaman döneceksin? Bin tane soru sorup darlıyor Murat'ı. En sonunda olmadı, kalktı yanımızdan yürümeye başladı konuşurken. İlerisi de plaj, oraya doğru yürüyor. On dakika oldu, on beş dakika oldu, yok. Ben merak ettim tabii, kalkıp peşinden gittim."

"Neredeymiş?"

"Telefonda! Naz olay çıkarmış. Murat telefonu filan fırlatıyor artık. Neymiş efendim, önceki gece Murat gece üçte çevrimiçiymiş, onunla aynı şirkette çalışan kızlardan biri de aynı saatte çevrimiçiymiş, ikisi birlikte miymiş Çeşme'de!"

"İyi de, iş arkadaşlarının numarasını nasıl bulmuş ki?"

"Bilmiyorum ki! Herhâlde telefonundan filan almış Murat'ın. Ben Murat'la vakit geçiremedim yani düşün, o kadar doluydu çocuk. Ama bunun aklı fikri, *kiminlesin, n'apıyosun*'da. Yani Murat'ın zaten işi olmaz bir, işi olacak olsa orası zaten Çeşme yani. Murat o kıza gelene kadar, oraya neler geliyor. Ama hiçbiriyle ilgilenmiyor çünkü iş manyağı. Oraya gidiyor arabayla, buraya gidiyor. En fazla akşam bir iki saat denize giriyormuş, o kadar."

SANIRIM OLAYLAR BİZİM SANDIĞIMIZDAN DAHA VAHİM!

"Neyse, Murat biraz daha konuştu telefonda, sonunda küfür etmeye başladı."

HOPPALAAA!

"Sonra da işte, konuştu, konuştu. Sonunda telefonu elinden fırlattı. N'oluyor diyorum, ben bununla yapamayacağım, ruh hastası bu, diyor. Destek olacağına köstek oluyor bana, diyor. Orada oturup bütün gün organik undan kurabiye yapıyor diye bir iş yaptığını sanıyor, diyor. Zaten biliyorsun Naz'ı, para kazandığı filan yok. Doğru düzgün bir işi yok. Kafaya da takmış, durmadan ne zaman evleneceğiz diyor Murat'a. Tek olayı bu. Evlilik! Takmış kafaya!"

"Ay, ne diyeceğimi bilemedim Cemre ya," diyorum. Hormonlarım yine altüst, neredeyse ağlayacağım.

"Bir şey deme, dur daha devamı var. Bir tek bu kadar olsa yine iyi, bir süre sonra iyice garip şeyler yapmaya başladı Naz."

"Ne gibi?"

"Sürpriz yapmaya başladı."

"Nasıl yani?"

"Haber filan vermeden, çat diye Murat'a gitmeye başladı."

"NE?"

"Evet. Aynen öyle. Sürpriz yaptıııım, deyip resmen çocuğu kontrol ediyor filan. Gece yarıları sürpriz diye kapısına dayanıyor. Olay sürpriz filan değil, resmen kontrol, başkasıyla yatıyor mu yatmıyor mu, olay o. Murat da başlarda gerçekten inanıyordu saf saf, Naz sürpriz yaptı, geldi, diyordu. Sonradan uyandı olaya."

"Ya iyi de, istediğin kadar kontrol et, baskın yap, yapacak olan adam yapar. Çünkü hiçbir adam, bu kadar kontrole, bu kadar manyaklığa gelmez ki!"

"Aynen öyle! Sonunda da öyle oldu zaten, Murat'a fenalık geldi, ayrıldı Naz'dan. En kötüsü de ne, biliyor musun? Murat için de öyle ölüp bitmiyordu Naz. Aklındaki tek şey evlenmekti. Bütün kız arkadaşları evlenince tabii, çocukları filan olunca, başka bir şey düşünemez oldu. Yani sanki dünyanın en önemli şeyi evlilikmiş gibi yaşıyordu, anladın mı? O yüzden de iyi ki ayrıldılar. Darısı sizinkinin başına."

AMİN.

Biraz daha oturuyoruz Cemre'yle, sonra vedalaşıp ayrılıyoruz. Ayrılıyoruz da, bu işe hiç mi girmesek acaba bilmiyorum ki! Ne yapacağız yani? Ömer'e ses kaydını mı dinleteceğiz? Kafam karmakarışık oldu yeminle.

Parkın çıkışına doğru yürürken Kerem arıyor, beni beklediğini söylüyor. Emel Hanım'lara gidecekmişiz yemeğe. Yüzüm beş karış asık bir vaziyette arabaya biniyorum. Kerem'in daha ağzını açıp bir şey sormasına fırsat vermeden telefonumu açıp Cemre'nin anlattıklarını dinletiyorum. Kerem hiçbir şey söylemeden dinliyor, sonra kahkahalarla gülmeye başlıyor.

AAA! DELİRDİ ADAM!

"Niye gülüyorsun ya? Komik bi şey yok ki bunda?"

Kerem hiçbir şey söylemeden gülmeye devam ediyor. Bayağı uzun bir süre kahkahalarla gülüyor, sonra bana bakıp "Bence hiç karışmayalım Ömer'e, görsün gününü!" diyor.

"Saçmalama, olmaz öyle şey."

"Niye olmuyormuş? Kaç yaşına geldi, hâlâ arkasını biz topluyoruz!

"Olsun ya, yazık."

"Bugüne kadar ona söylediğim her şeyin tersini yaptı bu adam. Her şeyin! Ben daha önce de konuştum zaten Ömer'le, sizin haberiniz yok. Bu kızla olmaz, bırak dedim. Biliyorum dedi ama bırakmadı."

"Aaaaa! Ne zaman konuştun?"

"Konuştum işte. Zaten annem bu kadar üstüne düşmese, ben seni buraya da getirmezdim."

"E, ne yapacağız peki şimdi?"

"Yemeğe gideceğiz!" diyor Kerem ve yanağımdan bir makas alıyor.

"E, konuşmalar ne olacak?"

"Annem çok isterse dinletiriz ama biz karışmayacağız, tamam mı?"

AMA YA!

Tam da en sevilen gelin olmuştum! Tam da Emel Hanım'ın gözüne girmiştim. Tam da KIZIM filan demeye başlamıştı bana. Olacak iş mi şimdi?

"Tamam mı?" diyor tekrar Kerem.

"İyi, peki. Annen çok ısrar ederse bir şey yapmam ama ona göre."

Akşam yemekte, içim içimi yiyor Emel Hanım'la konuşmak için ama tabii ki hiçbir şey söylemiyorum. Kerem'in yanında cici cici oturuyorum kocaman göbeğimle, köy tavuğu suyundan yapılmış çorbamı kaşıklıyorum. Zeynep'le Nihat her zamanki gibi yemeğe geç kaldılar, köprü trafiğine takılmışlar efendim. Sonra Zeynep'in canı dondurma çekmiş ama dışarıdan asla dondurmaya yiyemeyeceği için eve gitmişler çünkü Zeynep, Mösyö Selahattin'den aldığı sütlerle ve süper çiğ vegan kakao tozuyla ev dondurması yapmışmış dün gece. Onu yiyip öyle gelmişler.

Herkes sessizce yemeğini yerken, "Bizim size bir sürprizimiz var!" diyor Zeynep bir anda.

HAYIRDIR İNŞALLLAAAH!

"Kızımızın adını nihayet koyduuuuk! Hazırsanız söylüyoruuuz!"

Aaaaa, darılırım! İsim koyma partisi filan yok mu? Ya da isim önerme partisi? Hepimiz bir araya gelsek, herkes aklındaki ismi küçük küçük kâğıtlara yazsa, sonra o kâğıtları büyük bir kâseye koysak, Zeynep kâseden iki tane kâğıt çekse...

"Arven Kuğu!"

EFENDİMMM??????

Masada bir sessizlik oluyor.

"Kuğu mu?" diyor Emel Hanım.

"Arven de var ama iki isimli. Arven Kuğu!" diye düzeltiyor Zeynep.

"Tabii, güzel bir kuş türü kuğu. Beyaz filan. Olabilir," diyor İsmail Bey ve masadan kalkıp içeriye gidiyor. Adam resmen şok geçiriyor, şok!

Ya böyle isim olur mu?

DELİRMİŞ BUNLAR!

Arven Kuğuuuuuu, gel kızım!

Arven Kuğuuuu, çık artık banyodaaan!

Arven Kuğuuuuuu, arkadaşların geldi kızıım!

OLMUYOR, OLMUYOR.

"Biz de koyduk aslında kızımızın ismini," diyor Kerem.

"Sonra söyleyelim istersen," diyorum sessizce.

"Yok yok, söyleyin siz de. Sonuçta aynısı olamaz ki!"

Allahıma bin şükür yani. Kızımın adını Arven Kuğu koymak gibi bir niyetim yok benim.

"Sen söyle hayatım," diyor Kerem bana bakarak.

"İstersen sen söyleyebilirsin," diyorum.

"Sen söyle bence."

"Peki canım."

Bir sessizlik oluyor.

"Biz Kerem'le uzun uzun düşündük, konuştuk. Bir isim mi iki isim mi koysak diye tartıştık biraz, sonra da tek bir isim koymaya karar verdik."

Bunlar ne zaman oldu tam olarak bilmiyorum ama bir aralar gerçekten de konuşmuştuk. Sanki. Galiba.

Bu sırada İsmail Bey içeriden geliyor.

"Gel gel, oğluşumuzun bebişinin adını öğreneceğiz İsmail!" diyor Emel Hanım.

OĞLUŞUMUZUN BEBİŞİ Mİ?

IYYYY!

Herkes bize bakıyor, ben de gülümseyip kızımızın ismini söyleyiveriyorum.

"Nazlı."

"Nasıl yani?" diyor hemen Zeynep.

"Nazlı koymaya karar verdik adını," diyorum.

"Bildiğimiz Nazlı."

"Evet."

"Öyle düz Nazlı? Sadece Nazlı?" diyor Nihat.

"Evet," diyorum sinirlenmemeye çalışarak.

"İkinci bir isim filan düşünmüyor musunuz?" diye soruyor ısrarla Zeynep.

"Hayır. Biz Nazlı'yı çok beğendik, çok da güzel isim."

"Yani güzel de, biraz şey geldi bana. Sıradan," diyor Zeynep.

NEEEE?!

SENSİN SIRADAN!

"Tabii yine de siz bilirsiniz!" diye de ekliyor hemen.

AY, EKSİK OLMA CANIM!

"Biz çok sevdik, kızımıza da çok yakışacağını düşünüyoruz," diyor Kerem sonunda araya girerek.

"Eski bir isim ama güzel," diyor Emel Hanım.

"Ben de beğendim," diyor İsmail Bey.

"Yani sonuçta bir Arven Kuğu değil tabii ki!" diyorum kendimi tutamayıp.

Kerem gülmemek için dudağını ısırırken bir yandan da masanın altından bana hafifçe tekme atıyor.

"Tabii ki. Ama olsun," diyor Zeynep.

Bu sırada Emel Hanım masadan kalkıyor, boş tabaklardan ikisini alıp mutfağa gidiyor. Ben de hemen yerimden kalkıyorum, Kerem bana bakıp "Karışmayacaksın, ona göre!" diyor sessizce.

"Tamam, anladık," diyorum.

Sonra koştura koştura mutfağa gidiyorum tabii ki.

Emel Hanım buzdolabını açmış, zeytinyağlı yaprak sarması çıkarıyor.

"Yaprak sarması yer misin?"

"Yerim. Ama çiğ yağla mı yapıldı?"

"Yok. Sızma bu."

"Haaa, o zaman yiyemem herhâlde."

"Ay, bu Zeynep'in takıntıları sana da mı bulaştı yoksa?"

TAKINTI MI? ALLAAAAH, VER COŞKUYU, VEEER!

"Tutturmuş bir organik diye! Organik aşağı, organik yukarı! Sen de mi onun gibi takıntılı oldun yoksa?"

"Yooo, hiç de olmadım!" diyorum ağzıma kocaman bir sarmayı tıkıştırırken.

"Aferin. Sanki bundan elli yıl önce organik vardı! Biz de hamile kaldık, çocuk doğurduk ama hiç böyle saçma sapan şeyler yapmadık!"

"Haklısınız," deyip ikinci sarmayı da ağzıma tıkıyorum.

Sonuçta iki tane yaprak sarması yedim diye ne yani? Acaba yaprağı organik miydi ki bunun? Pirinci organik miydi peki?

"Aferin kızım!" diyor Emel Hanım.

O gazla bir sarmayı daha ağzıma sokuşturuyorum.

"Kızla konuştun mu?" diyor bu sırada Emel Hanım sessizce.

"Konuştum, hatta konuşmaları da kaydettim."

"Vallahi bravo! Dinlet bakayım şunu bana."

Cemre'nin konuşmalarını Emel Hanım'a dinletirken Kerem mutfağa giriyor, "Ben sana ne dedim?" diyor kaşlarını çatarak.

"Kız bi şey yapmadı annecim, ben istedim," diyor Emel Hanım.

Şu an o kadar iyi hissediyorum ki kendimi, Emel Hanım'ın Kerem'e annecim demesini bile hoş görebilirim, o derece.

Kerem mutfak kapısını kapatıyor, Emel Hanım bütün kaydı dinliyor. Sonra Kerem'e bakıyor, "Şimdilik karışmayalım diyorum ben ama bu iş uzarsa, müdahale etmemiz şart! Sonuçta sokaktan bulmadım ben Ömer'imi," diyor.

"Annem haklı!" diyorum ben de Kerem'e bakarak.

ANNEM Mİ?!

ANNEM Mİ DEDİM BEN BİRAZ ÖNCEEE?

BEN BU HORMONLARIN TAA...

Tövbeler olsuuuuuun.

Annem bunu bir duyarsa, beni kabak gibi oyar.

"Annen yani. Çok haklı. Gerçekten haklı. Kesinlikle haklı."

"Hadi içeri gidin siz, gelecekler şimdi ne oluyor diye," diyor Emel Hanım.

Ağzıma bir tane daha sarma tıkıp kapıyı açıyorum, bu sırada Kerem kulağıma eğiliyor, "Annem mi dedin sen biraz önce acaba?" diyor gülerek.

"Hayır," diyorum sarmayı yutmaya çalışırken, "Annen dedim."

"Bana pek öyle gelmedi."

"Ağzım doluydu da ondan öyle gelmiştir sana. Annem demedim. Annen dedim."

Kerem kolumdan tutuyor, sonra gözlerimin içine bakıyor, "Valla ben bilmem. Bundan sonra hareketlerine çok dikkat et, gidip annene söylerim benim anneme de anne dediğini, mahveder seni!" diyor.

Sonra da kahkahalarla gülmeye başlıyor.

OFFF, OFFFF!

ŞU HAMİLELİK Bİ' BİTEYDİ İYİYDİ!

9

Hamileliğin son dönemine girmiş bir kadını mutlu etmek istiyorsanız, ona çok güzel göründüğünü söyleyebilirsiniz. Veya çok az kilo aldığını. Hiç şişmediğini. Yüzünün çok güzel göründüğünü. Ya da bunların hepsini birlikte söyleyebilirsiniz, süper olur. Ben daha otuzuncu haftada söylenmeye başlamıştım ama günler geçtikçe otuzuncu haftayı mumla aramaya başladım. Şu an otuz altıncı haftamın içindeyim ve başıma gelenler saymakla bitmiyor ne yazık ki.

Mesela geçen hafta bir sabah, ağzımda kan tadıyla uyandım. Kalkıp koşarak lavaboya gittim, aynaya bir baktım ki diş etlerim kan içinde. İçim çekildi, valla bayılıyorum sandım da, duşakabine tutundum. Tabii koştur koştur diş hekimine gittim hemen. Meğerse gebelik gingivitisi olmuşum. Adı bile acayip yani, gingivitis.

Herkeste olmuyormuş tabii ki bu meret ama diş etleri hassas olan kadınlarda hamilelikte görülebiliyormuş. Nedeni de tabii ki hormonlarmış.

Peki bunun beni bulmasına kaç puan?

Şaşırdık mı? Şaşırmadık.

Östrojen ve progesteron arttıkça diş etleri hassaslaşıyormuş ve kolayca kanayabiliyormuş. Üstelik de yapacak hiçbir şey yokmuş, tedavisi de yokmuş. Doğumun ardından kendiliğinden iyileşecekmiş. Yapabileceğim tek şey, diş etlerime iyi bakmak, her gün düzenli olarak dişlerimi fırçalamak ve gargara yapmakmış.

Onunla uğraşırken, kramplar başladı.

Gece yarısı uykumda bacaklarıma öyle bir kramp giriyor ki anlatamam. Yani uyuyabildiğim zamanlarda çünkü çok zor uyuyabiliyorum. Zaten on dakika sonra da korkunç bir krampla uyanıyorum. Ne bacağımı kıpırdatabiliyorum ne hareket edebiliyorum, öylece duruyorum. Kendimi kasmasam çığlık bile atabilirim yani o derece ağrıyor. Ağrılar bir yana, sızlıyorlar da üstelik. Sanki buz dolu bir küvete yatmışım gibi iki bacağım da durmadan sızlıyor. Kaşıntılar zaten devam ediyor, haşır huşur kaşınıyorum. Nefes darlığı bende, bel ağrısı bende, mide ağrısı bende, reflü bende, geçen gün bacağımda varis gördüm ben ya! Bu yaşıma kadar bacağımda bir tek damarı bile belli olmamış bir insan olarak, varis diyorum, varis! Ayaklarımın şişini, belimdeki çatlakları filan saymıyorum!

Ay, yeter be! Valla yeter!

Ben de insanım yani, bana da yazık!

Ama bunlar daha iyi günlerimmiş! Annem geçen gün öyle söyledi.

"Bunlar daha ne ki? Cildin kuruyacak, pul pul dökülecek, her yerin ağrıyacak, hepsini geçiyorum basur olacaksın, basur!"

YAAAAA, HAYIR!

Olmayacağım. Lütfen. N'olur. Hayır.

Zaten geçen gün gülerken biraz altıma kaçırdım, bir de basur olamam!

HAYIR!

Şunun şurasında doğuma ne kaldı? Üç dört hafta filan büyük ihtimal. Yüzdüm yüzdüm kuyruğuna geldim yani, lütfen!

Öyle deyince de bir panik oldum şimdi. Zaten doğumu düşündüğüm her an panik oluyorum.

Hâlâ ödüm patlıyor normal doğumdan. Bir sürü kitap okudum, doğal doğumla ilgili makaleleri tek tek inceledim, normal doğum yapmış birkaç kişiyle konuştum ama nafile. Korkumu yenerim diye bir de normal doğum videosu izledim geri zekâlı gibi. Yahu o videoları izleyen hamile bir kadının korkusunu yenmesi mümkün olabilir mi Allah aşkına ya!

Tabii ki olamaz!

Geçen gün yogadan çıktıktan sonra Zeynep'le buluştuk, doula'sıyla birlikte nefes teknikleri çalıştığını, her şeyin gayet yolunda olduğunu ve normal doğuma çok hazır olduğunu söyleyince o kadar sinir oldum ki anlatamam.

Yahu arkadaş! Niye her şey beni buluyor ya?

İkimiz de otuz altı haftalık hamileyiz. Bu kızın beli bile ağrımadı daha ya! Benim de başıma gelmeyen kalmadı. Gingivitisinden reflüsüne, varisinden çatlağına, hazımsızlığından kabızlığına, salı pazarı gibiyim yemin ederim. Yok yok yani bende. Ayrıca da tamı tamına on dokuz kilo aldım şu ana kadar. Zeynep sadece sekiz kilo aldı ve durmadan şikâyet ediyor. Aman efendim formu bozulmak üzereymiş de, vücudu çatlarsa ne yaparmış, ayakları şişerse ne olurmuş da bilmem ne.

Elimin tersiyle iki tane çakacağım, o olacak!

Aaa, bu arada, taşındık çok şükür.

Tam da istediğimiz gibi bir ev bulduk Moda'da. Babamın ahbaplarından biri buldu daha doğrusu. Hem de emlakçısız filan, sahibinden. Biz de cebimizde kalan emlakçı parasının bir kısmıyla evi boyattık, bebek odasının parkelerini de komple değiştirdik.

"Fitalatlara çok dikkat etmen lazım şekerim!" diyen Zeynep'e kulaklarımızı tıkadık demek isterdim ama tabii ki tıkayamadık, sorup soruşturduk ve fitalat denen şeyin sadece vinil ve pvc'de olduğunu öğrendik.

Tabii daha önce, fitalatın ne olduğunu öğrendik çünkü bu zamana dek hayatımızda hiç duymamıştık.

Neyse ki Zeynep bunların hepsini araştırıyor da aydınlatıyor bizi eksik olmasın.

Ben de iyice ağırlaştığım bu haftalarda, baby shower partimi planlıyorum. Aslında bayağı kararsız kaldım evde mi yapsam dışarıda mı yapsam diye, sonunda evde yapmaya karar verdim. Düşündüm taşındım, zaten bebek sahibi olmak başlı başına çok masraflı bir şey. Bir de dışarıda yapacak olursam mekân için ayrı para ödemek lazım, servis için ayrı para ödemek lazım. O yüzden evde yapayım dedim. Ömer'in Moda'da açtığı Scone adlı scone satan mekânı batmasaydı, orada da yapabilirdik gerçi baby shower'ı çünkü gerçekten de hoş bir yerdi. Üç tane kurabiyeyle, beş tane fındıklı kajulu organik bisküviyle olmadı tabii ki bu işler. Kerem'den duyduğuma göre Ömer şimdi de bir Çin restoranına ortak olmaya karar vermiş ama Naz pek de memnun değilmiş, Ömer'in bu işe girmesini hiç istemiyormuş.

Parti dışında, neredeyse bütün alışverişimi de bitirmiş durumdayım. Ana kucağıyla bebek arabasını Bugaboo'dan aldık.

Bugün de annemle bebeğimizin kıyafetlerini hallediyoruz. Hastane çıkışı filan aldık üç tane. Niye adına "hastane çıkışı" deniyor hiç anlamadım gitti. Tulum, eldiven, şapka filan işte, başka bir şey değil ki bu.

Hastane çıkışlarından sonra emzirme sütyeni de bakıyoruz birlikte. Daha doğrusu Kadıköy'deki bütün iç çamaşırcıları dolaşıyoruz.

Pardon ama emzirme sütyeni denen şeyin iğrençliğini ne yapacağız? Hayatımda gördüğüm en kâbus, en iğrenç, en berbat şey olabilir bu sütyenler.

Bir kere beyaz, pamuklu ve de balensiz!

Yani çoğu.

Ortaları da oyuk. Neymiş efendim kolay açılıyormuş da çok kolay emziriliyormuş bunlarla. Peki bozulan psikolojimizi ne yapacağız acaba?

"Ben bunları asla giymem!" diyorum anneme.

"Valla ben olsam ben de giymem," diyor annem.

"Çok sağ ol ya. Senin bana destek olman gerekmiyor mu acaba şu an?"

"İsterseniz fanilası da var," diyor bu sırada satış görevlisi.

"Onlara da bakalım," diyor annem.

Emzirme fanilaları daha da iğrenç bu arada. Bir tane askılı fanilanın göğüs kısmını çukur kâse büyüklüğünde kesmişler, adına da emzirme fanilası demişler. BERBAT!

"Bu sütyenlerin daha güzeli var mı acaba? Beyaz olmayanı mesela?"

"Ten rengi var, siyahı da olacaktı bir saniye."

OH, ÇOK ŞÜKÜR!

Beş dakika sonra, beyaz sütyenlerin tıpatıp aynısı olan, ezik büzük, buruşuk bir sütyenle geri geliyor kadın.

"Ya, bunlar çok çirkin ama," diyorum sonunda.

"Önemli olan güzellik değil rahatlık ama," diyor kadın.

"Hayır, değil. Önemli olan güzellik! Sonuçta bunu giyip de kocamın yanında nasıl dolaşabilirim ki ben? Nasıl emzirebilirim yani?"

Zaten de hiç öyle bir niyetim yok. Kerem'in yanında emziremem yavrumu. Sadece onun yanında değil, kimsenin yanında emziremem. Tek başıma emzirebilirim ancak.

Bin tane dükkân geziyoruz, bir türlü aklımdaki gibi bir sütyen bulamıyoruz. O kadar da zor bir şey aramıyorum bu arada. Kumaşı kalın olsun, balenli olsun, bir de mümkünse pamuklu olmasın.

"Zeynep'i arayıp sor istersen, bakalım o nereden almış?" diyor annem sonunda.

"Ben biliyorum nereden aldığını. Tanesine iki yüz Euro verdi, benim öyle bir param yok," diyorum başka bir dükkâna girerken. Ama gerçekten harika sütyenler almış, hakkını yemeyeyim. Ben olsam onları daha sonra da kullanırım, yalnız emzirirken kullanıp heba etmem.

Söylenip duruyorum dükkânda dolaşırken. Hamileyiz diye iğrenç şeyler giymek zorunda değiliz, tamam mı! O emzirme sütyeni denen zamazingoyu da asla ama asla giymeyeceğim, işte o kadar!

Bu kadar da büyük konuşuyorum işte!

Alırım birkaç tane balenli, ince kumaştan yapılmış sütyen, onları giyerim, olur biter.

"Bir de H&M'e bakın isterseniz," diyor konuşmamızı duyan hamile kadınlardan biri.

"Aaa, gerçekten mi? Var mı orada?"

"Evet, ben oradan birkaç tane emzirme sütyeni aldım. Siyah, çok da güzeller bence, balenliler ayrıca."

"Harika! Çok teşekkürler!"

Gerçekten de H&M'de harika sütyenler buluyoruz. Hem siyah, hem balenli, hem de kalın kumaşlı.

Valla beş tane birden alıvermişim, kasada kendime geldim. Fanilalardan hiç almadım, zaten normalde de fanila giyen bir tip değilim.

Tamam, peki, asla emzirme sütyeni giymeyeceğim demiş olabilirim ama pamukluları kast ediyordum ben, bunları değil.

"Hazır gelmişken hastane çantası için de eksik gedik bir şeyler varsa alalım," diyor annem.

"Alalım da, ne konacak hastane çantasına bilmiyorum ki!" diyorum.

Ayrıca benim hastane çantası yapmak için doğru düzgün bavulum bile yok.

"Bebeğe kıyafet, sana kıyafet, bebek bezi filan herhâlde."

"Öyle herhâldeyle olmaz. Bir bakayım ben Google'dan dur," diyorum ve hızla telefonumu çıkarıyorum, bir sürü listeye bakıyorum. Sonunda aklıma yatan bir tane buluyorum.

DOĞUM İÇİN HASTANE ÇANTASI NASIL HAZIRLANIR?

1) Üç tane kısa tulum, üç tane uzun tulum
2) İki üç çift bebek çorabı
3) İki üç adet şapka veya bere
4) Bebek eldivenleri
5) Kar tulumu (Mevsim kışsa)
6) Bir numara bebek bezi
7) Pamuklu ya da bambu battaniye
8) Bir adet hastane çıkışı seti
9) Cam biberon
10) Parfümsüz ıslak mendil
11) Üç adet gecelik veya pijama takımı
12) İki üç çift çorap
13) Saç tokası, saç bandı, saç fırçası
14) Makyaj çantası, diş fırçası ve macunu, deodorant, şampuan
15) Hijyenik ped veya emici külot
16) İki adet emzirme sütyeni, iki üç adet rahat külot
17) Eşofman takımı ve terlik
18) Cep telefonu, fotoğraf makinesi, kamera ve şarj aletleri
19) Havlu
20) Kirli çamaşır torbası

Akşam saatlerinde, yorgunluktan baygınlık geçirerek kendimi yere atıyorum. Bayağı yere, fayansların üstüne yani. Öylece.

Bütün gün benim için alışveriş yaptığımız yetmemiş gibi, bir de kıza bir sürü şey aldık. Kız bebekler için o kadar harika şeyler yapıyorlar ki, insanın içi gidiyor. Minicik elbiseler, ayakkabılar, saç bantları, şapkalar, eldivenler, paltolar, çoraplar, terlikler... Hepsi de süslü püslü, taşlı pullu. Ben ki hiç sevmem öyle pırıltılı, ışıklı, yanar döner şeyleri, ne bulduysam alıyorum bu aralar. Hem de herkesin *bu kadar çok şey alma çok hızlı büyüyecek, aldıklarını giydiremeyeceksin,* demesine rağmen alıyorum. Ne yapalım? İlk defa kız annesi oluyoruz herhâlde!

Şimdi de annemle oturduk, hastane çantasını hazırlamaya çalışıyoruz. Yeni aldığımız bavulun içini dışını bir güzel sildik, o ara ben zaten belimin ağrısından kendimi yere bıraktım. Koridorda sırtüstü yatıverdim valla. Annemin bütün itirazlarına rağmen de on dakika filan kalkmadım. Her yerim ağrıyor ya, her yerim. Dokuz aylık hamile kadına bu kadar iş yaptırılır mı? Ayrıca niye bütün alışverişleri ben yapıyorum ki anlamıyorum. İnsan bi' yardımcı olur, sen yat dinlen ben hallederim filan der ama nerdeeee! Allahtan doğum fotoğrafçısıyla anlaşma işini Kerem'in üstüne yıktım. O da tabii ki hemen Zeynep'i aramış, Zeynep'in Şengül Pallı'yla anlaştığını duyunca, o da anlaşıvermiş. Hem fotoğraf çekiyorlarmış hem de kameraya alıyorlarmış her şeyi.

Ay, inşallah çok güzel olur her şey çünkü bunun geri dönüşü yok.

"Aaaaa, kusura bakmayın kötü çıkmış fotoğraflar, yarın yenilerini çekelim," diyemeyiz çünkü.

Ay, inşallah bütün fotoğraflar harika çıkar da hayatımızın sonuna kadar saklayacağımız harika bir albümümüz olur!

Geriye ne kaldı?

Hastane odası süslemesi kaldı. Onun için de süper bir organizasyon şirketi bulduk Leyla'yla, hem odayı balonlarla ve meleklerle süsleyecekler hem de atıştırmalık güzel şeyler ikram edecekler. Bir de, üzerinde Nazlı yazan çikolatalar sipariş ettik, onları da ziyaretçilere ikram edeceğiz.

"Bence bunlara hiç gerek yok ama yine de sen bilirsin," diyor Leyla.

"Aaa, olmaz öyle, bir sürü laf ederler sonra."

"Yahu kim laf edecek? Sonuçta doğum yapıyorsun kızım sen, doğum günü partisi vermiyorsun ki hastane odasında."

"Evet ama ikram filan şart."

"Niye?"

GÜZEL SORU.

"Eeeee, bilmiyorum. Ama herkes yapıyor işte. Herkes yapıyorsa benim de yapmam gerekir sonuçta. Laf olur."

"Sen bilirsin ama bence çok fazla tantanaya gerek yok. İki kutu kurabiye yaptıralım, bir de çikolata, bitsin gitsin."

"Olmaz öyle. Büfe filan kuracaklar zaten."

"Büfe mi? Kusura bakma ama bundan sonra Zeynep'i eleştirmeni yasaklıyorum!"

"Niye ya?"

"E, onun yaptığı her şeyi sen de yapıyorsun!"

"Ben onun gibi abartmıyorum ama. Gender party filan da yapmadım ayrıca."

"Çünkü sen bebeğin kız olacağını öğrendiğinde gender party diye bir şeyden haberin yoktu canım. Olsaydı sen de yapardın kesin."

"Yapmazdım."

YALAN! YAPARDIM büyük ihtimal.

"Sen onu benim külâhıma anlat," diyor Leyla.

"Seni de göreceğiz canım benim," diyorum ben de sinir sinir, "Bakalım sen neler yapacaksın hamile kaldığında!"

"Benim daha sevgilim bile yok kızım, bebeğe gelene kadar ohoooo!!!"

Ya gerçekten Zeynep'e mi benzedim ben acaba? Onun gibi acayipleştim mi iyice? İyi de artık herkes baby shower yapıyor yani, herkes hastane odası süslüyor, illaki bir şeyler ikram ediyor. Yapmazsam olmaz ki! Şu hayatta ne için para kazanıyoruz ayrıca? Neye bu kadar özen gösteriyoruz ki? Sonuçta her şey bebeğimiz için değil mi? En güzeli olsun, en harikası olsun, olay bu yani.

HER ŞEY YAVRUM İÇİN, HER ŞEY!

Gerçekten de her şey kızım için. Yoksa ben öyle parti meraklısı bir insan değilim ki! Valla değilim. Ama şimdi her şey kaydediliyor, her şey fotoğraflanıyor. Bundan on yıl sonra gelse benim kızım, anneciğim benim baby shower'ım nasıl olmuştu, hani fotoğrafları dese! Ya da nerede benim doğduğum günkü hastane fotoğrafları dese! Hani dağıttığınız çikolataların kâğıtları dese!

Bunları niye diyor bilmiyorum ama ya derse?

İşte bütün bunlara hazırlıklı olmam lazım benim. Çocuğumun, diğer çocukların yanında boynunu büküp "Ben doğduğumda hastane odasını bile süslememişleeeer!" diye dövünmemesi için, bunların hepsini yapmam lazım.

Zaten ben öyle çok şaşaalı şeyler peşinde değilim. Mesela adını bile okuyamadığım Le Chateaubriand gibi bir yerde yapacak hâlim yok partiyi. Organizasyon hariç sırf mekân kirasına on iki bin lira verecek hâlim yok. Baby shower'ıma pembe kuyruklu midilli getirecek hâlim yok.

Ya da ne bileyim, iki insan boyunda, gökkuşağı renklerinde makaron kulesi diktirecek hâlim yok ortaya. Ya da gerçek atlıkarınca kurduracak hâlim yok parti mekânında.

Bunların hepsini sağ olsun Zeynep yaptı geçen hafta.

Bir tek bunlar olsa, yine iyi!

Kocaman kasnaklara gerilmiş gümüş rengi tüllerin üzerine altın ipliklerle kızının adını yazdırmak mı desem, bulut şekli verilmiş mavi renkli pamuk şekerleri gökyüzü havası versin diye mekânın tavanına astırmak mı desem, partiye gerçek kuğu getirmek mi desem, gerçek kuğuyu geçtim, şeker hamuru kaplı pastayı kuğu şeklinde yaptırıp bir de üzerine kocaman yaldızlı harflerle Arven Kuğu yazdırmak mı desem, gelen herkese hediye olarak vermek için hazırlanan sepetler mi desem, ne desem bilmiyorum.

Ayrıca bu hediye sepet işi nereden çıktı onu hiç bilmiyorum.

Partiye gelenlerin hediye getirmesi gerekmiyor mu? Parti sahibi niye hediye veriyor ki? Zaten artık her yerde gelenlere hediye verilir oldu. Doğum günlerinde, kınalarda, sözlerde, nişanlarda. Bari düğünde de takılan altınları gelenlere dağıtsınlar, olsun bitsin...

Ben de bugün evde yapıyorum kendi baby shower'ımı. Öyle çok fazla kişi de çağırmadım, annem, teyzemler, birkaç tane kuzen filan, eski iş yerimden iki arkadaşım, bir de Leyla'yı çağırdım. Ama annemin söylediğine göre yengemler, halamlar, annemin birkaç komşusu filan da gelecekmiş. Ve tabii ki Emel Hanım, Zeynep, onların birkaç tanıdığı ve galiba Naz da geliyor. Umarım çok kalabalık olmaz çünkü sadece yirmi beş tane hediye kesesi var.

NE? Tabii ki hediyelik de hazırladık davetlilere.

Zeynep gibi herkese Louis Vuitton'dan anahtarlık alamadık ama ne yapalım artık!

Görgüsüz ya! Yemin ederim görgüsüz!

Bugün bir Louis Vuitton anahtarlık kaç lira?!

Ben herkese o anahtarlıktan alsam, bir yıl aç otururum herhâlde.

Biz de anahtarlık yerine siyah, saten kumaştan, büyük keseler diktirdik, keselerin etrafına da uçuk pembe kurdele geçirttik. İçine, Madame Coco'dan bir çift pofuduk terlik, bir tane saten uyku maskesi, bir tane gardenyalı el kremi ve bir tane de Flormar 412 koyduk. Gayet de güzel oldu bence.

İkramlıkların çoğunu teyzemler yaptı, hatta sabahın köründe kutu kutu taşıdılar bizim eve. Annem de onlarla birlikte geldi, her şeyi tek tek kutularından çıkarıp servis tabaklarına aldı. Ben de başlarında durup her şeyden birer ikişer atıştırdım.

Öyle çok atıştırmadım aslında. Üç tane mercimek köftesi, birkaç tane zeytinyağlı yaprak sarma, bir tane de kadınbudu köfte yedim. Sonra kısır gözüme çok güzel göründü, ondan da bir kaşık yedim. Gülşen teyzemin revanisi harika olur, onu görünce iki çatal da revaniden aldım. Yani çok yemedim işte.

Yemedim, tamam mı?

Biraz önce de Five O'Clock'tan aradılar, pasta yola çıkmış, yarım saat içinde gelecekmiş. Pasta konusunda bayağı bir düşündüm aslında. Daha doğrusu tema hakkında bayağı düşündüm. Artık öyle eskisi gibi yapılmıyor çünkü partiler. Tema şart!

Mesela, Zeynep'in partisinin teması *masal diyarı*'ydı.

Selda, *winter wonderland* yapmış.

Sonra Tuğçe, *balerinin rüyası* temasını yapmış.

Ben de düşündüm düşündüm, *pembe siyah* dedim.

"Hayatım, pembe siyah diye tema olmaz," diye karşıma dikildi tabii ki Zeynep.

"Tema olmazsa olmuyor mu yani?"

"Ay, tabii ki olmuyor. Pastayı nasıl düşünüyorsun oradan gidelim en iyisi."

"Çikolatalı düşünüyorum."

"Öyle değil. Şeker hamuru olacak ya pasta, onu soruyorum."

"Şeker hamuru olmasa olmuyor mu?"

"Aaaa! Tabii ki hayır. Şeker hamuru olması lazım!"

Sonunda düşündük taşındık, pastayı alfabe blokları şeklinde yaptırmaya karar verdik. Üç tane büyükçe kare blok yaptırdık, en üsttekinde A, ortadakinde B, en alttakinde de C yazsın dedik.

"Aslında üç harfli bir isim koysaydınız, daha şahane olurdu!" dedi Zeynep ve arka arkaya bir sürü üç harfli isim önerdi bana.

Hâlâ çok geç değilmiş bebeğimizin ismini değiştirmek için. Hatta bir ara "Naz koysanız da çok güzel olabilir aslında," bile dedi.

Ben de seni dövsem çok güzel olabilir aslında, demedim tabii Zeynep'e.

"Biz Nazlı'yı seviyoruz, hiç öyle üç harfli bir isim koymak gibi bir niyetimiz de yok!" dedim ama Zeynep tabii ki beni dinlemedi.

Hâlâ da aklına geldikçe WhatsApp'tan üç harfli isimler göndermeye devam ediyor.

Pastadan yola çıkarak, partinin temasına *alfabe* dedim ben de. Hatta bir sürü tahta blok aldık, onları da masaya yerleştirdik. Masanın tam ortasına, NAZLI yazdık renkli bloklarla, yine kare blok şeklinde bir sürü büyük, parlak balon aldık, salonu komple balonlarla kapladık, çok da güzel oldu.

Aslına bakacak olursak, benim dışımda her şey çok güzel oldu.

Şu an kendimi yatak odasına kapatmış durumdayım, aynada kendime bakıyorum ve gerçekten çok KORKUNÇ görünüyorum.

Korkunç'u açmam gerekirse, şu an resmen patlamak üzere olan kocaman bir helyum balonu gibi görünüyorum. Daha doğrusu, üzerine krem rengi, ipekli bir elbise giymiş helyum balonu gibi görünüyorum. O kadar şişim ki anlatamam. Rahat rahat oturamıyorum, yatamıyorum, doğrulamıyorum, bacak bacak üstüne atamıyorum. Geçen gün yere çatal düşürdüm, almak için eğildim ama geri kalkamadım, kalakaldım öyle yerde. Durumum o kadar fena yani. Ayrıca daha yarım saat önce makyaj yaptım ama yüzüm bütün fondöteni emdi, yanaklarım, alnım ve burnum parlamaya başladı. Saçımın fönü de düştü, dümdüz, iğrenç bir şey oldu.

Annem kapıyı açıp kafasını kapı aralığından içeri sokuyor, "Hazır mısın?" diyor.

"Değilim çünkü iğrenç görünüyorum!"

"O nereden çıktı? Çok güzel görünüyorsun bir kere!"

"Tabii tabii."

"Hadi gel, Zeynep'le Emel Hanım geldi," diyor annem.

HARİKA! Bir bu eksikti.

Üstümü başımı düzeltiyorum, aynaya iyice yaklaşıp göz altlarıma bakıyorum. Yüzüme son kez pudra sürüp odadan çıkıyorum.

Hiçbir şeyi takmayacağım. Bana söylenen kötü sözleri duymazdan geleceğim. Her şey çok güzel olacak. Gayet güzel ve sorunsuz bir şekilde geçecek bu parti. Evet. Kesin kararlıyım.

OHHH!

Nefes al, nefes ver.

Nefes al, nefes ver.

Kendi değerimin farkındayım. Güçlüyüm ve gücümün de farkındayım. Ben iyi bir insanım, güzel bir insanım, değerli bir insanım. Hayatımda bundan sonra hep pozitif şeyler olacak çünkü pozitif olanları seçiyorum. Kendimi serbest bırakıyorum, evrenin akışında her şeyin yolunu bulacağını biliyorum. Yalnızca mutluluk beni bulabilir çünkü ben mutluluğu hak ediyorum. Artık beni hiçbir şey üzemez, hiçbir şey sinirlendiremez.

"İnanmıyoruuum! Kilo mu aldın seeen?" diye bağırıyor Zeynep koridorun ucundan.

LAAAAAAAAAN!

"Hoş geldin kızım," diyor annem hemen Zeynep'i öperken.

"Hoş bulduk," diyor Zeynep ama gözü hâlâ bende.

"Valla kilo almışsın," demeye de devam ediyor bir yandan.

"E, o kadar olsun artık, hamileyken kilo almam normal bence," diyorum sonunda dişlerimi sıkarak.

"Tabii ki ama seninki biraz çok olmadı mı? Ben sadece sekiz buçuk kilo aldım, dokuzla doğuma girerim diye düşünüyorum."

Ben de doğuma doksan kiloyla girip elli altı kilo çıkmayı düşünüyorum.

"Ne güzel, harika!" diyorum Zeynep'e ters ters bakarken.

Manyağa bak ya!

Hamile olmayanların çok kilo almışsın demesi yine bir derece ama, hamile hamileye bunu yapar mı ya? İnsaf!

Ben de on dokuz kilo aldım ama bunu hiiiç ama hiiiç düşünmüyorum.

Uyurken filan rüyalarıma girmiyor mesela. Bu da bir şey.

Neyse ki annem beni kolumdan tutup mutfağa götürüyor da kurtuluyorum Zeynep'ten.

"Sen hiç dinleme onu," diyor hemen Nurşen Teyzem.

"Nasıl olacak o?" derken ağlamaya başlıyorum.

"Ay, kıyamam yaaa," diyor Gülşen teyzem bana sarılırken.

Bu sırada Nurşen teyzemin kızı Merve'yi mutfak balkonunda sigara içerken görüyorum. Hızla balkona çıkıp yanına gidiyorum. Daha Merve'nin bana bir şey söylemesine fırsat vermeden elindeki sigarayı alıp bir nefes çekiyorum.

"N'apıyorsun ya?" diyor Merve dehşete kapılmış bir şekilde.

"Sakın bir şey söyleme, valla avazım çıktığı kadar bağırırım!" diyorum, bir nefes daha çekiyorum, sonra sigarayı tekrar Merve'nin eline tutuşturup içeri giriyorum.

Sakinim. Şimdi hiçbir şey olmamış gibi içeri gidiyorum ve keyfime bakıyorum. Daha mutfaktan çıkar çıkmaz, kapı çalıyor.

"Ben bakıyorum!" diye sesleniyorum içeridekilere ve kapıyı açar açmaz karşımda Naz'ı buluyorum.

Bir bu eksikti!

"Merhaba!" diyor Naz elindeki torbayı zar zor yere bırakırken. Sonra içeriye şöyle bir göz atıp bana bakıyor, "Konuşmamız lazım!" diyor.

Hayırdır İnşallah!

"Sen içeri geç otur istersen. Herkes içeride, ben de gelirim biraz sonra," diyorum.

Zaten moralim bozuk, bir de seni çekemem şimdi.

"Şimdi konuşmamız lazım!" diyor Naz.

"İçeride konuşsak?"

"Olmaz. Baş başa konuşmamız lazım. Dün gece aradım aslında konuşmak için ama açmadın."

Eee...

Haklı.

Hâlâ açmıyorum Naz'ın telefonlarını.

Geri de dönmüyorum, Allah beni affetsin.

"Peki, gel o zaman," diyorum. Naz'la birlikte balkona çıkıyoruz.

Merve bizi görünce sessizce içeri gidiyor.

"Sana güvenebilirim, değil mi?" diye soruyor Naz gözlerini gözlerime dikerek.

"Hangi konuda?"

"Bunlar bizi ayırmaya çalışıyor!"

"Kimler?" diyorum sanki hiçbir şeyden haberim yokmuş gibi.

Bu ayırma işini askıya almamış mıydık biz?

"Emel Hanım ve Zeynep."

"Emin misin? Sadece onlar mı?"

Ay, inşallah Ömer'le benden haberi yoktur.

"Çok eminim."

OHHH.

"Neden böyle bir şey yapıyorlar, hiç bilmiyorum. O yüzden seninle konuşmak istedim. Bildiğin bir şey var mı diye."

"Yok. Ben hiçbir şey bilmiyorum."

"Ben de öyle tahmin etmiştim," diyor Naz.

Bayağı üzgün görünüyor.

Ay, yazık ya. Kıyamam. Hormonlardan mı artık neden bilmiyorum ama resmen üzüldüm şu an Naz'ın hâline.

"Yani seni sevmiyor olabilirler, Kerem'le senin evlenmeni istememiş olabilirler ama beni seviyorlar. Emel Hanım mesela, bana bayılıyor."

PARDON?

EMEL HANIM SANA BAYILIYOR MU?

Bir de üzülüyordum iki saniye önce ben bu kız için ya!

Zaten ne demişler? Acıma, acınacak hâle düşersin demişler.

Eltiden dost olmaz da demişler.

Atalarımız biliyor da konuşuyor işte, öyle bol keseden sallamıyor.

"Zaten ben Emel Hanım'ın Zeynep'in etkisi altında kaldığını düşünüyorum," diye ekliyor Naz.

Ben de senin radyasyon etkisi altında kaldığını düşünüyorum.

"Sen ne diyorsun?"

Büyük ihtimal annen hamileyken röntgen çektirmiş, sen ondan yarım akıllı olmuşsun diyorum.

"Bir şey demeyecek misin?" diye ısrarla soruyor Naz.

Hayatımda bu kadar ısrarcı, bu kadar takıntılı takıntılı bir insan görmedim ben ya.

"Bizi hiç karıştırma bu işe lütfen!" deyip sinir içinde içeri gidiyorum. Seni sevmiyor olabilirler ama beni seviyorlar ne demek ya? Geri zekâlı!

Parti boyunca sinir içinde oturuyorum bir köşede. Naz da sanki hiçbir şey olmamış gibi, Emel Hanım'la konuşup şakalaşıyor, gülüşüyor, Zeynep'e süper iyi davranıyor, hatta elini karnına koyup bebeğin tekmelerini hissetmeye çalışıyor filan. Allahtan bana yapmadı öyle bir şey, valla tepelerdim onu iki dakikada, o olurdu!

Ben de arada gülüyorum, bir şeyler yiyorum, fotoğraf çektiriyorum. Leyla parti için bastırdığı oyun kartlarını dağıtıyor, hep birlikte bebeğimizin kilosunu, boyunu, saç rengini, göz rengini filan tahmin ediyoruz. Sonra pasta kesiyoruz, bütün hediyeleri tek tek açıyoruz ama benim sinirim geçmiyor. O ara bir tane Türk kahvesi filan da içmiş olabilirim. Belki de iki. Saymadım.

Zeynep bütün parti boyunca söylenip duruyor. Sonra da akşama doğru partiden ayrılırken, "Keşke birlikte yapsaydık partiyi, böyle evde sönük oldu biraz seninki," diyor.

Sönükmüş! Sensin sönük!

Evin ortasına atlıkarınca kurdurmadık diye sönük olduk, iyi mi!

Tabii! Atlıkarınca olmayınca olmuyor! Atlıkarınca şart!

MOMMY TO BE yazılarının önünde fotoğraf çektirmedik diye sönük olduk!

Her yeri altın yaldızla kaplayıp gelenlere Louis Vuitton anahtarlık dağıtmadık diye sönük olduk!

Kimse kusura bakmasın ama öyle bir bütçemiz yok yani bizim. Bugün bir Louis Vuitton anahtarlık kaç para?

Sönük filan da değildi ayrıca. Gayet de güzeldi. Teyzemler Sangria'ya dadanıp sarhoş olmasaydı ve karaoke yapalım diye tutturmasalardı iyiydi tabii ama olsun.

Sönük değildi.

DEĞİLDİ DİYORUM.

Anahtarlık da dört yüz yirmi liraymış bu arada, ertesi gün Gittigidiyor'da satıyorum, gidiyor.

10

Sabahın köründe hastaneye geldik, koridordaki koltuklara oturduk bekliyoruz. Kalbim küt küt atıyor. Alican Bey dün gece on bir gibi beni aradı, ertesi sabah dokuzda hastanede olmamı istedi, başka da bir şey söylemedi. Ya bir sorun varsa? Ya beni o yüzden çağırdıysa? Ya bir şeyler yolunda gitmezse? Ya doktorum aslında profesör değilse? Ya diploması sahteyse? Ya doktor bile değilse? Ya kandırıldıysak?

ALLAHIIIIIIIM! SEN BANA YARDIM ET!

SISISISIISSIISIISISSISISISI.

Burnumdan aldığım nefesi iç organlarıma gönderiyorum ve vücudumun dengelendiğini hissediyorum.

Ne dengesi ya, ne dengesi? Dengesizlik şu an benim göbek adım!

"İyi misin sevgilim?" diyor bu sırada Kerem.

"Bilmiyorum, hiç fikrim yok," diyorum.

"Ağrın mı var?"

"Yok, hayır. Yani niye çağırdı şimdi bu adam bizi? Niye sabah gelin dedi?"

"Kontrol için."

"Ama bizim kontrolümüz haftaya."

"Olsun."

"Çok aklıma takıldı benim bu. Ya bir şey varsa? Ya bize kötü bir haber verecekse?"

"Olur mu öyle şey? Hiç düşünme sen bunları lütfen."

Düşünmemeye çalışıyorum, kendimi zorluyorum hatta, ama olmuyor. Durmadan aklıma kötü kötü şeyler geliyor.

KORKUYORUM.

Hem de çok korkuyorum.

Keşke Leyla da gelseydi bizimle. O bir şekilde beni sakinleştirmeyi becerirdi kesin. Sıkıntıdan yerimden kalkıp yürümeye başlıyorum. Daha doğrusu koridorda volta atıyorum, bir su sebilinden diğer su sebiline yürüyorum, arada da su içiyorum.

Sonunda Alican Bey'in hemşiresi bizi odaya alıyor, iki dakika sonra da Alican Bey gelip karşımıza oturuyor.

"Nasılsınız bugün?"

"İyiyiz...dir...herhâlde?" diyorum titreyerek.

"Harika! Sizi niye çağırdım, biliyor musunuz?"

HİÇ FİKRİM YOK!

"Aslında bizim randevumuz haftayaydı?"

"Son seferde üç kilo sekiz yüz gramdı bebek hatırlarsanız. Onu bir kontrol etmek için çağırdım."

"Nasıl yani?"

"Dört kiloyu geçti mi ona bakacağım."

"Peki," diyorum salak salak. Kalbim küt küt atmaya başlıyor.

Muayenenin ve ultrasonun sonunda, Alican Bey bize bir iyi bir de kötü haberi olduğunu söylüyor.

"Kötü mü? Ne kadar kötü? Çok mu kötü?" diyorum.

"Hayır canım, değil tabii, sakin olun lütfen," diyor Alican Bey.

OLAMIYORUM!

Nasıl sakin olabilirim ki şu an? Kötü dedi. Kötü haber dedi!

"Bebeğimizin kilosu şu an dört iki yüz elli civarında!!!"

NEEEEE?

"Dolayısıyla ben size normal doğumu önermiyorum."

NEEEEE?

"Yani yapamaz mısınız? İmkânsız değil, tabii ki yapabilirsiniz ama çok zor bir doğum olur, bebek çok zorlanır, çok fazla dikişiniz olur..."

HAYIR! İNANMA!

YALAN SÖYLÜYOR! KESİN YALAN!

Normal doğum yaptırmak istemediği için yalan söylüyor kesin. Tabii ya. Zaten hep böyle oluyormuş. Ne dedi Zeynep? Doktorların hepsi aslında sezaryen yapmak istiyor çünkü normal doğumu planlayamıyorlar dedi. Gece olabilir, sabah olabilir, hafta sonu olabilir, o yüzden hiçbiri normal istemiyor dedi. Son ana kadar da seni normal diye oyalıyorlar, sonra da bir şeyler uydurup sezaryen yapıyorlar dedi. Zeynep dediyse kesin doğrudur.

"İleride öksürürken ya da gülerken idrarınızı kaçırma ihtimaliniz de olabilir tabii doğumda çok zorlanırsanız. Bir de şu var, bebeğin başı da normalden iki santim büyük. İki santim önemli değilmiş gibi durur şimdi size ama doğum sırasında hiç öyle olmuyor inanın bana."

Yok artıııık!

"Yani siz şimdi diyorsunuz ki, ben sizin yerinizde olsam, normal doğumu düşünmem."

"Kesinlikle."

Ay, daha fazla dayanamayacağım!

Haydi çifte telliyeeeee! Ayşe Fatma Hayriyeeeeeeee!

"Çok üzüldüm ya," diyorum başımı öne eğerek ama sesim inandırıcı çıkıyor mu, bilmiyorum.

Sanırım omuzlarımı istemsiz bir şekilde kırıyorum şu an, ayrıca da kalçamı hafif hafif sağa sola sallıyorum mutluluktan.

"Sonuçta kendimi aylardır normal doğuma hazırlıyorum."

Çapkınlıktan usanmaaaaaz, yaşı gelse elliyeeee! Hoppaaaa!

"Haklısınız. Ama yine de istiyorsanız..."

"Yok, yani siz bu kadar şey yaptıktan sonra," diyorum hemen.

Allah muhafaza vazgeçer filan!

"Önemli olan seninle bebeğin sağlığı sevgilim," diyor Kerem de elimi tutarak.

"Keşke normal olsaydı ama yapacak bir şey yok," diyorum sanki çok üzülmüş gibi.

Allah beni affetsin.

"İsterseniz iyi haberi vereyim," diyor Alican Bey.

Ay, bir de iyi haber vardı, değil mi?

"Tabii, buyurun," diyorum gülmemeye çalışarak.

"Bugün bebeğinize kavuşabilirsiniz."

"Nasıl yani?"

"Otuz dokuzuncu haftanın sonundasınız, artık beklemeye gerek yok. Zaten sancılarınız da her an başlayabilir, bebek kanala girerse çok zorlanırız."

"Bugün? Şimdi mi!? Nasıl yani?"

"Evet."

Kerem'le birbirimize bakıyoruz.

"Ne diyorsun?"

"Sen ne diyorsun? Önemli olan senin ne istediğin," diyor Kerem.

Ben ne istiyorum? Artık bir an önce kızıma kavuşmak istiyorum. Dokuz aydır süren bu yolculuğun artık tamamına ermesini istiyorum. Kızımı kucağıma almak istiyorum, onun kokusunu içime çekmek istiyorum. Kaşı ne renk, gözü ne renk, kime benziyor diye meraktan ölüyorum.

"Tamam," diyorum.

"O zaman yatış işlemlerinizi hemen başlatabiliriz," diyor Alican Bey.

VAY BEEE!

BUGÜN GELİYOR MU ŞİMDİ BEBEĞİMİZ?

İNANAMIYORUUUUM!

Odaya çıkıyoruz, aslında süit oda tutmayı düşünmüştük misafirleri benim yattığım odada ağırlamamak için ama süitler doluymuş. O yüzden normal bir oda verdiler bize. Buraya nasıl sığacak süsler püsler hiç bilmiyorum. İkramları nereye koyacaklar acaba? Aman neyse, onu da organizasyon şirketiyle annemler düşünsün artık.

"Üzüldüğünü biliyorum ama vardır her şerde bir hayır," diyor Kerem tatlı tatlı.

"Niye üzülmüşüm?"

"Normal istiyordun ya sevgilim!"

HAAA, DOĞRU!

"Haaa, evet," diyorum yüzümü buruşturmaya çalışırken.

O derece uçmuş aklımdan olay!

"Ne yapalım. Sonuçta doktor ısrar etti, yapacak bir şey yok."

"Maalesef," diyorum.

Hakikaten de yok yani. Tamam, çok korkuyordum normal doğumdan ama bir şekilde deneyecektim. Gerçekten. Ama böyle olunca, bebeğim de dört kilo iki yüz elli gram olunca, mümkün değil yani ben ne yapayım!

Hastaneye yatmak için bir sürü evrak dolduruyoruz, imzalıyoruz, sonra kordon kanı için başka bir evrak dolduruyoruz, onu da imzalıyoruz. Evraklar bitiyor hemşireler geliyor. Damar yolu açıp serum vermeye başlıyorlar bana.

Kalbim küt küt atıyor. Acayip heyecanlıyım.

Gözlerimi kapatıyorum ve nefesimi burnumdan alıp karnıma gönderirken, tüm vücudumun şifalandığını hissediyorum.

HAYIIIIIIIIIR!

Doğum fotoğrafçısına haber vermeyi unuttuuuuuuum!

"Ara ara, hemen ara, n'olur," diyorum Kerem'e.

Gerçi gelmezlerse yine videoya çeker herhâlde birisi ama olsun.

Kerem hemen Şengül Pallı'nın ofisini arıyor, konuşuyor, bir saat sonra asistanlarının hastanede olacağını söylüyor bana.

OHHHH! Çok şükür!

Bir an sevinir gibi oluyorum, yine aklıma bir şey geliyor!

"Hastane çantam yanımızda değil!"

"Ben getiririm birazdan gidip."

"Hayır, olmaz! Yalnız bırakamazsın beni!"

"O zaman Ömer'e söylerim o getirir."

"Annemlere de haber vermedik daha."

"Ben verdim biraz önce."

"Canımsın ya."

"Şimdi de bizimkileri arayacağım," diyor Kerem, telefonunu eline alıyor ve tam o anda telefonu çalmaya başlıyor.

"Efendim annecim?"

Bu kadar olur yani! Ana oğul arasında hissikablelvuku! Bravo!

"Hastanede misiniz? Gerçekten mi? Tamam, geliyorum hemen," diyor Kerem.

Hayırdır inşallah.

"N'olmuş? Hangi hastanedelermiş?"

"Buradalar."

"Aaa! Annem mi haber vermiş?"

"Yok, hayır. Zeynep'in sancıları başlamış, apar topar gelmişler, doktorunu bekliyorlarmış."

BAHTSIZIM BEN YA!

VALLA BAHTSIZIM!

Kendime ait hiçbir şeyim olamadığı gibi, yavrumun da olmayacak ya! Aynı günü bulmak zorunda mısın sen kızım ya! İlla benimle aynı gün mü doğurmak zorundasın sen?

"Ben bir annemin yanına gidip geliyorum hayatım, zaten bu kattalarmış," diyor Kerem.

"Tamam canım," diyorum ama yüzüm beş karış.

Baby shower'dan sonra Zeynep'le aramız düzeldi. Hatta o gün patavatsızlık yaptığını kabul edip benden özür de diledi. Patavatsızlık Zeynep'in göbek adı olduğu için çok üstünde durmadım. Nasıl olsa iki gün sonra yine bir şey söyler, beni çileden çıkarmayı başarır.

Yatağımın üzerinde tek başına oturup beklemeye başlıyorum. Normal doğum yapmayacağım diye seviniyorum ama sonuçta bu da bir ameliyat yani.

Ya bir şey olursa, ya kötü bir şey olursa? Ya bebeğime bir şey olursa?

Kötü düşünceleri aklımdan uzaklaştırmaya çalışıyorum, iyi düşünmeye çalışıyorum ama bu sefer de daha önce bana söylenenler aklıma geliyor.

"Saçmalama! Sezaryenle anne olunmaz!"

"Aaa! Sezaryen yaparsan sütün gelmez!"

"Valla çatır çatır doğurdum ben, yirmi iki tane de dikişim var, annelik böyle bir şey!"

"Sezaryenden sonra haftalarca sürünürsün bak söyleyeyim. Yataktan çıkamazsın! Onu da geçiyorum bebeğini bile emziremezsin!"

"Doğal ve normal adı üstünde. Zaten karnındaki boşluğu hissettiğin an öyle acayip bir an ki, hemen arkasından da kucağına veriyorlar bebeğini, o anı hissetmek çok acayip."

"Sezaryenle doğan çocuklar sonra çok hastalanıyor, antibiyotik kullanmak zorunda kalıyorlar."

"Bir kere bir sürü araştırma var tamam mı, hiperaktif çocukların neredeyse hepsi sezaryenle doğuyormuş."

"Bebek daha hazır olmadan hooop diye dünyaya geliyor, korkunç bir şey ya, yazık değil mi bebeğine? Kendini düşünmüyorsan onu düşün!"

"Beş dakikada armut piş ağzıma düş! Yok öyle. Ağrısını sancısını çekmeden o anın güzelliğinin farkına varamazsın!"

Ağlamak istiyorum.

Gerçekten ağlamak istiyorum.

Ve kendimi tutamıyorum, ağlamaya başlıyorum.

"Sevgilim? Ne yapıyorsun öyle cam kenarında?" diyor bu sırada Kerem.

"Hiiç," diyorum gözlerimi silerken.

"Kıyamam sana ya. N'oldu yine?"

"Kötü bir anne olacağım ben. Kesin kötü bir anne olacağım çünkü sezaryenle doğum yapıyorum."

"Şu an itibariyle bu düşünceyi aklından çıkarıyorsun. Yok öyle bir şey."

"Vaaaar!" diye uluyorum.

"Hayır, yok. Sezaryenle doğuracak ilk kadın sen değilsin, son da olmayacaksın. Çok da harika bir anne olacaksın."

"Gerçekten böyle mi düşünüyorsun?"

"Evet. Ayrıca sezaryenle doğurdu diye kim kötü anne olmuş?"

"Ama öyle diyorlar."

"Kim?"

"Herkes."

"Bırak artık herkesin ne düşündüğünü dert etmeyi. Birazdan bebeğimizi kucağımıza alacağız, onu düşün. Hiç kendini üzme tamam mı? Lütfen."

"Tamam. Denerim."

Kerem bana sarılıyor, daha doğrusu kocaman göbeğim yüzünden yan yan sarılıyoruz pencerenin önünde.

KLİK!

Dönüp bakıyoruz, fotoğrafçılar gelmiş de çekime başlamış bile.

"Çok güzel oldu," diyor kızlardan biri gülümseyerek.

Kerem'le birbirimize bakıp gülümsüyoruz.

Fotoğraflar çekilirken annemle babam geliyor. Ardından teyzemlerle kuzenlerim de geliyor, Leyla da yoldaymış, doğumdan önce hastanede olurum dedi son konuştuğumuzda. Ben doğuma giderken, organizasyon şirketinden gelen elemanlar odayı süsleyecekmiş, annemle teyzem de ikram edilecekleri düzenleyecekmiş. Bu arada Zeynep'i de hemen yan odaya almışlar, daha doğumhaneye inmemiş, odasındaymış. Emel Hanım bir o odaya gidiyor, bir bizimkine geliyor. En sonunda benim de ameliyathaneye inme vaktim geliyor.

Meğerse yataklar odadan çıkabiliyormuş, kafama bir bone geçiriyorlar, uzanıyorum yatağa, iki hastabakıcıyla birlikte odadan çıkıyorum. Annemle babam odanın kapısında durmuş el sallıyor. Ay, o kadar kötü oluyorum ki onları öyle görünce anlatamam. Bindik bir alamete gidiyoruz kıyamete şeklinde gidiyorum yani.

Allahım sen bana yardım et.

Kerem'le birlikte aşağıya, ameliyathanenin kapısına kadar gidiyoruz, "Her şey çok güzel olacak, tamam mı? Birazdan görüşürüz içeride," diyor Kerem beni alnımdan öperken.

"Tamam," diyorum ama kalbim o kadar hızlı atıyor ki kendi sesimi bile duyamıyorum.

Bir süre öyle koridorda bekliyorum. Yanımdan hemşireler, doktorlar, hastabakıcılar geçiyor. Sonra beni biraz daha ileriye alıyorlar, tıbbi atık kutusunun yanında beklemeye devam ediyorum.

Ay, inşallah mikrop filan kapmam buradan.

İçimden bildiğim bütün duaları ediyorum. Enerji gönderiyorum, evrene sesleniyorum, aklıma gelen her pozitif şeyi kucaklıyorum filan. Aynı anda bir hastabakıcı da beni kucaklıyor, ameliyathaneden içeri giriyoruz.

Nasıl ya? Küçücük bir oda yani burası. Gerçekten de öyle. Bizim salon kadar bir yer. İçeride birkaç tane dolap, ameliyat masası, çekmece filan var.

Ben şaşkın şaşkın etrafıma bakarken, doktorlardan biri yanıma geliyor, beni masaya yatırıyorlar.

AY, kurbanlık koyun gibi yatıyorum masaya!

"Şimdi yan döndüreceğiz sizi epidurali takmak için," diyor doktor.

Herhâlde anestezi uzmanı bu adam, çok da güler yüzlü neyse ki.

"Bacaklarınızı karnınıza doğru çekin lütfen."

HAHAHAHA!

Son zamanlarda duyduğum en kısa fıkra herhâlde bu. Kocaman bir karnım var, nasıl yapabilirim ki ben bunu?

"Yapabildiğiniz kadar tabii," diye de ekliyor bir an sonra.

"Elimden geleni yaparım," diyorum ama sesim pek çıkmıyor.

"Hiç kıpırdamayın olur mu, birazdan bir batma duyacaksınız ama tek hissedeceğiniz şey bu olacak, emin olun."

"Peki."

Korkudan bayılmak üzereyim şu an. Ya olmazsa? Ya tutmazsa bu epidural denen şey? O zaman ne olacak? Genel anestezi mi yapacaklar? Ay, bebeğimin doğumunu kaçırırım o zaman, olmaz.

Bir süre sonra belimde anlık bir acı hissediyorum ama hepsi o.

"Tamam, harika," diyor doktor, epidurali takmışlar.

İki üç dakika sonra beni çevirip sırtüstü yatırıyorlar.

"Birazdan ayak parmak uçlarınızda elektrik çarpmış gibi bir his olacak," diyor.

Gerçekten de cümlesini bitirir bitirmez, aynısı oluyor.

"Ayaklarınızda karıncalanma başlayacak ondan sonra."

Karıncalanma da başlıyor.

"Sonra yavaş yavaş uyuştuğunuzu hissedeceksiniz."

İNŞALLAH!

Ya uyuşmazsam peki? Ya fark etmeyip canlı canlı keserlerse beni? Ya kimseye sesimi duyuramazsam? AAAAAAAY!

Ben bunları düşünürken, Alican Bey ameliyathaneden içeri giriyor. Yeşil ameliyat önlüğünü giymiş, şapkasını takmış, "Başlıyoruz birazdan," diyor bana bakarak "Her şey yolunda, rahat olun!"

Öylece yatmaya devam ediyorum ve tavana bakıyorum.

Kalbim küt küt atıyor.

İnsanın kendisiyle bu kadar baş başa kaldığı başka bir an daha yoktur herhâlde. Tek başımayım, yanımda ailemden kimse yok ve son derece savunmasız bir şekilde yatıyorum. Hem kendi hayatım hem de kızımın hayatı başkalarının elinde. Teslimiyetten başka insanın elinden bir şey gelmiyor. Bildiğim bütün duaları ediyorum, her şeyin yolunda gitmesini ve sağ salim kızıma kavuşmayı diliyorum.

Acaba ne zaman başlayacaklar? Başladıklarını hisseder miyim ki? İnşallah konuşmalarını filan duymam, neşteri ver, şunu kes, bunu dik filan. Ay, hayır.

Başlamışlar mıdır artık? Başlamışlardır herhâlde.

İyi, en azından acı filan yok. Uyuşmuşum demek ki.

Allahım, inşallah her şey yolunda gider. İnşallah bebeğim sağlıklıdır. İnşallah kötü bir şey yapmamışımdır sezaryeni seçip.

"Eşini alalım birazdan," diyor bu sırada bir ses.

Demek ki birazdan doğacak bebeğim. Doğuma yakın alacaklardı çünkü Kerem'i, biliyorum.

Bir süre sonra Kerem içeri giriyor. Hemen ardından da fotoğrafçı kızlardan birini görüyorum. Kerem'e de ona da yeşil önlük giydirmişler, kafalarına da bone gibi bir şey takmışlar, ikisi de doktor gibi görünüyor. Kerem yanıma oturup elimi tutuyor, "İyi misin?" diye soruyor.

"İyiyim," diyorum ama nasıl olduğum hakkında en ufak bir fikrim bile yok.

Endişeden, korkudan, tedirginlikten ölmek üzere filanım.

"Korkma, her şey yolunda," diyor Kerem bana.

Gülümsemeye çalışıyorum. Kalbim hâlâ küt küt atıyor.

Sonra milyonlarca yıl süren bir sessizlik oluyor ve sessizliğin ardından biri, "Doğum saati 12.56," diyor.

Kerem'le göz göze geliyoruz.

İkimizin de gözleri dolu dolu. Kulaklarımıza inanamıyoruz.

Doğum saati, 12.56.

Ardından hayatımda duyduğum en güzel ağlama sesini duyuyorum.

Kızımız, bebeğimiz, Nazlı'mızın ağlama sesini.

Alican Bey, bebeğimizi bacaklarından tutup kaldırıyor ve hemen yanı başımızdaki hemşirelere teslim ediyor.

"Sağlıklı mı?" diye soruyorum.

"Hem de çok," diyor hemşireler.

ALLAHIM, SANA ŞÜKÜRLER OLSUN!

Bizim kızı temizliyorlar, yüzünü siliyorlar, sonra da kalın bir örtüye sarıp yanıma getiriyorlar, kucağıma veriyorlar.

İşte o an bütün endişelerim, korkularım, tedirginliklerim uçup gidiyor.

Gerçekten de tarifi olmayan, anlatılamayacak bir anmış meğerse o an.

Kızımı kucağıma alıyorum, kokusunu içime çekiyorum ve biliyorum ki, o an, hayatımın en mutlu anı. Ve yine o an, önce kendi annemi sonra da dünyadaki bütün anneleri anlıyorum.

Her bebek, annesinin kuzusu. Hem de yaşı kaç olursa olsun.

Çocuğuna kıyamayan, elli yaşına gelse bile ona hâlâ beş yaşındaymış gibi davranan bütün anneleri anlıyorum.

Hatta Kerem'e hâlâ *oğluşum* diyen Emel Hanım'ı bile anlıyorum.

Nasıl oluyor bilmiyorum ama oluyor işte.

Anne olunca anlarsın diye boşuna demiyorlarmış yani.
Hadi bakalım buyrun.
Anne olunca anlarsın dediler, geldik!

11

Anneliğin ilk dakikaları gerçekten de çok özel. Bebeğinizi kucağınıza aldığınız o ilk anın büyüsü gerçekten de tarif edilemeyecek kadar kıymetli. Daha beş dakika önce dünyada bile olmayan bir varlığı kollarınızda tutuyorsunuz ve onu koruyabilmek için hayatınızı vermeye hazır hâle geliyorsunuz. O minicik bebek bir anda hayatınızın merkezi oluyor ve her şey onun etrafında dönmeye başlıyor. İnanılır gibi değil!

Doğumdan bir saat sonra tekrar odama döndüğümde annemler beni kapıda karşılıyor. O kadar mutlu görünüyorlar ki anlatamam. Ay, bugüne kadar anneme söylediğim her şeyi de geri alıyorum şu an ya. Kıyamam.

Ben daha ameliyathanedeyken, Kerem'le Nazlı yukarı gelmiş. Hemşireler Nazlı'yı bebek odasına götürmüş ve sonra da yıkamışlar. Tabii ki bizim bütün aile bebeğimizin yıkandığı odanın penceresinin önüne doluşmuş, fotoğraflar çekmişler videolar çekmişler, ağlamışlar filan. Emel Hanım bile ağlamış yani, ben başkalarının yalancısıyım.

Zeynep de hâlâ doğumhanedeymiş bu arada. Her şey yolundaymış, bir saat içinde doğumu bekliyoruz demiş doktoru. İnşallah ağrısız sızısız doğurur o da çabucak.

Ay, resmen sevgi kelebeği oldum ben ya. Herkesi seviyorum, herkese bayılıyorum, resmen bir sevgi bulutunun içindeyim. Kerem de aynı şekilde. Ameliyathanede doğumu videoya alan hastabakıcıya acayip yüklü bir para vermiş, kafeteryadaki herkese çay ısmarlamış, şimdi de herkese çikolatayla lohusa şerbeti ikram ediyor.

Anneyle bebeğin arasındaki o özel bağ daha doğar doğmaz kuruluyor da ilk emzirme çok acayip bir şey. Sezaryen lafını duyduğum andan itibaren hiç sütüm olmayacağına inandırmıştım kendimi. Çünkü bana öyle dediler. Normal doğum olduğu an salgılanan hormonlar sezaryende salgılanmıyor, o yüzden de sütün olmayabilir büyük ihtimal dediler.

Ama oldu.

Herkesi, Kerem'i bile odadan çıkarttırdım, yalnızca Leman hemşire ve kızımla baş başa kaldım. Hemşirenin söylediklerini harfiyen yaptım, en önemlisi de, "Süt olur mu olmaz mı diye endişelenmeyin. Çok büyük ihtimalle olur ve bebeğinize yeter ama olmazsa da dünyanın sonu değil," lafını o kadar sevdim ki, o dakikadan sonra endişelenmeyi bıraktım.

ALLAHIIIM, N'OLUR SÜTÜM OLSUN YA, N'OLUUUUUR!

Bu, endişelenmeyi bırakmış hâlim. Bir de bırakmasaydım ne olacaktı acaba?

Sonrasında biraz daha fotoğraf çektirdik, annem saçıma kırmızı bir kurdele bağladı ve çıkarmamamı söyledi ve fotoğrafların çoğunda da kafamdaki kırmızı kurdeleyle görünmemi sağladı, eksik olmasın.

Bu arada, Nazlı'nın, Kerem'in kopyası olduğunu söylemiş miydim? Bir çocuk bu kadar mı babasına benzer yarabbim! Kaşı, gözü, burnu, yanağı, kulağı her şeyi ya. Kerem'in kız versiyonunu doğurmuşum resmen.

"Kocana çok âşıkmışsın valla!" diyor Nurşen teyzem, "Öyle derler bu kadar benzeyince," diye de ekliyor.

Resmen aynısı ya, ikizi yani. Olacak iş değil.

Belki ileride değişir, birazcık da bana benzer.

Umarım.

Gecenin ilerleyen saatlerinde, Leman hemşire tekrar geliyor odaya, "Biraz yürüyelim mi koridorda?" diyor. Kendimi iyi hissediyorsam yürüyebilirmişim. Zaten tek başına olmayacakmışım, başım filan dönerse hemen müdahale ederlermiş, o yüzden hiç korkmama gerek yokmuş.

Yataktan kalkıyorum, aşağıya hiç bakmıyorum başım dönmesin diye, dümdüz ileriye bakıyorum. Leman hemşirenin koluna girip kapıya doğru yürüyorum.

Aaa, hiç fena değilim ya! Maşallah bana. Resmen yürüyebiliyorum.

Hani sezaryenden sonra iki seksen yatacaktık? Hani ağrıdan kendimizi oradan oraya atacaktık? Hani bir haftadan önce yataktan çıkamayacaktık? Pis yalancılar!

Ağır adımlarla koridorda yürümeye başlıyoruz. Bu katı komple doğum yapanlara ayırmışlar belli çünkü bütün kapılara renkli, tüllü kapı süsleri asılmış.

304 numaranın kapısına beyaz bir çerçeve bağlanmış pembe tüllerle, çerçevenin ortasına da gümüş harflerle HUVAN ALİYŞA yazılmış.

305 numaranın kapısına kocaman bir melek asılmış, meleğin altın rengi kanatlarından sağdakinde SATEN yazıyor.

306 numaranın kapısı da boydan boya minik ayıcıklarla kaplanmış, kapının tam ortasına denk gelen ayıcıkların her birinin üzerinde başka bir harf var, bir araya gelince BELİZAN TOMRUK yazıyor.

Ya, biz yanlış bir şey mi yaptık acaba bizim kızın adını Nazlı koymakla?

Endişelenmeye başladım yani. Bizden başka çocuğuna anlaşılır isim koyan insan yok galiba. Yani o kadar anlaşılır ki, kodlamaya bile gerek yok Nazlı ismini. İnşallah kötü bir şey yapmamışızdır.

Yürümeye devam ederken, koridorun biraz ilerisinde Zeynep'i görüyorum. Daha doğrusu önce kafasındaki tüllü, pırıltılı tacı görüyorum. Duvak gibi bir şey takmış başına, üzerine de yaldızlı harflerle ARVEN KUĞU's MOMMY yazdırmış. Bana da çok ısrar etti bu taçlardan yaptırmam için ama bir taca sekiz yüz elli lira verecek kadar şaşırmadım daha. Gerçi daha uygun fiyata olanları da vardı, beş yüz liraya hem taç, hem terlik hem de kapı süsleri vardı ama zaten çok masrafımız olduğu için bir de bunları alamadım. Zaten hastane odası süslemeleri ve ikrama yeterince gömüldük yani. Odanın kapısına da teyzemin yaptığı aynalı güzel bir kapı süsü astık, üzerinde *Hoş Geldin Nazlı* yazıyor. Hepsi bu kadar.

Ay, çok mu sade kaldı benim çocuğumun ismi yaaa!

OFFF, OFFF!

Ay, şimdi fark ettim de, Zeynep, Nihat'la yürüyor. Emel Hanım nerede acaba? Belki de eve gitmiştir artık, kaç yaşında kadın yani yorulmuş olabilir.

Zeynep'in doğumu toplamda altı saat sürmüş bu arada. Suyunun gelmesi, sancısı falanı filanı toplam altı saat. Aslında ilk doğumlar on sekiz saat bile sürebiliyormuş bu yüzden altı saat çok inanılmazmış, harikaymış. Ben normal doğursaydım kesin iki gün sürerdi benimki. Gebelik şekeri dışında her türlü acayiplik başıma geldi yani sonuçta. Zeynep de prensesler gibi bir hamilelik geçirdi. Bir tek kez midesi bile bulanmadı şimdi de hoppadanak kızını kucağına alıverdi. Çok da tatlı bir kız bu arada, fotoğraflarını gördüm. Allah uzun ömürler versin inşallah.

Zeynep'le koridorun ortasında karşılaşıyoruz.

"Ay, çok üzüldüm senin için bir tanem!" diyor hemen bana.

"Niye?"

"Sezaryen olmuşsun ya ondan."

ALLAHIM, SEN BANA SABIR VER.

"Hiç üzülme, iyiyim gayet," diyorum dişlerimi sıkarak.

"Ay, zaten çok iyi görünüyorsun!"

"Sen de canım," diyorum.

"Ama normal doğursaydın daha iyiydi tabii."

SABIR SABIR SABIR!

"Kaç kilo vermişsin, söyle bakalım," diyor Zeynep merakla.

PARDON?

"Bilmem?" diyorum.

"Nasıl yani? Tartılmadın mı daha?"

Ne tartılması ya? Aklıma bile gelmedi!

"Yooo. Zaten tartıyı nereden bulacağım ki?"

"Yanında getirmedin mi?"

MANYAK MI BU BE?

"Yooo. Sen getirdin mi ki?"

"E, herhâlde. Ben yedi kilo vermişim. Zaten Arven Kuğu üç kilo altı yüz elli gram doğdu, biliyorsun."

YEDİ KİLO MU? YUUUUUH!

"Harika," diyorum ama sesim biraz cılız çıkıyor.

"İstersen bizim banyoda tartılabilirsin sen de."

"Yok. Sonra şey yaparım ben, sonra tartılırım."

"Sen bilirsin. Aaa, ne soracağım sana! Sizinkinin apgarı kaç?"

EFENDİM???

"Nesi?"

"Apgar skoru tatlım. Bizimkinin on üstünden dokuz," diyor Zeynep gururla.

"Valla bilmiyorum, sorarım öğrenirim," diyorum.

Biraz daha yürüdükten sonra odama geri dönüyorum ve yatağıma uzanıp gözlerimi kapatıyorum.

Normal doğurmadım diye çok üzülmüşmüş benim için. Geri zekâlı.

Yememiş içmemiş, hastaneye tartı getirmiş bir de. Bu kadar önemli mi yani kilo vermek, anlamıyorum ki! Zaten toplamda dokuz kilo mu ne almıştı, yedisini de verdiğine göre olay tamam yani. Ben de toplamda yirmi kilo almıştım, yedi kilo vermiş olsam Zeynep gibi, geriye....

OFFF, OFFF!

Neyse ya, şu an kilo vermeyi filan düşünemeyeceğim. Bebeğim sağlıklı olsun da nasıl olsa verilir bir şekilde o kilolar. Tabii böyle camış gibi yemeye devam etmezsem! Doymadığım için refakatçi yemeğini de yedim bugün ama bunu kimsenin bilmesine gerek yok.

Ertesi sabah, Nazlı'yı emzirdikten hemen sonra, hemşirelerden biri yanıma geliyor, üçüncü kattaki hemşire odasında kısa bir eğitim verileceğini söylüyor. Bebek nasıl tutulur, altı nasıl değiştirilir, nasıl banyo yaptırılır, onları anlatacaklarmış kısaca. Annemin yardımıyla üstüme eşofmanlarımı geçiriyorum, ayağıma da spor ayakkabılarımı giyiyorum.

Nazlı'yı annemle babama teslim ettikten sonra, Kerem'le birlikte eğitime gidiyoruz. Yavaş yavaş yürüyoruz, üçüncü kata çıkıyoruz ve hemşire odasından içeri giriyoruz. İçeride bizden başka dört çift daha var. Bir kısım gözlerinin altı morarmış, taşlı, tüylü terlikli ve lohusa taçlı kadının ve asık suratlı, baymış ve uykusuzluktan ölmek üzere olan adamın yanına oturuyoruz. Zeynep'le Nihat niye gelmedi acaba? Enteresan.

Bebek hemşirelerinden biri, bebeğimizi nasıl tutacağımızı, altını nasıl değiştireceğimizi, nasıl yıkayacağımızı, bebeğin başını tutarken nelere dikkat etmemiz gerektiğini anlatıyor. İnşallah annem bunları nasıl yapacağımızı biliyordur yoksa yandık. Ben kızımı tek başıma yıkayamam zaten. Bebek küveti filan aldık ama olmaz yani, yok. Cesaret edemem ben öyle bir şeye. Hemşire anlattıkça anlatıyor, sarılıktan filan bahsetmeye başlıyor. Zaten o konuşuyor ben panikliyorum, Kerem gayet rahat bir şekilde oturmuş dinliyor valla. Hiç paniklediği filan yok.

"Ya sen nasıl bu kadar rahat olabiliyorsun?" diyorum sonunda kendimi tutamayıp.

"Ne demek o?"

"Kadın konuştukça fenalaşıyorum ben burada!"

Kerem gülmeye başlıyor.

"Ya, gülme! Gülmesene!"

Kerem gülmeye devam ediyor. Kimse kusura bakmasın ama erkekler için hava hoş tabii. Bebekle bire bir ilgilenecek olan biziz sonuçta. Şurada en çok bir hafta sonra onlar iş başı yapacak, biz de evde bebeğimizle baş başa kalıp endişelerden endişelere koşacağız. Ay, inşallah annem bana yardım eder, en azından ilk hafta. Yoksa ben bu işi tek başıma hayatta beceremem.

Dönüşte, Zeynep'lerin süit odasına uğruyoruz, nasıl olduysa onlar süit bulmayı başarmış bir şekilde. Kapıyı açıp içeri giriyoruz, daha doğrusu kat kat tüllerin arasından geçip kendimizi kocaman bir faytonun önünde buluyoruz.

Delirmiş bu ya. Yemin ederim delirmiş.

Girişte misafir ağırlanan odanın ortasına fayton kurdurmuş manyak! Faytonu pamuk şeker renkli iki tane tahta midilli çekiyor ve her yerden de tüller, kurdeleler, boncuklar filan sarkıyor. Faytonun içi, ikramlıklarla doldurulmuş, her yere kocaman harflerle ARVEN KUĞU yazılmış, büfenin üzerine de çikolatalarla ziyaretçiler için hazırlanan minik çantalar konmuş. Söylememe gerek yok çantaların içinden de tüller fışkırıyor elbette! Her yerimiz tül, sim, incik boncuk.

Neyse ki bu kadar tülün içinde, bebeğin yatağını görebiliyoruz. Hastanede bebekleri şeffaf sepetlere koyuyorlar, o sepetleri de tekerlekli bir mekanizmanın üzerine yerleştiriyorlar. Ama Arven Kuğu'nun sepeti bile tüllü. Sepetin her yerinden kocaman kurdeleler sarkıyor ve tüller yere değiyor.

"Gelin gelin," diyor Zeynep, "Uyuyor bizimki."

Yavaşça yaklaşıyoruz, sepetin içine bakıyoruz.

Zavallımın başına bir bere giydirmişler, berenin üzerinde kafasından büyük kurdele var. Bitti mi? Bitmedi. Hastane tulumunu çıkarıp üstünde taşlarla ARVEN KUĞU yazan eldivenli, pespembe bir tulum giydirmişler. Bitti mi? Bitmedi. Ayağına da yine kocaman kurdeleli patikler geçirmişler.

Bebek bebek değil, kitch'lik abidesi tövbe yarabbim. Bizimki de hastanenin verdiği tulumlarla uyuyup duruyor yatağında.

Acaba biz bu işi yanlış mı yapıyoruz anlamıyorum ki.

"Oturalım mı biraz, ister misin?" diye soruyor Kerem bana.

"Olur ama önce bir tuvalete girmem lazım benim."

"Yardım edeyim mi?"

"Yok yok. Ben hallederim."

İnşallah.

Ağır ağır odanın içindeki tuvalete doğru yürüyorum, kapıyı kapatıp aynaya bakıyorum.

Biraz yorgun görünsem de, idare ederim bence. Sonuçta doğum yaptım yani, *Cosmopolitan* kapağı gibi görünecek hâlim yok.

Zar zor tuvalet işimi hallediyorum, ellerimi yıkarken gözüme tartı çarpıyor.

Hayır!

Tartı yok! Tartıyı unut! Saçmalama!

Acaba kilo vermiş miyimdir ki?

Kesin vermişimdir. Yüzde yüz. Sonuçta içimden dört kilo iki yüz elli gram ağırlığında bir bebek çıktı yani.

Ben de yedi kilo filan vermişimdir büyük ihtimal.

Belki daha çok vermişimdir. Sekiz dokuz filan. Olabilir.

Ellerimi kuruluyorum, tartıya yan yan bakmaya başlıyorum.

İçimdeki ses *yapma bunuuuu, yapma bunuuuu* diyor ama tabii ki o sesi hiiiiç ama hiç dinlemeyip tartıya çıkıyorum.

Nasıl yaaaaa?

Olamaaaz!

Beş kilo mu? Sadece beş kilo mu vermişiiiiim?

Zaten çocuk neredeyse beş kilo!

Hayır yaaaaa!

Batsın bu dünyaaa!

12

Kızım dünyaya gelmeden önce, annelikle ilgili muhteşem fikirlerim ve kurallarım vardı. Hastaneden eve geldiği andan itibaren kendi yatağında uyuyacak, asla kucakta sallanmayacak, hiç öyle *ağlatmayın çocuğu* diyenlere kulak asılmayacak, gerekirse ağlamasına izin verilecek, kesinlikle bizimle aynı odada ve aynı yatakta yatmayacak, her akşam aynı saatte banyo yapacak ve en geç yedi buçuk sekizde uyuyacaktı. Resmen robot bir bebeğe sahip olmanın hayalini kuruyordum yani. Yeni doğan sarılığı dışında ilk iki hafta her şey yolunda gibiydi. Gerçekten de acıkınca uyanıyor, karnı doyunca ve altı değişince ağlamadan uykuya dalıyor, her dalışında en az dört saat uyuyordu bizimki.

Tabii bu arada annemin ve Emel Hanım'ın her şeye karışmasını, teyzemlerin bize gelip gidip her yaptığımızı eleştirmelerini, ağızlarına ne gelirse söylemelerini filan saymıyorum. Onları saymazsak, harika bir on dört gün geçirdik.

Bu on dört gün zarfında milyon tane misafir ağırladık ayrıca. Yahu bir izin ver, ilk günler bir geçsin sonra gel? Hayır.

Hastaneden çıkar çıkmaz gelinecek illa. Zaten daha kendime gelememişim, aklım bir karış havada, uykusuzum, yorgunum, feleğim şaşmış! Çocuğumu mıncıklayacaklar diye korkumdan kucağımdan bile indirmedim, elini uzatıp yanağına bile dokunmaya çalışanları bakışlarımla dövdüm. Yine de birkaç münasebetsizin elini öpmesine engel olamadım ne yazık ki. Bu münasebetsizlerden biri de tabii ki Naz yani, söylememe gerek yok herhâlde. Yine nasıl yapmış bilmiyorum arasını düzeltmiş Ömer'le, birlikte tebriğe geldiler. Bir tane altın künye almışlar, üstüne Nazlı yazdırmışlar, getirip onu taktılar birlikte. Anlattıklarına göre Ömer'in bu seferki ortaklığı çok iyi gidiyormuş, ortak olduğu Çin restoranı çok iş yapıyormuş, hatta yakın zamanda Bağdat Caddesi'nde şube filan bile açması olasıymış. Ömer'den çok Naz konuştu zaten, durmadan restoranı anlattı, başlarda pek iyi bir fikir olmadığını düşünüyormuş ama sonradan vazgeçmiş, harika bir fikirmiş aslında ve Ömer tabii ki muhteşem bir adammış falan filan. Tabii bunları anlatırken de her zamanki gibi Ömer'e sarıldı, üstüne yattı, kucağına kafasını koydu ve dakikada seksen sekiz tane akrobatik hareket yaptı. Allahtan Kerem araya girdi, *Nazlı'nın uyku vakti geldi* filan dedi de, çok oturmadan gittiler. Valla dayanılacak şey, çekilecek nane değiller, kimse kusura bakmasın.

Sonra on beşinci gün gelip çattı.

Tam olarak on beşinci gün, yani geçen hafta, akşamüstü saat beş civarında huysuzlanmaya başladı Nazlı. Huysuzlanma ağlamaya dönüştü ve o dakikadan beri de çılgın gibi ağlıyor. Ama nasıl bir ağlamak anlatamam!

Tabii annemle teyzemler hemen başladılar akıl vermeye.

"Ağlıyorsa karnı acıkmıştır, emzir!"

"Altı kirlenmiştir, altını değiştir!"

"Uykusu vardır, salla biraz uyusun!"

"Yorulmuştur ondan ağlıyordur!"

"Gazı vardır gazı. Ben anlarım, ver bana!"

Ama olmuyor olmuyor işte.

Nazlı hiçbir şekilde susmuyor, çılgınca ağlıyor, ağlarken katılıyor, bazen nefes almıyor ve kıpkırmızı oluyor. İlk seferinde ödüm koptu, bir şey oldu sandım. Saatlerce kucağımda tuttum, evin içinde gezdirdim, bir saniye bile kucağımdan indiremedim. O ağlıyor, ben ağlıyorum, deli gibi dolaşıp duruyoruz evin içinde. Kerem'i arıyorum, hastaneye götür istersen diyor. Annemleri arıyorum ulaşamıyorum, evde de tek başımayım. Tek başıma olmasam götüreceğim hastaneye ama götüremiyorum. Sonunda baktık olacak gibi değil, üçüncü gün kızı kaptığımız gibi çocuk doktoru Haldun Bey'e götürdük.

Sonuç?

Nur topu gibi bir koliğimiz oldu.

Aslında ben de internette biraz arama yapmıştım, bizim kızın kolik olabileceğini de fark etmiştim ama bunu kabul etmeyi şiddetle reddediyordum. Sonunda Haldun Bey bana gülümseyerek bakıp "Piyango sana çıktı yavrum," deyince, kendimi çaresizlik içinde debelenirken buldum.

Hâlâ da debeleniyorum yani.

Ne yaparsam yapayım, kızımı sakinleştirmeyi başaramıyorum bir kere. Saatlerce ağladıktan sonra uykuya dalsa bile bir iki dakika sonra sıçrayarak uyanıyor ve tekrar ağlama krizine giriyor zavallım. Tabii ben de giriyorum.

O ağlıyor, ben ağlıyorum.

Süpürge açıyorum odasında, olmuyor.

Saç kurutma makinesi çalıştırıyorum, olmuyor.

Kucağıma alıp davlumbazın altına götürüyorum, olmuyor.

Banyoda su sesi dinletiyorum, olmuyor.

Çamaşır makinesiyle bulaşık makinesinin üstüne bile yatırıyorum, olmuyor.

Olmuyor, olmuyor.

Sanırım kendimi bu kadar çaresiz ve yalnız hissettiğim bir dönem hiç olmamıştı. En kötüsü de hiçbir şekilde kızıma yardım edemiyor oluşum çünkü bunun tedavisi filan yokmuş. Kolik denen illetin tek tedavisi zamanmış. Haldun Bey'in bana söylediğine göre bir gün uyanacakmışız ve kolik bitmiş olacakmış. Tabii öyle hemen değil. Beşinci ayda filan bitecekmiş, o da şanslıysak.

Aslında kızımız olduğu için şanslıymışız çünkü kızlarda daha az sürüyormuş bu meret. Beşinci ay civarında bitiyormuş, erkek bebeklerde sekiz ay kadar sürebiliyormuş, hatta bazılarında bir yıl bile devam ediyormuş.

Ay, Allah korusun!

O kadar kötü hissediyorum ki kendimi o ağlarken anlatamam. Acı çekiyormuş gibi geliyor çünkü bana. İnanılmaz şiddetli ağlıyor ve kendini oradan oraya atıyor. Yani tabii ki atamıyor, kıpırdayamıyor bile henüz ama ellerini kollarını hareket ettiriyor, bacaklarını karnına çekiyor, ben de dayanılmaz acılar çektiğini düşünüyorum tabii ki.

Bin kere araştırdım, bir sürü yazı okudum, doktoruna sordum, acı çekmediğinden emin oldum ama yine de insan kıyamıyor. Minicik bir şey yani sonuçta, daha bir ay bile olmadı ki dünyaya geleli. Hatta bir ara normal doğumla doğurmadım diye mi kolik oldu diye bile düşündüm, onu da sordum Haldun Bey'e, hiç alakası yokmuş. Normal doğumla doğan bebekler de kolik olabiliyormuş.

ALLAHIM, ÇOK ŞÜKÜR!

Yani şükür derken, hiçbir bebek kolik olmasın tabii ki ama en azından bunun doğum şekliyle ilgisinin olmadığını bilmek güzel.

Ayrıca, anne sütüne de çok dikkat etmek gerekiyormuş. Emzirirken kesinlikle inek sütü ve türevlerini kullanmayacakmışız.

Ama biz sütümüzü Mösyö Selahattin'den alıyorduk?

Almayacakmışız.

Alsak bile inek sütü olmayacakmış keçi olacakmış.

Zaten bu kolik olayı ortaya çıktığından beri ev keçilerle dolup taşıyor. Hepimiz keçi sütü içiyoruz, beyaz keçi peyniriyle keçi kaşarı yiyoruz. Keçi sütünden yapılan peynirin de yoğurdun da tadı acayip ağır geliyor bana. Kerem çok seviyor ama hepsini zorla yiyorum. Yemezsem sütüm olmazmış. Sütüm olsun diye başıma daha neler gelecek bakalım.

Bakliyat ailesiyle de vedalaştım. Fasulye, soya fasulyesi, bakla, bezelye, ayrıca mercimek ve bulgur da yasaklılar listesinde en üst sıralarda yer alıyor çünkü. Kabak, karnabahar, brokoli, ıspanak, lahana da aynı şekilde. Çiğ soğan ve sarımsağı (çiğ sebzelerin tümünü) da dikkatli tüketmemiz gerekiyormuş. Kuruyemiş ve şarküteri ürünleri de koliği kötü yönde etkiliyormuş. Aynı şekilde kahve, kola ve çikolata da. Zaten geriye de pek bir şey kalmadı, bu aralar aç geziyorum ben. Gerçekten. Gaz yapmasın, kötü gelmesin, bebeğimi ağlatmasın diye diye neredeyse yine çubuk krakere dönmüş durumdayım.

Ayrıca, Haldun Bey ara sıra rezene çayı verebileceğimizi de söyledi bizim kıza. Milupa'nın rezenesini tavsiye etti, Hipp'in doğal kaynak suyuyla rezene çayı yapabilirmişiz, günde birkaç kez 50 cc içirebilirmişiz. Gerçi ben bu suyu almamak için çok direndim! Bir kere cam değil şişesi! Cam olmayınca ne oluyor? Plastik oluyor! Onu da geçtim, daha on beş günlük bebeğime rezene çayı içirmem diye Kerem'i mahvettim. Ama sonunda baktım olacak gibi değil, doktorun da herhâlde bir bildiği vardır diye rezene çayı içirmeye karar verdim. O kararı bir kere verince de, tabii ki biberon bakmaya başladık.

Hani ben bebeğime ilk altı ay sadece anne sütü verecektim?

Hani başka bir şey vermeyecektim?

Hani sadece emzirecektim, kendi sütümü bile biberonla vermeyecektim, ne oldu?

Elimin körü oldu.

Öyle alelade bir biberon alamayacağım için tabii yine Haldun Bey'in muayenehanesine gidiyoruz. Telefonda konuşmak beni kesmiyor çünkü. İlla yüz yüze olmam lazım. Neyse ki bir şekilde bizi kabul ediyor da, sorularımı gönül rahatlığıyla sorabiliyorum.

"Ben bu rezene çayını vermek istemiyordum aslında ama siz verin deyince..."

"Verin tabii, rahatlar çocuk."

"Ama emmeyi bırakırsa ne olacak?"

"Olur mu öyle şey? Asla olmaz!" diyor Haldun Bey gözlerimin içine bakarak.

"Ama öyle dediler bana. Sadece emzirmem lazımmış. Biberonla bir şey içirirsek bir daha emmeyebilirmiş."

"Kim bunu diyenler?"

"Teyzemler, arkadaşlar biraz, öyle akrabalar filan."

Şu an resmen süper cahil bir insanmışım gibi konuşuyorum farkındayım ama sonuçta onların tecrübesi var yani. Bir şey biliyorlar ki söylüyorlar, öyle değil mi?

"Yapmayın. Size de yazık. Ayrıca sütleri ne yapıyorsunuz siz? Hepsini emmiyor herhâlde."

"Emiyor."

"Gerçekten mi?"

"Evet."

Haldun Bey bana inanmayan gözlerle bakıyor ama bir şey demiyor.

Derin bir nefes alıyor, "Şimdi beni iyi dinleyin. Buradan çıkar çıkmaz gidip biberon alıyorsunuz. Dr Brown's'un biberonları güzel. İçlerinde mavi renkli pompalar var. Onlardan alıyorsunuz tamam mı? Pompa ne işe yarıyor?" diyor.

"Bilmem?"

"Bebeğin daha az hava yutmasını sağlıyor. Böylece çok daha az gaz yapıyor."

"Öyle plastik plastik olmazmış ama."

"Cam biberon da var merak etmeyin. Ayrıca plastik biberonla bir şey içirseniz de bir şey olmaz. O kadar da değil. Bunu rezene içirirken kullanın, anne sütü vereceğiniz zaman da Medela'nın yeni doğan biberonlarını kullanın. Ucu yuvarlak oluyor onların, boş. Alın onlardan da."

"Peki."

Yine ebebek'e gidiyoruz, Dr Brown's'la Medela'nın biberonlarını tek tek inceliyoruz, sonra hepsinden ikişer üçer alıp eve dönüyoruz. Tabii ki biberonları sterilize etmek için sterilizatör de alıyoruz. Aslında en iyisi kaynatmak dediler ama her gün biberon kaynatamam ben. O kadar da değil. Acı elma yağı diye bir şey varmış, ondan da alıyoruz. Ayak tabanlarına masaj yapınca iyi geliyormuş güya. Bakalım göreceğiz.

Rezene çayını binbir zahmetle hazırlayıp biberona koyuyoruz, içiriyoruz. İçerken biraz susuyor ama çay biter bitmez yine ağlamaya başlıyor bizimki. Ben de ne hayaller kurmuştum. Çayı içer içmez sakinleşecekti güya, hemen uykuya dalacaktı, biz de sonunda bebeğimizin sorununu çözdük diye mutlu olacaktık. Tabii ki öyle bir şey olmadı, sanırım pek işe de yaramadı. Acı elma yağı da tırt çıktı.

Tabii bu arada, Zeynep'in kızının hiç böyle bir sorunu yok. Şaşırdık mı? Şaşırmadık. Arven Kuğu günde on sekiz saat filan uyuyor, süper uyumlu bir bebek, yalnızca acıkınca ve altı kirlenince ağlıyor. Zeynep de durmadan çok yorgunum diye ortalarda geziniyor. Zaten çocuğa annesiyle bakıcı bakıyor, Zeynep'in tek yaptığı şey emzirmek neredeyse. Tamam, peki biraz abartmış olabilirim ama hayatının benden daha kolay olduğu kesin. En azından sabahtan akşama kadar durmadan ağlamıyor onun kızı.

Baktım olacak gibi değil, bu ağlamalar bitmeyecek, okuduğum her şeyi denemeye karar verdim. Kolikle ilgili yazılmış her şeyi yalayıp yuttum, yabancı sitelere baktım, oradaki yazıları okudum filan, kolik masajı diye bir şey buldum.

Olay basit. Bebeği sırtüstü yatırıyoruz, biraz bebek yağıyla karnına saat yönünün tersine olacak şekilde dairesel hareketler yapıyoruz. Sonra da ara ara bacaklarını karnına itiyoruz. Başta hiç işe yaramayacağını düşünsem de, gerçekten biraz fark etti, gözlerime inanamadım. Tabii ki ağlaması tamamen kesilmedi ama biraz rahatladı sanki.

YALAAAAN! RAHATLAMADIIIII!

Sonra arayıp tarayıp Almanya'lardan krem getirtiyoruz. Wind Salbe diye bir krem. Tabii ki yüzde yüz bitkisel! Bebeğin karnına biraz sürüyorsunuz, karnını hemen ısıtıyor ve rahatlatıyor.

Yani. Hiç işe yaramadı diyemem, gündüzleri bayağı iyi geliyor ama gece ağlamalarını kesmiyor.

Sonunda, hiç istemeyerek de olsa, Haldun Bey'in daha ilk gün yazıp elime tutuşturduğu reçeteyi buluyorum ve kendimi ilk gördüğüm eczaneye atıyorum, bir şişe Sab Simplex'le eczaneden çıkıyorum.

Tamam ben de kızıma ilaç vermek istemiyorum ama saatlerce ağlayıp katılmasını da istemiyorum yani. Sonuçta eroin de değil bu, gaz sancılarını azaltan bir ilaç. O yüzden birkaç damla versek, bir şey olmaz.

YA OLURSAAAA?

"Hayatım hiçbir şey olmayacak, zaten doktoru vermedi mi bu ilacı lütfen ama!" diyor Kerem ama nafile.

Bir yandan ağlıyorum bir yandan bir biberona rezene çayı koyup içine Sab Simplex damlatıyorum.

Bir, iki, üç, dört.

Dört damla.

Beşinci ayda altı damla da verebilirmişiz.

BEŞİNCİ AY MI?

ALLAHIM, N'OLUR O KADAR UZUN SÜRMESİN YA, N'OLUUUR!

Kerem'le birlikte her şeyi deniyoruz. Ama her şeyi.

Banyo mesela. Sonuçta göbeği düştükten sonra her gün banyo yapabilirmiş bebekler. O yüzden her gün yıkıyoruz. Öyle her banyoda köpükler şampuanlar filan da kullanmıyoruz yani. Hatta Kerem'e kalsa suyun derecesini bile ölçmeyeceğiz ama ben derecesiz asla yıkayamam kızımı. Bu gözler otuz altıyla otuz dokuz derece arasında bir yeri görecek mutlaka! Tabii ki tek bir derecenin ölçümüne inanmayıp aynı anda üç derece kullanıyoruz. Biri normal görünümlü, biri sarı civciv şeklinde, sonuncusu da kırmızı bir simidin üzerine boylu boyunca yatan yemyeşil bir kurbağa. En güzeli de Weewell'in kurbağası bu arada, suyun rengine göre tam ortasındaki kadranın rengi değişiyor, su soğuksa sarı, çok sıcaksa kırmızı, mükemmel sıcaklıktaysa yeşil oluyor kadran.

Sonra kundak. Hafif ve ince örtülerle kundaklıyoruz bizim kızı ve kucağımızda hafif hafif sallıyoruz. Tabii ki öyle ilk gördüğümüz örtüye sarmıyoruz, yüzde yüz bambu kullanıyoruz. Favorim Cuski ürünleri. Ben hayatımda böyle güzel örtü görmedim, her gün yıkanmasına rağmen hiçbir şey olmadı, ağzı burnu bir yana kaymadı.

Ve tabii ki sonunda bebek salıncağını da alıyoruz, hem de paraya kıyıp 4Moms Mamaroo'da karar kılıyoruz. Gerçi buna pek salıncak demek pek mümkün değil. Daha çok uzay çağı bebek salıncağı diyebiliriz. Elektrikle çalışıyor, beş ayrı ses çıkarıyor, sağa sola, yana, arkaya filan sallanıyor ve acayip acayip sallama şekilleri de var. Mesela dalga, araba koltuğu filan. Bunların büyüklerinden yapsalar, kesin alırım kendime bir tane, hayatta kaçırmam.

Ve son olarak, White Noise'la tanışıyoruz. Bütün sesleri toplamışlar, deniz dalgasını, süpürge sesini, radyo dalgasını, ne bileyim rüzgâr sesini filan birleştirmişler, adına da beyaz gürültü demişler. Bir sürü örneğini dinliyoruz, Youtube'dan açıp açıp kızın odasına koyuyoruz, sonunda gerçekten işe yarayan bir tane bulmayı başarıyoruz. Baby Got Colic diye bir tanesi Nazlı'nın daha çabuk uyumasını sağlayınca resmen Kerem'le salonun ortasında oynamaya başlıyoruz sevinçten.

Sen daha hamileyken *asla kucağımda uyutmayacağım* de, daha eve gelir gelmez kendi yatağına koy, asla sallayarak uyutma, *bizimki sadece arabada uyuyor*, diyenlere dudağını büz, sonra kolik denen bir zımbırtı çıksın, sana bütün söylediklerini yedirtsin!

Ahhh, aaah!

Sayfa sayfa okuduğum bebek gelişim kitapları!

Neredeyse ezberlediğim *Bebeğinizi Beklerken Sizi Neler Bekler* kitabı!

Mahallenin En Mutlu Bebeği mi kalmadı okumadık, Yatır-Kaldır metoduyla uyku mu kalmadı, ne var ne yok hepsini okudum, hepsini!

Ne Harvey Karp'lar okudu bu bünye! Ne Tracy Hogg'lar okudu ama bir koliğe yenildi! Yapacak bir şey yok.

Nazlı kolik ağlamalarıyla kendinden geçerken, benim de göğüslerim şişmeye başlıyor. Ama nasıl bir şişmek, el değmiyor. Bir yandan da inanılmaz sertler, resmen kaya gibiler. Ne kadar emzirirsem emzireyim inmiyorlar, inmedikleri gibi şişmeye de devam ediyorlar, üstelik de gün geçtikçe biraz daha fazla yara oluyorlar. O kadar kötü durumdayım ki anlatamam, geçen gün emzirirken çığlık attım yani, o derece!

Tabii ki yine doktora taşınıyoruz.

"Süt sağma makinesi var mı sizde?" diye soruyor beni muayene eden doktor.

"Hayır, yok."

"Sütünüzü hiç sağmadınız mı bugüne kadar?"

"Hayır."

"Krem kullanıyor musunuz göğüs ucunu korumak için?"

"Hayır. O kremlerin içinde lanolin varmış o yüzden kullanma dediler bana."

"Kim dedi?"

"Eee... Arkadaşlarım."

Doktor bana deliymişim gibi bakıyor, sonra reçete koçanını önüne çekip bir reçete yazıyor, sayfayı yırtıp bana uzatıyor, sonra da gözlüklerini gözünden çıkarıp son derece kararlı bir ses tonuyla, "Şimdi buradan çıkar çıkmaz aşağı kata iniyorsunuz, orada Ayşe hemşire var bebek hemşiresi, onu buluyorsunuz. Benim gönderdiğimi söylüyorsunuz tamam mı?" diyor.

"Tamam, peki," diyorum. Tıpış tıpış aşağıya inip Ayşe hemşireyi buluyorum. Zaten doğum yaptığımda da bana yardım etmişti. Çok tatlı, çok güler yüzlü bir insan kendisi.

Ben aşağıya inerken, beni muayene eden doktor da Ayşe hemşireyi arayıp konuşmuş.

"Emzirme odasına alayım sizi," diyor Ayşe hemşire.

Ne yapacağız hiç bilmiyorum şu an.

Odaya giriyoruz, Ayşe hemşire beni çok rahat bir emzirme koltuğuna oturtuyor. Göğüslerimin rahatlayabilmesi için sütü mutlaka sağmamız gerekiyormuş. Sağdıktan sonra boşalacaklarmış ve çok ferahlayacakmışım. Eğer böyle giderse, Allah korusun mastit olurmuşum ki, ateşten titremeden kıvranırmışım.

"Ama bana dediler ki, biberonla süt verme dediler, verirsen bir daha emmez dediler," diyorum hemşireye.

"Olur mu öyle şey?"

"Bilmiyorum ki."

"Merak etme, çok rahatlayacaksın biraz sonra."

Hayatında ilk kez süt sağma makinesi kullanan bir insan olarak şunu söylemek istiyorum ki, ilk seferi pek de hoş olmuyor. Hele ki benim durumumda, göğüslerim kafam kadar olmuşken, hiç hoş olmuyor. Yarım saat boyunca höykürerek ağladıktan sonra, sonunda elimde 120 cc'lik iki tane süt kabıyla emzirme odasından çıkıyorum. Çıktığım gibi, elimdeki reçeteyle eczanenin yolunu tutuyorum. Göğüs uçlarına sürmem için çinko merhemi yazmış doktor. Sürmeye hiç niyetim olmasa da, kremi de alıyorum.

Kimse duymasın ama...

O akşam ilk defa Nazlı'ya biberonla süt veriyorum.

Çinko kremini de sürüyorum.

Ve uzun zamandan sonra ilk kez derin bir nefes alıyorum.

OHH BEEE! DÜNYA VARMIŞ!

Ama yine de kimse duymasın.

Lütfen.

13

Kâğıt üzerinde harika bir anneyim ama iş pratiğe gelince, berbat ötesi filanım.

Son bir saat kırk beş dakikadır kızımı kucağımda sallıyorum. Öldüm bittim, belim koptu, kollarımı artık hissetmiyorum ama uyumuyor.

Gözleri resmen fal taşı gibi. Etrafına bakınıp duruyor.

Yerde oturup sallıyorum, olmuyor. Ayağa kalkıp sallıyorum, olmuyor. Odanın içinde dolaşırken sallıyorum, olmuyor. Konuşuyorum olmuyor, ninni söylüyorum olmuyor.

Serkan Kaya'dan *Mesele*'yi söylüyorum, yine olmuyor. Belki işe yarar diye *Kalakaldım*'ı da söylüyorum ama yine olmuyor.

Olmuyor, olmuyor.

Uyu yavrum. Uyu çocuğum! Uyu ulan!

ALLAAAAHIIIM! HAYIIIIIR!

Ulan dedim yavruma! Gerçi yüksek sesle söylemedim ama olsun. İçimden geçirdim! İyi bir anne olsaydım geçirmezdim. Sırf bu yüzden bile kötü bir anneyim.

Ay, ne yapacağım ben şimdi? Nasıl affettireceğim kendimi yavruma?

Bi' dakka! *Uyu ulan*, sevimli bir kalıp aslında.

Tabii ya! Kesinlikle öyle.

Uyu ulan tatlım. Cım? Canım?

Uyu ulan bir tanecik bebeğim? Hayatım? Cım?

Kesinlikle öyle. Tombirik tospilitom gibi bir şey yani bu. Tabii ki!

Kötü bir anne filan değilim.

Ohhh, çok şükür.

İnşallah çocuğun psikolojisini filan bozmamışımdır. Büyüdüğünde aile dizimine filan katılır da bugüne dönerse yanarım yani. Gruptakilerle yan yana bağdaş kurup yerde otururken oradaki en gıcık tip yavrumun annesi olur, sonra da bugüne dönüp "Uyu ulan!" deyiverirse, biterim. Bilinç altı süper önemli bir şey sonuçta, bugün dediğim *ulan* yarın bana çok feci fena kapak olarak dönebilir.

O yüzden bu işi hemen halletmem lazım.

Bir tanem, seni çok seviyorum. Gerçekten çok seviyorum. Demin sana ulan dedim ama, yani aslında demedim, aklımdan geçirdim, sen de bunu duymadın ama, yani gerçi biraz önce duydun tabii, aklımdan geçirirken duymamıştın ama şimdi sesli söyleyince duymuş olduğun için psikolojin bozulduysa eğer...

Ne diyorum ben ya?

Ay, yok. Bunu bir şekilde halletmem lazım. Acaba ne yapsam?

Video!

Video çekeyim. Süper fikir.

Bir yandan Nazlı'yı sallamaya devam ederken bunu nasıl yapacağım hiç fikrim yok ama olsun.

Neyse. Telefonu yastığın üzerine koyarım, altına da bir kitap tıkıştırırım, olur.

Telefonu yastığını üzerine koyuyorum, altını da çoraplarla destekliyorum, kamerayı açıp konuşmaya başlıyorum.

"Eee, selam, merhaba."

Kiminle konuşuyorum acaba şu an?

"Eee, hayatım, ben annen. Videoda zaten görünüyorum ama yine de hatırlatmak istedim, kaçırılırsan filan bir gün, unutursan beni..."

ALLAH KORUSUN YAAA! NE KAÇIRILMASI?

Allahım, n'olur, n'olur, n'olur, kaçırılmasın bebeğim. Yani ağzımdan öyle bir şey çıktı ama kaçırılmasın n'olur.

Allah korusun.

Amin.

"Eee, hayatım ben biraz önce sana ulan dedim. Ama neden dedim? Aslında demedim. Şimdi şöyle oldu, benim ağzımdan öyle bir şey çıktı ama gerçekten hiç kötü bir niyetim yoktu."

Bu sırada küçük bir nefes sesi duyuyorum. Minik bir nefes alış veriş. Bir bakıyorum, bizimki uyumuş!

ALLAHIIIM, SANA ŞÜKÜRLER OLSUN!

Kollarım koptu, öldüm, bittim, mahvoldum ama nihayet uyudu yavrum, çok şükür.

Kızımı yavaşça odasına götürüp salıncağına yatırıyorum, okyanus dalgası sesini açıyorum, telefonumu da sessizce alıp odadan çıkıyorum.

OHHHHH!

En azından iki saatim filan var.

Bana ait olan iki kocaman saat!

Acaba ne yapsam? Hangi işimi halletsem?

NE?

Uyuyacak hâlim yok herhâlde.

Doğum yaptığım günden beri hep aynı şeyi söylüyorlar bana. Bebek uyuyunca ben de uyuyacakmışım. Başka hiçbir işle ilgilenmeyecekmişim. Ev işleri filan hiç önemli değilmiş, nasıl olsa yapılırmış. Kim yapacak bilinmiyor ama. Nasıl olsa yapılır, nasıl olsa edilir deyip geçiştiriliyor. Yahu lohusa şerbetini bile evde kendim kaynattım ben, yardım edenim yok, bir şeyim yok, nasıl uyuyabilirim acaba?

Bebeğin uyuyunca sen de uyu diyenler, insan mısınız arkadaşım siz? Kaç kişi var yanınızda? Kaç kişi bakıyorsunuz bebeğe söyleyin! Delirtmeyin insanıııııı!

Valla Nazlı gözlerini kapattığı anda, kendimi nerelere atacağımı bilemiyorum. Kafadan bir iki saat boşum var ne yapsam şeklinde kıvranmaya başlıyorum. Sanki ergenim de lisede okul kırıyorum. Öyle bi sevinç içimde en manasızından.

Biriken yabancı dizilerimi mi izlesem acaba? *Game of Thrones* izleyebilirim, *This Is Us* izleyebilirim, *Orange Is the New Black* olabilir, *Black Mirror*, hepsi olabilir. Geçenlerde annem mutlaka *İstanbullu Gelin*'i izle demişti, onu izleyebilirim. Artık Süreyya'nın hâline içlene içlene kendimi yerim, ağlaya ağlaya bir hâl olurum ama olsun. Gerçi şimdi dizi izlemeye başlarsam, tek bölüm kesmez beni. En azından dört beş bölüm izlemem lazım.

Aaah, ahhh. Hayaller gerçekler tabii. Eskiden bir oturuşta sezon bitiren insandım anasını satayım, *binge*-izlemelerin kraliçesiydim, şimdi tek bölüm bile izleyemiyorum.

Banyo yapabilirim uzun uzun. İki saniyelik duştan bahsetmiyorum, küveti doldurup uzanabilirim? Yok. Ağlarsa bir anda, küvetten çıkmaya çalışırken kafamı gözümü kırarım ben kesin.

Yemek pişirebilirim? Evde yiyecek hiçbir şey yok. İki dakikada bir sebze yemeği filan yapsam? Yok ya. Şurada azıcık vaktim var kendime ait, onu da yemek yaparak heba edemem. Söylerim dışarıdan gelir.

Çamaşır? Bulaşık? Temizlik?

Yok. Vaktimi harcayamam şimdi temizlikle, çamaşırla, bulaşıkla.

Sonunda yorgun argın televizyonun karşısındaki üçlü koltuğa çöküyorum.

Bakalım televizyonda ne var?

Kayıp arama bulma programları mı? Yok artık. Hayatta izlemem ben bunları.

İşte insan büyük konuşmamalı. Neden? Azıcık kafam dağılsın diye izlemeye başladığım kayıp bulma programlarının bağımlısı oldum da ondan. Hem de üç günde. Eroin gibi bir şey bunlar ya yemin ederim. Kim kimdir, kim kimin eski sevgilisidir, lüküs kamarada kimler oturur filan hepsini biliyorum çok şükür. Artık gündüzleri çeşitli yemek ve kayıp arama bulma programlarına, gelin evlerine filan, gece *Survivor*'a bakan bir bünyeyim. Ama çaktırmamaya çalışıyorum Kerem'e, o da ayrı.

Hani böyle çocukken evde pilav pişince tencerenin başında beklersin, annen ortadan kaybolunca tahta kaşıkla üç beş kaşık pilav tıkıştırırsın ağzına, sonra da hızla pilavı karıştırıp kaşığın tersiyle düzlersin ya, hah aynen öyle bir durumdayım. Kanalları değiştiririrken *Survivor*'a iki dakika bakıyorum, sonra sanki hiç izlemiyormuşum gibi kanalı değiştiriveriyorum. Ya da gündüz aynı şekilde bir gelin evine filan denk gelirsem, "Ay, bu ne yaaa?" deyip gözlerimi deviriyorum ama kim kime kaç puan verdi, o kasnağa işlenen puanların toplamı neydi, kim haftanın birincisi oldu, kimin kocası ne sürpriz yaptı filan hepsini biliyorum. Ayrıca telefon sorularını da takip ediyorum. Programın ortasında kocalar aranıyor, hoparlörün açık olduğu belirtiliyor ve birtakım sorular soruluyor.

"Aşkıııım, bizim söz yıl dönümümüz ne zaman aşkııım?"

"Benim en sevdiğim yemek var ya, hah o değil işte, ondan bi tık az sevdiğim hangisi aşkım?"

"Aşkım ben kaç numara terlik giyiyorum? Ayakkabı değil ama terlik, değişiyor numaralar biliyorsun."

"Aşkım hani bizim ilk gittiğimiz kafe vardı ya seninle, ben ne yemiştim o gün? Hani üstüme dökülmüştü sosu?"

İşte bu minvaldeki soruları, kocalar şakır şakır cevaplıyor. Arada cevaplayamayanlar da oluyor tabii, onlar ilgisiz koca olarak damgalanıyorlar anında.

Televizyon programlarım haricinde, Instagram'da bir sürü Instamom takip ediyorum ve onları gördükçe yeminle kendimi kesmek istiyorum.

Ya ben bir tane çocukla baş edemiyorum, milletin üç beş çocuğu var. Hepsi de pırıl pırıl giyiniyor, her gün tatlı tatlı kameraya bakıyor, annesiyle fotoğraf çektiriyor. Öyle sokakta poz vermek de değil sadece, evde tatlılar kurabiyeler yapılıyor, yemekler pişiriliyor, yok efendim Noel ağaçları süsleniyor. Çocuklar şirin şirin her şeye yardım ediyor, tabii ki bu çocuklar evde eğitim görüyor filan. Hatta bir tanesi, üç oğlandan sonra kız olsun diye dördüncüye hamile kaldı da, son doktor kontrolünde tek yumurta üçüzlerine hamile olduğu ortaya çıktı. Kadın bir mutlu bir mutlu, anlatamam. Aynı şekilde kocası da. Ya ben üçüzlere hamile olduğumu öğrensem tırsarım önce. Üç tane bebek, üçü de aynı anda ağlayacak, acıkacak, uykusu gelecek, öyle tek başına bakmak mümkün değil, illaki yardım almak gerekecek. Hadi onu geçtim, zaten üç tane de hâlihazırda var, etti mi sana altı çocuk? Ama yok! Sanki kadının evinde sekiz tane bakıcı, üç aşçı, iki bahçıvan var. Öyle bir rahatlık, öyle bir mutluluk, öyle bir şıklık ayrıca! Kadının ne kadar harika giyindiğini anlatamam. Her şeyi bir biriyle uyumlu, çantası, gömleği, ayakkabısı, saçı başı. Her daim manikürlü, fönlü, makyajlı. Üç çocuktan sonra da incecikti bu arada, üçüzleri doğurduktan sonra da anında doğum öncesi kilosuna iner bu, aha da şuraya yazıyorum.

Ben de, doğum öncesi kiloma inemediğim gibi, durmadan kilo alıyorum. İştahım o kadar açık ki anlatamam. Tabii süt yapsın diye tatlı yiyorum, rezene içiyorum, annemin aldığı malt hülasalarını içiyorum. Sütüm var ama yavaş yavaş Hollanda inekleriyle aynı ebada geliyorum. Üstelik bunun için üzülünce de illa bir akıl veren çıkıyor. Geçen gün kilo aldım biraz diyecek oldum, Gülşen teyzem, "Emziriyorsun sen, tabii ki kilo alacaksın, hiç düşünme böyle şeyleri, hiç!"

diyerek azarladı beni. Zeynep de emziriyor ama doğum öncesi kilosuna indi bile, onu ne yapacağız?

Neyse ya. Herkesin bünyesi farklıdır deyip kendimi avutmaya çalışıyorum. Sonra bir süre internetten spor salonlarını araştırıyorum, tekrar yogaya başlama hayalleri kuruyorum, bir iki yemek tarifine bakıyorum. Ve yine Instagram'a dönüyorum.

Son koyduğum fotoğrafı yine iki yüz elli kişi beğenmiş. Kimlerin beğendiğine hızla bakıyorum, beğenenlerin bazılarını tanıyorum, bazılarını hiç tanımıyorum. Her fotoğrafımı beğenip bir de altına yorum bırakan ama ortalarda hiç görünmeyen arkadaşlarımın da hepsinin boğazını sıkmak istiyorum, kimse kusura bakmasın.

Ya doğumdan önce hep birlikteydik? Görüşüyorduk, yemeğe çıkıyorduk, hafta sonu gezip tozuyorduk? N'oldu? Neredesiniz arkadaşım siz? En son doğuma geldiniz, tebrik ettiniz filan ama sonra ortadan yok oldunuz! Her karşılaşmamızda da aynı yalan, "Çok gelmek istiyoruz, valla haftaya kesin sizdeyiz!"

YALAAAAAAN!

Her yere gidebilen ama yalnızca bize gelemeyen arkadaş modelleri bunlar. Bari yalan söylemeyin arkadaşım ya. Gelmek istiyoruz filan demeyin. Beğenmiyorsanız da orada burada fotoğraf filan layklamayın.

ALLAHIIIIIM!

NE YAPTIIM BEEEEEN?

"Bu hafta çok çalışmam lazım, hafta sonu Ayder Yaylası'na gidiyoruz, yazın buralarda yokuz ama sen mutlaka çağır tamam mı beni? Ben senden haber bekliyorum," demedim mi daha önce çocuklu arkadaşlarıma?

DEDİM!

"Sorun sende değil şekerim sorun bebekte!" demedim mi?

DEDİİİM!

"Durmadan çiş kaka muhabbeti yeter ama ya!" demedim mi?

DEDİİİİİİİİİM!

Yani şu an, *kınama yavrum, başına gelir*'in en büyük örneği olarak oturuyorum salonda.

Millet doğumdan sonra kilo kaybediyor, ben kilo yerine arkadaş kaybediyorum.

Olacak iş değil!

Neyse ya. Ben de bin yıldır görmediğim arkadaşlarıma yorum yazayım da bari vaktim varken.

Canım ya, oğluşunuz ne kadar da büyümüş, maşallah kırk bir kere.

Dua eden el, gülümseyen surat, biberon.

Ayyy yerim o pambıık parmakları yeriiim teyzesiiii.

Gülümseyen yüz, utangaç maymun, ağzı kulaklarında gülen yüz.

Yok bu böyle olmayacak, gidip bir şeyler atıştırayım en iyisi, yorum yazmak beni acıktırdı çünkü.

Sağlıklı şeyler atıştırayım da ekstra kilo almayayım. Mesela ev yapımı poğaça!

Tabii, gayet sağlıklı bir seçim. Mösyö Selahattin'den aldığımız keçi sütü var bunun içinde. Ayrıca teff unu var, kullandığımız peynir süper organik, yumurtalar köy tavuğu yumurtası, yağ da Hindistan cevizi yağı. O yüzden istediğim kadar yiyebilirim bence bunlardan. Yiyebilirim çünkü psikolojim çok bozuk, tamam mı? Dokunmayın bana!

Nazlı'ya kolik tanısı konulduktan sonra gecem gündüzüm her şeyim birbirine girdi. İki saatte bir ağlama kriziyle uyanıyorum, sonra evin içinde hayalet gibi dolaşmaya başlıyorum. Çin işkencesi gibi bir şey bu ya. Yemin ederim, uyurken sürekli dürtülüp uyandırılan kobay fareleri gibiyim.

Geçen gün annemle Nurşen teyzem beni görmeye geldiler mesela, ikisinin de ilk söylediği şey korkunç göründüğüm oldu.

EKSİK OLMASINLAR!

Hatta Nurşen teyzem, "AAAAAA, doğurmadın mı yoksaaa, inmemiş karnın?" şeklinde berbat ötesi bir espri de yaptı.

Güya şakaymış, gülmemiz gerekiyormuş.

Valla hiç gülemedim çünkü lohusayım ben.

Sonra yine, "Ay, bu çocuk sana hiç benzemiyor!" dedi Nurşen teyzem, annem de canla başla doğruladı onu.

Zaten ne zaman Nazlı'yı görse, aynı şeyi söyleyip duruyor.

"Valla hiç benzemiyor Nurşen," diye onaylıyor annem de her seferinde, iyi mi?

"Başta ben biraz benzetmeye çalıştım, kaşı gözü dedim ama yok valla. Oluru yok, oluru! Kızım, sen bu çocuğu boşu boşuna taşımışsın dokuz ay! Keşke babası taşısaymış şuna bak ya! Tıpkısının aynısı babası!"

Bir de mutlular ki bunu söylerken anlatamam. İkisinin de ağzı kulaklarında. İnsan bir düşünür ya! Acaba ben bu lafları şu ana kadar kaç kere duymuş olabilirim?

BİN KERE!

Nazlı'yı gören herkes aynı şeyi söylüyor çünkü.

AY, SANA HİÇ BENZEMİYOR BU ÇOCUK YA HİİİİÇ!

Valla mı? Ben hiç fark etmemiştim çünkü şu ana kadar!

Hormonlarım o kadar tuhaf çalışıyor ki yine ağlıyorum.

Teyzemin *sen bu çocuğu boşu boşuna taşımışsın dokuz ay* lafına yarım saat ağladım mesela, annem de teyzem de ne yapacaklarını bilemediler, öylece baktılar bir köşeden bana.

Bugün de Zeynep gelecek beni ziyarete. Biz daha doktor kontrolleri dışında Nazlı'yı dışarı çıkaramadık, Zeynep maşallah durmadan dışarılarda. Bebeğim daha yeni bir aylık oldu, bu kadar sık dışarı çıkarmayayım demek yok.

Nazlı'yı bebek salıncağına koyup banyoya koşuyorum ve hızla hazırlanmaya başlıyorum. Acaba banyo mu yapsam? Yok ya, yapamam. Gerçi salıncağı duştan görünebilecek bir yere koysam? Bir şey olursa anında müdahale edebilirim o zaman.

Tam olarak nasıl bir şey olmasını bekliyorum bilmiyorum ama her şeye hazırlıklı olmak lazım. Ya saçımı şampuanlarken ağlamaya başlarsa, o zaman ne yapacağım? Köpüklü köpüklü çıkamam da duşakabinden.

Neyse ya, Allah büyük.

Yaparım ben bu banyoyu.

Önce Nazlı'yı sarsmamaya çalışarak bebek salıncağını çekmeye başlıyorum. Tabii öyle deli gibi çekemiyorum çünkü dikişlerim sızlıyor. Üç gün önce aldırdım dikişlerimi daha, doktorum çok iyi görünüyor filan dedi ama kendini zorlama da dedi. O yüzden çok yavaş hareket ediyorum. Salıncağı ite ite banyoya sokuyorum, sonra da hızla soyunup duşa giriyorum. Saçlarımı üstünkörü şampuanlıyorum, duş jelini de şöyle bir üstüme acele acele sürüp banyodan çıkıyorum. Nazlı hâlâ uyuyor. Bu sefer de salıncağı çekerek banyodan çıkarıp yatak odasına sokuyorum.

Dolabımın karşısına geçiyorum, bol gömleklerimden birini seçiyorum, altına da hamileyken aldığım kotlardan birini giyiyorum.

O KADAR ŞİŞMAN GÖRÜNÜYORUM Kİ ANLATAMAM!

Birkaç tane daha elbise giyip çıkarıyorum, sonunda koyu renkli bir elbise ve siyah külotlu çorapta karar kılıyorum. Bu elbiseyle nispeten biraz daha zayıf görünüyorum neyse ki. Bana kalsa tayttan başka bir şey giymeyeceğim ama, Zeynep'in karşısına taytla çıkarsam dünyanın lafını yerim, o yüzden olmaz.

EVET, İTİRAF EDİYORUM!

Evde tayt giyiyorum ulan!

TAYT GİYİYORUM!

Üzerime bol bir tişört geçiriyorum, altıma da tayt giyiyorum ve o kadar rahat ediyorum ki anlatamam. Ama bunu kimseye söylemiyorum, insan içine çıkarken de mecburen oramı buramı acayip sıkan eski giysilerime sığmaya çalışıyorum.

Hızlıca saçlarımı düzeltiyorum, hafif bir makyaj yapıyorum ve sonunda insana benzemeyi başarıyorum. Şu an kesinlikle evde pejmürde bir şekilde dolaşan birine benzemiyorum.

Zeynep tam da söylediği saatte, üçte geliyor. Hem de tek başına!

"Bizimkini annemlere bıraktım valla, biraz kafamı dinleyeyim dedim," diyor içeriye girerken ve şahane görünüyor. Sanki ikimiz de aynı anda doğum yapmadık! Kadın dergi kapağından fırlamış gibi görünüyor, inanılmaz bir şey!

"Çok iyi yaptın canım," diyorum.

Keşke ben de yapabilsem aynısını. Keşke ben de Nazlı'yı anneme bırakıp tek başına dışarı çıkabilsem ama çıkamam. Zaten akşamüstü dört gibi Nazlı ağlamaya başlıyor, annem tek başına ilgilenemez onunla.

"Selda'yla Tuğçe'ye de haber verdim, onlar da gelecek biraz sonra," diyor Zeynep koltuklardan birine oturup bacak bacak üstüne atarken.

"Aaa, ne güzel! Tabii gelsinler."

Keşke bana da bir haber verseydin önce! Ne ikram edeceğim ben şimdi onlara?

"Öyle ikram filan düşünme sakın, dışarı çıkalım, dışarıda yiyelim," diyor Zeynep.

Canım ya. Tabii. Sonra Nazlı ağlamaya başlayıp ortalığı ayağa kaldırsın, ben de cinnet geçireyim.

"Yok, çıkamayız. Eve söyleriz bir şeyler."

"Neden çıkamıyoruz?"

"Nazlı akşamüstü huysuzlanıyor da biraz."

"Ay, duydum. Ağlıyormuş galiba. Aç olduğu için ağlıyordur o. Ağlayınca emzirmen lazım."

ALLAHIM, SEN BANA SABIR VER.

"Ya şimdi düşündüm de, sütün yaramıyor mu acaba?"

ALLAHIM, SEN BANA ÇABUK SABIR VER, VERMEZSEN ÖLDÜRÜRÜM BEN BUNU!

"Sütle ilgili değil. Kolik olduğu için ağlıyor," diyorum sinir olmuş bir şekilde.

"Ne olursa olsun mamaya başlama ama. Mama çok kötü bir şey. Sık sık emzir, emzirirsen sütün çoğalır."

"Aklımda tutarım canım, peki," deyip oturduğum yerden kalkıyorum, mutfağa çay koymaya gidiyorum.

Zihnimin ve düşüncelerimin gözlemcisiyim. Yalnızca şu ana odaklanıyorum, tüm kızgınlıklarımdan, pişmanlıklarımdan, ön yargılarımdan kurtuluyorum.

"Ay, ne diyeceğim sana!" diyor bu sırada Zeynep, kalkıp peşimden mutfağa gelmiş, iyi mi?

Bir dönüyorum ki, kucağında Nazlı'yla gelmiş hem de!

"Bol bol marul ye süt için!"

"Alayım ben onu," diyorum uzanırken.

"Ya, dursun işte, ne güzel uyuyor. Rezene çayı iç bol bol."

Evet, uyuyor canım. Niye aldıysan artık onu salıncağından!

"Alayım ben ver, salıncağa koyayım tekrar."

"Ya, dursun, ben rahatım. Ispanakla tere de şahane, onlardan da ye bol bol."

"Verir misin lütfen?" diyorum, bu sefer sesim biraz sinirli çıkıyor.

"Turp otunu duydun mu peki? Ondan da bol bol ye. Bir de hurma. Hurma da ye mutlaka."

"Tamam, yerim," deyip Nazlı'yı Zeynep'in kucağından sökerek alıyorum ve içeri götürüp tekrar salıncağına yatırıyorum. Bir daha da benden habersiz Nazlı'yı ellerse, onu oyarım.

Ben senin evine gelip senin çocuğunu kucağıma alıyor muyum ya? Belki hoşlanmıyorum kızımı başkalarının ellemesinden? Mıncıklamasından? Üstelik de çocuk uyuyor yani. İnsanlar çok düşüncesiz!

Mutfağa dönüyorum, Zeynep bu sefer de buzluğu açmış, "E, burası boooş!" diyor gözlerini kocaman kocaman açarak.

"Boş derken?"

Bir sürü dondurulmuş sebze var çünkü buzlukta.

"Süt yok dolabında. Benim buzluğum ağzına kadar sütle dolu. Ben sağıp sağıp buzluğa koyuyorum hepsini. Sen ne yapıyorsun? Saklamıyor musun?"

Yok!

Ben atıyorum canım. Sağıp sağıp çöpe atıyorum.

Böyle bir görgüsüzlüğü de ilk defa görüyorum ya!

Buzluğu ağzına kadar sütle doluymuş da bilmem neymiş de!

Bir de fotoğrafını çekip internet sitene koyaydın bari!

Ay, bu manyak onu da yapar ya! Yemin ederim yapar!

"Hadi gel içeri geçelim," diyorum Zeynep'e. Yoksa saçını başını yolacağım az kaldı.

"Yoksa senin sütün az mı, ay kıyamaaaam," diyor bu sefer de.

"Az değil. Gayet yetiyor, tamam mı? Sen hiiç kafana takma beni o yüzden."

"Ay, iyi bari. Başka süt veremezsin çünkü. Yani devam sütü filan asla olmaz. Bir arkadaşım devam sütü kullanmış, sonra kutunun dibinde tortu filan görmüş. Acayip kimyasal varmış devam sütlerinde haberin olsun."

Allahım, sen bana ecir sabır ver.

"Tamam, peki. Hadi gel içeri gidelim," diyorum yine.

"Kuru soğan da iyi gelir bak. Yeşil mercimek, tarhana çorbası, ayva hoşafı, beyaz lahana, ben hepsini bol bol tüketiyorum."

"Harika! Bol bol tüket o zaman sen!"

Sonunda içeri geçiyoruz, Nazlı hâlâ uyuyor neyse ki.

Yarım saat boyunca Zeynep'in sütle ilgili tavsiyelerini dinliyorum ve Selda'yla Tuğçe'nin bir an önce gelip beni bu işkenceden kurtarması için dua etmeye başlıyorum.

Keşke etmeseymişim çünkü onlar geldikten sonra iş iyice çığırından çıkıyor.

"Duyduk Zeynep'ten, çok üzüldük," diyor Selda içli içli.

"Sağ olun, çok teşekkürler," diyorum ben de içimi çekerek.

Zaten bu aralar herkes bana iyi davranıyor Nazlı kolik oldu diye.

"Keşke olmasaydı ama n'apalım, olsun," diyor Tuğçe.

"Tabii ki, sonuçta kim ister ki? Kimse istemez. Valla Allah düşmanımın başına vermesin, çok zor!" diyorum ben de.

"Tahmin ederim," diyor Selda.

"Dört gibi başlıyor ağlamaya, gece on ikiye kadar filan ağlıyor."

"Nazlı mı? Gerçekten mi?"

"Maalesef."

"Böyle bir etkisi de varmış demek ki! Bak bunu ilk kez duyuyorum," diyor Tuğçe.

"Neyi?" diyorum.

"Sezaryeni hayatım. Ne konuşuyoruz biz deminden beri?"

"Kolik konuşuyoruz. Selda dedi ya, Zeynep'ten duyduk çok üzüldük diye."

"Ay, ben onu kolik için demedim bi tanem. Tabii ona da üzüldük ama sezaryeni kastetmiştim ben," diyor Selda.

Tutmayın, döveceğim ben bunları!

"Normal doğum yapamadığın için o kadar üzüldük ki anlatamam," diyor Tuğçe.

"Ama otuz dokuz artı altıda, dört kilo iki yüz elli gramdı Nazlı. Başı da iki santim büyük olunca, mecburen sezaryen oldum ne yazık ki. İsteğe bağlı olmadı benimki," diyorum can havliyle.

Niye böyle bir açıklama yapıyorum şu an, hiç fikrim yok. Bir anda öyle çıkıveriyor ağzımdan.

Bu sırada kapı çalıyor, market siparişlerimi getiriyor apartman görevlisi. Elimde bebek bezi torbasıyla koridordan geçerken, "Hazır bez mi kullanıyorsun, inanamıyoruuuum!" diyor Tuğçe.

Başka ne kullanacaktım pardon?

Torbaları bir kenara koyup salona geri dönüyorum.

"Kullan at bezler çok zararlı!" diye destek çıkıyor hemen Zeynep.

"Organik kumaş bez kullanman lazım mutlaka!" diyor Selda da.

Tabii. Organik olmasa şaşardım zaten.

"Kesinlikle pişik yapmıyor. İçinde hiç kimyasal yok, parfüm yok, pvc yok, naylon yok," diyor Tuğçe.

Tenis maçı izler gibi bir Selda'ya bir Tuğçe'ye bakıyorum.

"Dioksin, sodyum poliakrilat emici jel filan da yok," diyor Selda.

Poli ne? Bir kerede hayatta söyleyemem ben bu kelimeyi.

"TBT filan sorarsın sen şimdi, o da yok merak etme," diyor Tuğçe bana bakarak.

Valla benim bildiğim tek TBT, Instagram'da perşembe günleri olan.

"Aaaaa! Süpeeer! TBT yoksa harika! Tamam o zaman!" diyorum mühtiş bir coşkuyla.

Delirmiş bunlar. Yemin ederim. Tanesi kırk lira filanmış bu bezlerin, en az yirmi tane filan almak lazımmış, kirlendikçe de makinede yıkanabiliyorlarmış altmış derecede, ama en iyisi elde yıkamakmış tabii ki. Elde organik deterjanla yıkanınca mis gibi oluyorlarmış.

Hayatlarında bir kere bile elde bez yıkamadıklarına eminim ben bunların. Hepsinin bakıcısı var çünkü.

Benim var mı? Yok. Peki benim bu işe ayıracak vaktim var mı? Yok.

"Kolay uyuyor mu peki?" diye soruyor Tuğçe.

Tabii ki! Şıp diye! Daha yatağına koymadan, havada uyuyor, o derece!

"Yani, idare ediyoruz," diyorum.

"Ben Mümtaz Aleks bebekken Macarca masal dinletirdim hep," diyor Selda.

EFENDİM?

"Ben de Lehçe dinletiyordum," diyor Tuğçe.

"Ben de bu hafta Portekizce masallar buldum, onları dinletiyorum," diyor Zeynep.

"Sen ne yapıyorsun?" diye soruyor Selda bana bakıp.

"Ben Serkan Kaya'dan *Mesele*'yi söylüyorum."

Bana tuhaf tuhaf bakıyorlar bir an, sonra kahkahalarla gülmeye başlıyorlar.

"Bu çok iyiydi!" diyor Selda.

Şaka yaptığımı sandılar, iyi mi? *Kalakaldım*'a hiç girmeyeyim en iyisi.

Kahkahalarla güldükten sonra benden bir cevap almak için öylece bakmaya başlıyorlar.

"Ben de dinletiyorum tabii ki, daha dün gece Romence halk şarkıları dinlettim, bayıldı Nazlı!" diyorum sonunda dayanamayıp.

Bu manyaklarla daha fazla uğraşamayacağım.

"Aaa! Romence de çok iyi. Zaten iki buçuk yaşına kadar duydu duydu yabancı dilleri, duymazsa aksansız konuşamaz."

"Öyle mi?" diyorum şaşkın şaşkın.

"Tabii ki hayatım, ne olursa olsun üç yaşında bile gidip yerleşse mesela Fransa'ya filan, o yaşına kadar hiç duymadıysa Fransızcayı, mümkün değil."

Bu sırada Zeynep büfenin üzerinden bir kutu alıp gözüme gözüme sallamaya başlıyor.

"Bu ne?"

"Çinko merhemi. Doktor verdi."

"Ay, inşallah sürmedin bunu?" diyor Zeynep dudağını bükerek.

"Tabii ki sürmedim!"

Yalandan kim ölmüş.

"Çünkü bu kremdeki maddeler göğüs ucunda kalıyor biliyorsun. Sonra da emzirince hooop bebeğe geçiyor. Çok zehirli çok. Kullanma sakın."

"Sen hiçbir şey kullanmıyor musun?"

"Yooo. Yara filan olmadı benim göğüslerim hiç."

Sen de benim gibi ağlayarak, ayaklarını yere vurarak, acıdan yumruğunu ısırarak emzir de görelim bakalım kullanıyor musun kullanmıyor musun!

"Kantaron yağı bak. Çok faydalı. Onu sürebilirsin," diyor Tuğçe.

"Ya da zeytinyağı. O da olur," diyor Selda.

"Tahinin üzerinde biriken yağ da olur," diyor Tuğçe.

ŞİMDİ ÇILDIRACAĞIM! ÇOK AZ KALDI!

"Yani acıyor tabii ama ne yapalım? Annelik böyle bir şey. Ağlasan da bağırsan da emzireceksin. Krem filan olmaz," diyor Selda.

YOK YA? BAŞKA?

"Lahana yaprağı haşlayıp göğüslerine kapatabilirsin ama. Onu deneyenler çok memnun."

Tabii. Doktorun yazdığı reçeteyle satılan ilacı kullanmak yerine, haşlanmış lahana yaprağı kapatayım göğüslerime. Çok mantıklı.

Ya gerçekten zararlıysa bu kremler?

Ya gerçekten kullanmamak gerekiyorsa?

Bir yandan doğru şeyi yaptığımı biliyorum ama bir yandan da içim içimi yiyor.

Akşamüstü saat dört gibi, Naz uyanıyor ve uyandığı gibi ağlamaya başlıyor. Hemen kucağıma alıyorum, "Emzireyim geleyim," diyorum.

"Aaa bizden mi çekiniyorsun, lütfen!", "Bakmayız biz, rahat ol!", "Ay görmediğimiz bir şey değil, biz de emzirdik vaktiyle" gibi saçmalıkları duymazdan gelip, içeriye gidiyorum. Nazlı'yı emzirip içeriye geri döneceğim ama bir türlü susturamıyorum, durmadan ağlıyor.

Doymadı herhâlde, gazı olabilir, sütün mü yetmiyor acaba, elleri çok soğuk annesi, bacaklarını da karnına çekiyor, bak gaz bu, minvalindeki cümlelerden sonra Nazlı hâlâ susmayınca, herkes evine gitmeye karar veriyor.

Tabii.

Zaten Nazlı'ya kolik dendiği günden beri annem bile gelmiyor bizim eve neredeyse. Gündüzleri şöyle bir uğruyor, arada mutfağı filan topluyor, sonra da işim var deyip ortadan kayboluyor. Emel Hanım zaten hep Zeynep'lerde, ancak hafta sonları bize uğruyor, Leyla bile eskisi kadar gelmiyor bize ne yalan söyleyeyim. Sonuç olarak ben hep tek başımayım.

Nazlı'yı kucağıma alıp evin içinde dolaşmaya başlıyorum. Önce hafif hafif sallıyorum, sonra White Noise dinletiyorum, içine dört damla Sab Simplex damlatılmış rezene çayı içiriyorum, ayağıma koyup sallıyorum, kucağımda sallıyorum, hiçbir şey yapmadan öylece yatağına koyup bakıyorum, televizyon açıyorum, müzik açıyorum, aklıma gelen her şeyi yapıyorum ama Nazlı'nın ağlamasını engelleyemiyorum. En sonunda aklıma, Nazlı'yı ana kucağına koyup sallamak geliyor.

Saat on bire doğru, ağlamaktan yorgun düşüp uyuyakalıyor zavallım. O uyur uyumaz sinirlerim öyle bir boşalıyor ki, katıla katıla ağlamaya başlıyorum. Bir yandan Nazlı uyanmasın diye kısık sesle ağlamaya çalışıyorum, bir yandan sessiz ağlamaya çalıştıkça daha fazla ağlamaya başlıyorum, sonunda güç bela yatağa atıyorum kendimi ve gözlerimi kapatıyorum.

Daha gözlerimi kapatır kapatmaz, göğsümde bir ağırlık hissediyorum. Ama nasıl bir ağırlık. Sanki böğrüme öküz oturmuş. Öyle bir ağırlık. Gözlerimi açıyorum ama ne kıpırdayabiliyorum ne elimi kolumu oynatabiliyorum ne sesim çıkıyor. Odanın köşesinde de siyah, uzun elbiseli bir kadın durmuş, bana bakıyor. Tek yapabildiğim şey, içimden bildiğim duaları okumak. Allahım, sen bana yardım et. Sen beni koru. Tam olarak ne kadar sürüyor bilmiyorum ama oldukça uzun bir süre sonra elimi kolumu kıpırdatmayı başarıyorum ve kan ter içinde doğruluyorum yataktan, hemen Nazlı'ya bakıyorum, mışıl mışıl uyuyor çok şükür. Hemen ana kucağını alıp odadan dışarı çıkarıyorum, koridorun ışıklarını açıyorum. Nazlı'yla birlikte mutfağa gidip su içiyorum. Bir yandan ağlıyorum, bir yandan içtiğim suyun yarısını üstüme başıma döküyorum. Bir karabasanım eksikti, o da oldu. Kalbim nasıl atıyor, nasıl panik bir vaziyetteyim şu an, anlatamam. Hepsi o salaklar yüzünden oldu zaten. Bütün gün saçma sapan konuşup moralimi bozdular, o yüzden oldu.

Ana kucağının yanına oturup ağlamaya devam ediyorum. Allahtan Nazlı uyuyor.

Bir süre sonra kapının açıldığını duyuyorum.

"Mutfaktayım," diye sesleniyorum ağlarken.

Kerem hızla yanıma geliyor, beni öyle yerde, Nazlı'yı da ana kucağında yanımda görünce hemen yanıma diz çöküyor, "N'oldu sevgilim?" diye soruyor elimi tutarken.

"Karabasan gördüm," deyip ağlamaya devam ediyorum. "Odada siyah elbiseli bi kadın gördüm."

"Kıyamam ben sana."

"O kadar gerçekti ki anlatamam."

Kerem önce Nazlı'yı mutfaktan çıkarıp odasına götürüyor, yavaşça ana kucağından çıkarıp yatağına yatırıyor. Sonra da mutfağa geri geliyor, beni yerden kaldırıyor, salona götürüyor.

"Biraz daha iyi misin?" diye soruyor.

"İyiyim," diyorum, bir an ağlamayı kesiyorum.

Sonra daha da beter bir şekilde, "Nazlı aksansız Romence konuşamayacaaaaak," deyip ağlamaya başlıyorum.

"Efendim?" diyor Kerem şaşkın şaşkın.

"Biz hiç yabancı dilde masal dinletmiyoruz onaaa, o yüzden konuşamayacak işte."

"Romence konuşması niye lazım ki?"

"Bilmiyoruuuum. Kumaş bez de kullanmıyoruuuum. Vinil olacak benim çocuğum. TBT olacak."

"Neden bahsettiğin hakkında en ufak bir fikrim bile yok."

"Benim de yoook."

"O zaman niye ağlıyorsun hayatım?"

"Bilmiyoruuuum. Çinko kremi de kullanıyorum ben zaten. İyi bi anne olsam lahana haşlarım, krem kullanmam."

"Ne?"

"Ben çok kötü bi anneyim, tamam mııı? Berbat bir anneyim. Normal doğum da yapamadım zaten. Bütün mükemmel anneler normal doğuruyor."

"Mükemmel anne diye bir şey yok sevgilim."

"Vaaaar! Beş çocuğu olan kadınlar var Instagram'da hepsi de manken gibiii! Onlar mükemmel anne, tamam mı?"

"Tekrar söylüyorum, mükemmel anne diye bir şey yok."

"Vaaaaaar. Elimden geleni yapıyorum ama olmuyor. Hep bir şey eksik oluyor. Beceremiyorum, olmuyor."

"Sen harika bir annesin, tamam mı? Sana bunu hep söylüyorum çünkü gerçekten öylesin. Bir kere tek başına bakıyorsun kızımıza. Bu bile başlı başına çok büyük bir şey. Ben de yardım edemiyorum sana, biliyorum. Elinden geleni de yaptığını biliyorum. Aslında mesele ne biliyor musun?"

"Mesele ne senin benden ayrılman ne de benim sana darılmam."

"Efendim?"

"Ne aramaman ne de sormaman. Mesele şu ki, hâlâ bitmedi sevdaaaaaan."

Kerem bana tuhaf tuhaf bakıyor, sonra kahkahalarla gülmeye başlıyor.

"Gel buraya," diyor bana sıkı sıkı sarılırken, "Sen benim bir tanemsin. Çok da iyi bir annesin. Ve tekrar söylüyorum, mükemmel anne diye bir şey yok. Bunu sakın unutma."

14

Artık günde en az üç beş kez kendime mükemmel anne diye bir şeyin olmadığını hatırlatıyorum. Çok inanmıyorum bu hatırlatmalara ama olsun. Bir şeyi kırk kere söylersen olur demişler. Belki ben de zamanla inanırım söyleye söyleye. Zaten o Instagram'daki sekiz çocuklu süper şıkıdık ve mutlu kadınların da mutlaka üç beş tane yardımcısı var. Yoksa olacak iş değil yani! Kesin var yardımcıları.

Vardır değil mi?

Vardır vardır.

Olmaması mümkün değil.

Nazlı'ya sabahları Fince çocuk şarkıları, öğlen Wagner operaları, akşam da White Noise dinletiyorum ama hiç işe yaramıyor bence. Hiçbirine tepki filan vermiyor ama ne zaman Kırmızı Balık duysa kendinden geçiyor, neşeleniyor. Olacak şey değil! Sen koskoca Wagner operalarını beğenme, git kırmızı balığın hikâyesine takıl. Bir de acıklı yani durum. Kırmızı balık, balıkçı Hasan'a yakalanacak mı yakalanmayacak mı? Ya yakalanırsa? Ay daha miniminnacık benim çocuğum. Bu şarkıyı dinleye dinleye psikolojisi bozulacak ya. Hayır! Kırmızı balık yok! Fince var, Norveççe var, Tayca filan var. Öyle bir dil var mı bilmiyorum ama olsun.

Instagram kariyerime gelince, içler acısı bir durumdayım. Son koyduğum manzara fotoğrafını sadece kırk iki kişi beğendi ve bu kırk iki kişiden dört tanesi sonradan beğenisini geri aldı, Allah hepsini bildiği gibi yapsın inşallah. Evinin mutfağında börek açan, mantı pişiren teyzelerin bile benden daha çok takipçisi var ya, inanılır gibi değil! Acaba kendimi böreğe çöreğe mi versem? Yani zaten yeme anlamında verdim de, yemek tarifleri filan mı paylaşsam Instagram'da? Geçen gün Leyla bana yine akıl verdi, yapmam gerekenleri bir bir söyledi ama nasıl olacak bu işler bilmiyorum.

Geçen ay, kızların kırk mevlüdünü yaptık Emel Hanım'larda. Zeynep bu sefer de otelde yapalım diye tutturdu mevlüdü, iyi mi? Ben de Kerem'i araya koydum. "Valla hiç öyle otellerde mevlüt filan yapamam, evde olacaksa yapalım yoksa ben yokum," bile dedim. Nasıl oldu hâlâ bilmiyorum ama Emel Hanım benim tarafımı tutmuş, "Gerek yok kızım bu kadar abartmaya!" demiş.

Tabii evde yaptık diye Zeynep'in tabiriyle *sönük* filan olmadı bebek mevlüdü. Emel Hanım, kızların ikisine de Atölye Cadde'den minicik, beyaz elbiseler diktirdi. Elbiselerle bir örnek ayakkabılar ve tüllü saç fiyonkları da vardı tabii ki. Gerçekten çok güzeldi. Zeynep şak diye doğum öncesi kilosuna indiği için krem rengi, bandaj bir elbise giymişti. Ben göbeğimdeki katları korseyle toplamaya çalışıp eski, siyah bir elbisemin içine girmeye çalıştım, giremedim. Fermuarının ancak yarısını kapatabildiğim için üstüme uzun kollu bir hırka geçirdim, bütün gün de o hırkayı üstümden çıkarmadım.

Efendim, Zeynep Hanım emzirerek kilo vermiş, öyle söylediler, bana da bol bol emzirmeyi tavsiye ettiler sağ olsunlar. Pardon ama biz ne yapıyoruz burada? Bol bol emzirecekmişim, emzirirsem bütün kilolar uçup gidecekmiş. Tamam biz de biliyoruz emzirirken normalden daha çok kalori yakıldığını, insan zaten oram buram görünmesin diye sekiz bin beş yüz ayrı pozisyonda iki büklüm emzirmeye çalışırken kan ter içinde kalıyor filan ama öyle aldığım bütün kiloları verdim filan, yalan yani.

Tamam, yok mudur bir tane, iki tane örnek insan? Vardır ama hiç rejim yapmadan, yediğine içtiğine dikkat etmeden olması mümkün mü bunun? Tabii ki değil, lütfen birbirimizi yemeyelim. Ayrıca daha doğum yapalı şurada kaç gün oldu? Rejim filan yapamam ben kimse kusuruma bakmasın.

Zeyneplere giderken, kimse laf etmesin diye Nazlı'ya kumaş bez taktım. Zaten artık sadece evde hazır bez kullanıyorum, Zeynep'lere filan gidilecekse illaki kumaş bez kullanıyorum. Soranlara da evde her daim bezleri kaynattığımı söylüyorum. Tabii ki hepsini elimde yıkıyorum, içine de sadece sabun tozu koyuyorum. Aslında çok yalan da değil, makinede altmış derecede sabun tozuyla yıkıyorum bezleri, sonra da ütülüyorum mis gibi oluyor. Yani kullandığım zamanlarda. Yoksa deli gibi her gün elde kumaş bez yıkayacak hâlim yok, ben de insanım.

Tamam, eskiden hazır bez mi varmış? Yokmuş tabii ki ama, o zaman YOKMUŞ! Olmadığı için kumaş bez kullanılıyormuş. Olay bu!

Kimseye de bu ikili hayatımdan bahsetmiyorum tabii ki. Bir tek Kerem biliyor hazır bez kullandığımı, o da kimseye söylemiyor. Zaten söylerse oyarım onu.

Ne diyordum? Mevlüt diyordum. Dua gerçekten çok güzeldi, İsmail Bey'in çocukluk arkadaşlarından biri meğerse hocaymış, bizi kırmadı, geldi. Kızların ikisini de kucağına aldı, onlara dualar okudu, sonra da "Allah hayırlı evlat etsin inşallah!" dedi.

Amin. Hepimizinkini. İnşallah.

Zeynep tabii ki kuru kuru duayla yetinmedi. Nereden bulduysa yine gitmiş bulmuş, pembe kumaş zarflar yaptırmış, zarfların ön yüzüne simli makine işiyle Arven Kuğu yazdırmış, içlerine de Elmalılı Hamdi Yazır'ın pembe kapaklı Yasin'lerinden koydurmuş.

Ben yine kendi kendime *benim kızımın neyi eksiiiik* diye dövünmeye başlayacakken, annem çantasından kocaman bir kutu çıkardı.

"Ben de torunuma üçlü mevlüt seti yaptırdım," dedi.

Ben de anneme bakıp "Pardon ama üçlü mevlüt seti nedir?" diye sormadım.

Yaptırdığına göre vardır herhâlde bir bildiği dedim.

Üçlü set, tül kese, pembe kalın kapaklı minik Kur'an'ı Kerim ve gül kokulu tespihten oluşuyormuş. Babam da Ali Muhiddin Hacı Bekir'e mevlüt külahı sipariş vermiş, duadan sonra hepsini gelenlere dağıttık.

Valla ben bu işten hiçbir şey anlamıyorum. Yani hediye işinden. Baby shower yapıyoruz, hediye dağıtıyoruz herkese. Doğum yapıyoruz, mevlüt yapıyoruz, yine aynı şekilde. E, doğum günü partisi de mutlaka böyle olur, illa orada da hediye dağıtmamız gerekir filan. Her yaptığımız özel gün için borca mı gireceğim ben anlamadım ki! Ben bankaların yerinde olsam, yeni doğum yapan annelere ilk yıl kredisi filan veririm. Partisi ayrı, pastası ayrı, gelenlere hediyesi ayrı. Bu gidişle batacağız yani. Gelenlere hediye vermeyelim diyorum, "Herkes veriyor ama!" diyorlar. "Elalem ne der ama!" diyorlar. "Senin çocuğunun nesi eksik!" diyorlar.

Evet ya!

Benim çocuğumun nesi eksik?

Doğru!

Her şey yavrum için! Her şey yavrum için!

Borca da girsek, kredi de çeksek, icralık da olsak, dağıtılacak o hediyelikler çünkü elalemin arkamızdan konuşmasını istemiyoruz. Elalem çok önemli. Onlar konuşmasın da eve haciz gelse de olur.

Allah korusun!

Mevlütten sonra herkes, "Ay, artık kırkı da çıktı, işin kolaylaştı!" demeye başladı.

Bir kısım da, "İlk iki yıl çok zor, ondan sonrası kolay," diyor.

Bazıları da, "Bunlar daha iyi günlerin, bir yürümeye başlasın, ondan sonra göreceksin asıl!" diyor.

Kime, neye inanacağımı şaşırdım valla.

Hamileyken de aynısını söylüyorlardı işin kötüsü.

"Bunlar en güzel günlerin, hele bi doğsun!"

"Hele bi kırkı çıksın!"

"Hele bi konuşmaya başlasın!"

"Hele bi yürüsün!"

"Hele bi üniversiteye gitsin!"

NE! Yalan mı? Üniversiteye kadar yolu var yani bunun.

Hamileyken bir ara günlük tutuyordum, oraya da hep bu lafları yazmışım. O günlüklere de başlarken insanda çok acayip bir azim oluyor. İlk haftalarda insan kaptırıp gidiyor, uzun uzun yazıp duruyor. Sonra haftalar geçtikçe bir miskinlik çöküyor ki anlatamam. Hele doğuma yakın hiç yazılmıyor neredeyse. Şimdi yine bir şeyler yazmaya başladım ama ne olacak bilmiyorum. Yazmaya başladım diyorum ama aslında liste yapmaya başladım.

00.00 uyku

02.30 uyandı/emzirme

04.30 uyandı/emzirme

05.00 rezene çayı (biberon)

06.45 uyandı/emzirme

07.30 uyandı/emzirme

07.45 uyku

08.30 uyandı/emzirme

08.45 uyku

09.50 uyandı, 10.40'a kadar ağladı

10.40 biberonla 60 cc süt içti

11.00 uyku

13.40 uyandı, 50 cc süt içti (biberon)

15.30 uyku

16.20 uyandı/emzirme

18.30 uyanık, ağladı bu saate kadar

18.30 süt sağma/ağladı

19.00 60 cc süt içti (biberon)

21.00 uyku

21.20 uyandı

21.30 banyo

23.30 ağladı bu saate kadar/uyku

YAZIK BANA YAAAA!

Zombi gibiyim yemin ederim. Hiç uyuyamıyorum. Uyuduğum zamanlarda da bir gözüm açık zaten. İçeriden ses mi geldi, öksürdü mü, ağladı mı, uyandı mı derken doğru dürüst dalamıyorum bile. Kamerayı açıp yanıma koyuyorum. Zaten Nazlı daha sesli bir nefes alır almaz fırlıyorum yataktan, koştur koştur yanına gidiyorum. Uyuyorsa derin bir nefes alıyorum, uyanmışsa kucağıma alıyorum ve her şeye baştan başlıyorum.

Nazlı'nın altını değiştir. Üstündeki tulumları çıkar, kirliye at. İçine kısa kollu bir tulum, onun üstüne uzun kollu tulum giydir. Tulum kendinden eldivenli değilse eldiven tak. Başına şapka tak. Emzir. Salıncağa yatır. Müzik aç. Yemek yapmaya çalış, yapama. Evi süpürmeye çalış, süpüreme. Tekrar altını değiştir. Tekrar tulumları çıkar, kirliye at. İçine kısa kollu bir tulum, onun üstüne uzun kollu tulum giydir...

AAAAAY, İMDAT!

Valla bir saniye bile oturacak vaktim olmuyor bazen. Milleti görüyorum fellik fellik geziyor, ben tek başıma banyo bile yapamıyorum. İki gün önce nasıl olduysa fırsat buldum da saçımı boyadım evde, ona bile şükrettim yani. Sırtım, belim bitmiş durumda. Salonda ya da bizim yatağın üstünde altını değiştiriyorsam Nazlı'nın, bir eğiliyorum kalkamıyorum. Yine kilo almışım, tartıya çıktım, gözlerime inanamadım. Göğüs uçlarım hâlâ yara, göğüslerim şiş şiş. Ayaklarım berbat durumda, sağ ayağımda topuk dikeni mi ne olabilirmiş. Sırtımla boynum, zaten bitik. Kollarım öyle bir ağrıyor ki anlatamam. Hele emzirirken. Zaten çocuğu doğru pozisyonda tutacağım diye aklımı şaşırıyorum, o ara omuzlarım, ensem filan kopuyor resmen. Ağrı kesici de alamıyorum süte geçer diye. Eskiden bant filan yapıştırırdım, ağrı kesici bantlardan, onlar da zararlıymış meğerse. Tek yapabildiğim şey sıcak su torbası kullanmak. Ya da havluyu ütüleyip omuzlarıma, belime koymak. Hepsi bu. Ellerim de çok yıkamaktan yara oldu, öyle acıyor ki anlatamam. Nazlı'yı kucağıma almadan önce ellerimi mutlaka yıkıyorum. Altını değiştirdikten sonra da yıkıyorum. Aralarda da yıkıyorum, sürekli yıkıyorum işte. O kadar çok yıkayınca da ellerimin üstü çatlayıp pul pul dökülmeye, sonra da kanamaya başladı tabii. Neyse ki Marsilya sabunu diye bir şey varmış, arayıp tarayıp onu buldum, artık sadece onunla yıkıyorum ellerimi.

Kısacası bitik durumdayım.

Dün Zeynep geldi kahveye, "Bana bak çok dikkatli ol, hiç öyle emzirirken hamile kalmam filan deme, kalıverirsin!" dedi.

Ben de ona, "Hahahahhaha, hamile kalmak için önce seks yapmam lazım canım benim," diyemedim.

Hatta ondan da önce aynı yatakta yatmak gerekiyordu galiba.

"Regl olmadığın için de anlayamazsın hamile olduğunu, valla çok kötü olur," deyip durdu Zeynep ısrarla.

"Biliyorum, evet," dedim ben de ısrarla konuyu kapatsın diye ama kapatmadı.

"Doktoruna gittin, değil mi? Kontrole?"

"Gittim tabii ki."

Gerçekten de gittim. Her şey yolundaymış, doğumun üstünden altı hafta geçtiğine göre istersek eskisi gibi cinsel hayatımıza devam edebilirmişiz.

"Hah, iyi. Valla biz eskisi gibi olduk bile," dedi Zeynep.

"Eskisi gibi derken..."

"Haftada dört, beş..."

HASSSİKTİR ORDAN!

Haftada beşmiş!

"Aaa, tabii aynen, biz de," dedim Zeynep'e.

NEEEE?!!

Ne deseydim? Biz zaten çoğu zaman ayrı yatıyoruz mu deseydim? Ben yorgunluktan bayılıp kalıyorum, Kerem de beni rahatsız etmemek için salonda yatıyor mu deseydim?

Ne deseydim???

"Ay, şimdi aklıma geldi de, geceleri inşallah Nazlı'yla birlikte yatmıyorsunuzdur üçünüz?" de dedi tabii ki Zeynep.

Yanee...

Eee...

Üçümüz değil ama ikimiz yatıyoruz zaman zaman. İkimiz derken, Nazlı'yla ben.

Salıncağını bizim odaya koyuyorum, salıncağında uyuyor. Ama kucakta uyumak isterse de benim yanımda yatıyor, yapacak bir şey yok. Dönemeyeceğini filan biliyorum çünkü daha çok küçük ama yine de yanlara filan bir sürü yastık koyuyorum. Allah korusun yataktan düşer filan, sonra vicdan azabından ölürüm ben.

"Yok. Birlikte yatmıyoruz tabii ki."

"Bebeklerin, ebeveynlerin yanında yatması korkunç sakıncalı. Biz daha hastaneden eve geldiğimiz ilk gün Arven Kuğu'yu kendi yatağında yatırdık. Kendi odasında. Asla da benim yanımda uyumuyor yani!"

"Tabii ki, tabii ki, Nazlı da kendi odasında kendi yatağında uyuyor. Asla almıyorum yanıma," dedim ben de hiç altta kalmayıp.

Yatakta birlikte yatıyoruz desem üstüme filan atlardı kesin.

Valla ben bunun çocuğuna baktığından bile şüpheliyim. Geçen gün kız arkadaşlarıyla Sultanahmet'e Hürrem Sultan Hamamı'na gitmiş, milyon tane fotoğraf koymuştu story'sine oradan biliyorum. Sonra da on saat anlattı zaten, hamam şöyle harikaymış, böyle güzelmiş, her yer bembeyaz mermermiş. Şahane masaj yapıyorlarmış, kesesi şöyle muhteşem, köpük masajı böyle enfesmiş.

Tabii ver çocuğunu annenle bakıcıya, sonra gez gezebildiğin kadar!

Acaba ben de mi bir bakıcı...

Hayır!

Kendim bakacağım ben çocuğuma. Mademki işten ayrıldım, çalışmıyorum, şu anda da işe dön diye kimse baskı yapmıyor bana, çocuğuma kendim bakabilirim. Çalışıyor olsaydım, mecburen birini bulacaktım ama çalışmıyorum. İşe dönmek zorunda olduğu için çocuğuna kendisi bakamayan ve bu yüzden vicdan azapları çeken o kadar çok anne var ki, vallahi onların ahı çarpar beni. Dizimi kırıp evimde oturayım, çocuğuma bakayım ben. En azından ilk yıl. Sonrasını, sonra düşünürüz. Hep bu kadar yorucu olmayacak sonuçta, bir süre sonra her şey iyiye gidecek, büyüdükçe işler kolaylaşacak. Tabii ki. Kesinlikle böyle olacak.

OLACAK DEĞİL Mİİİİİİ?

Olacak.

Eminim.

Bir dakika ya! Şimdi aklıma geldi de... Bu Zeynep normal doğurmadı mı? Doğurdu. Dikişi filan yok mu hiç? Bildiğim kadarıyla var. E, nasıl oluyor da oluyor, haftada dörtler beşler oluyor?

Yalan ya. Kesin yalan. Yüzde yüz yalan.

Yalandır değil mi?

Yalandır ya. Doğru olması mümkün değil.

Aynanın karşısına geçip kendime şöyle bir bakıyorum. Üzerimde rengi kaçmış, süt lekeli, gri bir tişört, altımda dizleri bollaşmış siyah tayt, ayağımda altı kaydırmazlı, halı desenli çoraplar, gözlerimin altı resmen çökmüş, saçım başım darmadağın... Ay beni kim ne yapsın bu hâlimle? Bir yandan da öyle yorgun, öyle bitkinim ki dünyanın en harika seksi için bile parmağımı kıpırdatacak hâlim yok. Hamileyken her saniye sevişmek isteyen kadın gitti, onun yerine bu hımbıl denyo geldi, olacak şey değil.

Şu tipe bak!

Şu kollara, göbeğe, bacaklara bak!

Düşünüyorum da acaba bende mi bir hata var? Herkes doğumdan sonra hemencecik eski hâline dönüyor da ben mi dönemedim? Herkes çok harika, çok fit, çok bakımlı. Dışarıda da görüyorum minicik bebekleriyle full makyaj gezen anneler! Bir tek ben mi böyle dağıttım anlamıyorum ki! Kendimi de o kadar yalnız hissediyorum ki anlatamam.

Ay, acaba depresyonda mıyım ben?

Lohusa depresyonunda mıyım?

Post annelik şeysi mi bu?

Doğum sonrası depresyonu mu?

Ne? Hangisi?

Akşam yemekten sonra, Nazlı'yı Kerem'in kucağına bırakıp iPad'den Kırmızı Balık'ı açıyorum, "iPad'i ellemesine izin verme sakın!" diye bin kez tembih ederek banyoya gidiyorum ve Leyla'yı arıyorum.

Leyla geçenlerde fotoğrafçılık kursuna başladı, hayatından çok memnun, hatta Nazlı biraz büyüdükten sonra beni de zorla götürecekmiş, öyle söyledi.

"N'apıyorsun canım? İyi misin?" diye soruyor Leyla neşeli neşeli.

"Hayır. Bence depresyondayım. Post bi şey sendromunda filanım ben. Acayip kötüyüm. Şişmanım. Yalnızım. Çok çirkinim ayrıca."

"Hiç de değilsin. Depresyonda da değilsin güzelim, sadece yorgunsun ve yardıma ihtiyacın var biraz, o kadar," diyor Leyla.

"Nasıl yardım?"

"Mesela ara sıra annene bırakabilirsin Nazlı'yı. Bir iki saatliğine filan. Çıkıp hava alırsın. Belki birlikte yürüyüş yaparız."

"Olmaz! Bırakamam. Annem bakamaz olmaz."

"Neden acaba? Sen bakıyorsun tek başına da annen neden bakamıyor? O da seni büyüttü sonuçta?"

Güzel soru.

"Bilmiyorum. Ama bırakamam. Daha hazır değilim."

"Anladım. Belki bir süre sonra hazır olursun tatlım."

Mutlaka. Mesela on sekiz yıl sonra.

"Bilmiyorum, hiç bilmiyorum," diyorum gözlerimden yaşlar süzülüyor.

"Bana bak! Ağlama sakın."

"Ağlamıyorum, sinirlerim bozuk."

"Telefonu kapatınca güzel bir banyo yap, tamam mı? Sonra ver Nazlı'yı Kerem'e, biraz o oyalasın."

"Yaptım onu, banyodayım şimdi. Birazdan duş yapacağım."

"Hah! Harika! Sonra da uzat ayaklarını, kapat gözlerini yarım saat, toparlan biraz, kendine gel. Tamam mı?"

"Tamam. Denerim."

"Söz mü?"

"Söz."

"Ağlamıyorsun bak! Yarın akşam uğrarım sana, gerekirse birlikte ağlarız, tamam mı?"

"Tamam," diyorum gülerek.

İnsanın birlikte ağlayabileceği bir arkadaşının olması gerçekten çok güzel bir şey.

Uzun uzun banyo yapıyorum, saçlarımı iyice şampuanlıyorum, çilekli duş jelinin tamamını üstüme boca ediyorum, kendimi uzun uzun çitiliyorum. Duştan çıkınca bir güzel kremleniyorum, moralim azıcık da olsa yerine geliyor.

Kapıyı açıyorum, içeriden hiç ses gelmiyor.

Üstümde bornozla, parmaklarımın ucuna basarak içeri gidiyorum, Kerem masaya oturmuş bilgisayarda maillerine bakıyor.

"Uyudu mu?" diye soruyorum şaşkınlıklardan şaşkınlıklara düşerek.

"Evet hayatım, odasına götürdüm. Yatağında."

"Şaka yapıyorsun!"

"Hayır."

Gidip hemen bakıyorum, gerçekten de yatağında mışıl mışıl uyuyor Nazlı.

ALLAHIM, SANA ŞÜKÜRLER OLSUN.

İnanamıyorum.

Saat sekiz, uykum yok, yorgunluktan ölmek üzere değilim ve Nazlı uyuyor.

Belki de bu fırsatı değerlendirmemiz gerekiyordur.

Tabii ki gerekiyor! O geri zekâlı Zeynep'in *haftada beş*'inden sonra yan gelip yatacak hâlim yok herhâlde.

"Eee, istersen içeride yatabilirsin, Nazlı da uyuduğuna göre?" diyorum Kerem'e.

"Gece uyanırsa rahatsız olmayın."

"Olmayız."

"Emin misin?"

"Evet, çok eminim. Rahatsız filan olmam ben."

"Peki canım, işim bitince gelirim," diyor Kerem.

Ben de yatak odasına gidiyorum, gardırobumun karşısına dikilip üstüme giymek için seksi bir şeyler bulmaya çalışıyorum. Bir sürü gecelik, iç çamaşırı, babydoll filan deniyorum, hiçbiri olmuyor. En sonunda kırmızı, saten bir mini gecelik bulup onu giyiyorum ama kırmızı saten gecelik giymiş bir manda gibi göründüğüm için ondan da vazgeçiyorum. Bir ara, seks benim neyime diye düşünüp pamuklu pijamalarımı giymek için hamle yapıyorum ama son anda vazgeçiyorum. Onun yerine ince askılı, siyah bir gecelik giyiyorum.

Yatağın üzerine uzanıyorum, tam Kerem'e seslenecekken gözüm telefonuma kayıyor.

Biraz internette dolaşayım da sonra seslenirim nasıl olsa.

Instagram'da oyalanıyorum, rutin stalk'larımı yapıyorum, sonra bütün gıcık olduğum anne hesaplarını inceleyip hepsini tek tek layklıyorum. Sonra Pinterest'e giriyorum, bebek fotoğraflarına, diyet listelerine, örgü motiflerine, oyuncaklara filan bakıyorum.

O ara biraz içim geçmiş galiba, bir süre sonra titreyerek uyanıyorum.

Pencereyi kapatmayı unutmuşum, iyi mi?

Kalkıp içeriye gidiyorum, Kerem elinde kumandayla koltukta uyuyakalmış.

Aman be!

Tekrar içeri dönüyorum, üzerime pamuklu pijamalarımı geçirip yatağa giriyorum.

Bir hafta sonra, Nazlı'nın nasıl olduysa yine erken ve kendi yatağında uyuduğu, bizim de henüz yorgunluktan ölmediğimiz bir pazar akşamı nihayet kavuşuyoruz Kerem'le.

Daha doğrusu kavuşur gibi olup kavuşamıyoruz.

"Aman ses çıkmasın, dur Nazlı uyandı mı, koridorun ışığını açık mı bıraksaydık, içeriden ses mi geldi, ben bir gidip bakayım, tamam uyuyormuş, bana öyle gelmiş," derken hiçbir şey yapamıyoruz.

Onu da geçiyorum, zaten öyle korkunç bir acı hissediyorum ki daha ilk andan itibaren anlatamam. Ya ben ilk seferinde bile böyle korkunç bir acı çekmedim, bu ne! Olmaz olsun böyle aşkın ızdırabı yani!

Haftada beşmiş! Ben senin yalanını...

Allahıııımmmm, seks hayatımız bitti!

Ay, bundan sonra hep böyle mi olacak?

Hiç mi eskisi gibi olmayacak, hep mi acı çekeceğim ben böyle?

Hayır yaaa!

HAYIIIIIIIRRRRRR!

Ve...

Yine ağlıyorum.

15

"Çok mu şişman görünüyorum?"

"Hayır sevgilim."

"Çok mu şişman görünüyorum?"

"Hayır sevgilim."

"Çok mu şişman görünüyorum?"

"Hayır sevgilim."

"Çok mu şişman görünüyorum?"

"Hayır sevgilim."

"Çok mu şişman görünüyorum?"

"Hayır sevgilim."

"Çok mu şişman görünüyorum?"

"Hayır sevgilim."

"Çok mu şişman görünüyorum?"

"Hayır sevgilim."

"Çok mu şişman görünüyorum?"

"Hayır sevgilim."

"Çok mu şişman görünüyorum?"

"Hayır sevgilim."

16

Zaman o kadar hızlı geçiyor ki anlatamam. Nazlı üçüncü ayını doldurdu, ben de ilk kez onu annemle teyzemlere emanet edip Migros'a geldim ve kendimi Mykonos'taymış gibi hissediyorum. İçimde öyle manasız bir sevinç yani. Sanki birazdan güneş kremlerimizi sürüp denize filan gideceğiz. Biraz önce hayatımda ilk kez elma görmüş gibi organik elmalara baktım yakından. Sonra patatesleri elime aldım baktım, marulları inceledim. Dışarı çıkmak süper bir şeymiş, unutmuşum. İçim de acayip rahat, sonuçta üç kişi birlikte bakıyorlar Nazlı'ya. O yüzden evden çıktıktan sonra sadece üç kez aradım annemi.

İlk seferinde ıslak mendillerin nerede olduğunu söyledim, unutmuştum çünkü evden çıkmadan önce söylemeyi. Yani mutlaka arayıp bulurlardı ama ne gerek var diye düşündüm. Islak mendil çok önemli çünkü. Mutlaka elimizin altında olması lazım. Artık bütün çantalarımda bir paket var taşıyorum ben. Nazlı'nın bebek çantasında da üç ayrı markanın mendilini taşıyorum ve Zeynep'in yanında yalnızca Amerika'dan gelenleri kullanıyorum. Neden? Çünkü ıslak mendil çok önemli! Zaten evi de o yüzden aradım işte. Ya acil bir şey olursa, ıslak mendil gerekirse, o an arayıp bulamazlarsa filan, hiç gerek yok. Arayıp söyledim, rahatladım. İkincide, her şey yolunda mı, bir sorun var mı diye sordum, yokmuş. Nazlı uyanıkmış, ağlamıyormuş ve gülüyormuş. Canım ya. Bu aralar gülmeye, çığlık atmaya filan başladı, çok hoşuma gidiyor. Yani çoğu zaman. Çığlıkları pek sevmiyorum ama idare ediyoruz. Üçüncü seferde de bir şey lazım mı diye aradım, değilmiş. Aklım kesinlikle evde değil yani.

Hayır, çünkü evde olsa, aramaya devam ederdim.

Beşincide bıraktım aramayı.

Yani şu an alışverişe çıktım diye o kadar mutluyum ki demin bir kutu su kestanesi aldım. Su kestanesiyle ne yapılır ne edilir hiç bilmiyorum ama olsun, bir ara öğrenirim.

Bir ara kıyma almak için kasap reyonundaydım, bir baktım dalıp gitmişim alışveriş arabasını ileri geri sallıyorum bebek arabası gibi. Ay, işte insan böyle böyle çıldırıyor ya. Nazlı'yı arabasında uyuturken ileri geri sallaya sallaya yanmış demek ki benim devreler.

Zaten yanmaması mümkün mü? Nazlı'nın koliği hâlâ geçmedi. Üstelik de hâlâ hava karardığı anda ağlamaya başlıyor. Neyse. Şunun şurasında beşinci aya ne kaldı, öyle değil mi?

Alışverişi bitirdikten sonra sinemaya gideyim diye düşündüm. Hem evden çok uzaklaşmam, hem de bir telefonla hemen geri dönebilirim. Gerçi bir yandan da eve mi dönsem? Sonuçta biraz dolaştım, yarım saat hava aldım, yeter yani. Artık geri dönebilirim.

Mantıklı düşününce, kızımı benden daha tecrübeli üç kadına bıraktığımın farkındayım. Ama bir yandan da kaç milyon yıl önce çocuk büyütmüş yani bu kadınlar, öyle değil mi? Nasıl tutacaklar Nazlı'yı, nasıl altını değiştirecekler, nasıl uyutacaklar, unutmuş olabilirler. Ya unuttularsa? O zaman ne olacak? Hadi onu geçiyorum, Nazlı'nın dilinden bir tek ben anlıyorum, ya anlamazlarsa yavrumun söylediklerini? Tamam, ben de farkındayım konuşamadığının ama, çıkardığı seslerden ben anlıyorum nesi olduğunu. Annesiyim sonuçta, benden daha iyi kim tanıyabilir ki bebeğimi? Hiç kimse.

Sonuçta Kırmızı Balık şarkısını bile bilmiyorlar yani, bilseler yine bir derece.

Kırmızı Balık çok ama çok önemli çünkü evde her gün yetmiş milyon kez çalmadan rahat edemiyoruz biz. Her çalışında da aynı mutlulukla el çırpıyoruz filan. Çalmayınca Nazlı kıyametleri koparıyor, o yüzden artık çalmadığı zamanlarda bile benim kafamın içinde Kırmızı Balık şarkısı dönüp duruyor. Fince şarkılar, Romence halk masalları filan tarihin karanlık sayfalarında kayboldu çoktan. Onların yerine durmadan ama durmadan Kırmızı Balık dinliyoruz ve delirmek üzereyiz. Ve tabii ki Kırmızı Balık dinlediğimizi çok az kişi biliyor.

Kırmızı balık göldeeeee, kıvrıla kıvrıla yüzüyoooor, balıkçı Hasaaan geliyooooooor, oltasını atıyooooooor, kırmızı balık dinle, sakın yemi yemeeee, balıkçı Hasan tutacak, sepetine atacak, kırmızı balık kaaaaç kaaaaaaaaaaç!

İşte bu yüzden, evden çıkmadan önce bin kez tembihledim.

"Başını sola çevirip sol elini uzatırsa, Kırmızı Balık'ı istiyor, çalın. Sağ elini uzatırsa, kucak istiyor. Sağ elini ağzına götürürse ayıcıklı uyku oyuncağını istiyor. Ağzını üst üste şapırdatırsa rezene çayı içmek istiyor, ama yavaş yavaş açıp kapatırsa süt istiyor," dedim.

Annem bana şöyle bir baktı, "Psikiyatristten randevunu ben mi alayım yoksa sen kendin mi almak istersin?" diye sordu.

Allahım yarabbim ya! Beni kimse anlamıyor.

KİMSE!

"Çok ağlarsa Kırmızı Balık'ı çalmayı unutmayın sakıııın!" derken kapı yüzüme kapandı.

Kapıyı açıp "Ama telefondan çalın, telefonu da yakınına koymayın, radyasyon filan yayıyor o aletler!" dedim, kapıyı tekrar çekip çıktım.

Sonra tekrar kapıyı açıp "Kırmızı Balık'la susmazsa, Baby Tv açın, onu da seviyor. Ama yine de susmazsa kayıtlarda *Stick with Nick* var, onu izletebilirsiniz," dedim.

Bu sırada annem bir hışımla içeriden geldi, beni zorla kapının önüne koydu, "Yürü git, valla bağıracağım şimdi!" dedi.

Ben de mecburen evden çıkıp alışverişe geldim işte. Öyle çok fazla bir şey almadım. Hâlâ çok ağır kaldırmamam gerekiyor dikişler yüzünden. Aslında dikişler alınalı çok oldu ama yine de dikkatli olmam gerekiyormuş, Allah korusun içeride yırtık mırtık olabilirmiş.

Su kestanesi, kıyma, marul, biraz elma, biraz armut filan derken saçma sapan bir sürü şey alıyorum Migros'tan, sonra da arabaya atladığım gibi Akasya'ya gitmek için yola çıkıyorum, oradaki sinema salonları çok güzelmiş, geçenlerde Leyla söylemişti.

Acaba sinema iyi bir fikir mi ya? Aklım fikrim evde, girmesem mi acaba filme şimdi? Yok, yok, gireyim, değişiklik olur. En kötü ihtimalle arayıp çağırırlar, ben de "Yettim yavruuuuum!" diye koşturarak eve dönerim.

Alışveriş merkezinin kapısından içeri giriyorum, hiç oyalanmadan yürüyen merdivenlere doğru yürümeye başlıyorum çünkü seansa yirmi dakika var, ayrıca asansörlerin önünde milyonlarca insan bekliyor. Bunu da hiç anlamıyorum, arkadaşım niye yürüyen merdiven kullanmıyorsun acaba? Bebek arabalı veya tekerlekli sandalyeli insanlar nasıl çıkacak yukarı? Hamileler, yaşlılar, hastalar nasıl çıkacak? Hiç düşünmek yok. Bir de terbiyesizlik diz boyu! Bebek arabasıyla beklediğimi görüyor, sanki görmemiş gibi önüme geçiyor. Uyarınca da, "Aaa, görmemiştim ben sizi!" deyip insanı salak yerine koyuyor! Valla insanlık ölmüş! Ne diyeyim!

Yürüyen merdivenle ikinci kata çıkıyorum, meğerse sinema katı bir üst katmış. Biraz ilerliyorum, yukarı çıkan yürüyen merdivenlere doğru ilerlerken, Ladurée'nin önünde Zeynep'le Tuğçe'yi görüyorum.

Hayır ya, hayır!

Arkamı dönmek için hamle yaptığım anda Zeynep beni görüyor tabii ki.

Allahtan taytla filan çıkmadım sokağa, annemin zoruyla mavi bir gömlek, altına da lacivert kot pantolon giydim, hatta saçımı bile taradım.

"Aaa! Ne işin var senin buradaa?" deyip koştur koştur yanıma geliyor Zeynep, kucağında kızıyla.

"Hiiiç, hava almaya çıkmıştım biraz. Sinemaya gidiyorum."

"Aaa, ne sineması ya, bırak şimdi sinemayı, Selda da gelecek birazdan, bir şeyler içeceğiz. Sen de bizimle geliyorsun!" deyip beni çekiştirmeye başlıyor Ladurée'ye doğru.

Tabii ki itirazlarım hiç işe yaramıyor, sinemaya her zaman gidebileceğim söyleniyor ve sonunda kendimi Ladurée'nin balkonunda bir masada oturmuş, bitki çayı içerken buluyorum.

Selda'yla Tuğçe meğerse ikinciye hamileymiş, her şey yolundaymış, süpermiş filan.

Valla bazı insanlar ne kadar cesur!

"İkinciyi düşünüyor musun canım?" diye soruyor bana bir süre sonra Tuğçe.

Tövbe bismillah.

Daha Nazlı üç aylık, nesini düşüneceğim ben ikincinin?

"Yok, hiç düşünmüyoruz şu an," diyorum.

"Valla ben hemen düşünüyorum," diyor Zeynep araya girip.

EFENDİM?

"Birlikte büyürler sonuçta, bir çırpıda yani," diyor.

Valla Allah akıl fikir versin. İsteyene de çocuk versin ama mümkünse bana şu an vermesin.

AMİN.

Bir süre çocuklardan konuştuktan sonra telefonlarımızı çıkarıp karşılıklı fotoğraf göstermeye başlıyoruz çünkü anneliğin altın kurallarından biri bu. Çocuklarımızın fotoğraflarını gösterip maşallah yarıştırmak. Olmazsa olmuyor.

Ben Nazlı'nın çilek desenli, tavşanlı bir tulumla çekilmiş bir fotoğrafını gösteriyorum.

AYYY, ÇOK TATLI MAŞALLAAAAAH!

Zeynep, Arven Kuğu'ya tek boynuzlu at kostümü giydirmiş, onu gösteriyor.

Ah, yerim. Şu tatlişliğe gel! Maşallaaaah!

Mümtaz Aleks'in doğum günüymüş geçen hafta, vahşi batı temalı bir parti yapmışlar, Mümtaz Aleks de kovboy olmuş. Selda da milyon tane fotoğraf çekmiş tabii ki, onları gösteriyor.

Maşallah kocaman delikanli oldu artik Mümtaz Aleks caniiim!

Tuğçe de kızının kaydıraktan kayarken çekilmiş bir pozunu gösterip, üstüne doktorun bu hafta çekip verdiği ultrason fotoğrafını koyuyor masaya.

Ay, şuna bak şunaaa, maşallaah kuzularaaa!

Fenalık geldi yemin ederim.

Nazlı'nın fotoğraf albümünü de geçen hafta aldım bu arada. Bir tane büyük, iki tane orta, bir tane de mini albüm yaptırdık. Büyüğünü kendimiz aldık, ortaları annemlerle Kerem'in ailesine verdik, mini albümü de Leyla'ya verdim. Bütün fotoğraflarımız harika çıkmış, hatta çok da güzel bir klip yapmışlar bazı fotoğraflarla video görüntülerinden. Onu da izlerken bir ağladık bir ağladık anlatamam.

Zeynep telefonunu kapatıp çantasına atarken, "Keşke Nazlı'yı da çıkarsaydın dışarı, hava alırdı biraz," diyor bana.

"Annemle teyzemler evde, onlara bıraktım."

"Ben sık sık çıkarıyorum Arven Kuğu'yu, hem de tek başıma."

Tatlım, senin çocuğun hiç ağlamıyor ki! Hiç huysuzluk yapmıyor ki! Koyduğun yerde duruyor, koyduğun yerde uyuyor.

Tabii ki çıkarırsın tek başına! Ben bir kere çıkardım, birlikte AVM'ye gittik, intiharın eşiğine geldim. Daha içeri girdiğimiz andan itibaren hiç susmadan ağladı. Bebek odasına gittik hâlâ ağlıyordu. Emzirmek istedim emmedi, altını değiştirirken bile ağladı ya. Bir saniye susmadı. Nasıl arabasına koydum, nasıl otoparka indim, Nazlı'yı nasıl ana kucağına koyup bağladım filan hatırlamıyorum bile. Kendimden geçmişim, o derece.

Çocuğu sakin olan, hiç ağlamayan anneleri o kadar kıskanıyorum ki, anlatamam. Daha bizimkinin tarihinde yok böyle dışarıda sakin sakin arabasında yatmak. Ya bağırır, ya çığlık atar, ya ağlar. Neler denedik olmadı. Sling deneyin, kesin işe yarar dediler, denedik olmadı. Daha doğrusu bir ton para verip aldık, bir kere bile kullanamadık. Milletin çocuğu huzur içinde mışıl mışıl uyurken, bizimki kendini nasıl dışarı atacağını bilemedi o zamazingodan.

Bir de insan kendini çok kötü hissediyor çocuğu avaz avaz ağlarken. Etraftakiler öyle bir bakıyor ki, "Ay, daha çocuğunu susturmayı bile beceremiyor!" bakışlarıyla hem de. İnsan yerin dibine girmek istiyor. Sanki ben çocuğumun susmasını istemiyorum! Sanki ben çocuğumun güzel güzel arabasında yatıp uyumasını istemiyorum! Bağırsın ağlasın istiyorum durmadan! Manyağım ben çünkü! Ruh hastasıyım!

"Ay, uyuyunca o kadar özlüyorum ki kızımı anlatamam. Uyandırıp sevmek istiyorum bazen," diyor Zeynep suyundan bir yudum alırken.

NE?

"Ben de çok özlerdim kuzumu uyurken. Yanında oturup beklerdim uyansın diye," diyor Selda.

Ha?

"Ben de. Uyurken yanında oturup saatlerce onu izlediğimi bilirim," diyor Tuğçe de.

Ben de Nazlı uyusa da iki dakika dinlensem diye gözünün içine bakıyorum canım. Yarım saat dalsa da duş yapsam diye kıvranıyorum. Ya da dörtten sonra ağlama krizlerine girmese de akşam yemeğini hazırlasam diye dua ediyorum. Onu geçtim, uyusun diye dua ediyorum ben her gün. Uykusunda özlemekmiş! Bunu da ilk kez duyuyorum.

Sonra üçü de bana dönüyor.

Bir şey söylemem lazım.

"Ben de! Ben de çok özlüyorum. Hatta bazen dürtüp uyandırmak istiyorum, o derece! Hiç uyumasın istiyorum yani. O kadar çok uyuyor ki!" diyorum ben de ne yapayım?

"Zaten güzel uyuyan çocuklar erken gelişiyor. Mesela bizimki çok hareketli bu aralar, yakında emekleyecek bence," diyor Zeynep.

Pardon ama üç aylık çocuk nasıl emekleyecek anlamadım.

"Ay, inşallah, inşallah," diyorum.

Deli mi ne!

"Zaten çok zeki. Daha şimdiden başını filan dik tutabiliyor."

Başını mı tutuyor?

"Nazlı da tutuyor!" diyorum hemen otomatik olarak.

"Ama Arven Kuğu geçen ay da tutabiliyordu."

Nazlı daha doğmadan önce bile kafasını dik tutuyordu!

"Ne güzel, çok harika," diyorum Zeynep'e.

"Kaç saatte bir emziriyorsun?" diye soruyor Tuğçe bu sırada.

"İki buçuk filan."

"Aaa! En ideali üç saat. Çünkü üç aylık oldular artık," diyor Zeynep.

İdeali üçmüş. Hey Allahım yarabbim.

"Gece peki?" diye soruyor Selda.

"Gece de bir iki kez," diyorum.

"Gündüz uyuyor ama gece aralıksız uyuyor mu peki?"

HAHAHAHAAHHAHAHAHHAAHAHAHAHAHA!

"Aralıksız derken?"

Tam olarak neyi kastediyoruz acaba aralıksız derken?

Aralıksız on beş dakika?

Yirmi?

Kırk?

"Yani benim kızım üç aylıkken geceleri beş saat filan, bazen de altı saat uyuyabiliyordu," diyor Tuğçe.

ALTI SAAAAT MIIIIII?! VİSKİ GETİRİN BANA! İÇECEĞİM!

"Nazlı da uyuyor tabii, dün gece mesela altı buçuk saat uyudu hiç uyanmadan," diye sallıyorum.

On yaşına gelince ancak uyur bizimki böyle ama olsun. Yalandan kim ölmüş.

"Bizimki de doğrulmaya çalışıyor, biliyor musun? Koyuyorum yüzüstü, başını kaldırıyor, yana dönüyor."

"Ne güzel," diyorum yine otomatik olarak.

Zaten Zeynep'i gördüğüm zamanlarda bir süredir otomatik pilottayım ben. Söylediklerinin çoğunu duymamaya çalışıyorum ve hep aynı tonda cevap veriyorum.

"Tabii ki, ne güzel, ne harika, ne süper, maşallah, inşallah, harika," filan diyorum.

"Ay, bizimki çok zeki. İstediği her şeyi işaret ediyor," diyor Zeynep.

"Harika!"

"Dönmeye de başladı. Seninki de yan dönebiliyor mu?" diye soruyor Zeynep merakla.

Benimki uçtu dün.

"Tabii ki, tabii ki," diyorum yine otomatik otomatik.

"Harika! Önümüzdeki ay yüzmeye başlıyoruz, haberin olsun. Seni de yazdırdım bekleme listesine."

HA?

"Yüzme mi? Biraz erken değil mi?"

"Geç bile kaldık! Dört aylıkken başlayabilecekler diye zaten çok üzülüyorum! Millet ikinci ay başlatıyormuş. Tabii doğumdan önce kayıt olmuş onlar. Nasıl bir bekleme listesi var anlatamam!" diyor Zeynep.

BEBEK YÜZME DERSİ İÇİN BEKLEME LİSTESİ Mİ?

Tuğçe'yle Selda da hemen onaylıyorlar Zeynep'i, millet kuyrukmuş kapıda, ayrıca yüzme dersi çok önemliymiş, anne karnında gibi oluyormuş çocuklar, erkenden yüzmeye başlarlarsa şak diye yüzmeyi öğreniyorlarmış.

"Ben bir düşüneyim canım, sonra konuşuruz," diyorum Zeynep'i başımdan savmak için ama işe yaramıyor.

Zaten çoktan ikimiz için de kayıt yaptırmışmış, bir daha bu fırsatı elde edemezmişiz, zaten havuz ikimizin de evine çok yakınmış ve hoca da İstanbul'daki en iyi yüzme hocalarından biriymiş.

Yarım saat daha oturuyorum Zeynep'lerle, söyledikleri her şeyi dinliyormuş gibi yapıyorum ve gülümsüyorum. Hepsinin çocuğu çok zeki, çok müthiş, çok harika. Deha filan hepsi. Bir tek bizimki normal galiba. Yapacak bir şey yok.

Eve döndüğümde, annemi yemek pişirirken, Nurşen teyzemi ütü yaparken, Gülşen teyzemi de banyoyu ciflerken buluyorum. Bir saniye bile boş duramıyorlar bunlar niyeyse? Yahu uzat ayağını, otur işte? Yok.

Nazlı çok iyiymiş, biraz önce annemin kucağında uyuyakalmış, annem de gidip yatağına yatırmış. Gidip bakıyorum gerçekten de yatağında uyuyor bizimki. Hem de üzerinde el örgüsü inanılmaz kalın bir yelekle, kan ter içinde uyuyor.

Hızla mutfağa gidiyorum, "Anne niye yelek giydirdin çocuğa, kan ter içinde kalmış," diyorum.

"Üşümesin de terlesin, önemli değil," diyor annem.

"O ne demek şimdi? Terleyince de hasta olur insan."

"Olmaz olmaz, bir şey olmaz. Ayrıca da uyuyanın üstüne kar yağar."

Hey Allahım ya!

Annemin hayatı, benim yaptığım her şeyin tersini yapmak üzerine kurulu. Ve tabii ki benim yapma dediğim her şeyi yapmak üzerine de kurulu. Yelek giydirme diyorum, giydiriyor. Çorap giymek istemiyor zorlama diyorum, çocuğa külotlu çorap giydiriyor. Hızlı sallama kucağında sakın diyorum, böyle daha rahat uyuyor diyor. Allahtan ayda yılda bir kez geliyor, yoksa her gün birbirimize gireriz eminim.

"Nurşen teyzen senin için bir şey yaptı. Dolapta, aç bak," diyor annem soğanları kavururken.

"Ne yaptı? Revani mi?"

"Hayır."

"Köfte o zaman. Geçen gün köfte istemiştim."

"Hayıır. Aç bak, şişelerin oraya bak!"

Dolabı açıp bakıyorum, soda şişelerinin yanında kocaman bir sürahi görüyorum.

"Bu ne bu? Ne var sürahide? Reyhan şerbeti filan mı?"

Ay, ona da bayılırım şekerli şekerli.

"Yağ yakıcıymış. Senin için yaptı, özel."

YAĞ YAKICI MI?

YAĞ YAKICI MIIIIIII?

"Ben öyle şeyler içemem. Emziriyorum sonuçta!" diyorum dolabın kapağını kapatırken sinir sinir.

"Bu tamamen doğal ama. Merve filan da hep bunu içmiş doğurduktan sonra."

"Bunun olayı, karın bölgesindeki yağları yok etmesi," diyor Nurşen teyzem mutfağa girerken. Sabahları içiyorsun, güne süper enerjik başlıyorsun."

YAAA, TABİİ! EMİNİM!

"Ne var bunun içinde?

"Üç dört dilim salatalık, yarım limon suyu, birkaç tane limon dilimi, bir tatlı kaşığı rendelenmiş taze zencefil, üç dört yaprak taze nane, yarım tatlı kaşığı bal. Hepsini yarım litre suya atıp karıştırıyorsun, içiyorsun. Sonra bana dua ediyorsun."

"Tabii ki, mutlaka ederim," diyorum sinirle mutfaktan çıkıp yatak odasına gidiyorum.

Kendimi yatağın üstüne atıp gözlerimi kapatıyorum.

İnsanlar çok acayip. Gerçekten. Her şeye karışabileceklerini, her şeye müdahale edebileceklerini, her şeyi eleştirebileceklerini filan düşünüyorlar. Her konuda ama her konuda fikirleri olduğu gibi, bu fikirleri söylemekten de hiç çekinmiyorlar. Sadece söyleseler yine iyi, söylemekle de kalmayıp evinizin mutfağına giriyor, yağ yakıcı içecekler filan hazırlıyorlar. Karşındaki kırılırmış, üzülürmüş, bozulurmuş, hiiiç! Hiç önemi yok. İnanılır gibi değil.

Mesela geçen gün pazardan elma alıyorduk Nazlı'yla, kadının biri yanımıza gelip Nazlı'nın yanağından bir makas aldı. Çocuğuma dokunanlara zaten çok sinir oluyorum da, bir de yetmezmiş gibi, "Ay, çok yakışıklı, maşallah annesiiii!" dedi.

"Kız bizimki," dedim.

"AAAAA! Ama erkeğe benziyor."

BUYURUN BURADAN YAKIN!

"Ama kız."

"Resmen erkek suratlı."

"Kız ama."

"Erkeğe benzettim ben valla."

"Olabilir ama erkek değil, kız."

"Kıza da hiç benzemiyor ama?"

Teyzeciğim ne istiyorsun ama ya? Ne istiyorsun? Sen erkeğe benzettin diye ne yapabilirim? Kız işte. Vallahi de kız billahi de kız. Ne yapabilirim yani?!

"Evet ama kız. Yapacak bir şey yok."

"O zaman arkası erkek!"

"Neyin arkası?"

"Kızın arkası. Yani ikinci kesin erkek."

Bir de bu var. Erkek çıkmadı mı? O zaman ikinci kesin erkek!

Yeni doğduğunda, beyaz filan giydiriyorduk Nazlı'ya, pembe çok giydirmiyorduk, ondan erkek sanıyorlar diye düşünüyordum. Ama pazara giderken üstüne bebek desenli pembe tulum giydirmiştim yani! Olacak iş değil!

Bu benzetme olayı çok fena sonra. Kerem'in annesi mesela, sürekli kendisine benzetiyor Nazlı'yı. Geçenlerde anneler gününü kutladık bizim evde, orada da aynı şeyler konuşuldu valla bunaldım. Kaşı gözü filan, bakışı, duruşu aynı kendisiymiş. Şuncacık çocuğun hangi bakışını, hangi duruşunu kendisine benzetiyor hiç bilmiyorum. İsmail Bey de Nazlı'yı kendi annesine benzetiyor tabii ki, bizimkiler de annemin halasına benzetiyor. Kimse bana benzetmiyor niyeyse. Zaten de benzemiyor ama, üzülmeyeyim diye belki *sana da benziyor kulağı* filan derler diyordum, yok. Neyse ya, zaten çocuk hâlâ babasının kopyası. Hatta yeni doğduğunda değişir sonradan demişlerdi ama yok. Hâlâ tıpkısının aynısı.

Kerem anneler günü için bana çok güzel, altın bir kolye yaptırmış madalyon şeklinde, içine de üçümüzün fotoğrafını koydurmuş. O kadar beğendim ki anlatamam, artık hiç çıkarmıyorum boynumdan. Bir de kocaman bir buket papatya almıştı, ona da bayıldım, koydum baş köşeye. Kerem'in annesiyle benim anneme, içinde Nazlı'nın fotoğrafı olan gümüş çerçeveler aldık, onlar da hediyelerini çok beğendi. Nihat da Zeynep'e ilk anneler günü için zümrüt yüzük almış efendim. Yüzüğün içine de hepsinin isimlerini yazdırmış. Tabii ki o yüzük bütün gün gözümüze sokuldu, sabahtan akşama kadar Nihat'ın ne kadar muhteşem bir koca olduğuyla ilgili ardı arkası gelmeyen anılar anlatıldı. Sonunda eve döndüğümüzde

Kerem'in de benim de korkunç bir şekilde başımız zonkluyordu, o derece.

Yağ yakıcıymış!

Sensin yağ yakıcı!

İçmeyeceğim işte yağ yakıcı filan!

Zaten arkası erkek.

Tabii ya!

İkinci erkek olacak.

Teyzelere göre mutlaka erkek olacak yani.

Belki de kız olur bilmiyorum ama ikinci olacak.

Bir gün.

Çok ama çok ileride.

Çok çok ama çok çok ileride.

O yüzden yağ yakıcı filan...

HİÇ GEREK YOK.

17

Normalde inanılmaz hızlı hazırlanan biriyim ve ayrıca da acayip dakik bir insanımdır ama Nazlı dünyaya geldiğinden beri hiçbir yere vaktinde gidemiyorum, her yere geç kalıyorum. Başlarda, *önce kendin hazırlanacaksın, sonra bebeği hazırlayacaksın*'cıları dinliyordum. Git duş yap, saçını kurut, hazırlan, giyin sonra Nazlı'yı giydir, emzir, yedir, hazırla şeklinde hareket ediyordum ve evden her seferinde buruşmuş ve lekelenmiş elbiselerle çıkıyordum. Sonra tam tersini denemeye başladım, bu sefer de Nazlı'nın elbiseleri lekelenmiş oluyordu, ben giyinene kadar illaki tekrar altının değişmesi gerekiyordu filan. O yüzden ne yalan söyleyeyim, ilk aylarda bayağı zorlandım ve çok gerekmedikçe misafirliğe filan gitmedim. Nazlı'yı her gün hava alması için dışarı çıkarıyorum, birlikte bir saate yakın geziyoruz ama o kadar. Öyle her gün annemlere de götürmüyorum çünkü her gidişimizde Kerem'le kavga ediyoruz ve sinir küpü hâlinde annemlere varıyoruz.

Giyin kuşan, Nazlı'yı hazırla, bebek arabasını al, Nazlı'nın çantasını al, her şey tamam mı diye kontrol et, son anda bir eksik çıksın, kapıdan tam çıkmak üzereyken Nazlı kaka yapsın, kapıyı kapat, Nazlı'nın altını değiştir. Bu sırada tulumların da kaka olduğunu gör, Nazlı'nın üstünü başını komple değiştir, bunu yaparken terle vıcık vıcık olsun her yanın, Nazlı'yı giydirmeyi bitir, arabasına koy, evden çık, asansöre bin sıkış tepiş aşağıya in, arabaya git. Çok kolay kapandığına ikna olduğun için aldığın bebek arabasını asla ama asla bir hamlede kapatmayı başarama, Nazlı'yı ana kucağına oturtmaya çalış, ağlamaya başlasın ve tekme atsın o yüzden oturtama, yirmi dakika onu ana kucağına sabitlemek için uğraş, sonunda bebek arabasını bagaja tık, bebek çantasını yanına al, Nazlı'yı ağlamasın diye oyalamaya çalışırken arka koltukta kan ter içinde kendinden geç.

Neden bilmiyorum bu aralar çok sinirliyim ve her şeye bağırıyorum. Elimde değil, en ufak şey bile beni acayip sinirlendiriyor. Mesela Kerem. Kerem'in her yaptığı şeye sinir oluyorum. Su içtiği bardakları sehpanın üzerinde bırakmasına, çoraplarını salonda çıkarmasına, saatini çamaşır makinesinin üzerindeki havlu sepetinin içine atmasına, Nazlı'yı kucağında zıplatmasına, ay, her şeyine sinir oluyorum. Geçen gün Nazlı'ya telefonundan yavru köpek videosu izletiyordu, boğazını sıkmak istedim, o derece! Üstelik tanıştığımız günden bugüne kadar doğru dürüst tartışmış insanlar bile değiliz yani, kavgayı filan zaten geçiyorum. Ama şimdi, durmadan bir sinir harbi şeklindeyiz, onu öyle yaptın, bunu böyle yapmadın, onu niye oraya koydun, istediğim şeyi niye almadın diye durmadan birbirimizi yiyoruz.

İkimiz de yorgunuz, bitkiniz, enerjimiz eksilerde.

Sanki ne yaparsam yapayım olmuyor. Kusursuz olmaya çalıştıkça bir yerlerden arıza veriyorum. Tamam, evet, bin kere söylediler mükemmel anne yok diye ama olmuyor işte. En iyisini yapmak istiyorum. En harikasını. En güzelini. Yapamadıkça da suçluluk duymaya başlıyorum. Herkes mükemmel, bir tek ben değilim sanki. Öyle bir ağırlık var üzerimde. Ne yaparsam yapayım bu duygudan kurtulamıyorum. Neyse ki çok uzun sürmüyor gerginliklerimiz, bir şekilde barışıyoruz ama ikimiz de çok yorgunuz.

Tabii bu arada güzel şeyler de oluyor, olmuyor değil.

Mesela Nazlı beşinci ayını doldurdu ve altıncı ayın ilk günlerinde nihayet kolikten kurtulduk.

YAŞASIIIIIIIN!

Hem de bir anda. Doktoru da aynen böyle söylemişti, "Bir gün uyanacaksınız, yine aynı şeyleri yaşayacağız derken bir bakacaksınız ağlama krizleri bitmiş," demişti. Öyle de oldu. Tabii hâlâ biraz huysuz ama en azından eskisi gibi ağlama krizlerine girmiyor, bu da bir şey. Şimdilerde gülüyor, kucaktan kucağa geziyor, kahkahalar atıyor, yeni yeni kendi başına oturmaya bile başladı. Tabii kolik bitti derken bu sefer de diş çıkarma belirtileri başladı. Elleri sürekli ağzında, ağzından da sürekli salyalar akıyor. Ve durmadan bababababababaa diyor. Sen dokuz ay karnında taşı, besle büyüt, çocuk durmadan baba desin! Aaaah ah.

Bu aya kadar Nazlı'ya ek gıda filan vermedik tabii ki. Yalnızca anne sütü ve rezene çayı içti ama geçen hafta doktorunun tavsiyesiyle artık ek gıdalara başladık. Ek gıda dediğim meyve püresi çünkü sebzelere hiç yüz vermedi bizimki.

Geceleri de daha iyi uyusun diye formül sütle hazırlanmış yedi tahıllı mama vermeye başladık. Tabii ki başta karşı çıktım, çocuğuma asla ama asla formül süt vermeyeceğim diye ortalığı yıktım. Ama sonunda mecburen vermeye başladım. O dakikadan sonra da biberon ısıtıcısıyla sterilizatör en yakın arkadaşım oldu diyebilirim. Tabii kimsenin bunu da bilmesine gerek yok.

"Altıncı ay bitene kadar asla ek gıda vermemek lazım hayatım," diyor Zeynep, Nazlı'ya meyve püresi verdiğimi duyunca.

"Doktoru verdi, hem beşinci ayda da başlanabiliyormuş bazen."

"Aaa, olmaz! Kesinlikle olmaz. Biz kesinlikle yemiyoruuuz ek gıda."

BİZ DERKEN?

Oldu. Çocuk açlıktan ölsün, geceleri yetmiş kez emmek için uyansın ama ben ek gıda filan vermeyeyim.

"Emzirmeye devam etmen lazım. Zaten devam ettikçe sütün mutlaka çoğalır. Çoğalmaması mümkün değil."

Yahu geçen hafta başlamadım ki ben emzirmeye, nasıl çoğalacak, deli mi ne! Bir anda çeşme gibi süt mü akmaya başlayacak göğüslerimden, anlamıyorum ki!

"Her gün kakamızı da yapıyorsak birkaç kez, gerisi önemli değil."

KAKAMIZ?

Kakamızı kaç kişi yapıyoruz acaba?

"Aklıma gelmişken, biberon ısıtıcılarına da çok dikkat etmek lazım, Bisfenol A filan kesinlikle içermeyecek."

HA? BİSFE NE?

"Kimyasal yani sonuçta. Biberonda ısıttığı her şeye geçiyor Bisfenol A."

İnşallah yoktur öyle bir şey bu ısıtıcıda. Ay, n'olur olmasın.

Günlerce araştırıyorum, sonunda kullandığım biberon ısıtıcıda Bisfenol A denen zıkkımın olmadığını öğrenip rahatlıyorum.

Zaten Zeynep'le ne zaman konuşsam, bir şeyler için endişelenmeye başlıyorum. Nerede acayiplik, orada Zeynep. Geçen gün de kızları yüzmeye götürdüğümüzde asla ama asla normal yoğurt almamamı söyledi çünkü yoğurtların üzerindeki kaymak sandığımız tabaka kaymak değil havlu kâğıtmış.

Yaaa, tabii, geçen aydan beri yüzmeye de gidiyoruz. Gitmemek için neler yaptım, ne diller döktüm, Kerem'i araya koydum, hatta hasta numarası bile yaptım ama nafile. Sonunda tıpış tıpış yüzmeye başladık Zeynep'le. Haftanın bir günü, bir saat neyse ki. Daha fazla olsaydı kendimi keserdim herhâlde. Tabii Zeynep'in bikiniyle havuza girdiğini söylememe gerek yok herhâlde. Ben de kendime gidip anneanne modeli, ultra kapalı, siyah bir mayo aldım. Hatta onunla da yetinmeyip altına siyah yüzücü şortu giydim. Yüzücü şortu diye bir şey olmadığının farkındayım! Zeynep'e bu şortların yeni çıktığını ve önümüzdeki olimpiyatlarda bile giyileceğini söyledim. İnandı mı bilmiyorum. Umarım inanmıştır. Neyse ki şort birazcık oramı buramı kapatıyor, bacağımdaki selülitleri filan çok göstermiyor. Başta, yalnızca havuz kenarında oturacağımızı sanıyordum ama öyle değilmiş, biz de kızlarla birlikte havuza giriyoruz, başka anneler ve çocukları da oluyor bazen ve hep birlikte yüzme hocasının gösterdiği hareketleri yaptırıyoruz çocuklarımıza. Suyun içinde ayak çırpmak olsun, bebekleri kollarının altından tutup suyun üstünde kaydırmak olsun, bir sürü saçma sapan şey yapıyoruz ve bunları neden yaptığımızı kendimiz bile bilmiyoruz.

Durmadan bir şeyler alıyoruz, kutlamalar yapıyoruz, Babalar Günü'nü de birlikte kutladık mesela. Zeynep sabahın köründe kalkmış, Nihat'ı uyandırmadan yatak odasını ağzına kadar balonlarla doldurmuş. Sonra da o balonların iplerinin ucuna tek tek Nazlı'nın fotoğraflarını tutturmuş. Bitti mi? Bitmedi. Tabii ki o fotoğrafların her birinin arkasına yazılar da yazmış ve Nihat uyanıp da yatak odasını öyle görünce çok mutlu olmuş, gözlerine inanamamış.

Ben de uzun uzun düşündüm özel bir şey yapmak için, hatta bir ara Nazlı'yı hediye paketi gibi paketlemeyi bile düşündüm ama vazgeçtim. Kafasını gözünü değil tabii ki sadece vücudunu. Sonra paket yerine vücuduna bir kurdele bağlasam dedim, öyle versem? Ondan da vazgeçtim. Yanlış hatırlamıyorsam yıllar önce Ayşe Arman yapmıştı böyle bir şey. Kızını kurdeleyle bağlayıp gümüş bir tepsiye koymuştu babalar gününde, acayip olay olmuştu. Uzun uzun düşündüm aslında aynısını yapsam mı, yapmasam mı diye. *Bugüne kadar birbirimize verdiğimiz en güzel hediye* diye bir kart yazmayı da düşündüm ama Nazlı'nın içine sığacağı kadar büyük bir gümüş tabak bulamayınca, o iş yattı.

Dışarı çıkıp güzel bir hediye alacak vaktim de olmadı Kerem'e, o yüzden çikolatalı pasta yaptım evde. Üzerine de kremayla Babalar Günün Kutlu Olsun yazdım, çok güzel oldu, Kerem çok beğendi. Pastanın yarısını ben yedim, o ayrı. Ne yapayım, bu aralar bulduğum her tatlıya atlıyorum, yapacak bir şey yok. Ertesi gün koştur koştur gidip Kerem'e saat aldım tabii ki, arkasına da Nazlı'nın babası yazdırdım. Öyle bir tek kuru kuru pastayla geçiştirmedim Kerem'in ilk babalar gününü. Kerem saati de çok beğendi ama söylediğine göre pastayı ben yaptığım için pastayı daha çok beğenmiş.

Canım ya. Çok seviyorum ben bu adamı.

Genellikle.

Bazen öldürmek de istiyorum.

Gidip geliyorum işte ikisi arasında.

Duygularım karman çorman, hormonlarım da aynı şekilde.

Ayrıca şunu fark ettim ki tatlı yedikçe kafam da acayip bir şekilde çalışmaya başlıyor. Mesela bu aralar yatak tasarlıyorum. Tasarlıyorum derken, kafamda yani. Genellikle Nazlı'yla birlikte uyuduğumuz için, en büyük paranoyalarımdan biri Nazlı'nın yataktan düşmesi. Birlikte yatıyoruz ama asla yattığı yerde durmuyor. Ne yapıp ediyor, dönüyor, o yüzden her ne kadar yatağın dört bir yanına yastık da döşesem de, durmadan panik hâlindeyim. O yüzden de geçen gün aklıma ne geldi! Mesela iki kişilik yatakların yanında bir düğme olsa, o düğmeye basınca çat diye parmaklıklar yükselse! Çok güzel olmaz mı? Bence olur. Ya da yatak kenarlığı şeklinde şişme yastık olsa kocaman, onu şişirip koysak mesela yatağın etrafına? O da olur. Ama yastıkların organik ve çiğ vegan olması şart!

Ne diyorum ben be?

İyice kafayı yedim!

Geçen gün de Nazlı'ya oyuncak alırken kafayı yedim zaten böyle. Alt tarafı tahta blok alacaktım, on saat oyuncakçıda dolaştım durdum. Aslında oyuncakçıya gittiğimi de söylemiyorum kimseye çünkü söylersem beni tepelerler. Özellikle de Zeynep. Artık oyuncakçıya gitmek yerine istediğimiz oyuncakların siparişini Kanlıca'da küçük bir dükkânı olan Hüsnü Bey'e veriyoruz. Yaaa, bir bu eksikti, o da oldu! Hüsnü Bey de bizim istediğimiz oyuncakları iki ayla beş ay arasında bitirip teslim ediyor.

ÇÜNKÜ SIRA VAR, SIRA!

Hamleys'de, Toys 'R' Us'da veya Joker'de otuz kırk liraya satılan tahta blokları Hüsnü Bey iki yüz liraya yapıyor üstelik!

İKİ YÜZ LİRA, İKİ YÜZ!

Ama tamamen el işçiliğiymiş!

Zaten parayı el emeğine veriyormuşuz!

Ayrıca vernik filan kullanmıyormuş.

Düz tahta kullanıyormuş, süper sağlıklı ve organik oluyormuş yaptığı oyuncaklar.

İki yüz lira diyorum, üç beş tane tahta blok diyorum.

Başka da bir şey demiyorum!

Zaten yalnızca tahta blok alabildik Hüsnü Bey'den çünkü en ucuzu bunlardı. Trenlerle arabalar filan üç yüz elliden başlıyor, kim bilir ne kadara varıyordur sonu.

Tabii ki Nazlı'nın oynadığı tahta olmayan oyuncakları eve birileri geleceği zaman toplayıp dolaplara tıkıştırıyorum kimse görmesin diye.

Kimse kusura bakmasın ama benim kızım *Maşa ile Koca Ayı*'yı çok seviyor. Maşa bebeklerine de bayılıyor, almasa mıydım yani bir tane Maşa bebeği? Aldım tabii ki! Ayrıca pofidik bir koca ayı da aldım. Ve biraz Lego, birkaç tane minik mavi şirin, karpuz şeklinde bir diş kaşıyıcı, yumuşak tüylü bir köpek...

EVET, ALDIM!

Aldım! Bir sürü oyuncak aldım.

Ama bunu kimsenin bilmesine gerek yok, tamam mı?

GEREK YOK DEDİM!

Hele Zeynep'in bilmesine hiç gerek yok, on saat konuşur, beni zıvanadan çıkarır yine. Zaten hayatım yeterince zor değilmiş gibi, bir de Zeynep'in eleştirilerine maruz kalmak istemiyorum. Aslında kimsenin eleştirisine maruz kalmak istemiyorum çünkü kızım için her şeyin en iyisini yapmaya çalışıyorum. Ama beceremiyorum işte. Her şey iyi giderken bir anda bir yerde tıkanıyorum. Her şeyini taze alıyorum, meyve pürelerini, sebze pürelerini ellerimle hazırlıyorum, durmadan yoğurt mayalıyorum, her şeyi organik geliyor zaten eve, sağlıklı olmayan bir tek şeyi bile çocuğumun ağzına sürmüyorum, sonra illaki bir şey oluyor ve kendimi kötü hissediyorum. Bence anne olmak dünyanın en zor şeyi. Yemin ederim. Çocuklarımız için en iyisini yapmak için yola çıkıyoruz, sonra asla ama asla yeterli olamayacağımızı anlayıp suçluluk duygularıyla oradan oraya savruluyoruz. O yüzden de sürekli daha iyisini, daha güzelini, daha özelini arayıp duruyoruz. Bulamadıkça da kendimizi yetersiz ve başarısız hissetmeye devam ediyoruz ve bu kısır döngünün içinden bir türlü çıkamıyoruz.

Ben de çıkamıyorum tabii ki!

Her duyduğumu yapmaya çalışıyorum, bebeğim için hep en iyisini arıyorum.

Üstelik zaman geçtikçe ve Nazlı büyüdükçe endişelerim de artıyor. Bu çocuk ne yiyecek, ne içecek, ne giyecek derken kendime bir saniye bile ayıramıyorum.

Daha şimdiden böyleysek, ileride ne olacağını hayal bile edemiyorum.

Daha bunun yürümesi var, koşması var, duyduğuma göre iki yaş sendromu diye bir şeyi var, okulu var, ders çalışması var, ohoooo.

Neyse ki iki yaşına kadar okulu filan dert etmek zorunda değilim. Yani olmadığımı düşünüyorum ama Zeynep elbette ki benimle aynı fikirde değil.

"Sen öyle san, şimdiden yavaş yavaş düşünmemiz lazım artık," diyor Zeynep.

"Daha çok erken, anaokulu öncesi iki yaş filan değil miydi?" diyorum Zeynep'e.

"Bu zaten tam anaokulu gibi değil hayatım. Çocuk gelişim merkezi gibi, biraz da anaokulu öncesi gibi."

Aynı şey işte.

"Anladım, tamam," diyorum.

"İki yaşına kadar beklersen çok ama çok geç olabilir Nazlı için!"

GEÇ Mİ? NE İÇİN GEÇ?

"Anlamadım? Nasıl yani?"

"Mutlaka bir yerlere başlaması gerekiyor. Mesela Gymboree var, Kindryroo var."

"NE?"

ONLAR NE?

"Harika ikisi de. Çocuklarla oyunlar oynuyorlar, şarkılar söylüyorlar, herkes yanında bir kitap götürüyor o kitapları okuyorlar, baloncuk patlatmaktan kaydıraktan kaymaya, milyon tane şey var."

"Daha küçük değiller mi yani?"

"Aaa! Tabii ki hayır!"

"Bu ikisi diyorsun yani, ikisinden biri," diyorum ben de saf saf.

"Hayır! Ben tabii ki araştırdım..."

Araştırmasan şaşardım zaten.

"Ve en iyisini buldum."

Bulmasan da şaşardım.

"En iyisi, Beykoz sırtlarındaki Martı Potlaç."

EFENDİM?

MARTI POTLAÇ MI?

"O ne pardon?"

"Tatlım Martı okulun adı, özgürlüğü temsil ediyor. Potlaç da göçebe toplumlardaki ürün paylaşımı gibi bir şey. Yardımlaşma, hediye verme, değiş tokuş filan yani. Öyle bir şeylerdi yanlış hatırlamıyorsam."

Bir şey anladıysam ne olayım.

"Hiçbir şey anlamadım."

"Sonuç olarak çok güzel bir yer ve tabii ki inanılmaz doğalcı ve organik."

HAH!

Ben de bir süredir organik kelimesini kullanmadığımız için rahatsızdım, çok rahatladım şu an. Organik anaokulu öncesi, gelişim merkezi şeysi. Tabii ki! Olmasa şaşardım zaten.

"Ya ben şimdi pek düşünmüyorum Nazlı'yı böyle bir yere göndermeyi," diyorum konuyu kapatmak için.

"Aaa, öyle mi? Peki canım sen bilirsin," diyor Zeynep.

On beş gün sonra Beykoz'da, üç katlı, eski bir taş evin giriş katındaki Martı Potlaç okulunun müdür odasında oturuyoruz. Okulun müdiresi Tunahan Hanım, beş dakika sonra içeri giriyor ve bizi beklettiği için özür diliyor.

"Ben arkadaşlarımdan çok duydum, onların tavsiyesiyle geldik zaten ama bir de siz anlatırsanız biraz, çok seviniriz," diyor Zeynep.

"Tabii ki! Okulumuzun amacı her şeyden önce çocukları bozmamak," diye başlıyor konuşmaya.

O NE DEMEK YA?

"Biz, her çocuğun bir bütün olarak dünyaya geldiğine inanıyoruz. Çocuklar kendi hayatları ve zamanları içinde zaten harikalar ve tamlar. O yüzden onları bozmak istemiyoruz, bozmamak için de hiçbir şey öğretmiyoruz."

HAAA?

"Harikaaa!" diyor Zeynep.

Deli mi ne? Hiçbir şey öğretilmiyorsa adı niye okul ki buranın?

"Çocukların dokunma duyuları çok ama çok önemli. Ve tabii ki benlik duygusu da aynı şekilde. O yüzden doğal malzemelerden yapılmış oyuncaklarla oynamalarına izin veriyoruz."

E, ben de aynısını yapıyorum evde zaten.

"Mesela ahşap, pamuk, tekrar dönüştürülen kâğıtlar, yün, keçe..."

Yani evet, bende de var bunlardan.

"Ayrıca zeytin çekirdeği, elma kurusu, kurutulmuş portakal kabuğu..."

NE?

"Kösele, güvercin tüyü, kaplumbağa tırnağı..."

PARDON?

"Muhteşem!" diyor Zeynep.

Tunahan Hanım aynı tepkiyi benden de beklediği için gözlerini dikip beni incelemeye başlıyor.

"Bence de muhteşem," diyorum. "Sonuçta evdeki keçeyle buradaki keçe bir olmaz tabii ki! Hele kaplumbağa tırnağı filan, muhteşem!"

"Anlayacağınız, biz çocuklarımıza bazı ailelerin yaptığı gibi plastik oyuncak vermiyoruz."

ÖHÖM!

Bazı aileler derken???

"Çocuklar dışarıda bahçede tahta bloklarla oynuyorlar. Çamur içinde yuvarlanıyorlar. Çiçek ekiyorlar, bahçe suluyorlar. Doğayla iç içe oluyorlar."

HARİKA!

"Mutfağımız tam organik. Asla marketlerden alışveriş yapmıyoruz. Tamamen organik üreticilerle kontak hâlindeyiz. Çocuklarımızın neredeyse tamamı vejetaryen, birkaç çocuğumuz da vegan."

"Ne güzel!" diyor hemen Zeynep.

"Onun dışında da müzik dinliyoruz, resim yapıyor çocuklarımız, sanat aktivitelerimiz var, bilgisayar, telefon, iPad kesinlikle yok, birlikte tarhana pişiriyoruz..."

Tarhana mı?

"Yemek pişirmek de çok önemli, biliyorsunuz."

"Mutlaka!" diyor Zeynep.

"Tabii bunlar daha büyük çocuklarımız için. Nohut unu, teff unu, keçi boynuzu unuyla kurabiyeler yapıyoruz, tabii ki tam organik!"

Ay, kendimi keseceğim şimdi ya!

"Olmaması mümkün mü zaten?" diyorum kendimi tutamayıp, Zeynep kötü kötü bana bakıyor.

"Kısacası bütün okullardan farklıyız."

Onu anladık zaten canım.

"Okulumuzun yıllık ücreti de, sıfır iki yaş grubu için sadece yirmi bin lira."

Sadece yirmi bin mi?!

Delirdiniz mi arkadaşım siz? Üç parça keçeye, çamurda bahçede yuvarlanmaya, iki de tahta oyuncağa yirmi bin lira mı? Ha, pardon, bir de tarhana vardı! Bunlar komple kafayı yemiş, hiç kusura bakmayın! Verin bana o parayı, Bauhaus'dan üç kilo toprak alıp ben aynı ortamı yaratırım bizim arka balkonda.

"Oldu o zaman, çok teşekkürler," deyip ayağa kalkıyorum.

Daha bir yaşına bile girmemiş çocuğumun eliyle yanağına keçe sürsünler, eline de iki tane tahta blok tutuşturup onu tarhanayla beslesinler diye senede yirmi bin lira veremeyeceğim kimse kusura bakmasın.

Sadece yirmi binmiş!

Okuldan çıkıyorum, Zeynep de bir süre sonra peşimden geliyor.

"Ya niye çıktın öyle, anlamadım," diyor bir de.

"Tamamen uydurmasyon bu anlattıkları, tamam mı?"

"Hiç de değil. Doğala geri dönüş bu. Finlandiya'da filan zaten eğitim hep böyle."

"Tatlım, şehir içinde yaşıyoruz biz! İstanbul'da yaşıyoruz! On beş milyon insan yaşıyor burada. Her gün trafikte anamız ağlıyor. Her yer şantiye gibi, her yerde inşaat var. Finlandiya değil ki burası! Bi etrafına bak istersen!"

"Ben çocuğum için en iyisini istiyorum ama!"

"Ben de."

"Ayrıca pedagogu dedi ki, şu an böyle aktivitelere başlaması için çok uygun bir dönemdeymiş Arven Kuğu."

Pedagogu mu dedi demin?

"Yeniliklere çok açıkmış!"

Tabii ki yeniliklere açık olacak! Çocuk daha yeni doğdu! Daha yeni yeni anne baba diyor, etrafına bakınıyor, emeklemeye çalışıyor! Tabii ki yeniliklere açık olacak!

"Sen niye pedagoga götürüyorsun ki Arven Kuğu'yu?" diye soruyorum merakıma yenilip.

"Çünkü Nihat bir haftalığına Bursa'ya gidecek önümüzdeki ay."

"Yani?"

"Bir hafta diyorum!"

"Ben de yani diyorum?"

"İnanılmaz önemli bu ayrılık bence. Zaten pedagogu da dedi ki, bu aylarda yaşanan duygusal kırılmalara çok dikkat etmek gerekiyormuş çünkü bu kırılmalar ileride çocuğun bütün karakterini belirliyormuş."

ALLAHIM, SEN BENİM AKLIMI KORU YARABBİM!

Sen benim aklımı koru çünkü ben yavaş yavaş çıldırıyorum galiba.

"Haaa, oldu o zaman, benim biraz işim vardı, sonra konuşuruz canım," deyip Zeynep'in yanından ayrılıyorum.

Zaten Nazlı'yı annemle yalnız bıraktım evde, bir an önce geri döneyim de yavruma kavuşayım.

Delirmiş bunlar! Hepsi delirmiş ya!

Eve geliyorum, Nazlı belki uyuyordur diye kapıyı anahtarımla açıp içeri giriyorum. İçeride bir tıkırtı oluyor, bir an sonra da içerideki odalardan birinden Kerem çıkıyor. Annem ortalarda yok, Nazlı da yok.

"Nazlı nerede?"

"Odasında, şimdi uyudu."

"Annem nerede?"

"Biraz önce çıktı."

"Sen niye erken geldin?"

"İşim erken bitti bugün. Başka sorunuz var mıydı acaba?" diyor Kerem gülerek.

Bu sırada içeride bir tıkırtı daha oluyor.

"Kim var içeride?"

"Kimse yok," diyor Kerem.

Sesi de hiç inandırıcı çıkmıyor.

AY, HAYIR! BİR DE BU LOHUSA HÂLİMLE KENDİ EVİMDE ALDATILIRSAM...

Gerçi lohusa sayılır mıyım hâlâ pek emin değilim ama?

Ay, bu adam evlere kimi alıyor beni dışarılara gönderip!

"Emin misin? Kimse yok mu içeride?" diyorum.

"Evet, eminim," diyor Kerem ama sesi pek inandırıcı çıkmıyor.

Bu sırada küçük odada bir gürültü kopuyor, Kerem benim önüme geçmek istese de onu itip küçük odaya dalıyorum, ışığı yakıyorum, yaktığım gibi de karşımda Ömer'i buluyorum.

NASIL YA?!

"N'apıyorsun sen burada? Ankara'dan ne zaman döndün?" diyorum şaşkın şaşkın.

Geçenlerde Ankara'ya gitmişti çünkü on günlüğüne. O kadar oldu mu ya? On gün ne çabuk geçti!

"Sakın ama! Bak sakın söylemeyeceksin kimseye! Özellikle de Naz'a!" diyor Ömer.

"Kimsenin haberi yok döndüğünden, normalde bir iki gün sonra bekliyorlar Ömer'i," diye açıklıyor Kerem.

"İyi de neden böyle bir şey yapıyorsun ki anlamadım," diyorum şaşkın şaşkın.

"Çünkü boğuluyorum. Çünkü nefes alamıyorum. Çünkü Naz'dan bir türlü kurtulamıyorum! Şimdi burada olduğumu duysa hemen gelir, ben de hiç istemiyorum gelmesini, biraz kafamı dinlemek istiyorum," diyor Ömer.

Ay, yazık ya. Valla çok üzülüyorum ben bu çocuğa.

Gecenin ilerleyen saatlerinde, Kerem, Ömer ve ben balkonda oturup çay içiyoruz. Ömer arka arkaya üç tane sigara yakıyor, sonuncudan derin bir nefes çektikten sonra, "Aklımı kaçırmak üzereyim," diyor.

Valla yazık.

"Her gün restorana geliyor ama her gün. Kendi işini gücünü bıraktı. Gidip kasada oturuyor, kim geldi kim gitti, atmaca gibi herkese bakıyor. Onu da geçtim, mutfakta çalışan Çinli kızlardan birine takmış kafayı."

Haydaaa.

"Dün gece arıyor beni, vay efendim demin WhatsApp'ta online'dın sen, Sun Yi de online'dı, sen benin aldatıyor musun diye bağırıp çağırıyor."

Ay, ben bunu bir yerden hatırlayacağım ama?

"Zaten yorgunluktan ölmüşüm, toplantıdan toplantıya koşuyorum Ankara'da, karı kız düşünecek hâlim var sanki..."

Hatırlayacağım ama nereden?

AAAAA! HATIRLADIM! Cemre anlatmamış mıydı bunları ya? Tabii ki! O anlatmıştı! Hatırladım! Demek ki neymiş, tarih tekerrürden ibaretmiş!

"Bir de kız minicik, küçücük bir şey yani, bir otuz. Hiç de tipim değil. Ama şeytan diyor ki git inadına tavla kızı!"

"Çok iyi fikir!"

Bir sessizlik oluyor.

Ne dedi biraz önce bu? Çinlilerden hoşlanmıyorum dedi.

"Eee... Tam olarak nasıl tiplerden hoşlanıyorsun acaba?"

Tam olarak neyin peşindeyim acaba şu an?

"Anlamadım?"

"Yok bir şey."

"Bu da yetmiyormuş gibi, her gün aynı şey. Ne zaman evleneceğiz, ne zaman evleneceğiz. Bıktım artık ya!"

Yok, ben tutamayacağım kendimi! Ayrıl diyeceğim.

Kerem'le bakışıyoruz, kaşlarını kaldırıyor.

"Bir şey söylesenize!" diyor bu sırada Ömer.

Valla söyleyeceğim. Şimdi söylüyorum!

"Her şey bitti, şimdi de restorandan ayrıl, birlikte anaokulu açalım diyor. Finlandiya'da doğal eğitim veren şahane okullar varmış, onlardan açacakmışız birlikte!"

NEEEEE?

Kerem yine kaşlarını kaldırıyor bana bakıp.

"Yani ben artık doğruyu yanlışı toptan kaybettim, o yüzden size soruyorum. Ne yapmam lazım?" diyor Ömer.

YAŞASIIIIN!

Bir ton para vermeden Nazlı'yı süper ötesi bir okula gönderebilme şansım var şu an! Yaşasın!

"Valla o okullar çok güzel, açın bence diyorum. Benden size hep destek, tam destek!"

Ömer bana garip garip bakıyor.

Ve sanırım Kerem de.

Yani lütfen!

Burada çocuğumun istikbali söz konusu.

What can I do sometimes?

18

İnsanlar çok tuhaf. Gerçekten. Daha miniminnacık çocuklarını birbirinden saçma kurslara, derslere götürüp duruyorlar. Ben Nazlı'yı yüzmeye bile zor götürüyorum, Zeynep Arven Kuğu'yu konuşma terapistine götürüp getiriyor. Kızlar dokuz aylık oldu. Daha yeni yeni emekleyerek bir yerlere gidip gelebiliyorlar tek başlarına, bir konuşma terapisi eksikti. Ben Nazlı'ya nasıl el çırpılır onu gösteriyorum, Zeynep kızının karşısına geçmiş, "Beni anladığını biliyorum, o yüzden lütfen bana cevap ver Arven Kuğu!" diyor. Çocuk *nanananana* diyor, Zeynep, "Nanana değil! Düzgün konuşalım lütfen!" diyor. Ellerimle yüzümü sakladığımda, Nazlı benim kaybolduğumu düşünüyor, ellerimi açıp yüzümü gösterdiğimde de sevinçten çığlık atıyor. Zeynep, Arven Kuğu'ya elindeki kartlardan meyveleri gösteriyor, "Ananas!" diyor, çocuk da "Nananaanaaaaa," diyor. Bir tek bu olsa yine iyi, hem Türkçe hem İngilizce söylüyor bir de. Çocuk daha *muz* diyemiyor, Zeynep durmadan *banana* diyor.

Valla Allah kolaylık versin.

Bana kalırsa bunların hepsi Zeynep işe dönmediği için oluyor. Aslında altı ay çalışmayacaktı, sonra hemen işe dönecekti ama vazgeçmiş, altı ay daha ücretsiz izin almış.

Ha bu arada, yaptığı tek acayip şey konuşma terapisi olsa yine iyi, geçen hafta uyku terapisti de gelmiş Zeynep'lere. Bebeklerin kucakta uyumasının korkunç olduğunu, asla ama asla emzirilirken uyutulmamaları gerektiğini, uyuyakalırlarsa mutlaka uyandırılmaları gerektiğini filan söylemiş.

YOK ARTIK!

Valla Nazlı çoğu zaman kucağımda uyuyakalıyor, ben de onu bir süre sonra yatağına yatırıyorum. Uyuyan çocuk uyandırılır mı? Uyandırılmaz. Bence bir numaralı kural bu yani.

UYUYAN ÇOCUK UYANDIRILMAZ!

Ayrıca Nazlı sürekli benim yanımda yatmıyor eskisi gibi, çünkü geçen ay dönerken yataktan düştü.

MAALESEF!

Her yere de bin tane yastık koymuştum, nasıl oldu anlamadım. Döne döne yatağın kenarına kadar gitmiş, oradan da hooop yere. Daha doğrusu *hoop* değil *daaaaan!* diye düştü.

Aklım çıktı.

Nasıl yataktan kalktım, nasıl Nazlı'yı kucağıma aldım, hiç hatırlamıyorum. Kerem bile salondan duymuş yani düşme sesini, o da koştur koştur geldi. Bir yerine bir şey olmuş mu diye her yerine baktık ama sonunda kendimizi acil serviste bulduk. Doktorlar, kontroller filan derken sonunda tomografiye kadar gitti olay. Çok şükür kötü bir şey çıkmadı da rahatladık. Tabii ben bütün geceyi Nazlı'nın başında vicdan azapları içinde ağlayarak geçirdim, o ayrı. O yüzden de artık çok ama çok dikkatliyim. Yine bir yerlerden düşecek diye aklım çıkıyor.

İlk aylarda daha kolaymış meğerse her şey. Gittikçe zorlaşacak dediklerinde, "Amaaan, ne kadar zorlaşabilir ki," diyordum ama söyleyenler doğru söylüyormuş. Hareketlendikçe, tek başına oturup emeklemeye başladıkça, sürekli peşinden koşmak gerekiyormuş. Artık bir saniye bile tek başına bırakamıyorum mesela. Eskiden yanına kamerayı koyup yemek filan yapabiliyordum, onu da yapamıyorum. Ya yanımda mutfağa götürüyorum, yere oturtuyorum, yanına oyuncaklarını koyuyorum ya da salondaki parmaklıklı oyun parkında bırakıp üç saniyede bir kontrol ediyorum. Zaten eline yiyecek bir şeyler verdiğimde hiç yalnız bırakamıyorum. Yiyecek dediğim de filenin içine şeftali filan koyuyorum, o. Meyvelere bayılıyor bizimki. Hâlâ emziriyorum ama meyve sebze pürelerini pek seviyor, hepsini de kendim yapıyorum. Patates, havuç ve bezelyeyi haşlıyorum, sonra rondoda çekip içine köy tavuğu suyu koyuyorum, harika oluyor. Bazen duyuyorum, Hipp'in hazır organik mamalarını filan da kullananlar varmış ya da Milupa'nın filan, ben tabii ki kullanmıyorum.

Yani şu ana kadar sadece birkaç kez kullandım.

Üç beş.

Çok zorda kalınca.

Ve tabii ki bunu da kimseye söylemiyorum çünkü *kötü anne* olarak damgalanmaya hiç niyetim yok. Millet aportta bekliyor çünkü.

O yüzden herkes ne yapıyorsa ben de onu yapıyorum ve her akşam yorgunluktan bitmiş bir şekilde yatağıma yattığımda, *her şey yavrum için* deyip duruyorum ve yatakta bile boş durmayıp kitap okuyorum.

Tabii ki okuduğum bütün kitaplar çocuk gelişim kitapları. Yok efendim Fransız kadınları nasıl çocuk yetiştiriyor, yok efendim mahallenin en uslu çocuğu nasıl uyuyor, çocuğunuza nasıl özgüven aşılarsınız, kendini bilen çocuk nasıl yetiştirilir, çocuklu tatil nasıl yapılır, çocuklu hayata rağmen stressiz yaşam, İsveçli annelerin on altın kuralı falan filan.

Sonra dışarı çıkıyoruz, parka filan gidiyoruz Nazlı'yla. Herkesin çocuğu dur dedin mi duruyor, otur dedin mi oturuyor, bizimki durmadan ağlıyor. Kuma oturtuyorum, ağlıyor. Kucağıma alıyorum, ağlıyor. Kaydıraktan kaydırırmış gibi yaptırıyorum, ağlıyor. Salıncağa oturtup hafifçe sallıyorum, ağlıyor. Durmadan ağlıyor. Daha bunun gezmesi var, tatili var, denizi var, kumsalı var. Ay, tatile çıktığımızda da bunların aynısı olursa valla çıldırırım. Zaten yıllardır Avrupalı ailelerin çocuklarına özenip duran bir insanım. Onların çocukları büyük bir uyum içinde oynar, yüzer, yemek yer, uyur, bizimki yine böyle cinnetin sınırlarını zorlarsa ne yaparım hiç bilmiyorum! Valla öyle olursa, bu kitapların parasını Nazlı'nın ilk maaşından keserim!

Bu arada duyduğuma göre Naz vazgeçmiş Finlandiya usulü anaokulu fikrinden, şimdilerde şehirden taşınıp köyde yaşamayı istiyormuş. Ömer'e de durmadan köy hayatının güzelliklerini filan anlatıyormuş. Evlerini bile sıfırdan kendileri yapacaklarmış, duvarları kerpiçle sıvayacaklarmış, camı çerçeveyi de kendileri hazırlayacakmış, daha neler neler. Son zamanlarda ne zaman ailecek bir araya gelsek Naz köy hayatıyla, köylülerle, tam organik köy usulü tarımla ilgili bir şeyler anlatıyor, biz de dinliyormuş gibi yapıyoruz. Kendisi o kadar hazırmış ki köyde yaşamaya, sanki doğduğundan beri bugünü bekliyormuş. Yahu bunu diyen insanın elinden iPhone, iPad düşmüyor, kolunda Apple Watch, kolunun altında MacBook Air var, nasıl olacak bu işler bilmiyorum.

Yani Leyla bile yıllardır bu işlerle uğraşır, senede birkaç kez Kaz Dağları'na gidip kamp yapar tek başına, arınma toplantılarına, Şaman ayinlerine katılır, ondan bile daha duymadım böyle bir şey. Ama Naz her şeyi düşünmüş, planlamış bile. Önce burada kır düğünüyle evleneceklermiş çünkü yaz düğünlerini çok seviyormuş kendisi. Öyle çok abartılı olmasa da uçuş uçuş bir gelinlik giyecekmiş. Herkesleri çağıracakmış düğününe. Tabii ki canlı müzik olacakmış, gelen herkese üzerine N ve Ö harfi işlenmiş lavanta keseleri dağıtacakmış, filan. Sonra da hemen hamile kalacakmış. O yüzden düğünden sonra hemen köye taşınabilirlermiş. Böylece hamileliğini de tam ve süper doğal bir şekilde geçirebilirmiş. Her şeyi tek tek düşünmüş, ince ince planlamışmış, Ömer'in hiçbir şeyi dert etmesine gerek yokmuş. Evin hemen girişine asmak için de bir levha fikri varmış, Hititlerin milattan önce bilmem kaçlardaki bir duası mıymış neymiş, onu yazdıracakmış.

"Tanrım, bana değiştirebileceğim şeyleri değiştirmek için cesaret, değiştiremeyeceğim şeyleri kabullenmek için sabır, ikisi arasındaki farkı bilmek için akıl ve beni aşkın körlüğünden ve yalanlarından koruyacak dostlar ver."

Harika!

Naz her şeyi düşünmüş planlamış, taşınmayı filan halletmiş, sanki ev filan her şey hazır, Ömer de sanki köye taşınmayı kabul etmiş gibi, levhayı filan bile tasarlamış.

Valla biz de evlendik ama hiç böyle garip şeyler düşünmedik. Yok yaz düğünüymüş, kır bilmem nesiymiş. Biz gidip nikâh dairesinde evleniverdik Kerem'le. Hiçbir zaman da şaşaalı düğün yapmadık diye başımızı duvarlara filan vurmadık.

Gerçi levha fikrini sevdim. Ben de yatağımın tam karşısına böyle bir levha yazdırıp astırsam mesela ne kadar harika olur! "Tanrım, bana beyaz ekmeği karabuğday ekmeğiyle değiştirmek için cesaret, o son üç kiloyu veremeyeceğimi kabullenmek için sabır, sızma zeytinyağıyla Hindistan cevizi yağı arasındaki farkı bilmek için akıl ve beni tereyağlı su böreğinin aldıracağı kilolardan koruyacak bir metabolizma ver."

Mesela bunu yazdırıp astırsam yatağın karşısına, her sabah uyandığımda ilk bunu görsem süper olmaz mı? Olur.

Ay, keşke bu levhadan yaptırsam da fotoğrafını çekip Instagram'a filan koysam. Bunu bir ara düşüneyim.

Bu düğün dernek işleri konuşulurken Ömer hiçbir şey söylemedi, biz de Kerem'le bakışıp durduk ama ağzımızı açmadık. Sonuçta herkesin kendi hayatı, öyle değil mi? Her şeye rağmen Ömer, Naz'la evlenmek istiyorsa, ne yapabiliriz ki?

"Ne mi yapabiliriz?" diyor Emel Hanım, Kerem'i ve beni mutfağa çekerek.

"Her şeyi planladık, ses kayıtları elimizde, son ana kadar vazgeçmezse, aniden saldırabiliriz."

"Nasıl yani?" diyorum.

"Bilmesi gerekenleri söyleriz Ömer'e, kayıtları dinletiriz, olmadı bir şekilde Cemre'yle de konuşturabiliriz."

Zaten de anaokulu açmaktan vazgeçmiş! Hayır, vazgeçmeseydi...

HAYIR!

Bir anaokulu için Naz'ın tarafını tutmazdım.

Ama yılda yirmi bin liradan ilköğretim masrafları...

HAYIR!

Naz'ın tarafını tutmazdım. Kesinlikle.

Zaten tarafı tutulacak bir insan da değil ki. Her şeyin yalnızca kötü tarafını gören, her şeyi eleştiren bi insan. Mutluymuş gibi yapıp yedi yirmi dört bir şeylerden şikâyet eden bi insan. Mutlak mutsuz yani. Yedi yirmi dört.

Elbette ki hayatımıza kimi alıp almayacağımıza biz karar veriyoruz ama negatiflikten beslenen bazı kişilerin online olarak içeri sızmasına engel olamıyoruz. Engel olamadığımız gibi, üzülüp duruyoruz. İnciniyoruz. Kırılıyoruz. Kim peki bize bunu yapanlar? Mutlak mutsuzlar. Ne yaparsanız yapın mutlu edemezsiniz bu insanları. Tatilde fotoğraf yüklersiniz, *amaaan biz geçen sene oradaydık yerlisi olduk artık, mutlaka filan yerde kal, bilmem nerede bilmem ne ye, yemeden dönme canım*, yazarlar. Eğlenirken, gülerken, dans ederken fotoğraf çekip koyarsınız, fotoğrafı saniyesinde beğenip *ooo, eğlenceler filanlar, gözümüz yok ama kilo mu aldın birazcık sen yaaa,* yazıp yanına bir de gülen yüz koyarlar. Spora başlarsınız, *ay inşallah yarım kalmaz bu da öncekiler gibi canım*, yazarlar. Oğlunuzun saçını uzatırsınız, *erkek çocuğun saçı uzun mu olurmuş*, yazarlar. Akşam yemeğinde misafir ağırlarsınız, *oooh, tabii dert yok tasa yok, ye, iç, eğlen*, yazarlar. Yeni elbise alırsınız, *paramız olsa da biz de tasarım giysek ama yok tabii*, yazarlar. Cevap alabilmek için gittikçe daha da agresif mesajlar yazarlar. Yazarlar da yazarlar. Çünkü mutsuzluk bunu gerektirir. Sevgisizlik, umutsuzluk, yalnızlık bunu gerektirir. Ne yaparsak yapalım, ne kadar iyi niyetli, güler yüzlü ve içten olursak olalım, bir yerlerde negatiflikten beslenen, hiçbir şeyden memnun olmayan, bardağın hep boş tarafını gören birileri karşımıza çıkacak. O yüzden biz kendi mutluluğumuza bakalım. Ne de olsa hayat çok kısa ve herkesi mutlu etmek imkânsız.

Ama yine de Fin usulü anaokulu iyi fikirdi ya. Onu açacak olsaydı...

19

Bundan otuz kırk yıl önce, herhâlde sadece iyi anneler ve kötü anneler vardı. İyi anneler, çocuklarını ev yapımı kurabiyeler ve keklerle besleyen, evi sabahtan akşama kırklayan, her daim evinde üç çeşit yemek bulunduran, perdeleri halıları duvarları şartlayıp şurtlayan annelerdi. Bir de Yeşilçam tipi, uzun tırnaklarına kırmızı ojeler sürüp gece gündüz konkenleyen anneler vardı, onlara kötü anne denirdi. Şimdi kimin ne olduğu belli değil. Kim iyi, kim kötü, kim ortalama, hiç belli değil. İyi ki de değil yoksa depresyonlardan depresyonlara koşardık herhâlde.

Bu, benim depresyondan depresyona koşmayan hâlim yani!

Bir yandan da düşünüyorum da, neye göre iyi, neye göre kötü anne!

Hadi bakalım! Kim verecek bunun cevabını?

Neyse.

Sakin olmaya çalışıyorum çünkü Nazlı bugün bir yaşına basıyor.

Bİr yaş!

İnanılır gibi değil.

Bir yaşında oluyor bugün benim kızım.

Bir yıl önce bugün neredeydiiim, şimdi nerelerdeyim, o da inanılır gibi değil gerçekten. Yani ruhen diyorum. Yoksa geçen sene de Zeynep'le aynı mekândaydım şimdi de öyleyim maalesef.

Ortaköy'de denize sıfır bir kafenin bahçesinde oturmuş kimseye çaktırmadan sigara içiyorum ve saat sabahın sekizi. Zeynep de kapının önünde, organizasyon şirketini bekliyor.

Evet, saat sabahın sekİzİ!

Ve sigara içiyorum.

Ve evet, emzirdiğimin farkındayım.

Ve evet, emzirirken sigara içmemem gerektiğinin de farkındayım.

Farkındayım dedİm!

Kargalar bokunu yemeden evden çıkıp Zeynep'le buraya geldik çünkü her şeyin mükemmel olması gerekiyormuş.

Her şeyden önce, bahçeyi ısıtan ısıtıcılar, hiçbir şekilde görünmemeliymiş ve bahçenin çim duvarlarının üzerine örtülecek olan tüller muhteşem olmalıymış. O yüzden de organizasyon şirketi geldiğinde her şeyi tek tek kontrol etmeliymişiz. Tüllerin ütüsü bozulduysa mutlaka tekrar ütülettirmeliymişiz. Aynı şekilde masa örtülerini, runner'ları, kumaş peçeteleri ve şu an aklıma gelmeyen sayısız kumaş çeşidini daha. Beyaz ağaç dallarına asılacak olan cam süslerin hepsini birer birer kutularından çıkarıp kontrol etmeliymişiz çünkü kırık veya eksik süs varsa, her şey mahvolurmuş. Tabak takımlarını da tek tek kontrol etmeliymişiz çünkü tek bir çizik bile görmek istemiyormuş Zeynep Hanım. Ayrıca gümüş çatal bıçak takımlarının da hepsi ışıl ışıl parlamalıymış.

Ve daha bunun gibi onlarca, yüzlerce anlamsız şey.

O yüzden şu an sigara içiyorum, bir yandan da sıkıntıdan tırnaklarımı yiyorum. Kendimi sakinleştirme tekniklerimin hiçbiri işe yaramıyor. Biraz önce içimdeki huzuru bulmak için yaptığım deneme de berbat ötesiydi. Daha gözlerimi kapatır kapatmaz içim geçti.

Neden?

Çünkü buraya gelmek için altıda kalktım, altıda!

Zaten Nazlı'nın uyku düzeni çok iyi değil, geceleri en az iki kez uyanıyor. Ya su istiyor, ya emmek istiyor, ya kucak istiyor ya da hepsini birden istiyor. Zeynep'e göre hava hoş tabii, yatılı bakıcısı olan ben değilim sonuçta, o. İstediğini yapıyor, istediği yere gidiyor, istediği gibi geziyor. Ben de sabahın köründe evden çıkabilmek için annemi çağırmak zorunda kaldım. Kerem dün gece geç saatlere kadar çalıştı çünkü, sabahın altısında *hadi kalk da Nazlı'ya bak*, diyemedim. Gerçi ben evden çıkarken Nazlı uyuyordu ama neyse. Zaten yarım saat önce uyanmış, annem arayıp rapor verdi. Tabii ki artık eskisi gibi değilim, on beş dakikada bir arayıp darlamıyorum annemi ne yapıyorsunuz diye.

Artık saat başı arıyorum.

Gerçekten.

Kızların aynı gün doğması hiç ama hiç iyi olmadı çünkü her şeyi birlikte yapmamız bekleniyor artık. Daha doğrusu, *aynı gün yapın, bitsin gitsin işte*, deniyor. Bu *bitsin gitsincilik* beni sinir ediyor ama bir yandan da aynı gün iki ayrı parti yapsak saçma olacak sanki. Ne yapacak bu insanlar? Önce Nazlı'nın partisine, oradan da Arven Kuğu'nun partisine mi gidecek? Ya da tam tersi mi olacak? Ne olacak?

Zaten bunları konuşa konuşa beynimi yediler aylarca.

Tabii! Tam üç aydır aynı şeyler konuşuluyor. Doğum günü partisi nasıl olacak, nerede olacak, teması ne olacak, nasıl bir dekor yapılacak, şeker hamurlu pastaların modeli nasıl olacak, gelenlere hangi hediyelikler dağıtılacak, canlı müzik olacak mı, olmayacaksa DJ çağırılacak mı, DJ gelecekse playlist'ini kim belirleyecek, partiye kimler davet edilecek, kimler edilmeyecek, kızlar ne giyecek, aynı şeyleri mi giyecekler, yoksa farklı şeyler mi giyecekler gibi onlarca anlamsız şey konuşuluyor.

Bana kalsa, ben Nazlı'ya böyle bir doğum günü yapmazdım. Gerçekten de yapmayacaktım ama annem, Zeynep'in büyük bir parti yapmak istediğini duyunca, "AAA! Senin neyin eksik kızım?" dedi.

Olay bu zaten.

Benim neyim eksik'le karışık, *benim yavrumun neyi eksik* üzerine biraz soslu *her şey yavrum için.*

Olay bu.

Zaten o yüzden bu hâllerdeyiz.

Kerem de, "Hiç kendini üzme, masrafları da kafana hiç takma, bırak Zeynep ne yapmak istiyorsa yapsın," dedi.

Zaten bırakmasam da yapacaktı, ben de bir yerden sonra her şeyi kafama takmayı bıraktım. Yani kısmen.

*

Birkaç saat sonra, bahçeyi neredeyse tanıyamayacak hâle geliyoruz. Her yer tüller, inciler, kumaşlar ve balonlarla kaplı. Bahçenin ortasında bir dönme dolap var, hemen girişe bir tane photoboot kurulmuş durumda, DJ canlı müziğe başladı bile, biz de sanki bir yaş doğum gününde değiliz de düğündeyiz. Fotoğrafçılar dolaşıp herkesin fotoğrafını çekiyor, çocukların bir kısmı bahçenin dışına kurulan devasa boylardaki trambolinlerde zıplıyor, Elsa kostümlü genç bir kızın peşinden partideki üç beş yaş grubu kızlar koşturuyor, daha ileride Anna kostümlü başka bir kızın peşinden de yine aynı yaş grubundaki başka kızlar koşturuyor. Oğlan çocukları da Minions kostümlü genç çocukların peşinden koşuyor. Nazlı'yla Arven Kuğu da, modelleri aynı ama renkleri farklı, tam ortasında nakışla BİR yazan tarlatanlı elbiseleriyle kucaktan kucağa geziyor. Zeynep bunları nereden bulmuş, nasıl anlaşmış, nasıl akıl etmiş filan hiç bilmiyorum.

Herkes süper şık, acayip mutlu ve harika görünüyor. Ben de, beni üç beden küçültmesini umut ederek giydiğim ama yalnızca karnımı biraz daha az yuvarlak gösteren korsemin ve siyah elbisemin içinde ter döküyorum. Nazlı'yı anneme teslim ettikten sonra, kapının girişindeki sandalyelerden birine oturuyorum, yanımdan geçen garsonun tepsisindeki agaveli limonatalardan birini kapıp kafama dikiyorum.

Partiye bir dünya para bayıldık, bari içki servisi de olsaydı.

Bebek doğum gününde içki servisi! Sonra da diğer anneler tarafından aforoz edilseydim şuracıkta.

Garsonlar ellerinde tepsilerle dolaşıyor, çocukların hepsi bağırıp çığlıklar atarak ellerinde oyuncaklarıyla koşuyor, süper şık annelerin hepsi beş karış topuklularının üzerinde oradan oraya salınıyor, ben de bir koşu arabaya gidip ayağıma babetlerimi geçirmeyi düşünüyorum.

Daha bunun pasta kesmesi var, konuşması var...

Yaaa, konuşma yapacakmışız bir de!

Gerçi Zeynep bunu bana aylar önce söylemişti, kızların bir yaş doğum gününde konuşma yaparız demişti ama ben her zamanki gibi geçiştirmiştim. Hem kızların doğum gününü birlikte kutlamak gibi bir fikrim yoktu, hem de topluluk içinde konuşma yapmayı pek beceremem ben. Ama Zeynep'i ikna etmeyi başaramadığım için, iki üç satır bir şeyler karaladım, çıkıp yazdıklarımı okumayı düşünüyorum.

Neyse ya, arabaya gidip babetlerimi giyeyim de, konuşmayı sonra düşünürüz.

Ayağa kalkıp yürümeye başlıyorum ve başlar başlamaz da Elsa'yla burun buruna geliyorum.

"ALDIRMAAA, ALDIRMAAAA, RUHUM YENİDEN DOĞMAKTAAA!"

Çok az kaldı.

Biraz daha bu şarkıyı duyarsam, kafayı yiyeceğim. Sabahtan beri aynı şarkıyı söyleyip duruyor bu Elsa, kızlar da peşinden koşturup avaz avaz bağırıyor. Birazdan da karaoke başlayacakmış, o zaman iyice delireceğim herhâlde.

Ayrıca hani çok organiktik biz? Hiçbir şeyimizi markalı almıyorduk? Böyle Elsa'lara Frozen'lara, Minions'lara filan karşıydık, ne oldu?

Elsa'yı savuşturup ilerliyorum, daha bahçeden çıkamadan bu sefer de Deniz'le Nil'i görüyorum. Selda'yla Tuğçe de yanlarında. Hatta tanımadığım birkaç kişi daha var yanlarında.

"Merhaba," deyip yanlarından geçmeye çalışıyorum ama bırakmıyorlar.

"Nereye?"

"Hiiç, ben öyle bir etrafa bakıyordum da, gelenlere filan..." derken, gruptaki kadınlardan ikisinin sesini duyuyorum.

"Valla, ben onu bunu bilmem! Sezaryenle doğum yapıp kendisine anne diyebilen kadınlar var yani, inanamıyorum!" diyor bu sırada tanımadığım kadınlardan biri. Yanındaki de, "Ben de inanamıyorum valla!" diye onaylıyor.

LAAAAAN!

"Öyle demeyelim bence," diyorum kendimi tutamayıp.

"Neden? Normal doğurmadınız mı siz?"

"Hayır."

"Aaa! Sezaryenle mi doğurdunuz?"

"Evet ama mecburen oldu yani, isteğe bağlı olmadı," diyorum hemen.

OTOMATİK OLARAK SÖYLÜYORUM ARTIK BUNU.

Bir anda istemsiz olarak ağzımdan çıkıveriyor.

"Ay, çok üzüldüm, yazık," diyor adının Yasemin olduğunu öğrendiğim kadın.

Sinirlenmiyorum. Derin derin nefes alıp veriyorum.

"Yani olabiliyor."

"Ama mecburiyetmiş sizinki. Benim lafım zaten kolay doğum yapmak isteyenlere."

NEFES AL, NEFES VER!

"Adı ne sizinkinin?" diye soruyor bu sırada Yasemin.

"Nazlı."

"Düz mü?"

"Efendim?"

"İkinci ismi filan yok mu?"

NEFES AAAAAL, NEFES VEEEEER!

"Hayır, yok. Sadece Nazlı bizimki. Kodlamasız filan, gayet anlaşılır, normal bir isim. Nazlı."

Bu sırada yanımdan bir garson geçiyor, garsonun koluna yapışıp kulağına eğiliyorum, "Bana içeriden yüksek alkollü bir şey kap getir!" diyorum.

Garson tuhaf tuhaf yüzüme bakıyor, "Bari şu limonatalardan birinin içine votka filan koy getir!" diyorum, ortadan kayboluyor.

"Aaa, ne geldi aklıma, siz göbeğini ne yaptınız bebişkonun?" diye soruyor bu sırada Selda, Yasemin'e.

"Harvard'ın bahçesine gömdük tabii ki!" diyor Yasemin gururla.

"Süpeeer! Biz de UCLA mi Oxford mu diye bayağı bir kararsız kalmıştık ama en sonunda UCLA demiştik. Bakalım kızınkini nereye gömeceğiz artık, hayırlısıyla bir doğsun da. Geç bile kaldı. Millet otuz dokuzuncu hafta dedin mi doğuruyor. Ben kırk ikinci haftamdayım, bana da yazık," diyor Selda.

Bu sırada biraz önce bana tuhaf tuhaf bakan garson geri geliyor, bir limonata bardağını elime tutuşturup gidiyor.

Bir yudum alıyorum, harika! Votka koymuş içine, süper!

"Zeynep'le konuştuk, Sorbonne düşünüyor onlar da."

"Sorbonne da çok iyi ama frankofon olmanın çok avantajı var mı düşünmek lazım," diyor sohbete haşırt diye dalan kadınlardan biri.

Valla ben de limonata votkayla mı, yoksa cinle mi daha iyi gidiyor diye düşünüyorum şu an.

"IVY lig okullarından birine girebilmesi için elimden geleni yaparım valla ben kızımın!" diyor yine hiç tanımadığım kadınlardan biri.

Ivy lig mi? O ne ki?

"Ben de," diye doğruluyor hemen Deniz.

Sonra bir sessizlik oluyor, herkes bana bakıyor, "Siz nereye gömdünüz Nazlı'nın göbeğini?" diye soruyor Tuğçe.

"Kartal Kız Meslek'in arka bahçesine."

Herkes susuyor, sonra kahkahalarla gülmeye başlıyorlar.

"Çok komiksin sen ya!" diyor aralarından biri.

"Öyleyimdir," deyip limonatayı kafama dikiyorum.

Sonra tekrar bana bakmaya başlıyorlar, şaka yaptığımı sandılar çünkü.

"Biz de düşünüyoruz işte, herhâlde Oxford filan olur, oralara bir yerlere gömeriz," diyorum.

Hepsi rahatlıyor.

"Oyuncakları ne yapıyorsunuz peki kızlar? Hüsnü Bey'e mi yaptırıyorsunuz?" diye soruyor Nil.

"Tabii kiii!" diyor herkes aynı anda.

"Hem tamamen doğal, içinde plastik ve türevleri yok hem de bunlarla oynamak için hayal gücü lazım!" diyor Yasemin.

Bebekle oynamak için hayal gücü lazım değil mi, anlamadım!

"İnteraktif oyuncak, çağımızın vebası zaten!" diyor Tuğçe.

VEBA MI?!

"Kesinlikle, kesinlikle!" diyor Deniz.

"Bir tuşa bas ses gelsin, şarkı çalsın, oyuncak renk değiştirsin, çok ama çok zararlı," diyor Yasemin.

"Tahta olanlar vücuttaki elektriği de alıyor hem. Eskimiyorlar, kırılmıyorlar..."

"Bizim aldığımız tahta oyuncaklar daha güzel. Bunları evirip çevirmek lazım durmadan. Kurcalamak lazım. Ayrıca Mümtaz Aleks bebekliğinden beri dışarıda satılan oyuncakları sevmiyor!" diyor Selda.

HAAA, TABİİ!

O yüzden biraz önce elinde plastik kamyonlarla oradan oraya koşturuyordu.

"Modası da hiç geçmiyor hem."

Ya nasıl modası geçebilir zaten renksiz tahtaların? Bunların modası hiç olmadı ki?! Olmayan bir şey nasıl geçebilir?

ALDIRMAAAAA, ALDIRMAAAAA!!!!! KUSURSUZ KIZ YOK BURDAAAAAA!

Ay, çıldıracağım şimdi yine yanımızdan Elsa geçiyor.

"Valla ben sürekli bu tahta oyuncaklardan da almıyorum," diyor Yasemin.

"Ne yapıyorsun peki?" diye soruyor kadınlardan biri.

"Gelip de şunu bunu istiyorum derse, istediği oyuncakların resmini yapıyoruz önce kâğıda, sonra da makasla kesiyoruz bir güzel, resmiyle oynuyoruz."

OOO! KAFALAR YANMIŞ!

Bu sırada bana biraz önce votkalı limonata getiren garson yanımdan geçiyor, geçerken de yavaşça eğilip "Bir tane daha ister misiniz?" diye soruyor.

"Getir, getir!" diyorum, "Hatta votka şişesini kap getir sen bence."

Garson bana acayip acayip bakıyor.

"Bir bardak getirsen de olur," diyorum öyle baktığını fark edince.

Son yarım saattir ayakta dikiliyorum, arabaya gidip babetlerimi alamadığım gibi bir de birbirinden harika ve mükemmel olduğunu iddia eden annelerin yanında kafayı yiyorum.

"Mükemmel anne diye bir şey yok, az çabalayan anne var!"

"Valla insan hazır olduktan sonra hayatı hiç değişmiyor, zaten biz bebeğimize uyum sağlamadık ki, o bize uyum sağladı!"

"Ben her şeye tek başına yetişiyorum, hiç de yorulmuyorum, akşamları da kendime ayıracak vaktim oluyor hem."

"Biz de geçen akşam yemeğe çıktık, oradan da kulübe gittik eğlenmeye..."

"Geçen tutturdu dondurma diye, anneciğim biz dondurma yemiyoruz ki dışarıda, ben sana evde yaparım keçi sütünden dedim."

"Çikolatayı ağzına sürmedi bizimki, yedi yaşına geldi hâlâ en sevdiği şey yulaflı chia'lı bisküvi."

"Paketli ürün yemiyoruz biz hiç. Altı yaşına geldi, daha çubuk krakerin tadını bilmez bizimki."

"Ben gram gram tartıyorum her şeyi, protein, karbonhidrat ve yağ dengesi çok önemli."

"Her şeyini taze yapıyoruz. Her öğününü ben pişiriyorum, soğuk soğuk yedirmem mümkün değil. Her şeyi yemekten on beş dakika önce pişmeli. Öğle yemeğinde kaldı diyelim pişenler, akşama asla yedirmem. Asla!"

ALDIRMAAAA ALDIRMAAAA! BURDAYIM BEN KARŞINIZDAAAA! SÜRSÜN FIRTINAAAAAA! SOĞUK NEYSE BENİ HİÇ ÜZMEDİ!

LAN ELSA!

ELİMDE KALACAKSIN ŞİMDİ HA!

Bu sırada garson ikinci bardağı getirip elime tutuşturuyor, ben de sonunda, "Benim iki dakikalık bir işim vardı, malum parti işleri filan," deyip arabaya gidecekken, Zeynep'in hoparlörlerden gelen sesini duyuyorum.

"Merhaba!!! Hoş geldiniz!"

HAYIRRRRR!

Ya, bari ayakkabılarımı değiştirseydim de öyle yapsaydık bu konuşmayı ya, offf! İnsan bir haber verir, birazdan başlıyorum filan der ama nerede Zeynep'te o kafa? Ayrıca daha Nihat'la Kerem gelmedi ki!

Dönüp şöyle bir etrafıma bakıyorum, herkesin yavaş yavaş yerlerine oturduğunu görüyorum. Ayrıca Nihat'la Kerem de gelmiş, baş köşeye yerleşmişler bile. Annemler, teyzemler, kuzenlerim, Emel Hanımlar, herkes gelmiş. Ömer'i de bir ara görür gibi oldum ama gözden kaybettim. Leyla da buralardaydı demin güya ama, o da yok olmuş. Zeynep, komple çiçeklerle kaplanmış ve üzerine beyaz güllerle Arven Kuğu yazılmış bir kürsünün başında elinde mikrofonla duruyor. Hemen yanında da yine aynı şekilde çiçeklerle kaplanmış ve üzerinde Nazlı yazan başka bir kürsü var. Ben de orada durup konuşacakmışım. Arven Kuğu'yu Nihat kucağına almış bu sırada, Nazlı da Kerem'in kucağında.

"Öncelikle çok teşekkür ediyorum geldiğiniz için. Bugün benim bebişimin, tombirik tospilitomun birinci yaş günü. Bebeğim, hayatımın anlamı, bir taneciğim benim, seni çok ama çok seviyorum aşkım. Seni kucağıma aldığım o ilk an, sana âşık oldum. İşte o an bir aile olduk biz ve birbirimize kenetlendik, bağlandık sıkı sıkı. Bu bir yıl nasıl geçti hiç anlamadım. O kadar çabuk geçti ki! Seninle güldük, hopladık zıpladık, eğlendik, hiç durmadık. Senden önce ben yaşamıyormuşum, hayatımın hiç ama hiç anlamı yokmuş balım, hayatım, bir tanem. O kadar mükemmel bir bebeksin ki Arven Kuğu, beni hiç ama hiç üzmedin. Hayatımızda hiçbir şey değişmedi ve eskisinden daha da mükemmel oldu. Seni çok seviyorum anneciiiğim. İyi ki doğduuuuun!"

Herkes çılgınca alkışlıyor.

Ben de alkışlıyormuş gibi yaparak yavaş yavaş diğer kürsüye doğru yürümeye başlıyorum. Şimdi oraya gidiyorum, cebime soktuğum kâğıdı çıkarıyorum ve yazdıklarımı okuyup yerime oturuyorum. Tabii bunları ayaklarımın ağrısından ayakta durmayı becerebilirsem yapabiliyorum çünkü neredeyse yürüyemeyecek hâldeyim şu an.

"Merhaba! Hoş geldiniz," diyorum sesim yankılanıp geliyor, "Hoş geldiniz...niz...niz...niz..."

Elimdeki karta bakıyorum ve yazdıklarımı okumaya başlıyorum.

"Geçen sene bu saatlerde anneliğin ne demek olduğunu bilmiyordum..."

Allahım, çok sıcak. Nasıl terliyorum, anlatamam şu an.

"Ama kızımı kucağıma aldığımda... Bir anda her şey değişti..."

Korse belimi öyle sıkıyor ki! Nefes alamıyorum şu an. Resmen nefes alamıyorum.

"Annelik dünyanın en güzel şeyi... Ve tabii çok özel..."

Ve ayaklarımın ağrısından da ölüyorum şu an.

"Anne olmadan bunu anlayabilmek imkânsız..."

Yok. Yapamayacağım. Daha fazla devam edemeyeceğim!

Bir an durup beni dinleyen kalabalığa bakıyorum, sonra ayakkabılarımı çıkarıp çıplak ayakla yere basıyorum.

"Böyle daha iyi oldu!" diyorum sonra. Kartı cebime sokuyorum.

Kimseden çıt çıkmıyor, neredeyse herkes şaşkın şaşkın bana bakıyor.

Hiç düşünmeden konuşmaya başlıyorum.

"Bugün Nazlı'nın doğum günü. Benim kızımın adı Nazlı. Evet sadece Nazlı. Düz Nazlı. Maalesef başka bir adı yok. Ama biz çok seviyoruz bu ismi. Evet, belki çok farklı bir isim değil ama bizim için çok özel. Aaa, bu arada, düz Nazlı'yı nasıl doğurduğumu merak ediyorsanız, hemen söyleyeyim. Sezaryenle doğurdum!"

Herkes kendi arasında fısıldaşmaya başlıyor, Zeynep bir kenarda durmuş dehşetle bana bakıyor.

"Yaaa, evet. Evet, benimki mecburi oldu ama diretemez miydim? Hayır, illa ben normal doğum yapacağım diyemez miydim? Diyebilirdim. Ama demedim. Çünkü korktum. Hem bebeğimin başına bir şey gelmesinden korktum hem de becerememekten korktum. Gayet insani bir şey bence.

Korktum. O yüzden ne yaptım? Sezaryene tamam dedim. Tabii sonra sezaryenle doğurduğumu duyan herkese, daha soru bile sormalarına izin vermeden ama benimki mecburiyetten oldu demeye başladım. Sanki böyle bir açıklama yapma mecburiyetim varmış gibi! Sanki kendimi birilerine beğendirme mecburiyetim varmış gibi! Her seferinde de bu konu açıldığında kendimi kötü hissettim. Eksik, yanlış, yarım anne dedim kendime. Kötü anne dedim. Niye? Sırf normal doğumla doğurmadığım için. Kusura bakmayın ama, ben başkaları ne der diye anne olmadım. Ve çocuğumu sezaryenle doğurmuş olmam, beni normal doğum yapanlardan daha az anne yapmıyor. Ya da eksik bir anne yapmıyor! Sezaryenle doğuran annelerin anneliğini de hiç kimse sorgulayamaz çünkü doğum dediğimiz şey son derece özel ve kişisel bir şey. Herkesin deneyimi kendine. Bunu yargılamak da kimsenin haddine değil."

Bir uğultu başlıyor davetliler arasında, herkes fısır fısır bir şeyler konuşuyor ama hiç umursamadan devam ediyorum.

"O kadar korkmuştum ki doğumdan sonra sütüm gelmezse diye. Çünkü herkes öyle söyledi. Normal doğumla doğurmazsan sütün olmaz dediler. Ama oldu. Çok olmadı, öyle dolaplardan taşmadı ama oldu. Hâlâ da emzirebiliyorum. Aaa, bu arada, merak edenler varsa, kızımı zaman zaman kucağımda sallıyorum uyuturken. Evet. Ve bazen bizim yatağımızda yatmasına da izin veriyorum. Öyle hastaneden eve gelir gelmez kendi odasında filan yatırmadım. Bir süre yatağını bizim odaya taşıdım, birlikte uyuduk. Ayrıca çok şaşırabilirsiniz ama Tekirdağ'dan süt filan da getirtmiyorum! Çatalca'lara gidip köy tavuğu da almıyorum. Ha, bunları yapmadım mı? Yaptım. Baby shower da yaptım, hastane odası da süsledim, gelenlere hediye de verdim, hepsini yaptım. Ama sonra, bunların hiçbirinin anlamlı olmadığını fark ettim. Tabii ki ben de çocuğum için en iyisini istiyorum ama kilosu yirmi üç liraya elma, on yedi liraya domates alınca daha iyi anne olunmuyor. Arada hazır mama da yediriyorum, Tekirdağ'dan gelmeyen organik yoğurt da yediriyorum. Ve bunların hiçbiri çocuğumu çılgınca sevmeme engel olmuyor."

Herkes kollarını kavuşturmuş, kaşlarını çatmış, bana bakıyor.

"Neymiş, bebek doğduktan sonra biz ona uyumlanmıyormuşuz da aslında onun bize uyumlanması gerekiyormuş. Hayatımızda hiçbir şey değişmiyormuş. Her şey eskisi gibi devam ediyormuş. YALAN! Hem de kuyruklu yalan! Benim hayatım tepetaklak oldu kızımı kucağıma aldıktan sonra. Bildiğim her şeyi unuttum, başa sardım. Hiçbir şey eskisi gibi değil artık. Zaten olamaz da. Eşimle de aramız bozuldu tabii ki. İkimiz de yorgunuz, uykuluyuz, gerginiz. Tartışıyoruz, kavga da ediyoruz. Niye yalan söyleyeyim ki aramız süper diye? Değil. Zaman zaman tartışıyoruz, sonra toparlıyoruz. Yani ben hâlâ aynı insanım, eskisinden hiç farkım yok demenin hiç kimseye bir faydası yok. Ben de başlarda öyle diyordum. Her gün kalkıyorum makyaj yapıyorum, saçımı fönlüyorum filan. Sonra baktım, niye yapıyorum ki bunu dedim. Niye yapıyorum? Çünkü birilerine bir şeyler ispatlamaya çalışıyorum. Çünkü her şeye yetişebilirim, her şeyi başarabilirim, her an her şeye yetişen süper kadın olabilirim. Çocuk da doğurdum, beş çeşit yemeğim de var, çok da şıkım, ayrıca da kadınım, mükemmelim ben. Herkes öyle çünkü. Instagram'da filan herkes öyle. Ha, ben de açtım bir tane Instagram hesabı, adı *anneoluncaanlarsindedilergeldik*. Üç beş tane fotoğraf koydum, sonra moralim bozuldu. Çünkü *onlar* gibi değilim. O kadar bakımlı, şık, güzel görünmüyorum. Ben de onlar gibi olmalıyım derken depresyona girdim. Onlar yapıyor ben niye yapamıyorum, onların her şeyi tam benim niye değil derken kafayı yedim. Ama sonradan anladım ki her şeye yetişmek mümkün değil. Ayrıca şok, şok, şok! Evde tayt da giyiyorum!"

Salonda yine çıt çıkmıyor.

"Kızımı her kucağıma aldığımda, ona nasıl bakacağım, onu nasıl büyüteceğim diye içim içimi yiyor. Ya ona zarar verirsem. Ya onu yanlışlıkla üzersem, incitirsem. Bunları düşünüp duruyorum. Her kafadan da bir ses çıkıyor. Altıncı ayda şunu yemeli, dokuzuncu ayda şunu şöyle, bunu böyle yapmalı. Boyasız tahtalarla oynamalı. Benim çocuğum plastik oyuncakla da oynuyor, kimse kusura bakmasın. Ve bu beni kötü anne yapıyorsa, kötü anneyim, evet. Ben bu kadarını yapabiliyorum. Benim elimden gelen bu kadar. Eskiden her şeyin mükemmel olması gerekirdi benim için. Aklımda ne varsa, aynısının olması lazımdı. Bire bir. Hastalık gibi bir şeydi yani. Bir şeyi mükemmel yapmayacaksam hiç yapmayayım mantığıyla bayağı zaman geçirdim. Çok iyi olan birçok şey benim için kötüydü. İşe yaramazdı, gereksizdi, değersizdi. Hata yapmamalıydım ve her şey dosdoğru olmalıydı hayatımda. Öyle olursa harika bir anne olacaktım. Hatasız anne. Tam anne. Mükemmel anne. Sonra ne oldu peki? Yorgun düştüm.

Çünkü insan her şeyi oldurmaya ve kontrol etmeye çalışırken yorgun düşüyor. Yorgun düşmenin de ötesinde, zaten bunu hasta olmadan sürdürmek mümkün değil. Şimdi eskisi kadar katı bakmamaya çalışıyorum, bazı şeylerin mükemmel olmasına da hiç gerek yokmuş ayrıca. Elimden gelenin en iyisini yapmaya çalışıyorum bu aralar. Benimle aynı durumda olanlara tavsiye ederim. Çünkü bence mükemmel anne diye bir şey yok, elinden geleni yapan anne var. Ben de elinden geleni yapan annelerden biriyim."

Derin bir nefes alıp şöyle bir bakıyorum etrafıma, kimse kıpırdamıyor.

"Kendimle ilgili de şunu fark ettim, birçok şeyi aynı anda yapabiliyorum artık. Hepsini muhteşem yapamasam da aynı anda birçok şeyi organize edebiliyorum. Bazen geç kalıyorum ama sonuçta gideceğim yere varıyorum. Kendi gücümün farkına vardım. Artık aklıma koyup da yapamayacağım hiçbir şey yok. Hele kızımı korumak için! Onun için her şeyi yapabilirim. Eskisinden daha şefkatli biri oldum sonra. Daha yumuşak, daha az köşeleri olan, daha sevecen biri oldum."

Derin bir nefes alıyorum.

"Çocuğuma gelince, benim çocuğum seçilmiş değil. Gayet normal, gayet sıradan bir çocuk. Ve ben öyle olduğu için çok mutluyum. Benim çocuğum tıpkı benim gibi normal. Ben de onun için en iyisini istiyorum, en iyi okullarda okusun, en harika işlerde çalışsın ama olmazsa da sorun değil. Olmasın. Ayrıca şunu söylemek istiyorum ki, sizin çocuklarınız da seçilmiş değil. Adını Belizan Tomruk koyunca seçilmiş olmuyor o çocuk. Ya da adını Saten koyunca, gidip Nasa'da çalışmayacak, atomu filan parçalamayacak o çocuk. Ama biz böyle davranarak, her saniye özel olduklarına inanmalarını sağlıyoruz ve onlara çok büyük bir haksızlık yapıyoruz. Çünkü özel ve seçilmiş olduklarını düşünerek büyüyorlar ve yarın bir gün hayat suratlarına çarptığında, *ama ben seçilmiştim,* diyecekler. Hayır yavrum, seçilmemiştin, bu yalnızca bir illüzyondu. Annenin senin için yarattığı bir küçük dünyaydı. Bir cam fanustu. İşte ben o cam fanusu geleceği beklemeden, çocuğumu hayal kırıklığına uğratmadan, şimdiden kırdım. Ve çok mutluyum."

Bir derin nefes daha alıyorum.

"Son olarak, bana gelip de annelikle ilgili ne öğrendin diye soracak olursanız, gönül rahatlığıyla söyleyebilirim ki, annelik hiç bitmeyen bir vicdan azabıymış. Yapabildiklerim, yapamadıklarım, yapabileceklerim, yapamayacaklarım arasında gidip gelirken çektiğim hiç bitmeyen bir vicdan azabı hem de. Asla yapmam dediğim her şeyi yaptığım, bunu mutlaka yaparım dediklerimin yüzde onunu anca yapabildiğim bir acayip ruh hâliymiş. Ben yalnızca elimden gelenin en iyisini yapmaya çalışıyorum, deniyorum, uğraşıyorum ve en önemlisi çocuğumu koşulsuz seviyorum. Ve koşulsuz sevildiğini bilen bir çocuğun gülümsemesini hiçbir şeye değişmem. Doğum günün kutlu olsun kızım. İyi ki doğdun."

Kürsüden çekilip kimseye bakmadan çıkışa doğru yürümeye başlıyorum. Hem de çıplak ayak. Ben yürürken bir uğultu başlıyor, herkes konuşmaya başlıyor arkamdan. Hızlı hızlı yürüyorum, bir yandan da gözlerimden süzülen yaşları siliyorum.

Kapının önüne çıkmadan Kerem gelip beni kollarımdan yakalıyor.

"Harika bir konuşmaydı. Seninle gurur duyuyorum!" diyor.

"Ciddi misin?"

"Evet. Gerçekten harikaydın sevgilim. Nazlı senin gibi bir annesi olduğu için çok şanslı."

Sıkı sıkı sarılıyorum Kerem'e.

Kimse anlamasa da, kimse sesini çıkarmasa da Kerem beni anladı ya, bana yeter.

"Bana kızmadın mı aramız kötü dedim diye?"

"Kötü demedin. Arada tartışıyoruz dedin."

"Yani evet ama, dedim sonuçta."

"Kızmadım. Seninle gurur duydum. Oraya çıkıp da böyle bir konuşma yapmak yürek ister çünkü!"

Canım ya. Ben bu adamı çok ama çok seviyorum.

Tekrar sıkı sıkı sarılıyorum Kerem'e.

Bu sırada biraz ileriden Emel Hanım geçiyor, geçerken bir an bana bakıp göz kırpıyor.

Nasıl ya?!

Gerçekten mi?

İnanamıyorum!

"Ben Nazlı'yı annenle bıraktım, bir gidip bakayım. Annenler de çok beğendi konuşmanı, biliyor musun?" diyor Kerem.

Harika! Ailem de kıymetimi biliyormuş demek ki.

"Tamam, ben de elimi yüzümü yıkayıp geliyorum," diyorum.

Tuvalete doğru ilerliyorum, ileride köşede, oturma gruplarının biraz ilerisinde Leyla'yı görüyorum. Biriyle mi konuşuyor, ne yapıyor tam göremiyorum ama yanına doğru yürümeye başlıyorum hemen. Yürürken Leyla'nın yalnız olmadığını, hatta biriyle sarmaş dolaş olduğunu fark ediyorum.

NASIL YA? BİR DAKİKA!

ÖMER Mİ O?

NASIL YAAAAA?!

AAAAAAAAAAAAAA!

Gözlerime inanamıyorum şu an. Leyla'yla Ömer sarmaş dolaş bir şeyler konuşuyor, Ömer, Leyla'nın saçını okşuyor, Leyla da Ömer'in anlattıklarına kahkahalarla gülüyor. İyi ama bunlar ne zaman, nasıl, ne şekilde?

Gerçekten inanılır gibi değil.

"Ben bunun olacağını tahmin etmiştim de, o yüzden çok ısrarcı olmamıştım o ses kayıtlarını Ömer'e dinletmek için," diyor Emel Hanım ve elindeki pasta tabağıyla yanımdan geçip eşyalarımızı koyduğumuz odalara doğru yürüyor.

"İyi ama nasıl tahmin ettiniz?" diye soruyorum merakla.

Sorumu duymayınca, Emel Hanım'ın peşinden gidiyorum. O önde, ben arkada koridoru geçiyoruz. Sonra çantalarımızı koyduğumuz odalardan birine geliyoruz.

"Nasıl tahmin ettiniz böyle olacağını?" diye soruyorum tekrar.

Emel Hanım gülümsüyor, "Benim oğlum çok sabırlıdır çünkü. Hiçbir şey söylemez, sabreder, bekler, bekler, sonra bir anda ipleri koparıverir. Bu köyde yaşama olayı sonunda Ömer'i delirtti. Bugüne kadar bir şekilde sabretmişti ama yaşayacakları yer konusu bitirdi her şeyi çok şükür!" diyor bir yandan da elindeki tektaşı gösteriyor.

Yüzüğünü bile geri almış Naz'dan, inanamıyorum.

Gerçi gelen gideni aratır derler ama...

Neyse. Hadi hayırlısı.

Emel Hanım kapıyı açıp içeri giriyor, ben de tam geri dönecekken kapı aralığından Zeynep'i görüyorum.

Arven Kuğu'yu kucağına almış, bir yandan odanın içinde geziniyor, bir yandan kucağında deli gibi sallıyor uyusun diye.

Nasıl ya? Nasıl yaaa?

Sen günlerce, aylarca benim başımın etini ye, sonra kızını kucağında salla! Allah bilir daha neler neler yapıyorsundur da haberimiz yok. Hazır mama da yediriyor musun itiraf et, itiraf!

Allahım, sana şükürler olsun!

Nihayet Zeynep'in de bir falsosunu gördüm ya, ölsem de gam yemem artık.

Odanın önünden hemen ayrılıyorum, girişteki tuvalete doğru yürümeye başlıyorum. Şimdi gidip elimi yüzümü yıkayacağım ve Kerem'le Nazlı'nın yanına döneceğim. Ailemin yanına döneceğim. Kimse beni anlamasa da, ailem beni anladı ya, bana bu kadarı da yeter.

Tuvaletin kapısına geliyorum, biri arkamdan, "Şşşt, şşşşşt!" diyor sessizce.

Dönüp bakıyorum, esmer, kara kuru bir kadın.

"Bana mı dediniz?"

"Evet," diyor sessizce. Bir yandan da etrafına bakınıyor.

"Buyurun?"

"Harika bir konuşmaydı, kelimesi kelimesine katılıyorum, ben de gizli gizli hazır meyve püresi yediriyorum bazen kızıma," diyor kadın duyulur duyulmaz bir ses tonuyla.

"Gerçekten mi?"

"Gerçekten!"

Bu sırada kadının arkadaşı olduğunu tahmin ettiğim birkaç sarışın kadın bize doğru yürümeye başlıyor, kadın onları görünce, "Ne demek canım! Tabii ki Tekirdağ'dan süt getirteceğiz! Çocuğumuzun iyiliği için yapıyoruz herhâlde bunları!" diyor bana yüksek sesle. Sonra da kimse görmeden bana göz kırpıp arkadaşlarının yanına dönüyor.

Bu neydi şimdi?

Tuvalete doğru yürüyorum, kapıyı iterken içeriden benim boylarımda, kumral, küt saçlı bir kadın çıkıyor. O da hızla etrafını kolaçan ediyor, sonra kimsenin görmediğinden emin olunca, "Konuşmanız harikaydı. Ben de hep bunları düşünüyorum ama dışlanırım diye kimseye söyleyemiyorum. İnsanın yalnız olmadığını bilmesi o kadar harika bir duygu ki anlatamam, çok teşekkür ederim size," diyor kısık sesle.

Sonra da aceleyle ortadan kayboluyor.

Ben şaşkın şaşkın olduğum yerde dikilirken, Tuğçe elleri kolları oyuncaklarla dolu bir şekilde yanımdan geçiyor, geçerken de sessizce, "Bayıldım konuşmana, harikaydı!" diyor ve ekliyor. "Seni Instagram'dan ekledim, hatta mesaj da attım. Konuşuruz sonra."

Telefonumu cebimden çıkarıp bakıyorum, kilitli ekranda bir sürü uyarı var. Tanımadığım onlarca insan beni Instagram'dan takip etmeye başlamış. Nasıl ya?

Instagram'ı açıyorum, mesaj kutumda yüz elli iki tane mesaj var. Tek tek açıp okumaya başlıyorum, hepsi de yaptığım konuşmayı çok beğendiğini ve cesaretime hayran olduğunu söylüyor.

Bir saniye! Biri benim konuşmamı kaydedip internete mi koymuş?!

Gerçekten mi?

Gelen mesajlara inanamıyorum!

Yalnız değilmişim!

Yalnız değilim!

Yalnız değiliz!

Telefonumun ekranında arka arkaya onlarca isim kaymaya başlıyor.

ruzkiqw218 (annevebebiskosu) seni takip etmeye başladı.

sedanurcankolik (anneyimmutluyum) seni takip etmeye başladı.

annelitombikbebekli (annelitombikbebekli) seni takip etmeye başladı.

bebiskonungunlugu (annesiveogluskosu) seni takip etmeye başladı.

bebisimmavisim (aynur9128) seni takip etmeye başladı.

kizcemveben (annelikizlikombin) seni takip etmeye başladı.

Bahçeye çıkıp Kerem'in yanına gidiyorum, Nazlı'yı kucağıma alıyorum ve sıkı sıkı sarılıyorum.

İçimi bir mutluluk kaplıyor.

Çünkü yalnız değilim.

Benim gibi onlarca, yüzlerce, binlerce anne var.

Belki tanışmıyoruz, belki sesimizi birbirimize duyuramıyoruz ama yine de aynı duyguları paylaşıyoruz.

Belki birbirimizden çok farklıyız, belki farklı coğrafyalardayız ama aynı şeylere gülüp, aynı şeylere ağlıyoruz.

Çocuklarımız için ayaktayız, onlar için yaşıyoruz, onlar için savaşıyoruz.

Çocuklarımız için güçlü olmaya çalışıyoruz.

Çocuklarımız bizim canımız, kanımız, her şeyimiz.

Ve her şeye rağmen, anne olmak dünyanın en güzel şeyi.

Zaten işte o yüzden, *anne olunca anlarsın dediler, geldik!*